내가
당신을
기억해

내
가
　　당
　　　신
　　　을
　　기
　　　억
　　　해

초판 1쇄 인쇄일 2015년 01월 20일
초판 1쇄 발행일 2015년 01월 23일

지은이 ㅣ 정서아
펴낸이 ㅣ 김기선
편집장 ㅣ 김은지

펴낸곳 ㅣ 와이엠북스(YMBOOKS)
출판등록 ㅣ 2012년 7월 17일 (제382-2012-000021호)
주소 ㅣ 서울시 도봉구 노해로 379, 1005호(창동, 대성빌딩)
전화 ㅣ 02)906-7768 / **팩스** ㅣ 02)906-7769
E-mail ㅣ ymbooks@nate.com

ISBN 979-11-322-1100-6 03810

값 9,000원

내가
당신을
기억해

● 정서아 지음

BOOKS

목 차

프롤로그 : 과거로 돌아오다

몇 시지?

혜인은 침대 옆으로 팔을 뻗어 알람시계를 잡았다. 6시 30분. 출근 준비를 하기엔 아직 이른 시간이었다.

대관절 며칠이지?

그런 의문이 드는 자신을 어이없다 생각하면서도 그녀는 더듬거리며 휴대폰을 찾았다. 늘 침대맡에 두고 잠이 들었는데 어쩐 일인지 손에 잡히지 않았다. 에라, 모르겠다. 잠이나 자야지. 이불을 뒤집어쓴 그녀는 이윽고 벌떡 일어났다. 영 개운치 않은 표정이다.

'꿈이 너무 길고, 생생했다고.'

기필코 확인은 해야겠으나 그런 행동이 우스운지 혜인은 혼잣말로 중얼거렸다. 그녀는 책상에 비딱하게 놓인 휴대폰을 발견하였다. 홈 버튼을 누르자 바탕 화면이 나타났다. 9월 21일. 21일? 정신이 번쩍 들었다. 그럴 리가……. 휴대폰이 고장이라도 난 건가. 어쩔 줄을 몰라 우왕좌왕하던 그녀는 거울에 비친 자신의 모습을 발견했다. 거울 속의 그녀는 프릴이 들어간 반소매 상의와 7부 바지가 세트로 된 여름용 잠옷을 입고 있었다. 9월까지 더위가 기승을 부려 10월이 되어서야 보관용 서랍에 넣었던 옷. 게다가 봄이라고 기장을 좀 치고 가볍게 웨이브를 넣었던 머리가 돌연 긴 생머리가 되어 있었다.

어떻게 된 일이지…….

혜인은 컴퓨터를 켰다. 작업 표시줄에 '09-21'이라는 숫자가 또렷했다. 벽시계를 보고 TV를 켜보았지만, 세상의 시간은 온통 9월 21일임을 가리키고 있었다. 답답한 마음에 살펴본 베란다 밖의 풍경 또한 지금이 가을의 초입임을 보여주고 있었다.

혜인은 다급히 거실로 달려 나갔다.

"민아야. 권민아."

방의 인기척을 살필 겨를도 없이 그녀는 방문을 열어젖혔다. 방 안은 그녀가 익히 알고 있는 모습이 아니었다. 민아의 살림살이가 빠진 방에는 키 높이 정도의 넓은 책장과 잡동사니가 담긴 박스 몇 개, 청소기와 잘 사용하지 않는 생활 가전만 군데군데 널려 있었다. 언니가 나가고, 민아가 이사 오기 전까지의 풍경이 그러했다. 그때가 작년…….

딴 따다 딴 따다 딴 따다다…….

캐논 변주곡이 어디선가 흐른다. 그녀의 방 쪽이었다.

혜인은 반짝거리는 휴대폰을 집어 들었다. 통화 연결이 되자마자 따가운 목소리가 귀에 앵앵댔다.

—박혜인!

민아였다. 옆방에서 잠을 자고 있어야 할 그녀가 이른 아침에 어디서 전화를 하고 있는 건지.

—박혜인! 어디야? 왜 안 와?

"……어?"

—너 설마 지금 일어난 거야? 아니지?

"그게…… 넌 지금 어딘데?"

—어디긴 어디야, 공항이지. 오는 중이야?

"아니…… 집."

—뭐?

수화기 너머로 '뭐야, 무슨 일이야?'라고 묻는 목소리와 '집이라고? 박혜인 뭐야, 너!' 하는 야유 소리가 뒤섞여 소란스럽기 그지없었다. 희미하지만 익숙한 목소리들이었다.

—탑승 시간 다 돼서 비행기는 먼저 탄다. 서둘러서 와.

"……어딜?"

—일단 펜션에 가 있을 테니까 비행기 타기 전에 제주 도착 시간 찍어줘. 마중 나갈 테니까. 다음 비행기 타고 올 거지?

제주? 제주도 여행이라면 작년 9월 중순. 민아를 포함해 고교 동창 6명과 함께 간 여행이었다. 언니가 유럽으로 신혼여행을 간 게 샘이 나, 친구들과 합심해 다달이 적립한 동창회비를 털어 갔던 여행. 정신이 아득했다. 어디까지가 현실이고 어디까지가 꿈인지 감을 잡을 수 없어, 그녀는 침묵으로 일관했다.

-박혜인? 박혜인!

"어……."

-무슨 일 있는 거야?

"그게, 저……."

-시간 없어. 빨리 말해.

재촉하는 민아의 마음을 모르는 바는 아니지만 혜인은 쉽사리 말문을 열 수가 없었다. 지금 나조차도 상황 정리가 안 된단 말이지. 이런 상황에서 무슨 말을 어디까지 해야 할지 알 수 없잖아. 그녀는 얼굴을 쓸어내리며 마음을 다 잡았다. 우선, 이 상황은 피하고 보자.

"그냥…… 좀 아파서……. 제주도는 못 갈 것 같아."

-어디가 아픈데?

"몸살인가 봐. 쉬는 게 좋을 것 같아."

그녀는 가늘고 힘없는 목소리로 대답했다.

-그런 거면 진작 얘기하지. 혼자 괜찮겠어?

"응……."

-그럼 할 수 없지, 뭐. 몸조리 잘해.

꿈이 아니라니……. 혜인은 다리가 후들거려 그대로 주저앉았다. 영화나 드라마에서 숱하게 보아왔던 일이 내게 일어날 줄이야. 그녀는 두근거리는 가슴을 부여잡고 차분히 지난 일을 더듬었다.

불과 몇 시간 전의 일이었다.

일의 발단은 카페 〈모〉에서 시작되었다.

퇴근길, 혜인은 어김없이 카페에 들렀고 주문한 커피를 받고 돌아서면서 낯선 남자와 부딪혔다.

"아······."

그 남자는 혜인의 블라우스에 갈색 물이 번지는 것을 보며 짧은 탄식을 내뱉었다. 전날 밤 졸린 눈을 비비며 공들여 다림질을 했던 새 블라우스였다. 구입한 지 한 달이 넘도록 옷장에 박아두고 있다가 오늘은 기필코 입으리라 만반의 준비를 했던 터였다. 주문한 커피를 받자마자 서둘러 돌아선 자신의 탓도 있었지만, 그런 자책보다 짜증이 앞섰다.

"어떡해······."

그녀는 선뜻 짜증을 드러내진 못하고 남자를 힐끔 쳐다보았다. 단색의 베이직한 셔츠를 입은 남자는 특별한 인상은 없었다. 다만 눈빛만은 정갈했다. 마치 깊은 숲 속 풀밭 위에 떠 있는 반딧불처럼 맑은 침묵이 느껴지는 눈이었다.

"이런 제가 실례를······. 죄송해서 어떡하죠?"

그런 눈빛을 가진 사람답지 않게 당황스러움과 미안함을 고스란히 드러냈다. 그 바람에 정작 혜인은 맥이 빠져버렸다.

"괜찮아요. 그쪽 잘못만은 아니니까요."

그녀는 서둘러 내뱉고 블라우스를 움켜잡은 채 화장실로 뛰어갔다.

손으로 열심히 비벼보았지만 갈색 얼룩은 영 지워지지 않았다. 그것도 하필 가슴 바로 위쪽이라 계속 비벼대기도 난감했다. 이렇게 물에 적셔대다간 옷을 벗고 돌아가야 할지도 모른다. 그녀는 포기하고 티슈를 뽑아 물기를 여러 번 닦아냈다. 그리고 긴 머리를 앞으로 쓸어 가슴 부근을 가렸다.

그녀가 한참 만에 화장실에 나왔을 때도 남자는 마지막으로 본 자세 그대로 서 있었다.

"죄송합니다. 치수를 말씀해주시면 근처에서 갈아입으실 옷을 사다드리겠습니다."

"아뇨, 그러실 필요 없어요."

"커피 드시면서 조금만 기다려주시면 돼요. 퇴근 시간이라 사람도 많을 텐데……."

남자가 손에 들고 있던 커피를 내밀며 말했다. 그녀의 몫으로 한 잔 더 주문한 듯했다.

"아뇨, 정말 괜찮습니다. 이 커피만 받을게요."

"하지만……."

둘의 대화는 남자의 가방 속에서 울리는 벨소리에 중단됐다. 혜인은 남자가 통화하는 틈을 타 황급히 카페를 빠져나왔다.

햇살을 받으니 갈색 얼룩이 더욱 선명히 보였다. 지나가는 행인 몇몇이 그녀를 흘끔 쳐다보았다. 혜인은 잠깐이지만 낯선 남자의 호의를 거절한 걸 후회했다. 정류장 길목에 작은 상점이 있어 그녀는 스카프 하나를 샀다. 목에 걸고 거울을 보니 제법 감쪽같았다. 바람만 불지 않는다면 집까지 가기에 무리는 없어 보였다.

작은 사고가 있긴 했지만 금요일이란 특수성 때문에 기분은 금세 상쾌해졌다. 내일은 수원에 내려가 가족들이랑 점심을 먹고,

저녁엔 민아와 며칠 전에 개봉한 할리우드 영화를 볼 것이었다. 영화가 끝난 다음엔 가볍게 맥주도 한잔해야지. 그리고 일요일엔 청소나 세탁 따위의 허드렛일을 하며 잠이나 푹 잘 계획이다.

버스 정류장 벤치에서 그 남자를 다시 본 것은 정말 예상치 못한 일이었다. 달갑지 않은 우연에 그녀는 저도 모르게 이마를 찡그렸다. 그래서 남자가 고개를 돌리는 순간, 얼른 고개를 숙여버리고 말았다. 다행히 남자는 알은척하지 않고 벤치에 앉았다. 혜인과 남자 사이에 다른 여자가 앉아 발각될 위험이 줄어들어서야 그녀는 고개를 들어 남자를 훔쳐보았다.

그녀의 시선을 사로잡은 건 남자의 손에 들린 한 권의 책이었다. 그 책은 혜인이 제일 좋아하는 일본 작가의 미출간 소설이었다. 일본에서는 이미 판매가 되고 있는 상태지만, 국내에서는 일주일 후로 출간 예정이 잡혀 있었다. 관계자가 아니고서는 그 책을 가지고 있을 수 없었다.

혜인은 자세히 보기 위해 눈을 가늘게 찡그렸다. 책 표지에는 일본어가 아닌 한국어로 『내가 당신을 기억해』라고 분명하게 적혀 있었다. 그녀는 마른침을 삼켰다. 작년 2월부터 꼬박 1년을 넘게 기다려온 책이었다. 일주일 뒤에 출간된다고 하지만 벌써 두 차례나 연기가 됐던 터라 안심할 수 없었다. 매일 인터넷 서점에 접속해 출간 일시를 확인하는 게 하루 일과 중 하나였다.

아까의 호의를 받았더라면 물어볼 기회가 있지 않았을까. 지금와서 남자에게 다가가 '아까 당신에게 커피 세례를 받았던 여자인데, 그 책 어디서 난 거죠?' 하고 물을 수도 없는 노릇이었다. 그녀는 관심을 거두고 이어폰 볼륨을 높였다.

버스가 여러 대 지나가고 나서야 가운데 앉은 여자가 일어났다. 남자도 뒤이어 일어났다. 사람이 한차례 빠져 정류장은 텅 빈 채였다. 그녀는 고개를 돌리려다 말고 남자가 앉았던 벤치를 다시 쳐다보았다. 주인을 잃어버린 책이 그곳에 덩그러니 놓여 있었다.

혜인은 책을 집어 든 채 주변을 살폈다. 남자는 맞은편 인도를 걷고 있었다. 막 횡단보도를 건넌 듯싶었다.

"저기요, 잠시만요."

깜빡거리던 파란불이 언제 빨간불로 바뀐 것일까. 그가 돌아보는 것을 보며 그녀는 책을 든 손을 높이 흔들었다. 그런 그녀를 향해 승용차 한 대가 무섭게 달려왔다.

"위험해요!"

남자의 목소리가 들린 건 몸이 공중에 뜬 다음이었다. 이윽고 책이 바닥에 떨어지는 소리가 들렸고, 사람들의 비명 소리가 들렸고, 책이 떨어질 때보다 더 둔탁한 소리가 신경 속을 파고들었다.

혜인이 눈을 뜬 곳은 병원의 구석진 의자였다. 특유의 소독약 냄새에 어렴풋이 병원이라는 걸 짐작했다. 그래, 교통사고가 있었지. 기억은 생생한데 몸은 멀쩡했다. 머리만 좀 띵할 뿐, 아프거나 불편한 곳은 없었다. 내가 꿈을 꾼 것인가? 아니면 지금이 꿈인가?

그때였다. 멀리서부터 다급한 발소리가 잇달아 들리는 것 같더니 낯익은 얼굴들이 순식간에 그녀를 스치고 지나갔다. 영균이 필두에 섰고 성화, 혜진, 민아 차례였다.

"아빠…… 엄마……."

낮은 음성이긴 했지만 그들은 혜인의 존재를 전혀 알아채지 못했다. 정신없이 응급실로 뛰어 들어가는 그들을 쫓아 그녀도 안으로 들어갔다.

울음소리가 응급실 전체를 울렸다. 성화는 바닥에 주저앉아 비통한 울음을 토하고 있었고, 영규도 그런 성화가 스러질까 붙든 채 소리 없는 눈물을 흘렸다. 언니 혜진과 민아는 침상을 붙잡고 울음을 쏟고 있었다. 침상에는 젊은 여자로 추측되는 사람이 길게 누워 있었는데 하얀 시트가 턱 밑까지 끌어 올려진 상태였다. 누구의 죽음일까. 혹시 나도 아는 사람일까? 혜인은 묘한 기분을 느끼며 그 사이로 파고들었다. 아무도 그녀를 쳐다보는 이가 없었다.

여자의 얼굴을 확인한 순간 그녀는 비명을 내질렀다. 침대에 누워 있는 여자는, 혜인 자신이었다. 비록 붉은 피가 상체를 뒤덮고 있었지만 얼굴은 깨끗했고, 블라우스에 남은 갈색 얼룩이 선명했다.

'이건 꿈이야. 지독한 악몽이야.'

혜인은 한 발 한 발 뒤로 물러섰다.

몇 발자국 떼었을까. 그녀는 등 뒤에 누군가 서 있다는 걸 인지했다. 어떤 이유에선지 고개를 돌리기 무서웠다. 그녀는 심호흡을 하고 천천히 몸을 틀었다.

검은 양복을 입은 중년 남자였다. 보통의 중년 남자와 다른 면이 없었지만 옅은 회갈색을 띤 눈동자가 이질적이었다. 혜인은 한 걸음 뒤로 주춤했다. 남자가 팔을 들어 올렸다. 손이 그녀의 턱 밑에 닿을 듯했다. 극도의 공포감……. 그녀는 뒷걸음질 쳤다. 그 속도에 맞춰 남자도 앞으로 다가왔다.

도망쳐야 해.

혜인은 무작정 뛰었다. 눈에 보이는 장애물들은 그녀의 앞을 가로막지 못했다. 물체들은 그녀의 다리를, 팔을 아무 느낌 없이 통과했다. 구토가 나오려는 걸 참으며 그녀는 계속 달렸다. 응급실 뒷문을 통과해 복도를 지나고, 계단을 오르고, 엘리베이터를 타고, 다시 달리고, 비상계단을 찾고. 끝없이 달리고 숨어보아도 남자는 그녀의 앞에 불쑥불쑥 나타났다. 비명 소리가 병원 곳곳에서 울렸지만, 아무도 구하러 오는 이가 없었다.

얼마나 달렸을까. 무릎이 저절로 꺾였다. 혜인은 바닥에 손을 짚고 겨우 일어섰다. 응급실 앞이었다. 한 남자가 서 있었다. 낯익은 그 사람은 그녀가 전하려 했던 책의 주인이었다. 그는 황망한 얼굴로 꼼짝없이 서 있었다. 흡사 가로등처럼.

울컥 화가 치밀었다. 당신 때문이라고, 모두 다 당신 탓이라고. 혜인은 그의 가슴을 때리려 했지만 그녀의 주먹은 그 가슴을 가볍게 통과했다.

꿈이 아니야, 전부. 모든 게 끝났어. 정말 내가 죽은 거야.

혜인은 울부짖으며 그 자리에 주저앉았다. 그가 그녀를 보는 것처럼 아래로 시선을 내리깔았다. 그 눈도 퍽 슬퍼 보였지만, 그녀의 마음을 위로하진 못했다.

'엄마, 아빠. 나 여기 있어요.'

응급실 안의 비통한 울음소리에 대답하듯 그녀도 꺽꺽거리며 울었다. 온몸의 수분이 다 빠져나갈 듯, 울고 또 울었다.

"박혜인 씨."

검은 양복의 남자가 딱딱한 어조로 이름을 불렀다. 혜인은 낭패스런 얼굴로 소리 나는 쪽을 향해 얼굴을 쳐들었다.

"나는…… 죽은 건가요?"

"네, 당신은 금일 18시 57분에 사망했습니다."

"당신을 따라가야 되는 건가요?"

"그렇습니다."

의료진들이 혼절한 성화를 바로 옆 침대에 눕히고 있었다.

"원래대로라면 그렇지만……."

그가 난처한 표정을 지었다.

"당신의 경우는 특별합니다."

"무슨 뜻인가요?"

"당신의 죽음이 예정되어 있던 건 아니었습니다. 당신의 돌발 행동이 운명을 좀 꼬이게 했죠."

"돌발 행동이라면…… 내가 책을 주워 도로로 뛰어든 것 말인가요?"

"그렇습니다. 당신은 그렇게 행동해서는 안 됐던 거죠. 섣부른 행동이 죽음을 맞바꾸게 한 겁니다."

"하지만……."

"저기 있는 남자 보이죠?"

남자가 책의 주인을 가리켰다. 그는 여전히 미동 없이 서 있었다.

"그 남자의 운명과 당신 운명이 바뀐 겁니다. 내가 가져갈 건 그의 생명이었습니다."

"그럼…… 살려주세요. 이렇게 죽을 순 없어요. 억울하다고요."

"이미 죽은 사람을 다시 살릴 수는 없습니다."

남자를 붙잡은 팔이 힘없이 떨어졌다.

"대신 당신이 해줄 일이 있습니다. 운명을 바꾸기 위해."

"그게 뭔데요? 뭐든 하겠어요."

지푸라기라도 잡는 심정으로 혜인이 외쳤다.

"시간 여행. 당신과 저 남자의 운명을 바꾸기 위해 난 당신을 과거로 돌려보낼 생각입니다."

"시간 여행이라고요?"

"과거 어느 날로 돌아가는 겁니다. 그 시간부터 예정된 운명의 흐름을 따라오세요. 죽음이 당신을 따르지 않을 겁니다."

"그렇다면 저 남잔……."

"죽음은 그를 선택할 겁니다. 당신이 오늘 같은 실수만 하지 않는다면. 응하겠습니까?"

선택지가 있는 선택이 아니었다. 아직도 가족의 울음이 그녀의 귓가를 울렸다. 전혀 알지도 못하는 남자 때문에 꼬여버린 운명을 돌릴 수 있는 기회인데 망설일 필요가 없었다.

"하겠어요."

"대신 당신이 시간 여행을 한다는 사실을 아무도 모르게 해야

합니다."

"발설하지 않을게요."

"그리고 또 한 가지. 이 모든 사실을 기억할지 말지 선택하는 겁니다."

무엇이 옳은 선택인지 가늠하기가 어려웠다. 하지만 모르고 있는 것보단 아는 것이 낫다 싶어 그녀는 기억을 하는 쪽을 선택했다. 남자가 으레 짐작한다는 표정을 짓더니 웃음기 없는 얼굴로 경고했다.

"명심하십시오. 기억이 때론 독이 될 수도 있습니다."

혜인은 선택을 바꿀까 하다 그만두었다. 모를 때는 처음 선택한 답을 끝까지 믿어야 한다고 했으니까.

검은 양복의 남자는 그 말만 남기고 사라졌다. 어떻게 과거로 돌아간다는 것인지 그녀는 아리송했다.

책 주인이 책에 고개를 묻은 채 울고 있었다. 현장에 있던 책을 보았던 건지. 아마도 책을 돌려주려고 했던 그녀의 행동을 알아채고 죄책감에 흘리는 눈물인 듯싶었다. 이제는 그에게 미안하다고 말해야 하는 걸까.

혜인은 울고 있는 그를 뒤로한 채 정문으로 향했다. 알 수 없는 힘이 그녀를 이끌었다. 정문으로 뻗은 복도에 하얀 빛이 사정없이 쏟아졌다. 하얀 빛을 향해 걷던 그녀는 어느 순간 보이지 않았다.

혜인이 기억하는 전부였다. 교통사고가 있었고, 검은 양복의 남자와 거래를 했다.

그녀는 책꽂이에서 작년에 썼던 다이어리를 펼쳤다. 9월 이후론 아무것도 적혀 있지 않았다. 해가 바뀌고 산 블루 커버의 다이어리는 아예 보이지도 않았다. 작년 9월부터 오늘까지 무슨 일이 있었더라. 생각에 집중해보려 했지만 소용없었다. 머리를 가득 채운 뿌연 안개가 쉽사리 걷힐 것 같지 않았다. 그 남자와의 거래가 기억마저 흐릿하게 만든 건 아닐까.

'예정된 운명의 흐름을 따라오세요.'

그건 어떤 말일까. 과거와 똑같이 살아야 한다는 말일까. 아니면 그때와 같은 돌발 행동만 하지 않으면 된다는 말일까. 혜인은 더 자세하게 캐묻지 못한 걸 후회했다. 과거와 한 치 다름없이 살아가는 게 가능할까? 이미 그녀는 다른 선택을 했다. 작년에 갔던 제주도 여행에 불참을 하고 말았으니. 생각하면 생각할수록 골치가 아팠다. 그녀는 외출복으로 갈아입고 집을 나섰다.

머리를 식힐 겸 나온 것이었지만, 문득 사고 현장에 가봐야겠다는 생각에 발걸음을 옮겼다.

시간을 돌아왔는데도 마치 어제 이 시간을 살았던 것처럼 익숙한 기분이 드는 건 왜인지. 회사 건물이 밀집해 있는 거리의 풍경은 계절색만 바뀌었을 뿐 특별히 다르지 않았다. 사람들의 옷차림이 조금 가볍고 밝게 바뀐 점, 앙상했던 가로수에 초록 이파리가 무성한 점, 새로 보이는 상점 간판들. 변화됐다지만 분명 이전에 본 익숙한 요소들이었다.

혜인은 버스 정류장에 섰다. 사고 직전 앉았던 자리. 그곳에 앉아 그녀는 남자가 앉아 있던 쪽을 바라보며, 그곳에 존재했던 그를 떠올렸다. 책장을 넘기던 남자의 옆모습. 엄연히 말해선 어제, 아니 몇 시간에 전에 보았던 장면이었다. 신호를 무시한 채 달려갔던 횡단보도와, 횡단보도를 쏜살같이 지나가는 자동차들과, 맞은편에 서 있는 사람들도 빠짐없이 보았다. 평화로운 광경에 그녀는 픽 웃음이 났다.

카페 〈모:某〉에는 OPEN이라고 적힌 입간판이 설치되어 있었다. 팔월 한 달간 공사 중이던 상점이 이 무렵 오픈을 했었지. 이 길을 지나다니며 착한 가격의 카페가 들어섰으면 좋겠다고 민아와 종알거렸던 게 기억난다. 커피에 금가루 뿌려진 것도 아닌데 말이야, 하며 투덜거렸던 기억도 함께.

혜인은 카페 〈모〉로 성큼 들어갔다. 개인 커피숍치고 규모가 작은 편은 아니었다. 그녀는 카페라테를 주문하고 앉았다. 익숙한 맛이 목을 타고 흐르자 육 개월이란 시간도 아무 의미가 없는 듯 느껴졌다. 그녀는 다이어리를 펼쳐 기억의 조각들을 기록하기 시작했다. 내년 달력에서 3월 17일을 찾아 빨간 동그라미도 그렸다. 교통사고나 시간 여행에 대한 내용은 일절 기록하지 않았다. 조심해서 나쁠 건 없지. 그녀는 입술을 잘근 씹었다.

문이 열리는 동시에 일행으로 보이는 남자 셋이 들어왔다. 스물 후반, 서른 초반쯤 됐을까. 주변 회사원들인가 생각하며 다이어리로 시선을 돌리려는 찰나, 그녀는 기시감에 도로 고개를 들었다. 무리 속에 책의 주인이 끼어 있었다. 그들은 출구와 가까운 쪽 창가 자리를 차지했다. 머리 스타일이 엇비슷하고 그때와 달리 정장을 입고 있는 바람에 분위기가 달라 보이는 면은 없지 않았지만,

그가 틀림없었다. 심장이 급속도로 뛰기 시작했다. 펜을 쥐고 있던 손도 더불어 떨렸다.

괜찮아. 달라지는 건 없어. 내가 잘못한 일도 아닌데.

혜인은 스스로를 다독였다. 커피로 갈증을 채우며 그녀는 손을 놀렸다.

〈카페 〈모〉. 10시 55분. 책 주인. 일행 둘. 진회색 양복.〉

적고 보니 탐정 만화에 나오는 암호 같아 혜인은 큭 웃었다. 더 기록할 게 없나 시선은 고정한 채 종이 위를 콕콕 두드렸다. 책 주인이 돌연 일어났다. 그녀는 반사적으로 손을 멈추고 슬그머니 다이어리를 닫았다. 남자는 놀랍게도 그녀에게 다가왔다. 뒤에 누가 있나 살폈지만 아무도 없었다. 그녀는 바짝 긴장했다.

"저기요……."

"네?"

"혹시 절 아시나요?"

"아…… 아뇨."

"자꾸 이쪽을 보시는 것 같던데……. 제가 기억해야 할 분이 아닌가 해서요. 혹시 제가 알아보지 못하는 건 아닌가요?"

"아니요. 정말 몰라요. 누굴 기다리던 중에 창밖을 살핀 거였어요."

혜인이 어물거리며 대답했다. 그가 조금 머뭇거리더니 고개를 숙였다.

"오해했다면 죄송합니다."

"아니에요. 약속이 깨져서 막 일어나려던 참이었는데…… 그럼 안녕히 계세요."

그녀는 급하게 자리를 떴다. 카페를 벗어나서야 꼭 그렇게 인사를 하고 서둘러 나왔어야 했을까 후회가 들었다. 오히려 의심만 산 꼴이 아니었는지.

참, 내가 다이어리를 챙겼던가.

가방을 부리나케 챙긴 기억밖에 없었다. 여지없이 가방 속엔 지갑만 덜렁 들어 있었다. 그녀는 급히 카페로 뛰어갔다. 남자가 있던 테이블은 비어 있었고, 그녀가 앉아 있던 테이블 역시 비어 있었다.

"혹시 저기 있던 다이어리 못 보셨나요? 방금 두고 나왔는데……."

"아, 그거요? 여기 있습니다."

직원이 몸을 수그리더니 다이어리를 앞으로 내밀었다. 그녀는 감사하다는 인사를 남기고 카페를 나왔다. 천만다행이었다.

집에 돌아와 혜인이 한 일은 가족들에게 차례로 전화하는 일이었다.

인테리어 시공 회사를 운영하는 영균은 작업 중이었는지 한참 만에 전화를 받더니만 그마저도 이따 전화하겠다는 말로 끊어버렸다. 엄마 성화는 대뜸,

−반찬 떨어졌어?

물었다. 응급실 바닥에 주저앉아 대성통곡을 하다 혼절했던 모습이 눈앞에 어른거렸다. 하지만 평소엔 애정 표현이 없는 엄마이기도 했다. 아주 어렸을 땐 자주 안고, 뽀뽀하고, 사랑해, 라고 말했던 것 같은데 무뚝뚝한 아빠를 만나 세월과 함께 닮아간 건지도 모르겠다.

"내가 음식만 축내는 식충이야?"

—네가 그것 말고 전화할 일이 뭐가 있어?

"그냥 안부 전화한 거지. 딸이 엄마한테 전화도 못 해요?"

—언니 없어서 옆구리가 허전해? 그럼 남자를 사귀어.

"치, 끊어."

마지막은 언니 혜진이었다. 로밍 안내 음성이 먼저 흘러나왔다.

—혜인아, 왜?

웃음기가 가득한 목소리였다. 깔깔거리는 형부의 목소리도 희미하게 들렸다.

"여행 재밌어?"

정신을 가다듬고 생각하니 혜진은 지금 신혼여행 중이었다. 혜인이 부러워마지 않던 유럽투어. 같이 살 적에도 얼마나 자랑을 했었는지 모른다. 매일 여행 책자를 들여다보며 가고 싶은 곳에 동그라미를 그으며, '여기 어때? 좋아 보이지?' 괜한 질문을 했었다. 연봉 칠천 형부 만나 호강한다, 이거지? 그렇다고 혜진이 절대 빠지는 스펙도 아니었다. 결혼에 들어가는 자금 일체를 본인 통장으로 해결했으니. 40평 잘빠진 아파트도 형부와 공동 명의였다. 의리를 지킨답시고 신혼집을 왔다 갔다 하는 수고를 감수하며 결혼식 일주일 전에서야 방을 뺐다.

혜진이 없는 한 달여의 시간 동안 외로웠던가? 잔소리와 간섭이 빠진 생활이 자유롭긴 했지만, 빈방을 볼 때마다 울적해지는 마음도 없지 않아 있었다.

—힘들어 죽겠어. 발에 물집 잡히고, 다 까지고 장난 아니야.

여전히 웃음이 밴 목소리로 혜진은 잘도 거짓말이었다.

—통화 요금 많이 나와. 다녀와서 전화할게.

"알았어, 선물 듬뿍."

혜진의 까르르 웃음소리를 들으며 휴대폰을 내려놨다.

9월까지의 시간만 간직하고 있는 집 안 곳곳을 살폈다. 최근까지 입고 있던 옷들이며, 새로 산 화장품들, 신발장에 안 보이는 구두들, 부러진 우산, 시든 화초와 액자가 사라진 빈 벽. 몇 시간 전까지만 해도 존재했던 것들이 미래의 것으로 사라지거나, 존재하지 않았던 것이 현재의 것으로 남아 있는 모습을 훑으며 과거로 돌아왔음을 절절히 느꼈다.

육 개월이란 시간이 어떻게 흘러갈지, 그 아득함에 혜인은 늦은 밤까지도 거실만 서성였다.

I. 나를 모르나요

이럴 줄 알았어.

혜인은 역사를 빠져나오자마자 전속력으로 뛰었다. 휴가 동안 집에 틀어박혀 시간을 보냈다. 낮 시간의 대부분은 TV를 보거나, 허드렛일을 하거나, 인터넷 아이쇼핑을 즐겼다. 잡념을 쫓기 위한 방편이었지만 오히려 불면증만 가중시켰다. 잠이 안 오는 새벽에는 멍청히 책상 앞에 앉아 육 개월간의 기억을 끄집어내려 노력했다. 전략을 짤 필요는 없어도 대비책은 있어야 하잖아? 그녀의 생각은 그랬다. 하지만 기억은 협조적이지 못했다. 다섯 손가락 남짓한 기간을 되짚는 일이 왜 이리 어려운지. 사람의 뇌가 이렇게 협소한 것인가, 혜인은 탄복했다.

그런고로 휴가가 끝나는 날 아침. 일곱 시 알람 소리를 무참히 꺼버린 그녀는 기어코 한 시간을 침대에서 지체한 뒤 일어났다.

날짜 개념, 시간 개념이 어디 사라졌다 왔는지. 내 사전에 지각은 없다는 그녀의 신념이 오늘 깨질지도 몰랐다.

8시 58분. 엘리베이터가 지하에서 굼뜨게 올라왔다. 그녀와 처지가 비슷한 사원들이 엘리베이터 앞에 구름 떼로 몰렸다.

띵—

엘리베이터 문이 열리자마자 급물살에 떠밀리듯 혜인은 엘리베이터 안으로 들어갔다. 어깨가 여기저기 부딪쳤다. 최소한의 간격을 두고 버티려 해도, 뒤에 따라붙은 사람들은 사정없이 밀어붙였다. 그녀는 거의 구석까지 몰렸고, 벽에 기대서 있는 남자와 밀착되었다. 남자가 앞으로 몸을 틀어 공간을 만들더니 그녀를 안쪽 자리로 몰아준 뒤 자신이 그녀의 앞에 섰다. 고개를 쳐들기도 어려웠던 상황이라 그녀는 남자의 턱 밑만 본 채 뒤로 밀렸다. 남자의 넓은 등에 가려서인지 그 비좁은 상자 속에서 그녀는 편안함을 느꼈다.

사람들이 조금씩 빠지며 좁은 공간이 헐렁해졌다. 혜인은 등을 돌리고 서 있는 남자에게 인사하기가 머쓱해서 엘리베이터가 멈추기를 조용히 기다렸다. 6층, 7층…… 8층. 돌아 나와 문이 열리기까지 대기하는 짧은 순간, 그녀는 인사를 할 겸 등을 돌렸다. 남자가 혜인을 보고 있었다. 순간 말을 잃었다. 책의 주인이 거기 서 있었다. 그도 혜인을 알아본 듯했다.

"박혜인!"

엘리베이터 문이 열리고 익숙한 음성이 그녀를 따갑게 불렀다. 민아였다. 민아는 주춤거리는 그녀의 팔을 냅다 잡아끌었다.

"야, 속이 타들어가는 줄 알았잖아. 휴대폰은 왜 안 보는데?"

혜인은 그녀의 손에 붙잡혀 이러지도 저러지도 못하고 우물거렸다. 닫히는 문틈으로 남자의 눈이 그녀를 향했다. 문이 닫히자마자 그녀는 참았던 숨을 몰아쉬었다.

"왜 그래?"

"아…… 아니야. 나 늦었지?"

9시 3분. 시간 개념 칼 같은 팀장이 잔소리를 퍼부을 게 분명했다. 단 한 번의 지각으로 인사 평가가 A에서 B로 바뀌었다고 울상을 지었던 동료 직원의 말도 떠올랐다. 망할.

"나 화장실 갔다 들어갈 거니까 넌 이 서류 들고 들어가. 네가 누락된 서류 때문에 영업지원팀 들러서 온다고 둘러댔단 말이야."

"그러다 걸리면?"

"그 정도 사전 준비도 없었을까 봐? 지원팀에 지금 미영 씨밖에 없대. 커피 한 잔에 오케이 했다."

"이번 입사자 건 말이지?"

"응. 빨리 들어가. 그래도 지각이라고 생각할 양반이니까."

"알았어, 고마워."

민아는 이쪽저쪽 눈치를 살피더니 급하게 화장실로 뛰어갔다. 혜인은 서류를 품에 안고 사무실로 향했다. 머리가 지끈거린다. 뒤늦게야 회사 사원증을 목에 걸고 있는 남자의 모습이 어른거렸다.

팀장은 인사를 하는 혜인에게 고개만 까닥거리고 통화를 계속했다. 자리에 들어서자 정화가 책상 위로 얼굴을 빼꼼 내밀었다.

단발 웨이브가 인상적이었다. 어려 보이기 위한 변신이라고 했던가. 스물 초반의 아이가 어려 보이고 싶다는 말이 우스워 사무실 직원들이 동시에 웃어버렸었다. 그게 이 무렵이었구나.

"언니, 왔어요?"

"정화 씨, 안녕."

"여행 안 갔다면서요?"

"그렇게 됐어. 대리님은?"

"부장님 호출이요."

혜인은 자리에 앉아 컴퓨터를 켰다. 메일함이 폭격을 맞은 상태였다. 안 읽은 메일들을 일일이 확인하고 처리하면서 오전 시간이 흘렀다.

밀린 업무를 처리하고 나니 점심시간이 삼십 분 남짓 남았다. 그녀의 머리를 비집고 들어온 건 남자에 대한 기억이었다. 그녀가 인사차 돌아섰을 때, 그리고 민아에게 붙잡혀 있던 순간, 그녀는 남자의 목에 걸려 있던 사원증을 확인했었다. 정확하게 볼 겨를은 없었다. 생각날 듯 생각나지 않아, 머릿속이 간지러웠다.

'해외……? 해외영업팀?'

얼핏 본 단어를 곱씹으며 혜인은 조직도를 열어 부서명을 살폈다. 해외영업팀을 클릭하자 소속된 사원 명단이 주룩 나왔다. 이름을 클릭하자 사진과 함께 간단한 인적 사항이 떴다. 그녀는 위에서부터 차례로 훑어 내려갔다. 김동진…… 허태석…… 이정태…….

그녀의 손가락이 어느덧 멈추었다.

서윤우.

남자의 이름은 서윤우. 입술을 살짝 벌리고 웃는 모습이 선한 인상을 주었다.

"그 남자는 왜?"

갑작스런 민아의 음성에 놀라 마우스 커서가 화면을 이탈했다. 민아가 언제부터 등 뒤에 서 있었는지 모르겠다.

"해외영업팀 서윤우?"

민아가 고개를 갸웃했다.

"이 사람, 정화 씨가 점찍었다는 사람 같은데?"

"뭐?"

"제가 뭐요?"

정화는 제 이름이 나오자마자 쪼르르 혜인의 자리로 달려왔다.

"맞지, 정화 씨? 엘리베이터에서 봤다는 남자가 이 사람 아냐?"

"맞아요, 서윤우. 근사하죠?"

"여자들이 딱 좋아할 얼굴이긴 하네. 인기 많겠다."

"언니가 보기엔 어때요?"

"괜…… 찮네."

혜인은 얼떨결에 고개를 끄덕였다. 찬찬히 살펴보니 민아의 말이 틀린 말은 아니었다.

"여자 친구 있겠죠?"

"여자 친구는 무슨. 약혼녀라면 모를까."

민아가 놀리는 투로 말하자 정화가 대번 입을 비죽였다.

"오며 가며 얼굴 볼 수 있는 게 다예요. 이래 가지곤 어느 세월에 진도 빼냐고요. 혹시 그쪽에 아는 사람 없어요?"

"있을 리가. 사무실에 박혀 일만 하는데."

"언니는요?"

"혜인이 애야 더하면 더했지, 덜하진 않다. 안 되겠어. 인간관계 폭 좀 넓혀야지."

정화의 얼굴에 실망스러움이 번지는 것을 보며 혜인은 약간의 자책을 느꼈다. 얼굴 정도는 안다고 해야 할까? 모른 척하는 게 맞다 싶지만 어쩐지 거짓말을 한 것 같은 이상한 기분.

"암튼 이 사람 제가 찜했으니까 눈독 들이시면 안 돼요."

"그런 건 약속으로 되는 게 아니네요, 정화 씨."

"왜요?"

"인연이란 게 원래 얄궂잖아. 감정은 럭비공 같은 거고."

원망스럽게 쳐다보는 정화에게 민아는 심드렁하게 대꾸했다. 혜인은 즉각 창을 닫았다. 서윤우의 사진이 사라진 모니터 화면에 그의 잔영이 남아 그녀에게 자꾸 말을 거는 것 같았다.

나를 모르나요?

그렇게.

혜인이 GMS에 입사한 지도 1년하고도 2개월. 전 직원 20명 남짓의 작은 중소기업에서 풋내기 졸업생으로 얼렁뚱땅 2년을 채우다가 민아의 적극적인 권유로 GMS에 함께 입사했다. 전자 제품 제조 회사인 GMS는 카메라, 노트북, MP3 등을 주력으로 생산하는 외국계 회사로 전자 브랜드 중에선 고객 선호도 1, 2위를 달리는 독보적 존재였다. 최근 경쟁 업체들에 잇달아 1, 2위 자리를 내주며 위기설이다 뭐다 하는 이야기가 나돌기도 했지만, 내부 분위기는 으레 있는 일인 양 태연했다. 선호도 조사라는 것 자체가 신빙성이 없다는 반응도 있고. 어찌 됐든 개발부와 영업부만 죽어날 일이지.

해외영업팀 서윤우.

1년 2개월 동안 그 남자와 같은 건물에 있었단 말이지? 혜인은 자신과 관계된 것이 아닌 이상은 꽤 무심한 편이었다. 자신이 하고 있는 일 —걸을 때는 걷는 것, 통화할 때는 통화하는 일, 일을 할 때는 일하는 것— 단 한 가지 일에만 집중하기 때문에 그 외 주변에서 벌어지는 곁가지 일은 잘 파악하지 못했다. 방금 마주친 사람도 돌아서면 잊어버리기 일쑤고, 상대를 알아보고 먼저 인사하는 법도 없었다. 이런 큰 건물에서 그 사람과 단 한 번도 마주치지 않았다고 해도 이상할 게 없지만, 마주친 일을 기억하지 못한 거라고 해도 그 역시 이상할 게 없었다. 민아에게 복장 터진다는 소릴 귀에 박히게 들었으니…….

"박혜인. 박혜인?"

"어?"

점심을 간단히 먹고 담소를 즐기자는 민아의 뜻에 의해 카페 〈모〉로 왔지만, 그녀는 좀처럼 집중할 수가 없었다.

"너 자꾸 딴생각이다?"

"아냐, 그냥 좀 멍해서 그래. 오랜만에 회사 나온 거잖아."

"그건 나도 그래. 모니터에 제주도 해안이 넘실거린다니깐."

"그래도 소원 성취했잖아. 떠나자, 제발 떠나자 입에 달고 살더니."

"무슨. 좋은 것도 같이할 사람이 있어야 즐겁지. 네가 빠지는 바람에 난 앙꼬 없는 찐빵이었다니깐."

"태화랑 친했잖아. 옛날 프렌드십 좀 뽐내보지 그랬어."

"그게 언제 적 얘긴데. 나도 우정이 남아 있을 거라 생각했는데 착각이더라. 둘만 있으면 왜 이리 어색하니."

태화는 민아의 고등학교 시절 단짝이었다. 이 학년 때 짝꿍으로 만난 둘은 삼 학년까지 한 반으로 올라갔다. 나머지는 삼 학년에서 만난 친구들이었다. 같이 도시락을 먹고, 그룹 과외도 하고, 야자 시간에 도망치기도 하고. 민아와 혜인이 같은 대학교에 들어가면서 급속도로 친밀해지고, 나머지 친구들도 서로의 영역권 내에서 개인 플레이를 하게 되면서 관계는 느슨해졌다. 민아의 주도하에 정기적인 모임을 가지고 있긴 했지만 형식적인 느낌은 지울 수 없었다.

"셋째 날부터는 기상이 좋지 않아 구경도 못 했어. 일출봉에 올라가선 시커먼 구름 떼들이나 보고, 마라도는 들어가지도 못했다니깐. 러브랜드 가서 아저씨, 아줌마들만 실컷 봤다."

"태화가 싫다고 뺐던 거잖아."

"호텔 죽순이보단 뭐라도 구경하는 게 낫다 싶은 거지. 그리고 웬걸. 제일 좋아하던데? 사실 애인이랑 가는 것보다야 낫지. 어떤 커플은 입구에서 엄청 싸우더라고."

"애인끼린 낯부끄럽다."

"그래도 부럽잖아. 그나저나 제주돈 네가 제일 가고 싶어 했었는데, 안 아쉬워?"

"여행 안 해도 여행한 거나 다름없어."

"뭐?"

영문을 모르겠다는 얼굴로 쳐다보는 민아를 외면하며 혜인은 빨대를 입에 물고 커피만 쭉쭉 빨았다. 커피는 얼음이 거의 녹아 밍밍했다.

9월의 풍경이 어제 일처럼 새삼스럽지 않은, 평범한 월요일 오후가 그렇게 흘러가고 있었다.

오후 2시. 경영지원팀 사무실 분위기는 따분하기 그지없었다. 블라인드를 뚫고 들어오는 햇살이 사무실 구석구석까지 파고들면서, 계절은 가을이지만 춘곤증에 시달리는 듯 꾸벅거리는 움직임이 많았다. 팀장님 역시 의자를 바짝 뒤로 젖힌 채 눈을 감고 있었는데, 단잠이 든 게 분명했다. 과장님 역시 연신 눈을 비비긴 마찬가지였다. 정화는 잠을 쫓으려 인터넷 쇼핑에 열을 올리고 있었다. 머리를 간지럽히는 잠 귀신을 쫓으려 목을 좌우로 꺾으며 기지개를 폈다. 민아가 어느새 일어나 나오라는 손짓을 했다. 혜인은 조용히 밖으로 나갔다.

"11층 가자."

"11층?"

서윤우가 있다는 사실을 알고부터 11층은 혜인에게 금지의 구역이 되었다. 서류를 수거하러 다니는 것도 아니고, 다른 팀과의

왕래가 활발한 것도 아니기에 직접 다른 팀 사무실을 방문하는 일은 적었지만 그런 상황이 생기면 어떻게 해야 하나 미루어 고민도 했다. 먼 이야기로 생각했던 일인데 이렇게 빨리 맞닥뜨리게 되다니. 몹시 당황스러웠다.

"영어 동아리 회장이 영업지원팀에 있거든. 신청이 오늘까진데 완전 까먹고 있었어. 넌 정말 생각 없는 거야?"

"뭘?"

"동아리 말이야. 그러지 말고 나랑 같이하자. 혼자 생판 모르는 사람들 틈에 끼는 거 부담스럽단 말이야. 동아리 점수 은근 무시 못 해. 삼 개월만 딱 해보고 아니다 싶으면 탈퇴하면 되잖아."

"동아리……?"

GMS에는 열다섯여 개의 동아리가 활동하고 있었다. 정식 모집은 상반기, 후반기 2번에 걸쳐 진행되었지만, 삼 개월 단위로 추가 모집이 있기도 했다. 하지만 추가 모집을 하는 동아리는 제한적이었다. 따로 공고하지 않기 때문에 목마른 놈이 부지런하게 돌아다니며 샘을 파야 했다.

'그 봐. 내 말대로 하자니까.'

과거로 돌아오기 전 1월, 생각보다 저조한 평가 점수를 보고 혜인은 속상했었다. 업무 성적은 그런대로 괜찮았지만 업무 외 성적에서 추가점을 받지 못하는 바람에 다른 직원에 밀려 낮은 레벨을 받게 된 거였다. 동아리를 들자던 민아의 권유를 거부했었지. 바로 이 무렵.

"……그래."

"그거 하겠다는 뜻이야?"

"응."

"내가 예민한 거니? 너 좀 달라진 거 같아."

"뭐가?"

"일주일 전에는 여기 없었던 사람 같거든. 어딘가 모르게 변했어."

"……."

"암튼 결정한 거지? 너 딴말하면 안 된다?"

"그래."

엘리베이터 앞에 붙여진 배치도를 따라 긴 복도를 걸었다. 영업부 사무실은 거의 텅 비어 있었다. 영업지원팀 구역에만 자리를 지키는 직원들이 있었다. 한가해 보이기는 마찬가지였다. 민아는 이효영이라고 적힌 책상 앞에서 걸음을 멈추었다.

"안녕하세요. 영어 동아리 가입하고 싶어서 왔는데요."

"아…… 안녕하세요."

키보드를 빠르게 두드리던 손이 멈추고 여자는 목에 걸린 사원증을 따르게 훑었다.

"죄송하지만 저희는 추가모집을 받지 않아요. 인원이 많기도 하고, 현재 각 조별로 과제를 진행 중에 있어서요."

"아…… 큰일이네. 이번엔 추가모집 하는 곳도 적고."

"동아리 운영 방침이 바뀌어서 그럴 거예요. 자율에 맡겼는데 하반기부터 결과물을 제출하는 걸로 바뀌었거든요. 경영팀이라 잘 아시겠네요."

"네, 그래도 혹시나 했거든요."

"아, 맞다. 에니그마에 퇴사자가 생겨서 곤란하다고 들었어요. 자리가 있을지도 모르겠네요."

"에니그마면 연극 동아리 말씀하시는 건가요?"

"네, 맞아요."

"회장이 여기 있으신가요?"

"옆 사무실이에요. 그런데 지금은 아무도 없을 거예요. 오늘 포럼이 있어서 다들 거기 간 걸로 알고 있거든요. 음…… 잠시만요."

효영은 잠시 고민하더니 어디론가 전화를 걸었다. 신호음이 한참 들리더니 희미하게 남자 목소리가 흘러나왔다.

"지금 통화돼요? 저 효영이에요."

전화를 받은 상대가 그렇다고 대답했는지 그녀는 통화를 계속했다. 통화 내용상 전화를 받은 상대는 에니그마 회장인 것 같았다. 통화 도중 그녀가 수화기를 가리고 두 분 다냐고 물었다. 민아가 고개를 끄덕였다. 그녀는 간단하게 통화를 마친 후 밝게 웃었다.

"자리 있대요. 꼭 들어와달라는데요?"

"다행이네요. 그런데 오늘까지라……. 몇 시쯤이면 오실까요?"

"그것까진 안 물어봤지만, 아마 늦을 거예요. 그쪽에서 바로 퇴근할 수도 있고요. 인터넷 가능하다고 신청서 보내주면 상신 처리하겠대요."

"아, 감사합니다."

"감사는요. 덕분에 점심 얻어먹게 생겼는걸요. 암튼 다행이에요."

그녀들은 재차 인사를 한 후 사무실을 나섰다. 조금 진정이 되었는지 시간의 압박에 못 이겨 너무 빨리 결정한 게 아닌가 싶은 걱정도 들었다.

"연극 동아리는 뭐 하는 데지?"

"아마 공연 동아리랑 비슷할 거야. 단지 연극을 보러 다니는 거지."

"그래서 자리가 있었나 보다. 그런데 왜 곤란하다는 거야?"

"최소 인원이 안 되면 해체잖아. 그래서 그렇겠지."

자리에 돌아오자마자 민아가 알려준 이메일로 신청서를 보냈다. 한 시간이 지나 보낸 편지함을 클릭하니 수신 확인 시간이 찍혀 있었다.

이미 지난 육 개월을 다시 산다는 건 지루하지 않을까 걱정했던 마음과는 달리, 오늘은 지나간 어제가 아닌 오늘일 뿐이었다. 어떤 선택을 하는 게 좋은지 힌트가 주어진 오늘. 인생은 새옹지마라더니. 아찔한 사고가 뜻하지 않은 선물을 주고 간 듯 혜인은 흡족했다.

오늘은 에니그마의 첫 모임이 있는 날이었다. 민아는 라인이 드러나는 니트 탑에 짧은 검은색 스커트를 입고 왔다. 고민한 흔적이 역력했다.

"언니, 오늘 어디 가요? 혹시 소개팅? 스커트에 옆트임만 있으면 완전 런웨이 복장이에요."

"소개팅 의상이라기엔 좀 과분하지?"

"과분한 게 아니라 과하다."

혜인이 한마디 거들었다. 하고 싶은 말을 대신 해준 듯 정화가
씩 웃었다.

"박혜인, 너도 만만치 않거든."

민아는 혜인이 입은 원피스를 쏘아보았다. 잔잔한 꽃문양이 프
린트된 원피스가 곡선을 따라 차분히 흘렀다.

"우연이야. 나 기분 다운될 때 원피스 입잖아."

"그렇다 치고, 우리가 남자 볼 일이 어디 많니? 이럴 때라도 꾸
며주는 거지."

혜인은 웃고 말았다. 그녀도 전날 밤에 옷장을 열고 무엇을 입
을까 고민을 하며 이 옷 저 옷 꺼내보긴 했었다. 원피스는 아침에
별 뜻 없이 집어 든 옷이었다. 배를 압박하는 스커트나 바지가 입
기 싫은 마음에서였다.

오후 6시 30분. 10-5 회의실.

"환영합니다."

회장인 이승준이 벌떡 일어나 반겼다. 이승준의 오른쪽에 앉아
있던 남자 두 명도 덩달아 일어나 인사했다.

"오형민이에요."

"김진현입니다."

"저와 이 친구는 해외영업 1팀이고, 진현 씨는 영업지원팀이에
요."

"효영 씨에게 얘기 들었어요. 영어 동아리 가입하러 오셨다가
봉변당하신 거죠?"

"봉변은 무슨. 여기저기 내가 찔러놓길 잘했던 거지. 오해 마세요. 이상한 의도는 아니고 갑자기 탈퇴자가 생겨 인원 충원이 급했거든요."

"인원이 조촐하네요."

"공연팀이 있다 보니 그쪽에 다 뺏겨요. 아직 한 녀석이 안 왔어요. 일 좀 마무리하고 온다고……. 아, 저기 오네요."

불투명한 회의실 문으로 남자의 그림자가 비쳤다. 또 남잔가, 혜인이 생각하는 찰나에 문이 열렸다.

"헉."

저도 모르게 뱉은 감탄사에 놀라 그녀는 황급히 입을 막았다. 서윤우…… 하필 서윤우라니.

"많이 안 늦었지?"

윤우의 시선이 혜인을 지나쳐 승준에게 뻗었다.

"막 인사 마쳤어. 이쪽은 권민아 씨. 이쪽은 박……."

승준이 고개를 갸우뚱했다. 어쩔 수 없이 혜인이 말을 받았다.

"……박혜인이에요."

"서윤우입니다."

그는 승준의 옆자리에 앉았다. 그러는 동안에도 윤우의 눈동자는 혜인의 얼굴에 부드럽게 머물렀다. 그녀는 짐짓 모른 척 승준에게로 시선을 돌렸다. 그러고 보니 첫 만남 때 서윤우의 일행 중 한 명이 승준이었다. 가까이서 얼굴을 대면한 게 아니니 승준이 그녀를 기억할 리는 없었다. 그러나 서윤우는 달랐다. 확신은 못 해도 가능성은 있었다. 제발 기억하지 말기를……. 짧은 순간이고, 그녀와는 달리 인상적인 기억일 리도 없으니까. 하지만 그녀를 보는 윤우의 눈빛에 아는 사람이라는 느낌이 묻어났다. 착각이면 좋으련만.

"이제야 다 모였네요. 조촐하죠?"

"저희야 친해져야 할 인원이 적어서 덜 부담스러운걸요. 인원 미달돼서 난처하셨나 봐요."

"그런 것도 있고 지금 준비하는 연극이 있는데 하나뿐인 여주가 빠져버려 대체할 방도가 없었거든요. 저희 구세줍니다. 안 오셨으면 저희 중 한 명이 여장을 할 뻔했어요."

"연극을 준비하신다고요?"

민아가 깜짝 놀라 물었다.

"연말에 과제물을 내야 하는 것 때문에 연극 공연을 진행하게 됐어요. 예전엔 연극을 보러 다니기만 했는데 방침이 바뀌어서 팔자에 없는 연극을 하게 된 거죠. 이 녀석이 밀어붙이지 않았으면 해체했을 거예요."

승준이 윤우를 가리키자 그가 머쓱하게 웃었다.

"말이 리더지 전 바지사장이에요. 이 녀석이 감독도 하고, 무대 연출도 하고. 극본도 이 녀석이 썼어요. 그래, 너 다 해 먹어라."

승준의 농담에 한차례 웃음이 터졌다.

"연극 내용이 뭔데요?"

"남자 주인공이 어느 날부터 자신이 살해당하는 꿈을 꿔요. 그런데 그 주변 사람들이 하나씩 죽어가는 거죠."

"으, 무섭다. 너 어쩌냐. 혜인이 얘가 공포라면 질색하거든요."

"그래도 보는 거랑은 다를 텐데."

"잠깐."

가만히 듣고 있던 윤우가 승준을 막아섰다.

"그러지 말고 플랜 B로 가는 게 어때?"

"뭐?"

놀란 건 승준뿐만이 아니었다. 형민, 진형도 동시에 소리치며 몸을 곧추세웠다.

"이제 와서 연극을 바꾸다니 무슨 소리야. 공연도 얼마 안 남았는데."

"연말 공연인데 공포물이라 내내 마음에 걸렸어. 새 멤버도 들어왔으니 새로 시작하는 것도 괜찮지 않을까? 어차피 대본 리딩도 안 했잖아."

"윤우 씨 말도 일리가 있네요. 전 찬성."

"미 투."

형민과 진형이 쉽게 동의를 해버리고 말자 승준이 민망한 듯 얼굴을 문질렀다. 그 역시 의견이 다르진 않은 듯했다.

"하긴 공포물은 무대연출이 중요한데 우리가 프로도 아니고, 장비 지원은 더더욱 안 될 테고. 내심 걱정되긴 했어."

"플랜 B가 뭔데요?"

"운명적인 사랑 얘기예요. 죽을 운명의 남자와 그 운명을 아는 여자의 피할 수 없는 러브스토리죠."

혜인은 흠칫 놀라 눈을 동그랗게 떴다. 그녀에게는 아주 익숙한 이야기였다. 죽을 운명의 남자는 서윤우, 그 운명을 아는 여자는 박혜인. 연극이 아닌 리얼이다. 그 둘이 사랑한다는 이야기만 빼면.

"그래서 남자가 죽나요?"

"어떻게 됐으면 좋겠어요?"

그녀의 조심스런 물음에 윤우가 지그시 물었다. 그녀는 요동치는 가슴을 누르며 애써 담담한 얼굴로 '글쎄요.'라고 답했다.

"무조건 해피엔딩이요. 연말 공연이라면서요. 그럼 해피엔딩으로 가지 않을 이유가 없잖아요."

아무리 영화평이 좋아도 비극은 쳐다보지도 않는 민아였다. 신파가 난무하는 일일드라마나 연속극은 정신을 오염시킨다고 혐오했다. 하지만 혜인의 생각은 달랐다. 신파에서 자유로울 수 있는 드라마는 없다는 게 그녀의 생각이었다.

"새드엔딩에 가깝긴 하지만 절대적인 비극은 아니에요. 어떤 의미에서는 해피엔딩이라고 생각하거든요."

"결국 새드란 말이죠?"

윤우의 설명이 성에 안 차는지 민아는 그렇게 단정 지어버렸다.

"그래도 이야기가 재밌어요. 로미오와 줄리엣보다 더."

"그럼 윤우 씨가 GMS의 셰익스피어예요?"

"서익스피어, 좋다."

"그러지 마. 그건 아니에요."

윤우가 승준과 민아를 차례로 살피며 부드럽게 웃었다.

회의는 십 분 더 진행된 뒤 끝이 났다. 대본이 없는 상태에서 구체적인 이야기를 논하는 건 어렵다는 판단에서였다. 이번 주 중에 대본을 돌리고 캐스팅을 정하자고 승준이 마무리를 했다.

"혜인 씨, 잠시만요."

회의실을 나가려는 혜인을 윤우가 붙잡았다. 앞서 빠져나가던 민아가 눈이 동그래져서는 혜인과 윤우를 번갈아 쳐다보았다.

"잠깐 얘기 좀 할 수 있을까요?"

카페에서, 엘리베이터에서 그와 마주쳤던 때처럼 또 한 번 심장이 내려앉았다.

"무슨…… 일인데요?"

"잠깐이면 돼요."

적당한 핑계를 대고 도망가면 좋으련만, 핑곗거리가 생각나지 않았다. 민아는 의문 가득한 표정으로 먼저 간다고 눈짓했다.

"네, 그래요."

계속 만나게 될 거라면 애초에 정리를 해버리는 게 맞겠지. 정리라고 할 게 없기도 하지만. 혜인은 복잡해지는 머리를 흔들며 그의 뒤를 조용히 따랐다.

13층 엘리베이터에서 내려 하늘 공원으로 연결되는 계단을 오르며 혜인은 도망치고 싶은 마음에 몇 번이고 발을 멈추었다. 일정한 속도로 차분히 멀어지는 서윤우의 모습에 긴장감을 느끼며, 한편으론 초조해하는 마음을 들킬까 싶어 빠른 속도로 그의 뒤에 바짝 붙어 섰다.

연한 코스모스 줄기가 바람에 힘없이 나부끼는 공원 한가운데. 무엇이 그리 조심스러운지 혜인은 디딤돌에 발을 디딜 때마다 힘을 주어 탁탁 부딪치는 소리를 죽였다. 윤우는 디딤돌 끝까지 걸어가 가장 바깥쪽 벤치에 앉았다. 그녀도 벤치의 끝에 불안하게 앉았다. 도대체 이 사람은 무슨 생각으로 나를 여기까지 불렀을까. 그의 복잡한 옆얼굴에 먼저 입을 떼지는 못하고 그녀는 손에 쥔 다이어리와 휴대폰만 만지작거렸다.

"다이어리 찾았네요?"

다이어리를 쥐고 있던 손이 움찔 움직였다. 착각이 아니었어. 날 기억하고 있잖아.

혜인이 흠칫 놀라 쳐다보자 그가 별일 아니라는 듯 웃었다.

"그때 놓고 갔잖아요. 테이블에 있는 것 보고 카운터에 맡겼는데."

"아…… 네. 생각나서 바로 찾으러 갔었어요."

"그렇군요……. 회사 다닌 지는 얼마나 됐어요?"

"일 년 조금 넘었어요. 윤우 씨는요?"

"전 삼 년쯤 됐어요."

"오래되셨네요. 하긴 대리님이신데."

"여기가 첫 직장이거든요. 졸업하자마자 취업해서 쭉. 삼 년 되니 좀 지루하기도 하네요."

"일 년밖에 안 됐어도 그러는걸요. 오래 다니는 사람들은 특별한 힘이 있는 것 같아요."

"월급을 기다리는 마음, 그게 단데?"

그가 부드럽게 웃었기에 그녀도 팽팽했던 끈이 조금 느슨해진 기분으로 따라 웃었다.

"솔직히…… 혜인 씨가 앉아 있는 것 보고 깜짝 놀랐습니다. 이 부근 직장인일 수도 있겠다 생각은 했지만, 이렇게 빨리……. 가까이 있을 거라곤 생각지도 못했어요."

"……."

"그때 카페에서의 일, 분명히 기억하고 있어요. 제가 드렸던 질문에 혜인 씨가 했던 대답, 기억하고는 있습니다만……. 그럼에도 제가 이상한 건지 자꾸 궁금하고……."

"무슨 말씀을 하시는 건지 모르겠어요."

"혜인 씨."

그의 음성이 낮게 그녀의 가슴을 두드렸다. 무슨 말을 하려는 걸까. 혜인은 저도 모르게 가슴에 손을 가져가 댔다.

"나를 정말 모르나요?"

맑은 눈동자가 그녀를 지그시 바라봤다. 당황하면 안 돼. 스커트 자락을 꾹 움켜잡으며 그녀는 흔들리는 마음을 다잡았다.

"그건 이미 대답을……."

"네, 알아요. 분명히 모른다고 대답했죠. 그런데 왜 저는 자꾸 혜인 씨가 날 알고 있는 것처럼 느껴지죠?"

"그건…… 제가 대답할 수 있는 질문이 아니네요. 그것 때문에 보자고 하신 거면 저는 이만 가볼게요."

혜인은 황급히 일어섰다. 몇 걸음 옮길 새도 없이 서윤우가 그녀의 팔을 꽉 잡았다.

"혜인 씨 다이어리를 봤어요. 고의는 아니었지만, 그건 미안해요. 직접적인 설명은 없었지만 그 카페 안에는 혜인 씨와 우리 말고는 없었잖아요. 내가 아니라면 혹시 우리 중에 다른 사람을……."

"……그냥 쓴 거예요. 친구를 기다리다가 지루해서. 기록하는 게 취미거든요. 누구를 가리키는 것도 아니고……. 아무 의미도 없는 거예요."

그의 손에 스르르 힘이 빠지며 혜인의 팔이 툭 떨어졌다.

"아무 의미 없는 거란 말이죠……."

쓸쓸함이 묻어나는 목소리가 무엇을 의미하는지 그녀는 알 수 없었다. 바닥을 향해 말을 삼키던 그가 다시금 고개를 들었다.

"오해해서 미안해요."

"괜찮아요."

그가 무어라 덧붙이기 전에 혜인은 서둘러 하늘 정원을 내려왔다. 그녀가 엘리베이터를 탈 때까지도 그는 내려오지 않았다.

혜인의 모니터에 포스트잇이 붙어 있었다. 민아의 글씨였다.

〈무슨 일이래? 연락해. 먼저 간다.〉

그녀는 가방을 챙기려다 말고 털썩 의자에 주저앉았다. 텅 빈 사무실만큼이나 마음이 스산했다. 이 마음은 어디서 오는 것인지. 텅 빈 사무실을 홀로 지키며 혜인은 한참 생각에 빠져들었다.

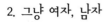

2. 그냥 여자, 남자

"언니, 서윤우 씨 있는 동아리 들어갔다면서요?"

정화가 믹스 커피 세 잔을 원탁 테이블에 올려놓으며 물었다. 9시 업무 시작 전, 길게는 이십 분 짧게는 십 분 정도 원탁 테이블에 모여 티타임을 가졌다. 멤버는 아직 직급을 달지 못한 네 명이었지만 가끔 일찍 온 이하영 대리나 한지혜 대리가 낄 때도 있었다. 일등으로 출근한 소진이 집에서 가져온 쿠키를 접시에 담는 동안 정화는 자신이 커피를 타겠다며 탕비실로 들어갔다. 정화에게서 이상한 흥분이 느껴진다 생각할 즈음 불쑥 건네온 질문에 혜인은 당황했다. 어제 퇴근 후의 일이 어떻게 정화의 귀에 들어갔는지 신기할 노릇이었다.

"어떻게 알았어?"

"퇴근하고 약속이 있어 카페 〈모〉에 있었거든요. 민아 언니가 커피 사러 와선 얘기해줬어요. 그런데 언니, 끝나고 서윤우 씨랑 따로 만났다면서요? 무슨 얘기 한 거예요?"

"응?"

탐색하는 그녀의 얼굴을 제대로 쳐다보지 못하고 혜인은 우물쭈물 대답을 망설였다.

"뭘 물어. 뻔한 일을."

문 근처에서 민아의 목소리가 들렸다. 9센티미터 하이힐을 서슴없이 내리꽂으며 사무실에 들어선 그녀는 가방을 자리에 던져놓은 뒤 곧장 테이블로 왔다.

"정화 씨가 서윤우 찜한 것처럼 서윤우도 찜한 거지, 박혜인을."

"설마……."

정화는 울상이 된 표정으로 혜인을 빤히 보았다. 누가 봐도 제발 아니라고 말해줘요, 라고 읽히는 얼굴.

"그런 거 아니야. 그냥 그전에 잠깐 부딪힌 일이 있었는데, 그 일로 궁금한 게 있었을 뿐이야."

"오, 초면도 아니고 그럼 인연?"

"야."

민아의 짓궂은 농담에 혜인이 그녀의 팔을 툭 쳤다. 민아는 '내가 뭘?'이란 얼굴로 어깨를 으쓱하더니 의자에 앉았다.

"나만 커피가 없네?"

"알았어요."

정화가 입을 한 뼘쯤 내밀며 탕비실로 달려갔다.

"아무 일도 아닌데 왜 그래? 사람 민망하게."

"이렇게 안 하면 우리 맨날 시달릴 거야. 서윤우 씨 얘기해달라고. 네가 다 감당할래?"

"그래도 그렇지, 사람 마음 가지고 놀리면 돼?"

"그리고 혹시 아니, 내 말이 진짜일지."

"뭐?"

"정색하긴. 그럼 더 수상하다."

"서윤우라면 정화 씨가 좋아하는 영업부 대리 말이에요?"

잠자코 듣고 있던 소진이 탕비실 쪽을 살피며 물었다.

"소진 씬 알고 있었네요? 우린 어제 들었는데."

"정화 씨 옆자리니까요. 그러지 말고 다리 좀 놔줘요. 모르는 것도 아니고, 안됐잖아요."

"인사팀이 사내 연애를 장려할 순 없죠. 그러다 잘못되면 정화 씨만 다쳐요."

"에이, 그건 당사자들이 알아서 할 문제고요. 회사 들어와서 사람 하나 얻어 나가는 것도 이득일 수 있잖아요."

"어우, 계산적인 말투. 소진 씨 은근 그래."

"저 없는 자리에서 무슨 얘기를 하시는 거예요?"

정화는 탁자에 커피 잔을 턱 하니 놓으며 쓰러지듯 의자에 앉았다.

"닭 쫓던 개 지붕 쳐다보는 얘기했지."

"언니!"

민아의 살살 약 올리는 말투에 정화의 얼굴이 금세 붉으락푸르

락해졌다.

"그러니까 행동이 앞서야 하는 거야. 상상으로 연애하니 선수를 뺏기지."

"동아리 회원 정보는 비공개잖아요. 직접 알아보기도 쉽지 않고."

"그건 그래. 우리도 놀랐으니까."

"연극 동아리는 뭐 해요? 연극 봐요?"

"우리도 그런 줄 알고 들어갔는데, 연말에 연극을 한다네."

"와, 그럼 우리도 볼 수 있는 거예요?"

"아마도? 정화 씨 눈빛 금세 초롱초롱해진 것 봐."

"공연 내내 맘껏 쳐다볼 수 있잖아요. 와…… 진짜 부럽다."

정화가 턱을 괴고 꿈꾸는 얼굴로 대답했다. 그 모습에 남은 셋은 큭 웃고 말았다.

"소진 씨는 등산부랬죠? 등산부는 연말에 뭐 해요? 에베레스트 등반?"

"그거 하자고 한 사람 진짜 있었어요. 회장이 단칼에 잘랐지만. 저흰 설악산 등반해요."

"한겨울에? 위험하잖아요."

"12월 초인걸요. 그때면 좀 덜 춥고 눈도 안 올 테니까."

"정화 씨는 동아리 안 들었지?"

"네, 너무 회사에 묶이는 거 싫어서요. 내년에 연극 동아리 들어가야죠."

"박혜인의 남자가 된 뒤에?"

"언니!"

"권민아!"

"농담, 농담. 인색하게들 그런다."

민아가 손사래를 치며 어물쩍 웃어버리자 성난 고양이처럼 몸을 곧추세웠던 정화와 혜인은 마지못해 힘을 빼고 몸을 늘어뜨렸다.

"그런데 언니…… 마음 있는 건 아니죠?"

농담이 반복되니 정화도 신경이 쓰이는 모양이었다.

"당연히 아니지. 그럴 리 없잖아."

그 사람의 운명을 아는데. 나에겐 위험한 사람인데 설마 마음이 갈까. 차오르는 말을 삼키며 그녀는 간단하게 고개를 끄덕였다.

혜인의 마음을 모른 채 정화는 '다행이다.'를 연발하며 활짝 웃었다. '마음 접어. 죽을 사람이야.'라고 그녀를 말릴 수 없는 게 답답했지만, 그녀로선 어쩔 도리가 없었다. 아무도 눈치채지 못하게 한숨을 쉬며 그녀는 답답한 가슴을 덜어냈다.

[긴급 공지! 카페 〈모〉에서 6시 30분에 에니그마 짧은 미팅 있습니다. 참석 못 하시는 분에겐 엄청난 불이익이! 절대 책임 못 집니다!]

문자를 받은 건 세 시가 넘어서였다. 특채로 들어온 신입 서류를 정리해서 인사 시스템에 등록하고 보험 신고서를 작성할 때였다. 동시에 울린 알림음에 민아와 눈이 마주쳤다. 고개를 돌려 문자를 확인하는데 메신저 창이 깜빡였다.

[고고?]

[고!]

[불이익은 뭐지?]

[글쎄……]

6시 정각에 업무를 마무리하려고 했지만 이달 퇴사자의 퇴직급여가 이상하다며 결재가 반려되는 바람에 발이 묶였다. 결재를 올리고 컴퓨터를 끌 때는 이미 삼십 분이 넘어 있었다. 민아와 카페 〈모〉에 도착했을 때 나머지 회원들은 긴 소파가 있는 안쪽 자리에 자리를 잡고 화기애애 수다를 떨고 있었다.

"어, 왔네요?"

"저희가 좀 늦었어요."

"안 오는 줄 알았어요."

"불이익 있다면서요. 엄청 무섭게 문자 보내셨던데. 그거 뻥이죠?"

민아가 다소 따지는 말투로 묻자 승준이 어깨를 으쓱하며 너스레를 떨었다.

"아닌데, 진짠데. 두고 보면 압니다. 오늘 안 왔으면 후회했을 거라는 거."

"지각했다고 불이익주시면 안 돼요. 업무 때문에 어쩔 수 없었던 거니까."

"그건 뭐, 봐서요."

민아가 나서서 떠들어주는 바람에 혜인은 조용히 자리에 앉을 수 있었다. 공교롭게도 맞은편에는 서윤우가 앉아 있었다. 회의실에서 앉은 대로 자리가 굳어진 모양이었다. 그가 살짝 목례를 했기에 그녀 역시 떨떠름하게 고개를 수그렸다. 그의 앞에는 A4지가 두껍게 쌓여 있었다. 시선을 내리깔아 앞 페이지에 적힌 글씨를 읽었다. 아모르파티. 라틴어인가?

"오늘 모인 이유는 쇠뿔도 단김에 빼라고 새 극본도 드리고, 배역도 정하려고요. 공연까지 세 달 정도 남았고 이 주에 한 번 모이기 때문에 연습 시간 자체는 별로 없어요."

"빈도를 좀 늘리는 건 어때요?"

지원부 김진현이 조심스럽게 물었다.

"지금부터 그 얘길 하려고 했어요. 다들 동의한다면 일주일에 한 번으로 연습 시간을 조정했으면 해요."

진지한 얼굴로 진행을 하니 농담을 할 때와는 분위기가 확 달라 제법 회장티가 났다. 사람은 역시 한 면만 보고는 모르는 거구나, 혜인은 생각했다. 승준의 의견에 반대하는 사람이 없어 당분간 모임은 일주일에 한 번으로 결정되었다.

"그럼 본론으로 들어가서…… 극본 설명부터는 네가 해라."

승준이 윤우 쪽을 쳐다보자 그는 기다렸다는 듯 A4지 한 부씩을 차례로 돌렸다. 아모르파티. 혜인이 잘못 읽은 게 아니었다. 첫 페이지를 넘기자 등장인물 소개와 줄거리가 간략하게 정리되어 있고 그다음 페이지부터는 극본이 실려 있었다.

"제목 붙였네. 영어는 아닌 거 같고 불어? 스페인어?"

"무식하긴. 니체의 운명관을 지칭하는 용어잖아. 운명애. 풀어 설명하면 네 운명을 사랑하라!"

형민이 갸웃하자 승준이 바로 타박을 주었다.

"록밴드 이름도 있어요. 노래도 있고."

"카페도 본 거 같은데?"

"카르페디엠 같네. 좀 통하는 구석도 있고."

"카르페디엠이 좀 더 보편적이고 편안하게 다가오지 않아요? 운명을 사랑하라는 건 어떤 면에선 가혹해요."

"어때요? 제목 마음에 들어요?"

물어온 건 서윤우였다. 짧은 순간이지만 그녀의 얼굴에 난감한 표정이 어렸다. 그와 엮인 일이 없었다면 가볍게 대답할 수 있었을 것이다. 다시 돌아오는 일 없이 육 개월 후 어느 때였다면. 하지만 어긋난 운명을 맞추기 위해 시간을 거꾸로 거슬러 온 지금의 그녀는 적당한 대답을 할 수 없었다. 운명이란 단어 자체가 벅차고 아득했다.

"잡설은 그만두고 본론으로 넘어가자고. 다들 바쁠 텐데."

승준이 끼어들어 정리를 하는 통에 그녀는 대답 대신 살짝 웃는 것으로 질문을 모면할 수 있었다. 서윤우의 얼굴을 보니 꼭 대답을 듣고 싶었던 건 아닌 듯싶었다. 어쩌면 이제껏 한마디 하지 않고 있는 그녀에 대한 배려 같은 거였을까. 혜인은 섣부른 추측이라며 고개를 흔들었다.

"우선 주인공이 제일 중요한데……. 서윤우, 에릭은 네가 할 거지?"

"그런 게 어디 있어. 다 같이 상의해서 결정해야지."

"난 찬성."

"저도 찬성이요."

형민과 진현이 앞다투어 동의했다. 그가 머쓱하게 웃었다.

"플랜 A에서도 남주는 너였잖아. 연습 기간도 짧은데 이 긴 대사를 너 빼고 누가 외우냐고. 게다가 연극 문턱이라도 넘어본 사람이 하는 게 낫지 않겠어? 단체로 망신당할 거 아니면."

"그래도 하고 싶은 사람이 있을 수도……."

"할 사람 손. 지금 안 들면 영원히 기회 없습니다."

승준이 시범으로 손을 들어 보였지만, 아무도 따라 들지 않았다. 그저 윤우 쪽을 향해 방긋방긋 웃을 따름이었다.

"그럼 에릭은 서윤우로 낙점! 이의 없지?"

"별수 있냐."

체념한 표정의 그가 말했다.

"다음은 이 연극의 꽃, 여주 제인. 음…… 여자가 두 분뿐이라 한 분이 제인하고 한 분이 스텔라를 하시면 되겠는데요?"

혜인은 등장인물이 소개된 페이지를 훑어보았다.

제인. 점술사. 손을 만지면 상대의 운명을 읽을 수 있는 능력을 지니고 있다. 신비롭게 보이기 위한 장치로 긴 망토를 둘러 자신을 얼굴을 꽁꽁 숨기고 있다. 자유로운 삶을 누구보다 갈망하지만 스텔라의 욕심을 채워주는 꼭두각시로 하루하루 의미 없는 삶을 살아간다.

스텔라. 제인의 모친. 젊고 아름답지만 욕심이 많다. 제인을 이용해 상류 사회에 입성하려고 한다. 돈줄인 제인이 떠날까 봐 전전긍긍하며 자신의 손아귀에서 달아나지 못하도록 애를 쓴다.

"전 스텔라요. 비극적인 캐릭턴 싫어요. 차라리 악역이 낫지."

"그럼 혜인 씨가 제인?"

"잠시만요. 전 연기 자신 없는걸요. 조금이라도 분량 작은 게 나은데."

"그럼 어쩐다. 공정하게 가위바위보?"

"안 돼요. 제가 맨날 진단 말예요."

민아가 즉시 반대를 하고 나섰다.

"그럼 거수로 할까?"

"그건 좀……."

이번엔 형민과 진현이 반대를 했다.

"음…… 이런 건 연출이 정해야지. 원래 그렇잖아. 제인 누구, 스텔라 누구 발표해버리고 말면 그만인데. 안 그래, 서윤우?"

"내가?"

"직접 쓰고 기획하고 연출도 할 사람이 배역 보는 눈도 더 있겠지. 여기서 극본 통으로 아는 건 너밖에 더 있어?"

"그렇긴 하지."

윤우는 잠시 극본을 들여다보며 고민하는 것 같더니 이내 결심한 듯 고개를 들었다.

"제인은 혜인 씨가 해요. 스텔라는 민아 씨가 맡아주시고요."

"나이스."

"역시, 내 생각도 같다."

민아가 주먹 쥔 손을 흔들며 축하 세레모니를 했다. 도대체 무슨 생각인 거야. 그는 감정이 없는 얼굴로 혜인을 보고 있었다. 일주일에 한 번 그를 만나야 하는 것만도 벅찬 일인데, 그의 상대역이 돼서 연극까지 해야 한다니. 여자가 둘뿐인 이상 예상했어야 하는 일이었음에도 상황 자체가 현실로 인지되지 않아서 그저 서윤우를 볼 때마다 뜨끔 가슴이 뛸 뿐이지 염려가 컸던 건 아니었다.

"혜인 씨, 괜찮은 거죠?"

반응 없이 앉아 있는 그녀가 이상한지 그가 넌지시 물었다. 기회야. 괜찮지 않다고 대답해, 박혜인. 하지만 입술에서 나온 대답은 달랐다.

"네, 괜찮아요."

"혜인 씨, 너무 걱정하지 말아요. 이 녀석이 잘 리드할 거예요. 다들 초본데 뭘."

승준이 아는 척을 했다. 그녀는 적당히 고개를 끄덕이며 웃었다.

"그럼 나머지 콜린, 루카스, 필립이 남았는데……."

"콜린은 에릭의 친구니까 승준 씨가 하는 게 자연스럽지 않아요?"

"전 이 녀석에게 열등감, 질투, 시기 이런 거 없습니다."

"그거야 모르는 일이죠."

"복잡한 캐릭터 자신 없어요. 분량도 많고, 은근 중요한 역할이라 부담됩니다."

"그럼 내가 해도 될까? 이 캐릭터 마음에 드는데."

형민이 선뜻 나섰다. 나머지 역할도 쉽게 결정됐다. 제인의 친구 필립 역도 진현이 자진했기 때문에 승준이 자동적으로 루카스를 맡게 되었다.

"내가 이 녀석 아버지라니…….."

"외모로는 딱이야. 친구보단 아버지가 훨씬 잘 어울린다."

"왜 이래. 어딜 가도 동안 미남이라는 소릴 빠지지 않고 듣는데. 큰일이다. 배역을 어떻게 소화할지. 분장으로 커버가 될라나."

"먼저 말 안 했지만 루카스는 형사 역할도 같이 해줘야 해. 루카스 죽은 다음에 등장하는 거라서 장면이 엉키진 않아."

"형사, 좋다. 의문의 교통사고를 파헤치는 형사!"

"결국 사건을 해결하는 건 제인 아닌가? 어부지리로 범인은 잡지만."

승준이 형민의 날카로운 지적에 '아무렴.' 하며 눈을 치켜떴다.

"승준 씬 아무래도 감초 역할이 어울려요. 극의 분위기도 확 살리고."

"저흰 정극이라 코믹 캐릭터가 없는걸요."

"비극이라는 게 마음에 걸려. 연말인데 우울하잖아."

"결국 비극이에요?"

민아가 불만 섞인 말투로 물었다.

"스토리상 해피엔딩이 되긴 어려워서요."

"혜인이 넌 딱이네. 비극적인 사랑 얘기 좋아했잖아."

"보는 걸 좋아했던 거지, 직접 표현하는 거는 다르지."

그래도 연극 내내 당신밖에 난 몰라, 하며 갖은 애교와 오글거리는 대사를 남발해야 하는 것보단 낫지 않을까. 대본을 획획 넘기며 혜인은 가벼운 한숨을 내쉬었다.

"배역 정리 좀 할게요. 제인은 박혜인, 에릭은 서윤우, 스텔라
는 권민아, 콜린은 오형민, 필립은 김진현, 루카스와 형사 역엔 이
승준. 이렇게 결정난 겁니다. 앞으로 세 달 동안 잘 부탁드립니다.
좋은 연극을 위해 우리, 파이팅해요."

여섯 개의 손이 테이블 중앙에 모아졌다가 작은 외침과 함께 떨
어졌다.

"그런 이유로 주말에 사전 공부도 할 겸 같이 연극을 보러 갔으
면 하는데요. 반대하시는 분 손!"

"절대 찬성!"

형민이 손을 바닥으로 내리는 시늉을 하며 외쳤다. 웃기만 할
뿐 손을 드는 사람은 아무도 없었다.

"연극 보고 뒤풀이도 합니까?"

"당연하죠! 그걸 위해 하는 건데."

진현이 뒤풀이에 힘을 주어 묻자마자 승준이 바로 대답했다. 새
멤버를 의식하고 일부러 한 행동인 것 같았다.

"에릭이 가는데 제인이 빠지진 않겠죠?"

소소한 농담이지만 서윤우의 눈빛이 진해 혜인은 심장이 쿵 떨
어졌다. 제인이라고 부르는 어감이 좋아서일 것이다. 라디오DJ의
'잘 자요.' 멘트처럼.

"참석할 거예요."

"그럼 됐어요."

혜인은 지그시 웃는 그의 얼굴을 피해 민아에게로 몸을 돌렸다.

"너도?"

"당연하지. 제인이 가는데 스텔라가 빠질라고."

민아가 빙글빙글 웃으며 윤우의 말을 따라 했다.

"연극은 제가 알아서 준비할 테니 여러분은 몸만 오시면 됩니다."

"벌써 두근두근합니다. 얼마 만에 주말 모임인지……."

"승준 씨, 연극은 짧게, 술자리는 길게. 꼭 참고해주세요."

각자 하고 싶은 말을 떠드는 사이에도 윤우의 눈길은 그녀를 향해 있었다. 그럴 때마다 혜인은 머그컵만 꽉 붙잡은 채 어색한 미소만 지었다. 무엇을 생각하는지, 혹 제인을 상상하는지. 그의 눈에서 그려지는 그림이 읽히지 않았다. 하, 이런 순간이 앞으로 계속되는 것이겠지. 내가 제인이고 그가 에릭인 이상. 로미오와 줄리엣 같은 세기의 커플이 된 것이 아님에도 묵직한 부담감이 가슴을 짓눌렀다.

주말 대학로는 여지없이 인산인해였다. 약속 시간은 일곱 시였지만 민아와 한 시간 일찍 나와 마로니에 공원을 돌았다. 공원 초입 스트릿 피아노에 일곱 살쯤 돼 보이는 남자아이와 젊은 여자가 앉아 젓가락 행진곡을 연주하고 있었다. 젊은 여자는 아이의 엄마인 듯했다. 아이의 손이 건반 위에서 헤맬 때면 입술로 음을 그리고 손바닥으로 박자를 맞추어 아이를 독려했다.

공원 한가운데에는 기타를 멘 청년이 구경꾼들에 에워싸여 노래를 부르고 있었다. 어린 여학생이 소년소녀돕기 성금모금 상자를 안고 한 바퀴를 돌면 사람들은 팔을 뻗어 꼬깃꼬깃 접은 지폐를 집어넣었다. 보컬 실력이 훌륭하진 않았지만 기타 반주가 돋보이는 공연이었다.

노점상에서 불량식품을 샀다. 민아는 아폴로를 빨고 혜인은 달게 구워진 맛기차를 씹으며 각양각색의 조형물과 전시물을 구경했다. 밤나무에 밤이 한창이었다. 저절로 떨어져 나간 밤알이 바닥에 나뒹굴어 걸음걸이에 치이기도 했다.

"일찍 오셨네요. 이 녀석이 재촉해서 개찰구에서부터 뛰었어요. 뭐가 급하다고."

승준이 호흡을 가다듬으며 한 걸음 물러서 있는 윤우를 가리키며 말했다. 그러고 보니 둘 다 붉게 얼굴이 상기되어 있었다. 일곱 시를 이십 분 앞두고 있는 시점.

"왔어요?"

승준과 달리 흐트러지지 않은 말투로 서윤우가 물었다. 짙은 네이비색 무지 티셔츠를 입고 있는 그의 모습이 편안하게 느껴졌다. 꼭 조인 흰 셔츠에서 벗어나, 회사라는 특수한 장소에서도 벗어나 그런 걸까. 그 사고가 아니라면 시월의 어느 주말을 나누는, 그냥 여자와 남자로 편하게 마주했겠지. 다 부질없는 생각일 뿐이잖아. 혜인은 그를 의식하게 되는 습관을 나무랐다. 차라리 기억하지 못했더라면. 그랬더라면……

아니야, 박혜인. 알아서 다행인 거지. 몰랐다면 어쩌면…… 몰랐다면 아마도…… 그에게 분명…….

"우리 둘이 표 받으러 갈 테니까 여기 있을래요?"

"시간도 다 됐는데 같이 이동하자. 그쪽으로 오라고 문자 보내지, 뭐."

오 분여를 걸어 낙산시어터 건물에 도착했다. 공연 시간이 다 되어서인지 건물 입구에 모인 사람들의 움직임이 부산했다. 티켓 박스에서 놀라는 승준의 목소리가 들리더니, 표를 받아 쥔 그의 표정이 곤혹스럽게 변했다.

"무슨 일이지?"

민아가 속삭이듯 말했다. 돌아오는 승준의 표정이 심상치 않았다.

"음…… 어떡하지? 내가 실수를 했어."

그가 내민 표는 다섯 장이었다.

"어떻게 된 거야?"

"내가 미쳤지. 버릇처럼 다섯 명 표를 끊었어. 회사에서 급하게 한다고 정신이 없었나 봐."

승준이 머리를 긁적이며 말을 이었다.

"한 장 표는 구할 수 있을 것 같으니까 내가 따로 볼게. 내가 실수한 거니까."

"그건 좀 그렇지 않아요? 한 명만 동떨어져 보는 건."

"그래도 어쩔 수 없잖아요."

"저도 불편해서 싫어요. 연극에 집중도 안 될 것 같고."

혜인도 민아의 말을 거들었다. 승준은 난감한 표정으로 '그래도……'라고 중얼거렸다. 자신이 잘못한 일이라 밀어붙일 수도 없고, 그러지 않을 수도 없는 애매한 상황이었다.

"혜인 씨, 뛸 수 있어요?"

윤우가 혜인의 발을 내려다보며 물었다. 그의 시선이 내려앉자 검은 단화를 신은 발이 화끈거렸다.

"네? ……네."

그녀는 영문 모른 채 고개를 끄덕였다. 갑자기 그가 혜인의 손목을 낚아채듯 잡았다.

"나랑 혜인 씨가 따로 볼게. 다른 연극 찾아보지, 뭐. 끝나고 연락할게."

"정말? 그것도 방법이다. 주인공 둘이 이참에 친해지라고."

승준의 얼굴에 화색이 돌더니, 반기듯 말했다.

인사를 하는 둥 마는 둥 혜인은 윤우의 손에 잡힌 채 그들에게서 멀어졌다. 손을 흔드는 민아의 모습이 시야에서 급속히 사라졌다. 그녀는 그의 속도에 맞춰 정신없이 뛰었다.

"멀지 않아요."

혜인을 안심시키려는 듯 그가 잠시 몸을 돌려 말했다. 그가 잡은 손목이 뜨거웠다. 그리고 가슴은 그보다 더 뜨거웠다. 얼마나 많은 건물과 상점과 사람들을 지나쳤는지. 사정을 모르는 이들이라면 '웬 애정 행각이야.' 할지도 모를 따가움을 느낄 새도 없이 그들은 부지런히 달렸다. 극장들이 밀집해 있는 골목을 빠져나가면서 그가 다시 말했다.

"다 왔어요."

그 한마디에 신기하게도 가쁘게 뛰던 숨이 편안해졌다. 그가 멈춰선 곳은 틴틴홀이었다. 입구에 '옥탑방고양이' 포스터가 크게 붙어져 있었다. 혹시 봤냐는 물음에 그녀가 고개를 가로젓자 그는 곧장 티켓 박스로 향했다.

윤우는 표 두 장을 흔들며 웃으며 돌아왔다.

"다행히 티켓이 있네요. 바로 입장해야겠는데요."

지하 1층 복도는 입장객들과 대기자들, 화장실로 이동하는 사람들로 붐볐다. 좌석은 뒤쪽이긴 했지만 B열 통로 쪽에 가까워 당일 표치고 나쁜 수준은 아니었다.

"알고 오신 거예요?"

"네, 오픈런 공연이거든요. 제법 인기가 있어요. 내용은 대충 알죠?"

"드라마는 몇 번 본 적 있어요. 오래전이라 잘 기억은 안 나지만."

"이 연극도 오늘 후보군이었는데 카피가 마음에 안 든다고 승준이 반대했거든요."

"어떤?"

"볼수록 연애하고 싶어지는."

카피의 영향 때문일까. 관람객들 대부분이 연인이었다. 자연스럽게 얼굴을 만지고, 귓속말을 하고, 어깨에 기댔다가, 사진을 찍기도 하는 둥. 과연 직장 동료로 앉아 있는 남녀 커플이 몇이나 될까 궁금했다.

"그래도 이렇게 보네요."

희뿌연한 어둠 속에 그의 얼굴이 가까웠다. 그늘이 드린 옆얼굴이 아득해 혜인은 자꾸만 눈을 깜박거렸다.

연극은 일곱 시 정각에 시작되었다. 배우 한 명이 나와 퀴즈를 내고 주의 사항을 일러준 다음에야 비로소 시작되었다. 옥탑방을 연상시키는 평상과 늘어진 빨래줄, 도심의 야경이 아기자기하게 꾸며진 세트였다. 내용은 드라마와 거의 비슷했다. 이중 계약으로 인해 얼떨결에 같이 동거하게 된 시골 여자와 도시 남자. 연예인처럼 생긴 주인공 남자가 나올 때마다 객석에선 와와 하는 여자들의 환호가 잇따랐다. 하지만 혜인은 혼자 다역을 소화하는 뭉치 역의 배우가 더 좋았다. 서윤우의 옆에서 꽁꽁 굳어버린 마음이 그의 코믹 연기에 해소되었기 때문이었다. 박수도 치려다가 말고, 감탄사도 지르려다 입을 막아버리는 등, 초반에는 그가 의식되어 좀처럼 즐길 수 없었지만 뭉치가 무대 위를 휘젓고 다니면서부터는 굳은 얼굴이 펴지고, 동작도, 웃음소리도 커지면서 후반부에는 편하게 연극에 몰입할 수 있었다. 그도 연극 내내 즐거운 듯 보였다.

"혜인 씬 특이하네요. 주연배우 나올 땐 무표정이었다가 뭉치만 나오면 얼굴에 꽃이 피던데요."

연극에만 집중하는 것 같더니 언제 내 얼굴은 살폈을까. 혜인은 속내를 들킨 것 같아 민망했지만 겉으론 무덤덤하게 대꾸했다.

"옥탑방 고양이면 고양이가 주인공 아니에요?"

"그것도 그렇네요."

지상으로 올라와 건물 앞에서 걸음을 멈추었다. 윤우가 수신된 메시지를 살폈다.

"벌써 자릴 잡았다네요. 좀 올라가야겠어요."

혜인은 그와 약간 거리를 두고 걸음을 옮겼다. 골목은 공연장에서, 상점에서, 술집에서 쏟아져 나온 사람들과 이제 막 진입한 사람들이 무질서하게 움직였다. 맞은편에서 어깨동무를 한 채 노래를 부르는 남자 둘이 이리 비틀, 저리 비틀 하는 바람에 그녀는 쉽게 방향을 잡지 못하고 반사적으로 몸을 움츠렸다. 그가 다시 혜인의 손목을 잡고 바짝 끌어당겼다.

"잘 봤어요?"

"네, 재밌었어요."

만취한 행인이 지나갔는데도 놓아주지 않는 손목을 의식하며 그녀는 대답했다.

"우리 연극도 저것처럼 밝고 가벼운 이야기면 좋았을까요?"

"아니요, 비극도 좋은걸요. 사실 민아 말처럼 비극이 더 좋아요, 전."

"그때 보는 걸 좋아해도 직접 하는 거는 다르다고 했는데요?"

그런 말은 왜 다 기억하고 있는 걸까. 참, 섬세한 사람이야.

"그건 연기가 어려울 것 같아서죠."

"혜인 씨라면 잘할 수 있을 거예요."

"왜 저를 제인으로 뽑으셨어요?"

"그건 차차 알려줄게요. 혜인 씨가 진짜 제인이 되면."

의미를 알 수 없는 웃음. 그녀는 재차 물으려다 그만두었다. 대신 놓고 있는 팔을 뻗어 그의 손을 가만히 풀었다. 그가 순순히 손목을 놓았다.

"미안해요. 불편했어요?"

"그런 게 아니라……."

"대신 잘 쫓아와요. 타인처럼 멀찍이 걸으면 속상하니까."

거리 곳곳에 울려 퍼지는 음악 소리, 이름이 불리거나 야─ 하고 반가움을 외치는 소리와 그저 사소한 대화, 걸음걸음이 서로 스치고 상점 문이 열고 닫히고 물건을 집었다 놓았다 하는 소리 등이 뒤섞인 공간에서 그의 음성만 또렷이 들렸다.

술집은 언덕을 지나 꺾어 들어가는 골목 중간에 위치했다. 단독주택을 리모델링한 술집은 전체적으로 밝고 포근한 분위기를 띠었다. 플라스틱 트리에 달린 작은 전구가 무수히 반짝여 은하수가 찬란한 우주처럼 아름다웠다. 사람들은 테라스에 모여 술을 마시고 있었다.

"혜인 씨, 연극 어땠어요?"

그렇게 보내고 신경이 쓰였는지 승준이 자리에 앉기 무섭게 물어왔다.

"재밌었어요."

"으아, 그런 건 애인이랑 같이 보셔야 하는데 본의 아니게 저 때문에. 오빠 동생도 아니고 회사 사람이 웬 말입니까."

"회사 사람이랑 보면 또 어때서요?"

"어색하잖아요. 남자 둘이 보는 것만큼이나."

"혜인 씨, 어색했어요?"

"아…… 아뇨."

혜인이 고개를 흔들자 윤우가 안심한 듯 웃었다.

"그래요. 딱 삼 개월만 고생해주세요. 그때까지는 제인과 에릭으로 딱. 로미오와 줄리엣만큼 애정하는 분위기로. 현실과 가상이 너무 동떨어지면 감정 잡기가 어렵거든요. 혜인 씨가 애인이 있으면 무리겠지만……."

"무리 아니에요."

민아가 승준의 말을 자르고 냅다 대답했다.

"브라보. 그럼 현실의 장벽도 없고. 로줄 커플보다 낫네요."

승준이 장난스럽게 박수를 치자 그가 그만하라고 눈짓했다.

"우리 연극도 무지 재밌었는데. 공연 내내 웃다 끝났어요."

"나중에 시간나면 보세요. 제릭 커플끼리."

"제릭 커플? 아…… 앞으론 힘들이지 말고 그렇게 불러야겠다."

농담인지 진담인지. 형민, 진현까지 합세해 분위기를 몰고 갔다. 민아 역시 혜인의 마음도 모른 채 덩달아 신이 난 듯했다.

"좀 비슷한 연극을 봤어야 도움이 되는 건데. 둘 다 너무 밝아서."

"그런 연극 찾기 어렵지. 뮤지컬 아니고서는."

"이제 와서 좀 밝게 가는 건 무리겠죠?"

"코믹극이 더 쓰기 어려워요. 애매하게 웃겼다가 이도 저도 아니니까. 관객 반응 반은 먹고 연기해야 하는 건데 썰렁해봐, 완전 최악이죠. 망가질 자신 없으면 안 하느니 못합니다."

"승준이 말이 맞아요. 우리 연극이 다소 무거워도 스토리 전달만 잘되면 관객들이 무리 없이 따라올 거예요."

"생판 모르는 남도 아닌데 예의상으로라도 호응해주겠지."

"믿는 도끼에 발등 찍힌다는 말은 괜히 있게요."

민아의 말에 승준이 눈물 자국을 흘리며 슬피 우는 연기를 했다. 그건 그래, 하며 형민까지 동의하고 나서자 그는 좌절한 사람처럼 테이블에 머리를 콩 박았다.

"대본은 언제 쓰신 거예요? 정말 윤우 씨 혼자 다 쓰셨어요?"

"그럼요. 이 녀석 능력자라니깐요."

윤우가 잠시 머리를 긁적이더니 대답했다.

"제가 대학 때 연극 동아리에 있었어요. 공대에 연극부는 비인기라 제가 들어가고 일 년만에 흐지부지 해체됐지만요. 축제 때 올리려고 준비했던 건데 결국 불발됐죠. 아모르파티는 그때 썼던 거고, 원래 하려 했던 플랜 A는 구상만 잡고 극본은 이번에 완성했던 거고요."

"공대 나오셨어요? 국문과나 문예창작과 같은 델 나오신 줄 알았는데."

"관심은 있었지만 재능이 있다곤 생각하지 않아서요. 그걸로 먹고살 자신은 없었어요."

"하긴 진짜 좋아하는 일은 직업으로 삼는 게 아니래요. 돈이 얽히면 징글징글해지니까. 그나저나 그럼 플랜 A대로 갔어야 하는 거 아니에요? 일부러 쓰셨는데."

"애착이 있거든요. 처음 기획한 작품이었고, 끝내 못한 연극이라 그런지 미련이 계속 남더라고요. 그래서 두 분께 감사해요. 그때처럼 그만두어야 하나 겁이 났거든요."

성황리에 연극을 마친 사람처럼 그의 표정이 행복해 보였다. 혜인은 민아와 윤우의 대화를 말없이 들으며 잔을 비웠다. 실내가 건조한지 자꾸만 목이 탔다.

"두 분은 언제부터 친구예요? 그냥 동료는 아닌 것 같은데."

형민이 땅콩을 집은 손으로 혜인과 민아를 가리키며 물었다.

"고등학교 때부터요. 대학도 같이 나왔고, 제가 입사할 때 혜인이 꼬드겨서 같이 들어왔어요."

"어쩐지. 동료 이상의 끈끈함이 느껴졌어요. 비즈니스 관계에선 드문 현상이죠."

"그럼 승준 씨와 윤우 씨는 비즈니스 관계예요?"

"네, 저흰 그 드문 현상을 실천하는 커플이죠."

"커플이라니 징그럽다."

승준의 능청스러운 말투에 윤우가 타박하듯 말했다.

"성격은 참 다른데 이상하게 잘 어울려요. 입사 동기라서 그런가?"

"왜요, 형민 씨랑도 편해 보이는데요."

"나이가 같거든요. 승준 씨랑은 대학 동기고."

"그렇게 보면 저만 여기서 왕따예요."

진현이 하소연했다. 나란히 앉아 있는 승준, 윤우, 형민을 보면 삼총사 같은 느낌이 있는 반면, 그들과 진현 사이엔 단순한 동료애 정도만 느껴지는 걸 보면 아주 틀린 말도 아닌 것 같았다.

"그러게요, 진현 씨에겐 꼬박꼬박 존대하고."

"그건 타 부서 예우랍니다."

"그런 의미로 혜인 씨와 민아 씨, 우리 한 팀 먹어요. 따로 노는 사람 구제해주신다 생각하고. 부서 이름도 무슨무슨 지원, 비슷하잖아요."

"이건 혜인 씨가 선택해야겠다. 에릭이에요, 필립이에요?"

형민이 짓궂게 물었다.

"사랑이냐 우정이냐, 그것이 문제로다. 자, 한마디씩 해요. 제인의 간택을 받을 마지막 기회!"

"혜인 씨, 전 영원한 조력잡니다. 우정은 절대 변하지 않는다는 거 아시죠?"

진현이 승준의 장단에 맞춰 진지하게 말했다.

"너무 약한데. 그래 가지고 여자 마음이 움직이려고. 자, 그럼 에릭의 한마디."

저런 걸 나댄다고 해야 하는 건가. 승준의 쾌활하고 위트 있는 성격이 좋아 보이긴 했지만, 좀 과하다 여겨질 때도 있었다. 바로 이런 때.

그는 이런 상황이 익숙한지 표정 변화가 없었다. 모두 흥이 돋은 표정인걸 보면 예민한 건 나 하나뿐인가 보다고 혜인은 생각했다. 그의 입술이 달싹이는 것을 보며 그녀는 마른침을 삼켰다. 장난 같은 분위기에 왜 긴장을 하는 것인지 모를 일이라 여기며.

"혜인 씨 운명에 내가 있으면 좋겠습니다."

짧게 삼 초, 공백이 흐르는 시간. 진담처럼 울리는 그의 음성에 모두 몰입이라도 했는지, 옅은 미소로 웃는 윤우와 떨떠름한 표정을 짓고 있는 혜인을 번갈아 쳐다보았다. 아무도 먼저 이야기하는 사람 없이, 짧지만 긴 침묵이 흘렀다.

"아모르파티."

윤우가 그녀를 향해 잔을 들며 활짝 웃었다. 혜인이 반사적으로 그의 잔에 자신의 잔을 부딪쳤다. 쨍— 맑은 유리잔 소리가 울리며 침묵도 깨졌다.

"역시 서윤우, 남주로 인정한다."

"저도 진심 몰입했어요. 역시 우정보다 사랑이야."

"제가 졌어요. 이제부턴 제릭 조력잡니다."

"하하."

너도나도 잔을 들어 건배를 하는 사이에도 혜인은 멍청히 잔을 든 채 윤우를 보았다. 어쩐지 눈물이 날 것 같아 미간에 잔뜩 힘을 주면서, 아무 일도 없었다는 듯 밝게 웃으며 건배를 나누는 그를 하염없이 바라보았다. 아모르파티. 그 말의 의미를 되새김질하면서.

술집을 나왔을 때는 자정을 넘은 후였다. 골목을 접어 들어오는 사람은 없어도 넓은 길에는 취기 오른 사람이 제법 보였다. 승준과 형민은 한잔 더 하겠다고 어깨를 끌어안고 사라져버렸다. 방향이 같은 민아와 진현을 함께 택시 태워 보내고, 혜인은 윤우에게 목례만 하고 돌아섰다. 맥주를 많이 마신 것도 아닌데 머리가 띵했다. 찬바람을 쐬면 좀 나아질까. 그녀는 바쁘게 내려왔다.

"혜인 씨! 혜인 씨!"

윤우가 큰 목소리로 그녀의 이름을 부르며 달려왔다. 혜인은 어쩔 수 없이 등을 돌렸다.

"집이 어디예요? 걸어서 갈 수 있는 거리예요?"

"조금 걷고 싶어서요. 알아서 갈게요."

"늦었어요. 데려다줄게요."

"아니에요. 혼자 갈게요."

"혜인 씨."

"정말 그러고 싶어서 그래요."

완강한 반응에 그는 주춤했고, 그 틈에 혜인은 목례를 하고 돌아섰다. 빠른 걸음에 그녀의 마음이 읽혔는지, 그의 목소리도 발소리도 따라붙지 않았다.

택시로 삼 분에서 오 분쯤 갈까. 걷기도 차를 타기도 애매한 짧은 거리였다. 늦은 밤에 택시 기사에게 욕을 먹고 싶진 않았다. 인적 없고 어두운 가로수 길을 혼자 걷자니 무섭기도 해 그가 아닌 다른 사람이었다면 애써 호의를 거절하진 않았을 텐데, 아쉬운 마음이 들기도 했다.

아파트 단지로 들어서는 길은 복잡했다. 이십 년 가까이 된 작고 낡은 아파트는 평지보다 약간 높은 지반에 있었다. 도로를 따라 쭉 뻗은 길로 올라가면 힘이 더 들었기에 혜인은 골목으로 꺾어 들었다. 골목길은 쥐 죽은 듯 조용했다. 듬성듬성 가로등이 켜져 있어 아주 어둡진 않았지만 무서움을 싹 가시게 할 만큼 밝지도 않았다. 그녀는 잠시 숨을 고르고 빠르게 걸었다.

길이 여러 갈래로 나눠지는 큰길로 접어들었을 때였다. 갑자기 부아아앙 하는 요란한 오토바이 소리가 들리더니 순식간에 혜인의 어깨에 걸린 가방을 낚아채갔다. 그들은 그녀를 조롱하듯 가방을 높게 쳐들어 흔들었다. 그녀는 반사적으로 오토바이를 따라 뛰었다. 지갑과 다이어리, 그리고 극본. 가방에 든 물건이 차례차례 떠올랐다.

술래잡기를 하듯 오토바이는 멀어졌다 가까워지고, 가까워졌다 멀어졌다. 혜인은 점점 한계에 다다랐다. 호흡이 가쁘고 다리가 무거웠다. 오토바이도 어느샌가 시야에서 사라졌다. 웽웽거리는 엔진 소리도 더는 들리지 않았다. 어디서부터 놓친 걸까. 그녀는 숨을 몰아쉬며 터벅터벅 무거운 발을 뗐다. 그리고 벽에 기대듯 주저앉았다. 현금이야 얼마 되지 않아 상관없다 쳐도, 신분증과 각종 카드를 재발급받아야 하는 번거로움은 무시할 수가 없었다. 일기와 감상평, 잡다한 낙서가 가득한 다이어리는 또 어떻고. 극본은 민아 거를 빌려 복사하면 되니까 큰 문젠 아니네. 관자놀이를 꾹꾹 누르며 짜증으로 범벅되는 머릿속을 정리하려 애썼다.

그때였다. 강한 헤드라이트 불빛이 그녀의 눈을 찔렀다. 가방을 쥔 남자가 먼저 내렸다. 남자는 껌을 질겅질겅 씹으며 가방 끈을 빙글빙글 돌렸다. 혜인은 천천히 일어섰다. 오토바이를 몰던 남자는 모자를 고쳐 쓰더니 희죽거리며 오토바이를 넘어뜨렸다. 남자는 쓰러진 오토바이를 넘어 그녀에게 다가왔다. 그녀는 조금씩 뒤로 물러섰다. 머릿속이 새하얬다. 불과 몇 시간 전에 즐겁게 연극을 보고 술자리를 가졌던 게 비현실적으로 느껴졌다. 어째서 이런 일이…… 일어나지 않았던 일이잖아. 그런데 왜…….

혜인은 시선을 내리깔고 포기하는 인상을 주다가 저들끼리 마주 보고 웃는 틈에 앞으로 팅기듯 도망쳤다. 하지만 소용없었다.

모자남이 혜인의 머리카락을 낚아채더니 그대로 바닥에 밀어뜨렸다. 가방이 그녀의 옆에 툭 던져졌다. 그녀가 일어서려 하자 가방남은 그녀의 어깨를 강하게 찍어 눌렀다.

"아가씨, 보기보다 용감한데?"

"왜 이러는 거예요?"

"그러니까 일찍일찍 들어가라고. 아니면 기사라도 붙이고 다니든가."

목소리가 바들바들 떨리고 눈물이 왈칵 쏟아질 것 같았다. 가방남이 '새 나라의 아가씨는 일찍 귀가합니다~'라고 동요를 개사한 노래를 흥얼거렸다.

"이거 놔, 이 쓰레기 같은 놈들아."

모자남이 히죽 웃더니 주먹으로 얼굴을 가격했다. 정신이 얼얼했다.

"그러니까 곱게 들어가지. 바보같이 쫓아와 가지고. 이거 우리 잘못 아니다."

모자남이 옭아매듯 두 팔로 어깨를 붙잡았다. 혜인이 사정없이 몸을 흔들며 저항했다. 몇 차례 더 바닥에 엎어지고 뒹굴었다. 눈앞이 점점 아득해졌다.

"거기 뭐야!"

삐- 하는 호루라기 소리와 함께 경찰복을 입은 아저씨가 달려왔다. 남자들은 욕을 내뱉으며 쏜살같이 도망쳤다. 경찰관 하나가 그들의 뒤를 쫓았고 다른 경찰관이 그녀를 일으켜 세웠다.

"아가씨, 괜찮아요?"

말이 나오지 않아 고개만 끄덕거렸다. 참았던 눈물이 쏟아졌다.

"목격자가 없었으면 큰일 날 뻔했어요. 일단 서까지 갑시다."

"쥐새끼 같은 놈들. 뒤꽁무니도 없이 튀었다."

그들을 따라갔던 경찰관은 빈손으로 나타났다. 바닥에 뒹구는 가방을 챙겨 순찰차에 올라탔다. 입술이 터지고 얼굴이 부은 듯 아팠다. 보이는 자리마다 붉은 피멍이 돋았다. 혜인은 흐르는 눈물을 닦으며 입술을 깨물었다. 왜 이런 일이 생긴 건지, 왜 일어나지 않았던 일이 벌어진 건지.

경찰서에서 한 시간 가까이 진술서를 작성했다. 인상착의를 묻는 질문에 기억나는 대로 상세히 대답했다. 둘 다 170센티미터 정도로 평균을 밑도는 키. 오토바이를 몬 남자는 검정 티셔츠에 검정 모자를 쓰고 있었고 뒤에 탄 남자는 스포츠머리로 한쪽 귀에 귀걸이를 착용하고 있었다. 정신이 없긴 했어도 그들의 모습은 똑똑히 기억했다.

"그놈들이 나쁜 놈이지만 다신 겁도 없이 쫓아가면 안 됩니다. 순찰을 강화하긴 하겠지만 당분간은 늦게 다니지 말아요. 혼자 다니지도 말고. 요즘 세상엔 내 몸 지키기 위해서라도 애인이 필요하거든. 없으면 이번 기회에 하나 만들어요. 경찰관이면 더 좋고."

조서를 작성하는 경찰관이 긴장을 풀어주려 일부러 농담을 한 듯했지만 혜인은 웃을 기분이 아니었다. 조서 작성을 마치고 그녀는 다시 순찰차를 타고 귀가했다.

바닥에 여러 차례 굴러 더러워진 몸을 씻은 뒤 얼굴부터 다리까지 시간을 두고 약을 발랐다. 멍이 쉽게 사라질 것 같지 않았다.

붉은 자국이 얼굴에 남아 있었다. 혜인은 얼음주머니로 부은 볼을 문질렀다. 온몸에 기력은 없었지만 잠을 자고 싶은 마음도 없었다. 눈을 감으면 아까와 같은 현실에 갇힐 것 같아 그녀는 사력을 다해 졸음을 물리쳤다.

잠이 든 건 동이 틀 무렵이었다. 웅크리고 있던 자세 그대로 침대에 쓰러지자 꾹꾹 눌려 있던 피로가 한꺼번에 몰렸다. 여러 번 몸이 들썩거렸다.

3. 편안한 떨림

　사흘 만의 출근길이 가볍지는 않았다. 얼굴의 붉은 자국은 다행히 옅어져 화장으로 가려졌고, 입술은 딱지가 떨어져 나가 희미하게 붉은 기만 감돌았다. 컨실러를 한 번 더 두드리고 거울을 확인했다. 며칠 앓았더니 화장이 들떠 얼굴색은 검고 까칠했다. 긴장이 풀려서인지 잠이 든 다음 날, 숨어 있던 통증이 수면 위로 떠올라 식사도 거른 채 꼼짝없이 앓았다. 한기가 돌아 전기장판을 켜고 이불을 턱 밑까지 끌어 올려 끝없이 잠만 잤다. 의식이 있는 동안은 단 한 가지 생각뿐이었는데, 앞으로 그녀가 해야 할 행동, 일종의 다짐 같은 것이었다.

　"박혜인!"

　두 손을 허리춤에 대고 민아가 씩씩거리며 서 있었다. 갑작스런 고성에 혜인과 더불어 놀란 무리가 따갑게 시선을 보내자 그녀는 민망한 표정을 여실히 드러내며 손끝으로 입술을 문질렀다. 엘리베이터 문이 닫히고 숫자 표시가 바뀌기 시작하자마자 민아는 혜인의 팔을 바짝 끌어당겨선 작게 속삭였다.

"어떻게 된 거야? 얼마나 걱정했는지 알아?"

"미안."

"괜찮아? 오지 말라고 해서 안 가긴 했는데 많이 아팠던 거 아냐?"

"이제 괜찮아."

엘리베이터는 4층에서 멈추었다. 사람들이 몇몇 빠지고 열린 문으로 윤우가 들어왔다. 그녀를 보더니 눈에 띄게 놀란 듯 보였다. 반쯤 몸을 돌린 채로 어정쩡하게 서 있던 그는 사람들을 의식해서인지 하는 수 없다는 표정으로 몸을 틀었다.

8층. 문이 열리기 무섭게 혜인은 용수철처럼 튀어나갔다. 뒤에서 민아가 윤우와 짧은 인사말을 나누는 소리가 들렸다.

"안에 서윤우 씨 있었는데 너무 급하게 가서 잡지도 못했다."

"그래?"

못 본 사람처럼 구는 자신이 혜인 스스로도 유치했다.

"계단에서 굴렀다며? 어쩌다가?"

나쁜 일을 당할 뻔했다고 설명하기가 껄끄러워 계단에서 굴러 떨어졌다는 핑계를 대고 휴가를 받았었다.

"사실은……"

민아에게만은 거짓말을 할 수가 없었다. 그녀는 그날 밤의 일을 단숨에 털어놓았다. 조금은 홀가분했다. 끔찍한 공포였는데 정작 말로 풀어보니 별것 아닌 듯 느껴지기까지 했다.

"하아…… 진짜 다행이다."

민아가 긴 한숨을 내쉬었다.

"나쁜 새끼들. 분명 어디 숨어서 노리고 있었을 거야. 하…… 진짜 생각할수록 아찔하다. 오토바이도 버리고 갔다며. 그런데 못 찾아?"

"도난된 건가 봐."

"불안해서 어떡해. 당분간 우리 집에 와서 잘래?"

"됐어. 어차피 왔다 갔다 해야 할걸."

"조금만 참아. 이번 달이 계약 만료니까. 주인집엔 얘기했는데 별말이 없네."

시간 여행 전에도 민아가 이사 온 건 시월 셋째 주 토요일이었다. '우리 같이 살아볼까?' 농담으로 했던 말이 혜진이 나가며 구체화되었다.

"간만에 기분 좋은 주말이었는데 뭐 그런 일이 다 생기냐."

"민아야, 그래서 말인데…… 나 연극 그만두려고."

"뭐?"

"이따 오후에 가서 얘기할 거야."

"왜? 왜 얘기가 그렇게 돼?"

"……연극 때문인 것 같아."

"그게 무슨 소리야? 그게 왜? 모임 때문에 늦게 귀가해서?"

"잘 설명할 수 없는데……. 미안해, 나만 빠져서."

"박혜인, 이런 경우가 어디 있어?"

"그렇게 결정했어."

황당하다는 민아의 표정을 혜인은 외면했다. 이해해줄 거라고 바라진 않았다. 사정을 몰라서 그러는 거지. 연극만 아니라면 내 인생은 안전할 것이다. 아니, 그와 얽히지만 않는다면. 시간 여행 전과 후, 달라진 건 그거였다. 그와 공연히 인연을 만들면서 어디서부턴가 운명의 흐름이 깨진 것이다.

'예정된 운명의 흐름을 따라오세요.'

검은 양복의 남자가 분명히 말했다. 예정된 운명이란 시간 여행 전과 같은 걸 의미하는 거겠지.

'기억이 독이 될 수도 있습니다.'

혜인은 그 말의 숨은 뜻을 비로소 이해했다. 후회를 한 기억으로 에니그마에 들어가지 않았다면. 또 한 가지, 그를 알아보지 않았다면 그와 얽히는 일도 없었을 거였다. 예정된 시간이 왔을 때 그와 나는 서로 모르는 타인으로 각자의 운명의 길로 흘러갔겠지. 나는 남고 그는……

"감정적으로 그러지 말고 차분히 한 번만 더 생각해봐. 그래도 같다면 어쩔 수 없지만."

민아는 그 말을 끝으로 아무 말도 하지 않았다.

오후는 더디게 찾아왔다. 연신 시간을 살피며 초조하게 기다리던 혜인은 두 시를 조금 넘어서자마자 11층으로 향했다.

"혜인 씨가 여긴 어쩐 일이에요?"

"그게……."

사정을 모른 채 한껏 반기는 승준의 태도에 그녀는 잠시 머뭇거렸다. 다행히도 윤우는 보이지 않았다. 그녀는 안도하며 굳은 얼굴로 그만두겠다는 말을 꺼냈다. 승준은 얼마나 놀랐는지 말이 떨어지기 무섭게 자리를 박차고 일어섰다.

"왜 갑자기. 무슨 일이에요?"

"그냥 개인 사정이에요. 정말 죄송합니다."

"제인이 빠진다는 게 말이 돼요? 곤란해요, 혜인 씨."

"그 일이라면 제가 해결할 수 있을 것 같아요. 적임자가 있거든요."

"그래도 이건……. 다 같이 모여 결정하고, 파이팅도 했잖아요. 정말 괴롭습니다."

"죄송하다는 말밖에 드릴 말씀이 없네요."

"그것도 그렇고, 결재 처리가 돼서 제 선에서 끝날 문제가 아니에요. 아시잖아요."

"그건 저희 부서 소관이니까 제가 직접 말씀드려볼게요. 승준 씨한테 양해를 구하는 게 순서인 것 같아서요."

"하지만 혜인 씨……."

"죄송합니다."

혜인은 재차 고개를 숙인 뒤 돌아섰다. 다행히 따라 나오진 않았다. 그녀가 얘기를 이어가는 도중 승준의 기세가 꺾이는 게 한눈에 보였다. 좋은 사람들이었는데……. 8층 버튼을 누르고 그녀는 길게 한숨지었다. 그래도 이게 최선이야. 그녀는 미안하고 속상한 마음을 추스르며 엘리베이터 밖으로 나왔다.

복도로 들어서면서 그녀는 다급한 발소리에 뒤를 돌아보았다.

비상구 계단으로 통하는 문에서 서윤우가 헐레벌떡 뛰쳐나왔다. 올 것이 왔구나. 그녀는 잠시 눈을 감고 숨을 골랐다. 그는 한걸음에 그녀의 앞에 도달했다.

"혜인 씨."

"윤우 씨."

"너무 뜻밖이라…… 잘못 들은 건가 했어요. 승준이가 장난을 치나 싶기도 했고. 그런데…… 얼굴을 보니 사실이네요."

"죄송해요."

"이유를 물어봐도 돼요? 아니, 필요 없어요. 안 돼요, 혜인 씨. 승준이가 된다고 해도 내가 안 돼요."

"전 마음을 바꿀 생각이 없어요. 승준 씨에게도 얘기했지만 제인 역은 제가 다른 사람을……."

"다른 사람은 필요 없어요. 내가 제인으로 정한 건 혜인 씹니다."

"아직 시작하지 않았잖아요. 지금 바꾼다 해도 늦은 건 아니라고 생각해요."

"회의하고 연극 보고 술도 마시고. 그런 것들은 아무것도 아니었어요?"

조금씩 격양되어가는 그의 모습에 잠시 마음이 흔들렸다.

"그건 그냥…… 제인이 아닌 사람으로서도 충분한 일이었어요."

"난 아니에요. 서윤우인 동시에 에릭으로, 나는 이미 시작했다고요."

"죄송해요. 그만두는 게 좋겠어요."

"운명이잖아요!"

그 말에 혜인의 가슴이 쿵 내려앉았다. 입술이 파르르 떨렸다. 그의 안면은 혜인의 입술보다 더 가늘게 떨렸다.

"제인에게 에릭은 운명이고…… 에릭에게도 제인은 그래요."

"……운명 같은 건 없어요."

혜인이 매몰차게 등을 돌리고 걸어갔다. 꼿꼿이 서 있던 그가 그녀의 등 뒤에 따라붙어서는 빠르게 팔을 잡아챘다.

"아악."

소스라치게 놀라며 몸을 웅크리는 그녀의 반응에 윤우는 당황했다. 낯선 이에게 공격을 당한 것처럼 주저앉아 바들바들 떠는 그녀의 모습이 심상치 않았다.

"혜…… 인 씨……."

소맷자락이 아래로 늘어지면서 드러난 손목에 피멍이 짙었다. 윤우는 다른 손으로 소맷자락을 더 끌어 내렸다. 그녀가 사태를 파악하고 손을 빼려 했지만 그는 놓아주지 않았다. 단순한 피멍은 아닌 것 같았다. 흔적이 길고 짙었다.

"왜 이래요. 무슨 일이에요?"

"아파요."

다친 손목을 너무 꽉 잡고 있다는 생각에 윤우는 힘을 풀었다. 그렇지만 완전히 놓진 않았다.

"계단에서 굴렀어요."

"계단에서 구른 상처가 아니에요."

"……."

"민아 씨에게 물어봐야겠군요."

그가 믿기지 않는다는 표정으로 혜인을 내려다보더니 돌연 사무실로 몸을 틀었다. 그녀가 다급하게 그를 붙잡았다.

"……사고가 있었어요."

"사고라면……."

"토요일 밤, 집에 돌아가는 길에…… 습격을 당했어요. 몸싸움을 벌이던 중에 좀 다쳤고…… 지나가던 경찰관에게 발견돼서 큰일은 없었어요."

그의 얼굴이 눈에 띄게 어두워졌기 때문에 그녀는 되도록 차분하고 간결하게 설명했다. 마치 집에 가는 길에 도둑고양이를 만났어요, 얘기하는 것처럼. 이야기가 끝날 때까지 숨소리도 내지 않던 그가 무겁게 입을 열었다.

"……나 때문이군요."

"……."

"나 때문이에요. 내가 끝까지 혜인 씨를 책임졌더라면 그런 일은 없었을 텐데."

"윤우 씨 탓이 아니네요. 혼자 가겠다고 고집부린 건 저였고, 돌아가는 게 싫어 위험한 길로 간 것도 저예요."

"그런 것도 모르고 운명이니 뭐니 정말 이기적인 소리만 지껄였네요. 미안해요…… 정말 미안합니다."

"윤우 씨……."

"욕심이 나는 마음에…… 이 공연 꼭 하고 싶었거든요. 할 수 있게 돼서 설렜고, 기뻤고, 행복했어요. 잠깐이었지만…… 그런 기분을 느끼게 해줘서 고마워요. 혜인 씨는 잘해줬어요."

이게 아닌데, 이런 것이 아닌데…… 혜인은 생각했다. 사고를
당한 쪽은 오히려 서윤우 같았다. 중앙선을 침범해 달려오는 트럭
에 정면으로 충돌한 자동차처럼 산산이 부서진 것 같았다. 조용히
인사를 하고 사라지는 그의 모습을 보며 그녀의 가슴이 심하게 저
렸다.

오후 내내 일이 손에 잡히질 않았다. 민아는 다녀왔냐는 물음
이후로 눈치만 살필 뿐이었다. 그가 했던 말이 떠나질 않고 맴돌
았다.

'제인에게 에릭이 운명이듯 에릭에게도 그래요.'

'혜인 씨에게 내가 운명이었으면 좋겠습니다.'

시간 여행 전의 제인은 누구였을까. 올해 말 혹은 내년 1월쯤,
연극을 공연했던 기억은 없었다. 공연을 했다면 기억하지 못할 리
가 없었다. 그녀가 추가 신청을 하기 전과 동일하게 인원 미달로
해체됐을 가능성이 더 높았다. 그렇다면 내가 만든 운명에 그가
빠진 셈이잖아. 그가 원한 것도 아니었는데. 그래놓고 달아나는
건 뭐지?

생각이 거미줄에 걸린 듯 꼬였다. 하게 되서 기뻐요, 고마워요,
행복해 보였던 그의 얼굴. 제인이라고 부르던 음성. 나 때문이에
요, 힘겨워 보였던 어깨. 그런 것들.

가혹한 건 그의 운명이었다. 육 개월밖에 남지 않은 생을 그는
모른다. 나에겐 앞으로 많은 시간이 있지만 그에겐 짧을지도 모를
시간만 남아 있어. 아무리 운명이었다 해도 내 뜻에 의해 그의 인

생이 바뀌게 된 것인데……. 자책인지 동정인지 분간이 가지 않는 마음이 그녀의 마음을 헤집었다.

운명을 아는 사람의 책임이라고 하자. 그에게 마지막 선물을 주는 것.

혜인은 메신저를 열어 승준의 이름을 쳤다.

[변덕 부려서 죄송해요. 끝까지 해볼게요.]

[아, 혜인 씨. ㅠㅠ 마음 돌리실 줄 알았어요. 제인은 혜인 씨뿐입니다.]

며칠을 고민하고 내린 결정이었는데 번복을 하고 나니 오히려 옥죄던 가슴이 풀리는 것 같았다. 새 창이 하나 더 깜빡거렸다.

[고마워요.]

윤우의 메시지였다.

[저도 고마워요.]

[^^]

이모티콘 하나에 그의 얼굴이 저절로 떠올라 혜인은 저도 모르게 피식 웃었다. 그래, 아무 일도 없을 거야. 틀어지긴 했어도 결국 아무 일도 일어나지 않은 걸 보면.

아모르파티.

혜인은 미소를 띠며 조용히 읊조렸다.

"헐. 엄청난 꽃무늬."

민아가 사방에 붙여진 커다란 장미꽃 벽지를 보며 혀를 내둘렀다. 혜진이 쓰던 방이었다. 다음 주 이사를 앞두고 미리 배치도를 짜야겠다며 그녀는 퇴근길에 잠시 혜인의 집에 들렀다.

"와, 꽃무늬 커튼까지. 혜진 언니 취향 확실하다."

베란다 문에 길게 걸린 초록색 커튼을 보며 민아가 난색을 표했다. 벽지에 비한다면 꽃무늬가 잔잔하기도 하고 자기가 비용 전부를 부담하겠다고 해서 반대하진 않았었다. 거실에서 창밖을 내다보는 때가 얼마나 된다고. 보다 보면 익숙해지는 게 사람이었다.

"네 방이랑 비교하면 정말 극과 극이다. 공주님 방과 서민 방."

드러내놓고 여성스러운 취향을 싫어하는 혜인은 꽃무늬, 레이스, 리본 장식 같은 건 극도로 꺼렸다. 혜진이 장미 벽지로 통일하자고 했을 때 그것만은 안 된다고 그녀는 완강히 거부했다. 결국 혜진의 방만 제외하곤 펄이 들어간 흰 벽지로 통일하되 거실 한 벽만 붉은 꽃이 강렬한 포인트 벽지로 합의를 봤다.

"이참에 방을 옮기자. 네가 혜진 언니 방 쓰고 내가 네 방 쓰고."

"번거롭게 왜?"

"굴러 들어온 돌이 어떻게 더 좋은 방을 쓰냐. 언니 방이 더 크고 베란다도 트여 있고. 게스트가 안쪽 방 쓰긴 그래요. 게다가 꽃무늬 벽지, 어휴."

"나도 꽃무늬 싫으네요. 잠자는 숲 속의 공주도 아니고."

"그럼 벽지도 새로 바를까?"

"그것도 인건비 은근 세. 내 방만 바를 건데 아까워."

"그러다 장미꽃에 파묻힌다."

"그럼 뭐…… 백 년쯤 자고 일어나지."

"에릭이 와서 키스해줄 때까지?"

"아!"

"흥분하지 마요, 제인 공주님."

민아가 혀를 날름 내밀며 웃었다. 혜인은 그런 민아를 흘기다가 결국 같이 웃어버리고 말았다.

집에 오는 길에 분식집에 들러 산 떡볶이와 김밥을 앉은뱅이 상에 풀어놓고 맥주 한 캔을 땄다. 민아는 벌써 제집인 양 두 다리를 쭉 펴고 소파에 기대 비스듬히 누웠다.

"옷에 다 흘릴라."

"벌써부터 잔소리야?"

"그래, 각오해."

"박혜인의 악명은 혜진 언니에게 익히 들어 알고 있지."

"우리 엄마는 나보고 털털하다는데? 집에 오면 지저분하다고 잔소리야."

"엄마들은 다 그래. 주부 구단을 어떻게 이기니?"

혜인은 빨간 국물 속에 어묵을 골라 먹었다. 양념이 다소 짜고 매웠다.

"밥은 늘 해 먹는 거야? 근처에 음식점도 별로 없던데. 이 분식집 보니까 동네 사정은 알 만하네."

"엄마가 보내주시기도 하고, 간단한 건 해 먹기도 해. 여기서 좀만 걸어 내려가면 마트 있거든. 이삿짐은 예약했어?"

"아니."

"일주일밖에 안 남았잖아. 그거 미리미리 챙겨야 할 텐데."

"그거 사실…… 승준 씨가 해주기로 했어."

"뭐?"

"친척 형한테 트럭 빌릴 수 있다고 해서 좋다 그랬지. 흔쾌히 도와준다는데 거절하기도 뭐하고."

"그래도…… 승준 씨 오면……."

"다른 멤버 다 오겠지. 아마?"

"집들이도 아니고 그건 싫어. 그냥 모르는 사람한테 하는 게 속 편하지."

"내가 그래서 처음엔 거절했었거든? 박혜인이 분명히 이렇게 말할 거라면서. 그랬더니 승준 씨가 전해달랬어. 미안한 거 이렇게 갚으라고."

"헐. 이상한 계산법이네."

"그냥 눈 딱 감고 받아. 고마운 마음 배부르게 먹고 좋은 연기로 보답하라고, 제인."

"욕심 많은 스텔라."

"엄마한테 대든다, 못된 딸."

혜인도 맥주를 든 채 소파에 기대 누웠다. 속이 매웠다. 캔 맥주 하나가 아쉬울 정도였다.

"남자 넷이 도와주면 금방 끝나긴 하겠다."

"좋은 게 좋은 거라니깐. 누릴 수 있을 때 누려야지. 기회가 올 때 잡고."

민아의 말에 괜히 뜨끔해져서 그녀는 이미 비어버린 캔 맥주만 만지작거렸다. 민아는 곤했는지 그새 포크를 든 채로 졸고 있었다.

그가 집에 온다. 긴장인지 설렘인지 모호한 기분이 혜인의 심장을 자꾸 두드렸다.

이삿날 아침. 알람 소리에 맞춰 일어났을 땐 새벽에 비가 왔는지 지면이 살짝 젖어 있었다. 그마저도 정오가 넘어 해가 나오자 한 시간 사이에 건조되었다. 민아의 집에서 출발하기로 한 시간은 세 시였다. 승준이 민아와 함께 움직이고, 윤우와 형민은 혜인의 집으로 곧장 오기로 했다. 진현은 선약이 있어 짐을 싣는 것만 도와주게 되었다.

오전 빈 시간에 혜진의 방에 있던 잡동사니를 끄집어냈다. 그래도 시간이 남자 방에 있는 짐을 체크했다. 속옷이 든 서랍은 테이프로 봉하고, 책상 위에 연필꽂이, 북 스탠드, 시계 같은 잡다한 것들은 쇼핑백에 몰아 담았다. 컴퓨터 주변기기도 분리하고 전선도 뽑았다.

한바탕 정리를 끝낸 뒤 냉장고에서 하루 지난 샌드위치를 꺼내 먹고 자리에서 일어설 때였다.

[혜인 씨, 우리 집 앞이에요. 곧 도착합니다.]

벌써? 시계를 보니 한 시였다. 약속 시간보다 두 시간이나 일찍 오다니. 그녀는 부랴부랴 점심 먹은 잔해를 치운 뒤 추리닝에서 스판기가 있는 청바지로 갈아입었다.

윤우와 형민은 짐이 한가득이었다. 보따리를 풀자 돌돌 말린 벽지와 풀과 큰 통, 붓, 줄자, 본드 따위가 나왔다. 혜인이 어리둥절해하자 윤우가 웃으며 말했다.

"민아 씨가 혜인 씨 구해줘야 한다고 그러던데요? 방에 꽃향기가 짙어서 질식해 죽을 거라고요."

"아……."

"와, 크긴 크다."

형민이 방에 들어서자마자 장미꽃 벽지를 보고 입을 쩍 벌렸다. 윤우가 거실에 널려진 잡동사니를 보며 물었다.

"혜인 씨 혼자 옮긴 거예요?"

"오전에 딱히 할 일이 없어서요."

"그럴 줄 알았으면 더 일찍 올 걸 그랬나 봐요."

"아니에요. 민아가 괜히 쓸데없는 말을 해서……. 괜찮으시겠어요?"

혜인이 바닥에 가지런히 놓인 도구를 걱정스럽게 바라보았다.

"자취하는 친구들 때문에 여러 번 해봤는걸요. 방 하나 정도는 뚝딱해요."

윤우가 팔을 걷어붙이고 큰 통에 풀을 섞는 동안 형민이 줄자로 방 크기를 쟀다. 도울 게 있을까 주변을 맴돌았지만 괜찮다고 구경만 하라고 하는 통에 그녀는 멍청히 문 입구에 앉아 윤우와 형민이 하는 꼴을 지켜보았다. 도배는 두 시간 정도 걸려 끝이 났다.

"여기가 혜인 씨 방이 되는 거죠?"

"네."

"마르려면 좀 걸리겠는데. 승준이 오면 민아 씨 방부터 정리해야겠어."

"이 녀석 늦네. 말은 삼십 분이면 도착할 것 같더니."

"주말이라 막히나 보지. 멀기도 멀고."

"잠깐 쉬자."

형민이 소파에 앉아 TV를 켰다. 윤우는 거실을 서성이다 베란다에 늘어놓은 화분을 발견하고 밖으로 나갔다. 혜인이 그런 그를 관심 있게 살폈다.

"이렇게도 키우는군요."

"네, 벌레 끓는 게 싫어서요."

뿌리가 물에 담긴 식물들을 그는 신기한 듯 바라보았다.

"잘 자라요?"

"적당히 햇볕 비추고 통풍도 되고 하니까 제법 싱싱히 자라던걸요. 겨울은 힘겹게 났지만요."

"물 주는 거 은근 귀찮아요."

"그런데 얘네들도 방심하면 안 돼요. 뿌리만 담길 정도로 물을 채워줘야 하는데 더운 날씨에는 쭉쭉 빨아먹거든요."

윤우가 싱싱하게 뻗은 잎사귀를 만지작거리며 후후 웃었다.

"왜요?"

"혜인 씨는 참, 다정한 사람 같아요."

"네?"

그의 뜬금없는 말에 혜인은 잠시 움찔했다. 윤우의 미소가 깊었다.

"걱정했는데 민아 씨가 빨리 이사해서 다행이에요. 그러곤 별일 없었어요?"

"아…… 네."

그의 눈길이 그녀의 손목에 가 닿았다. 혜인은 저도 모르게 손목을 감싸 쥐었다.

"이제 괜찮아요. 싹 나았어요."

"어디 봐봐요. 못 믿겠는걸."

"아니……."

그녀가 몸을 빼는데도 그는 아랑곳없이 소맷자락을 붙잡았다.

"여기 일꾼들은 다 어디 갔냐."

"혜인아~ 우리 왔어~"

왁자지껄한 소리와 함께 승준과 민아가 들어섰다. 혜인은 부리나케 거실 안으로 들어왔다. 손목이 그의 손가락이 닿았던 듯 화끈거렸다.

"짐은 어쩌고?"

"밑에 있지."

"그럼 밑에서 전화하고 짐 지키고 있어야지 뭐하러 올라와?"

"이래서 똥 싼 놈이 성낸다니까. 내가 전화를 돌아가면서 했거든? 누구 하나 받아야 말이지. 난 또 불나게 일하는 줄 알았네."

승준과 민아가 쌍둥이 남매처럼 똑같은 포즈로 서선 위협적인 표정을 지어 보였다. 한마디만 더 하면 받아버리겠단 기세였다.

"앉은 지 오 분도 안 됐다. 일이 와야 일을 하지."

형민이 시계를 보며 핀잔을 주었다. 바늘이 세 시 삼십 분을 가리키고 있었다.

"서울 사는 사람한테 왜 늦었냐 하지 마라. 그것도 주말 오후, 놀러 가기 좋은 날씨에."

"핑계 없는 무덤 없어."

"입으로 일할 거야? 빨리해야 빨리 끝나지. 승준이랑 형민이는 짐 올리고, 민아 씨는 트럭을 지켜주시고요, 혜인 씨는 저랑 같이 방에 있는 짐을 빼죠."

한발 늦게 들어온 윤우가 상황 정리를 했다. 셋은 군말 없이 내려갔다.

"일단 가구는 놔두고 책부터 싸요."

베란다에 모아둔 박스를 가져와 책을 옮겨 담았다.

"혜인 씨 책 많이 보는구나."

"이게 많은 거예요? 난 적다고 생각하는데⋯⋯."

"오래된 책들은 버리고 안 보는 책들은 팔고, 그러면서 모은 것 아니에요?"

"어떻게 아셨어요?"

"어쩐지 선택받은 책 같아서요."

그가 미소를 머금고 말했다.

"좋아도 한 번 보고 손이 안 가는 게 있어요. 읽다가 도중에 멈추는 것도 있고. 그런 애들 가지고 있으면 어쩐지 빚을 지는 것 같거든요. 집을 잘못 찾아온 손님의 발을 묶어두고 있는 것처럼."

"제일 좋아하는 책이 어떤 거예요?"

혜인은 두 번째 선반에서 하얀색 글씨로 '저예요, 바람이에요'라고 적힌 책을 빼서 건넸다.

윤우는 받아 든 책을 살폈다. 표지 안쪽에 이시와라 신지란 이름과 작가의 흑백 사진이 실려 있었다. 첫 페이지를 넘겼다. 서두는 의미를 알 수 없는 문장으로 시작되었다.

〈다시 태어난다면 하얗고 고운 분말이 되고 싶어. 쓸쓸한 날이면 벤치에 앉아 우는 네 무릎에 가볍게 내려앉을 테지.〉

"죽은 연인은 추모하기 위해 쓴 소설이래요. 1주기가 되는 날에 출간해서 화제가 되기도 했었거든요."
"글이, 산속에 숨어서 흐르는 시냇물 같네요."
"네, 그런 점이 좋아요."
윤우가 본문을 살펴보는 동안 혜인은 가장 밑 선반의 책부터 차례로 담았다.
"저는 한꺼번에 사는 편이에요. 두 달이나 세 달이나 한 번씩 이십, 삼십 써가면서. 선반 하나를 채운 다음에 차례로 읽기 시작하거든요. 가만…… 이건 초등학교 문제집이잖아요. 웬 거예요?"
"그건 머리 복잡할 때 풀면 도움이 돼서. 안에는 보지 마세요."
혜인이 일어나 뺏으려 했지만 그는 팔을 길게 뻗어 그녀가 가져가지 못하게 막았다.
"설마 틀린 거예요?"
빨간 색연필이 죽 그어져 있는 번호를 가리키며 그가 물었다. 그에게도 이런 장난기 어린 얼굴이 있었나. 그녀는 그 모습이 재밌기도 해 부끄러움을 잊고 순순히 대답했다.
"나이를 먹어도 틀리는 유형은 똑같더라고요. 알맞지 않은 것을 찾으시오 하는데 알맞은 것을 찾고, 두 개를 고르시오 하는데 하나만 찾고. 그런 조급함은 왜 고쳐지지 않는지 몰라요."

"민족의 고질병이죠. 한국말 끝까지 안 듣기."

복장 때문일까. 헐렁한 곤색 셔츠에 면바지를 입은 그의 모습이 대학 선배 같기도 하고, 사촌 오빠 같기도 했다. 친한 이웃처럼 느껴지기도 하고, 농담을 할 때면 친오빠 같기도 했다.

"왜 그렇게 봐요? 내 말이 이상했나?"

"아니…… 회사 사람이 아니라 아는 오빠나 가족 같아서요."

혜인이 떠듬거리며 해명했다.

"그건 곤란한데요."

그는 가득 채워진 상자를 안고 거실로 향했다. 박스에 다 담아지지 않은 책들은 식탁에 직접 쌓아두었다.

거실엔 혜인의 짐과 민아의 짐, 빈방에서 나온 잡동사니로 발디딜 틈이 없었다. 각 방에 들어갈 짐과 배치를 확인하고 동선을 정해 움직였다. 빈방에서 나온 가구들은 혜인의 방에 합치고 잡동사니는 베란다 창고에 집어넣었다. 민아의 짐은 옷 박스를 제외하고는 단출했다. 컴퓨터 책장과 싱글 매트리스, 행거, 작은 책장과 서랍장. 혜인이 쓸 때보다 방이 한층 넓어진 듯했다.

"흰 벽지 발라놓으니까 방이 짠하기도 하다. 화려한 삶을 보내고 노년의 삶을 맞이한 사람 같잖아."

민아가 문지방에 서서 팔짱을 낀 채 말했다. 남자들의 손이 빨라 배치는 끝나고 잔짐을 풀 일만 남은 상태였다. 형민과 윤우가 책 정리를 하다가 민아의 말에 돌아보며 웃었다.

"장미꽃이 만발한 파티 드레스를 벗고 웨딩드레스를 입은 건지도 모르죠."

"신부 입장."

민아가 형민의 의견에 동조하듯 혜인의 등을 떠밀었다.

"신랑이 두 명이라 신부가 당황했나 보다."

"모르는 소리. 에릭은 한 명뿐이야."

두근. 혜인은 그의 농담에 일일이 반응하는 제 심장이 원망스러웠다. 그는 에릭으로서 이미 시작했다고 했으니까. 스스로 연극에 적응하기 위한 훈련 같은 게 아닐까 생각되면서도 괜히 쿵, 가슴이 다른 말을 하는 것이다. 혹시, 설마, 어쩌면…… 이런 단어들이 고약하게 그녀의 심장에 엉겨 붙는다.

혜인이 자질구레한 짐 정리를 하는 동안 남은 사람들은 거실에 모여 TV를 보았다. 가요 프로를 틀었는지 아이돌 노래가 반복되고 사이사이 이러쿵저러쿵하는 말소리가 희미하게 섞였다. 그녀는 하던 일을 멈추고 잠시 벽에 기대었다. 무릎을 웅크리고 눈을 감았다. 작게 노크 소리가 났다.

"혜인 씨 뭐 해요?"

"네? 그냥……. 왜요?"

문틈으로 윤우의 얼굴이 나타났다. 그녀는 화들짝 놀라 몸을 일으켰다.

"다들 배고프다고 중국음식 시켜 먹자는대요. 아는 곳 있어요?"

"아…… 나갈게요."

삼십 분 뒤, 거실 바닥에 신문지가 깔리고 배달 음식들이 차려졌다. 앉은뱅이 상은 작고 식탁 의자는 모자랐다.

"이삿날에는 이렇게 먹어줘야죠."

승준이 면발을 삼키며 만족한 듯 웃었다.

"부럽다. 나도 이런 아파트에서 독립적으로 살고 싶은데. 화려한 삼십 대의 삶을 즐기며."

"강남 아파트 사는 놈이 화려한 삶을 운운하냐?"

"그게 어디 내 집이야? 그냥 하숙집이지. 하숙비 꼬박꼬박 받으면서 왜 결혼 안 하느냐 눈치를 준다, 주인이."

"집에 생활비 내시는 거예요?"

"삼십 넘은 어른은 무상 급식이 안 된답니다."

"부모님 마인드가 멋지신데요?"

"그래서 매달 얼마씩 내는데."

형민이 손가락 세 개를 꼽아 앞으로 쑥 내밀었다.

"싸다, 싸. 마음 좋은 주인이네. 두 분은 쭉 서울에서 사셨어요?"

"전 대학 때부터 자취했어요. 고향은 여수고요."

"오동도!"

"여수박람회!"

"아쿠아리움!"

"레일바이크!"

승준을 시작으로 미리 짠 것처럼 돌아가며 여수의 유명한 것을 꼽았다.

"여수…… 시청?"

형민이 얼렁뚱땅 대답하자 모두 한목소리로 아유를 보냈다.

"에에, 역시 뼛속부터 강남 사람이었어."

"그런데 여수에 아쿠아리움이랑 레일바이크도 있어?"

승준과 윤우에게 던진 질문이지만 정작 형민은 민아를 쳐다보았다.

"있어요. 저도 가본 적은 없지만요."

"고향 사람이 고향을 알기가 쉽지 않지."

"남산타워를 한 번도 안 가본 서울 사람이 많은 거랑 똑같은 거야."

"혜인 씨는요?"

"부모님은 수원에 계세요. 언니랑 나오게 된 건데 불안하셨는지 없는 돈 모아 해주셨거든요. 언니는 9월에 결혼해서 나갔고요."

"그럼 이제부터 혜인 씨와 민아 씨의 관계는 갑과 을의 관계네."

"누가 갑이에요?"

민아가 호기심 어린 눈으로 물었다.

"당연히, 혜인 씨가 갑이죠."

"음…… 전 아니라고 봅니다."

형민이 불쑥 반대표를 던졌다. 듣고 있던 윤우도 손을 번쩍 들었다.

"동감 한 표."

"그 말, 왠지 칭찬 같지는 않은데요?"

"빙고!"

웃고 떠드는 사이 그릇은 바닥을 드러냈다. 입가심으로 냉동실에서 꺼낸 차가운 맥주를 마셨다. 그들은 연극에 대한 잡담을 늘어놓다가 어느 순간 시계를 확인하고서는 서둘러 일어나 떠났다.

이전 방이 좁다고 느껴본 적이 없었는데, 두 뼘 넓어진 방이 흐뭇하게 느껴졌다. 베란다로 통하는 넓은 창을 열었다. 바람이, 아직 풀냄새가 나는 방을 희석시켰다. 침대에 팔을 베고 누웠다. 달라진 잠자리가 조금 낯설었다. 문자 벨소리에 그녀는 손을 뻗어 탁자에 둔 휴대폰을 들었다.

[혜인 씨, 바빠요?]

윤우였다.

[아니요, 그냥 쉬고 있어요.]

[그럼 좀 나올래요? 집 앞이에요.]

그가 왜? 떠난 지 한 시간이 지난 뒤였다. 혜인은 어리둥절해하며 겉옷을 걸치고 신발을 신었다.

단지 앞의 단풍이 고왔다. 오슬오슬 떨리는 바람에 카디건을 여미며 쥐며 주변을 두리번거렸다. 삐쭉삐쭉 주차된 차 사이로 손을 흔드는 남자가 시야에 잡혔다. 그녀는 긴장하며 천천히 다가갔다.

"윤우 씨."

"미안해요, 혜인 씨. 번거롭게 해서."

그는 뒷좌석에서 무엇인가를 꺼내더니 혜인의 앞으로 내밀었다. 작은 어항이었다. 어항에는 푸른색 줄무늬를 가진 물고기 여러 마리가 헤엄치고 있었다.

"이사 선물이에요. 제브라다니온데 순한 아이들이라 초보자도 쉽게 키울 수 있대요."

갑작스런 선물에 당황한 나머지, 그녀는 어떤 반응도 보이지 못한 채 멀뚱히 서 있었다.

"생물을 선물로 받는 건 역시 부담스러운 거죠?"

"아니에요. 꼭 그런 건……."

"그러라고 주는 거예요."

"네?"

"따뜻하고 조용한 곳에 두세요. 침대 옆이나 서랍장 위에 두시면 좋을 것 같아요."

윤우의 차가 단지를 빠져나갈 때까지 혜인은 우두커니 그 자리에 서 있었다. 손바닥에 그가 두고 간 물고기가 쉼 없이 그림을 그리고 있었다. 따뜻한 수온이 서늘해진 손바닥을 미지근하게 높였다.

변화가 많은 10월이 그렇게 지나가고 있었다.

4. 물들어가는 것

　오후에 서지숙 팀장 주관의 회의가 있었다. 심각한 주제는 아니었는지 따로 회의실을 잡지 않고 원형 테이블에 모였다. 팀장과 하영 대리가 사전 논의를 하는 동안 민아와 혜인은 다과를 준비했다.

　"올해는 체육대회 대신 다른 걸 기획해보자는 얘기가 나와서 말이지."

　커피가 뜨거웠는지 팀장은 살짝 입술만 대었다 뗐다.

　"작년 참여율이 저조하기도 했고, 부상자도 속출했고……. 체력적으로 힘들기만 할 뿐 협동심을 키우거나 재미를 느끼지도 못하고, 불필요한 경쟁심만 부추긴다는 의견이 지배적이어서 말이야. 정말 회사를 떠나 가볍고 즐거운 마음으로 함께할 수 있는 행사를 만들었으면 해. 설문조사를 실시할까 했는데 하반기도 끝나가는 마당에 준비 기간만 길어지면 뭐하겠어. 얼른 기획 잡아서 진행하려고 하는데, 좋은 의견 있어?"

이제 불혹의 나이에 접어든 서지숙 팀장은 아직 미혼이었다. 본인 말로는 서른 초반에 상견례까지 한 남자와 깨진 이후로는 결혼에 대한 관심이 말끔히 사라졌다고 한다. 특별히 아쉬운 것은 없지만 조금만 감정을 표출하면 '노처녀 히스테리'라고 이죽거리는 시선이 짜증 난다고도 했다.

"단체 관람 같은 건 어때요? 상영관 하나 빌려서 영화나 뮤지컬 같은 공연으로."

"그건 함께하는 일이 아니잖아. 좀 액티브해야지."

"가을이니까 자전거 하이킹이나 트레킹도 좋을 것 같아요. 쉽고 간단하잖아요."

"그건 나도 생각하긴 했었어."

팀장이 수첩에 하이킹, 트레킹을 적었다.

"가을소풍은 어떨까요? 초등학생 시절을 되살려서 도시락도 싸고, 사생대회도 열고, 보물찾기도 하고요."

혜인이 조심스럽게 의견을 내비쳤다. 과거로 돌아오기 전에 채택된 아이디어였다. 그 아이디어를 누가 냈는지까지는 생각나지 않았다. 서지숙 팀장이 독단적으로 추진했던 것도 같고.

"음…… 그것 좋네."

그 외 바자회, 봉사활동, 서바이벌게임, 갯벌체험 등등이 나왔지만 다양한 이유로 채택되지 않았다. 한 시간 정도 이야기를 한 끝에 자전거 하이킹과 가을소풍으로 정해졌다. 인원이 많으니 하나로 통일하는 것보단 나눠 진행하는 게 좋겠다는 팀장의 의견이었다.

"민아 씨와 혜인 씨가 각각 진행하면 되겠어. 민아 씨가 자전거 하이킹을 맡고 혜인 씨가 가을소풍을 맡아줘. 하영 대리가 중간중간 체크하면서 총지휘하고. 부장님께 보고해야 하니까 기획안은 이번 주까지 완료하고."

"네."

체육대회를 안 하는 건 좋았지만 새로운 업무가 생겨 마냥 좋지만도 않았다. 체육대회는 매년 하는 행사라 따로 기획안을 올릴 필요도 없고, 짜여진 아웃라인대로 진행만 시키면 되는 일이었다. 그래도 과거 기억이 남아 있어 조금 든든했다.

"나 자전거 없는데 어떡하지? 기획자가 빠질 수도 있는 건가?"

"불가."

혜인이 단박에 대답하자 민아가 엉뚱한 돈 나가게 생겼다며 울상을 지었다.

가을소풍이라……. 단풍 구경을 하기엔 늦어버렸지만, 풀밭에 돗자리를 깔고 둘러앉아 도시락을 까먹는 상상을 하니 흐뭇했다.

에니그마 모임은 일주일에 한 번씩 꼬박꼬박 진행되었다. 아직은 대본 리딩을 하는 수준이었다. 시월까지 대본 숙지를 마친 뒤 다음 달부터 본격적인 연극 연습을 진행하기로 했다. 혜인은 다른 사람들보다 두세 배 대사가 많은 탓에 퇴근 후에는 매일 두 시간씩 시간을 쏟아야만 했다.

"혜인이 얜 밥 먹다가도 중얼중얼해요."

"너무 열심히 하시는 거 아니에요, 혜인 씨?"

"대사가 입에 잘 붙질 않아서요. 언제 외우나 싶어 걱정인걸요."

"감정을 담아 연기하는 게 아니라 그럴 거예요. 지금은 제인의 말이 텍스트에 지나지 않을 테니."

윤우의 말에 혜인은 뜨끔했다. 정확한 진단이었다. 그가 혜인을 지목한 순간, 자신이 제인을 이해할 수 있을 거란 생각은 돌이켜 보니 자만이었다. 현실과 가상은 달랐다. 경험이 연극적인 감성으로 이어질 거란 기대는 무리였다. 무엇보다 '상대의 운명을 안다'는 것 외엔 제인과 그녀 사이에 교집합은 없었다. 자유로운 삶에 대한 갈망, 거짓으로 시작된 사랑, 언젠가 잃어야 할 연인 같은 것.

"서윤우는 통째로 마스터했답니다. 괴물 같은 녀석."

"글을 쓰면 그 고통만큼 쉽게 얻어지는 것도 있는 거지."

"은근슬쩍 잘난 척을 한단 말이지. 무시할 수도 없게."

배알이 꼴리는 표정으로 승준이 보자 그가 '눈치챘어?'라고 너스레를 떨며 크게 웃었다.

"사실 연습 시간은 한 달밖에 안 남은 거잖아요? 일주일에 한 번씩 모이긴 하지만 시간이 부족하기도 하고, 빠질 인원도 분명 생길 테고 하니 시간 맞는 사람끼리 틈틈이 만나 연습을 하는 게 좋겠어요. 같이 붙는 신이 많은 사람들끼리 잠깐잠깐 모여 신 단위로 연습하고 합동 연습 때 전체적으로 확인하는 식으로 진행하죠."

"애매하게 그러지 말고 차라리 그룹을 나눠요. 매일 서로 일정 체크하는 것도 번거로운데."

"그럼 민아 씨, 혜인 씨랑 윤우가 A그룹, 저랑 형민 씨랑 진현 씨는 B그룹 이렇게 나누죠. 혜인 씨가 좀 고생해주셔야겠네요. 다른 사람들은 팀 사람들끼린데."

"저 때문에 윤우 씨가 고생하시는 거죠."

"정확히 따지면 진현 씨도 A그룹으로 와야 하는데."

"어어, 그건 안 돼요. 제인에게 에릭을 뺏겨서 우리도 뉴 에릭이 필요한데."

"음…… 이렇게 된 이상 친구에서 연인으로 신분 상승을 노려봐야겠는데요? 윤우 씨 긴장하셔야겠어요."

진현이 대뜸 농담을 던졌다. 승준과 형민이 이런 상황 좋다며 오오- 감탄사까지 질러댔다.

"혜인 씨, 저 긴장해야 해요?"

"아…… 아뇨."

그가 혜인의 대답에 만족한 듯 웃었다. 그의 눈빛은 부드럽고도 강했다. 마치 그녀의 마음을 유리창 너머로 들여다보고 있기라도 한 것처럼. 비밀을 알고 있는 사람은 혜인인데 반대로 그녀가 무엇을 숨기는지까지도 그가 보고 있다는 착각이 들게 했다. 거짓말 하지 말라고 종용하는 것 같기도 하고. 거짓말? 무엇을?

"친구에서 연인으로 이어지는 게 쉬운 일이 아니죠. 그러니 필립, 낙심하지 말아요."

"형민 씨가 뭘 모르네. 20세기 필립은 짝사랑이었지만 21세기 김진현은 약혼자가 있는 몸이에요."

"약혼자?"

모두 한목소리로 놀라 물었다.

"승준 씨가 오버하는 거예요. 만나고 있는 사람이 있다 뿐이지 약혼한 건 아닌데."

"결혼적령기에 애인이 있으면 그게 곧 약혼자죠. 설마 애인 따로, 약혼자 따로?"

"약혼을 하려면 반지보다 앞서는 게 아파트 열쇠거든요. 지금은 애인으로도 벅차요."

"아무렴, 아이템 찾아오라는 부장님보다 집 한 채 해오라는 애인이 더 무섭지."

형민이 진현의 말에 크게 동조하는 듯 말을 덧붙였다.

"무슨 소리예요. 혜인이 언니는 정확히 반띵 했는데요. 집도, 혼수도, 전부 다."

"오, 그 장미꽃 누님이요? 그럼 혜인 씨도 그 언니 동생이니 까⋯⋯."

승준이 손을 뻗어 혜인의 손을 덥석 잡는 시늉을 했다. 서윤우가 그의 어깨를 툭 쳤다.

"농담도 적당히 해라. 연극 얘기나 마저 해."

"자식, 아끼기는."

승준의 놀림에도 불구하고 그의 표정에는 일말의 변화도 없었다. 아낀다는 표현이 그녀의 마음을 간지럽혔다. 바보, 박혜인. 할수만 있다면 마음을 콩콩 쥐어박으면 좋으련만. 그녀의 한숨이 깊어지는 것도 모른 채 그는 무심히 대본만 들여다보았다.

이틀 뒤, A그룹의 첫 번째 모임은 민아의 돌발 약속으로 깨어졌다. 결혼을 앞둔 대학 친구가 예고도 없이 회사 앞으로 찾아온 것이었다.

"뻔해. 청첩장 배달이지, 뭐. 대학 때도 즉흥적이더니, 똑같아. 모임 깨지 말고 윤우 씨랑 둘이 연습해."

민아는 모임을 빠지는 미안함보단 친구에 대한 불만이 더 커 보였다.

[업무가 늦어져서 오늘 힘들 것 같아요. 끝나고 연락할게요. 미안해요.]

절묘한 타이밍이랄까. 둘만 있어야 한다는 압박감을 느끼기도 전에 그가 참석이 어렵다는 문자를 보내왔다.

김과 김치로 대충 저녁을 먹고, 혜인은 거실 소파에 드러누워 퇴근 후의 어느 때처럼 대본을 들여다보았다. 어려워. 대사도 많고, 감정 표현도 많고. 시월 한 달간 기를 쓰고 노력한 탓에 대사는 토시 하나 빠트리지 않고 정확히 외울 수 있지만, 알파벳을 외우는 것보다도 음률이 없었다. 그래서인지 요새는 드라마를 보는 게 재미가 아니라 공부였다. 주인공이 입을 놀리는 것, 몸을 움직이는 것, 표정을 그려내는 것 하나하나를 놓치지 않으려 노력했다. 그녀가 때때로 드라마를 보다 말고 '아, 머리 아파.' 한마디를 외치고 전쟁터의 병사처럼 전사하면, 민아는 '드라마는 그냥 드라마로 즐기라고.' 하며 속 모르는 소릴 하곤 했다.

인생 다시 살 만하네. 생각지도 못한 연극을 다 하고. 혜인은 피식 웃었다.

어렴풋한 의식 사이로 초인종 소리가 흘렀다. 깜빡 잠이 들었던 걸까. 그녀는 바닥에 떨어진 대본을 주워 소파에 올려놓고 부리나케 현관으로 나갔다.

"누구세요?"

"나야."

민아의 목소리였다.

"열쇠 안 가지고 갔어? 초인종 소리에 놀랐어."

대답하며 문을 연 그녀는 그 자세 그대로 멈춰 섰다. 민아의 등 뒤에 서윤우, 그가 있었다.

"서프라이즈 선물."

민아가 그의 앞에 짜잔— 하고 두 손을 모았다.

"봐 봐요, 윤우 씨. 혜인이 앤 정말 놀랄 거라고 했죠? 감동받은 얼굴인지 공포 영화를 본 얼굴인지 그게 좀 헷갈리지만요."

"이렇게 멀쩡한 귀신이 나오는 공포 영화는 들어본 적이 없는데요."

"죽은 사람이 멀쩡히 살아 돌아오면 공포죠."

"애인이면 감동이고요."

둘이 농담을 주고받을 때까지도 혜인은 현관 옆에 밀쳐져 멀뚱히 서 있었다.

"혜인아, 강시처럼 꼿꼿이 서 있지 말고 들어와. 윤우 씨 진짜 공포 영환 줄 섭섭하겠다."

"어떻게 된 거야?"

"회사에 놓고 온 게 있어 다시 들어갔다가 윤우 씨랑 딱 마주쳤는데, 약속 다시 정하는 것보단 오늘 하는 게 좋겠다 싶어서 여기로 온 거야. 그 시간에 널 회사로 부를 순 없잖아. 안 와본 집도 아니고 연습하기도 편하니까."

"혜인 씨, 방해했어요?"

"방해는요. 얘도 연습하고 있던 참인데."

민아가 소파에 널브러진 대본을 훑으며 말했다.

"민아 씨가 정말 서프라이즈할 줄은 몰랐어요. 나라도 연락할걸."

그가 멋쩍은 웃음을 지었다.

"권민아, 이러기야?"

그를 소파에 앉혀두고 혜인은 민아의 방으로 쫓아 들어왔다. 민아가 대수롭지 않게 외출복을 벗으며 대답했다.

"혼자 골머리 앓으면서 연습하는 것보다 낫잖아. 오늘처럼 또 이렇게 펑크 나면? 시간 날 때 아낌없이 연습해야지."

"그래도 회사 사람을 아무렇게나 집에 들여?"

"난 서윤우가 아닌 에릭을 집에 데려온 거거든? 너 예민하게 굴면 나 오해한다?"

"그래도……."

"계집애, 지금도 동거하면서 그런다."

"뭐?"

"네 방에 물고기 말이야."

서윤우가 물고기를 주러 온 날 밤, '그게 뭐야?' 하고 묻는 민아에게 마트에서 사온 거라고 얼버무렸다. 상세하게 캐묻지 않아 웬일인가 했었는데, 처음부터 거짓말임을 눈치챘던 모양이었다. 눈치가 빠른 편이긴 했어도 윤우가 준 사실까지 알아챌 줄은 미처 몰랐다.

　혜인은 꿀 먹은 벙어리가 되어 방을 나왔다. 그래, 권민아. 네가 승이다, 승.

　연습은 1막 파티장 신부터 시작되었다. 제인과 스텔라의 첫 등장이었다. 윤우가 혜인과 민아의 위치를 잡아주고 동선을 설명한 뒤 물러나 식탁 의자에 앉았다. 소파에 맥없이 앉은 혜인 옆에 민아가 팔짱을 끼고 무섭게 섰다.

스텔라　제인, 오늘이 얼마나 중요한 날인 줄 아니? 우리 인생이 180도로 달라질 수 있는 기회야. 절대 실수해선 안 돼. 그렇다면 널 용서하지 않을 거야.

제인　엄마, 저는 이렇게 많은 사람들 앞에 나서고 싶지 않아요.

스텔라　철없는 소리를 하는구나, 제인. 언제까지고 행인이 쥐여주는 푼돈이나 벌며 살 수는 없어. 너도 이 집의 주인처럼 화려하게 살고 싶지 않니? 이건 불공정한 거래가 아냐. 넌 그들에게 지혜를 주고, 그들은 우리에게 돈을 지불하는 거지.

　관객이 없는 연습임에도 혜인은 좀처럼 긴장이 풀리지 않았다. 그에 반해 민아는 표독스런 표정까지 지으며 초보 같지 않은 연기를 펼쳤다. 스텔라가 파티에 모인 사람들 앞에서 제인을 소개하는 장면까지 무난히 끝났다.

"다음은 제인과 에릭이 처음으로 대면하는 장면이네요."

윤우가 혜인의 앞으로 식탁 의자를 가져왔다. 그가 순하게 손을 내밀었다.

"뭐 해, 제인? 손잡아야지."

미동 없이 있는 혜인을 보다 못해 민아가 채근했다. 그의 손을 잡으라고? 그녀는 당황했다. 제인이 에릭의 손을 잡고 운명을 점 쳐야 하는 장면이었다.

"남자의 손이 아니라 손님의 손입니다, 제인."

"아…… 알아."

그냥 손만 잡으면 되는 것임에도 혜인은 손가락 끝까지 제 심장 박동이 느껴지는 것 같아 망설였다. 보다 못한 민아가 방으로 뛰어 들어가더니 무언가 질질 끌며 나타났다. 옅은 블루색의 여름 이불이었다. 그녀의 의도를 알았는지 윤우의 입가에 웃음이 떠올랐다.

"제인은 이게 있어야 감정 몰입이 되려나 봐요."

"뭐 하려고?"

혜인은 사태 파악이 안 된 채로 윤우의 팔에 붙들려 일어섰다. 그가 민아에게 받은 이불로 혜인을 감쌌다. 이마 밑으로 떨어지는 천 자락에 앞이 잘 보이지 않았다. 윤우가 고개를 숙여 그녀의 얼굴을 마주 보았다. 작은 틈으로 그의 얼굴만 가득했다.

"이제 정말 제인이에요. 괜찮죠?"

그 맑은 눈동자를 마주 보며 그녀는 얌전히 고개만 끄덕였다.

"손이 자유롭질 못할 테니 여긴 고정을 해야겠어요. 이불에게 미안하지만."

그는 양어깨 부분과 목 뒤쪽을 옷핀으로 고정했다. 보는 사람은 우스꽝스러울 텐데, 그녀는 바닥만 겨우 살필 수 있는 정도였다.

"그대로 앉으면 돼요."

윤우가 그런 그녀를 부축해 소파에 앉혔다. 그리고 다시 손을 내밀었다. 시야가 자유롭지 못한 건 이런 기분일까. 답답하고 무섭기도 했지만, 폭풍우가 멈춘 새벽 바다처럼 고요하고 차분해지기도 했다. 혜인은 심호흡을 하고 그의 손등 위에 조심스럽게 오른손을 포갰다. 그리고 정말 제인이 하는 것처럼 눈을 감고 손에 집중했다.

에릭　　당신은 정말 운명을 볼 수 있는 건가요? 내 운명이 보이나요?
제인　　네. 보여요. (충격을 받은)
에릭　　믿을 수 없군요. 당신이 보는 걸 거짓 없이 말해주세요.
제인　　당신은 곧……. (주저하는) 사랑에 빠질 거예요.

당신은 곧 죽어요. 그 말을 삼키는 사람은 누구일까. 제인일까, 자신일까. 혜인은 잠시 혼란스러웠다. 제인의 예언에 빈정거리며 운명은 없다 대꾸하는 에릭과 제인은 진실만을 예언한다고 설득하는 스텔라의 대사를 들으며, 그녀는 저도 모르게 두 손에 얼굴을 파묻었다.

신은 참 가혹해. 당신에게 혹은 나에게, 이런 연극을 시키다니.

"역시, 복장의 중요성이란. 아까보다 훨씬 나아."

민아의 목소리가 멍해 있던 혜인을 깨웠다.

"혜인 씨, 어때요? 답답하지 않았어요?"

그가 머리를 덮고 있던 천을 치웠다. 그의 두 손이 부드럽게 그녀의 어깨를 짚었다.

"생각보다 편했어요."

"혜인 씨가 운명을 보는 순간 어쩐지 긴장됐어요. 진짜 내 운명을 들킬 것 같아서."

그가 마음 좋게 웃었지만 혜인은 웃을 수 없었다.

"어떤 운명이면 좋겠는데요? 에릭이 아닌 서윤우의 운명은?"

민아가 스텔라의 어투를 살려 물었다.

"음…… 미처 생각해본 적은 없는데요?"

"에릭처럼 사랑에 빠지는 거?"

"그건 운명으로 보지 않아도 돼요. 오는 대로 느끼면 되니까."

"정말 낭만파 아니랄까 봐."

"그래서 쇼팽과 리스트를 좋아하죠."

"공대생이 그런 농담하면 못 써요. 사인파는 알아도 낭만파는 모른다고 해야죠."

"하하."

민아는 목이 마르다며 맥주부터 찾았다. '나만 목마른 거 아니지?'라며 동의를 구한 그녀는 냉장고를 살피더니 말릴 새도 없이 지갑을 들고 나가버렸다. 민아가 이사 온 뒤론 맥주는 달걀, 김치와 동급이 되어 냉장고를 항시 채웠다. 그녀가 자진해서 맥주 당번을 자청했기 때문에 혜인은 크게 신경 쓰지 않았다. 어차피 그녀는 있으면 좋고, 없어도 그만이라는 주의였으니.

한 사람이 빠져나간 공간에 침묵이 흘렀다. 민아가 선동해서 대화를 이끌어갔기에 이따금 장단만 맞춰주면 되었었는데, 안주인의 책임이랄까. 대화를 시도해야 한다는 압박감이 물밀듯이 밀려왔다. 민아처럼 할 수는 없고 이 침묵을 견디기는 힘들고. 하릴없이 거실을 빙 도는 윤우에게 혜인은 물었다.

"물고기 보실래요?"

"물론이죠."

그는 즉각 반응했다. 혜인이 방으로 들어서려 하자, 윤우의 손이 어깨를 가볍게 잡았다.

"이제 혜인 씨로 돌아와야 하잖아요."

돌아본 그의 얼굴에 웃음이 짙었다. 혜인이 그를 멍청히 쳐다보는 동안 그의 손가락이 왼쪽 어깨, 오른쪽 어깨, 목 뒤편에 차례로 머물렀다. 이불이 툭 바닥에 떨어졌다.

"그래도 이쪽이 훨씬 좋네요."

그가 떨어진 이불을 주워 혜인에게 건넸다. 형형한 눈빛 속에 담긴 의미를, 이따금 지금처럼 툭 내뱉는, 익숙해지지 않는 무심한 말의 의미 같은 건 그녀는 몰랐다. 설령 안다고 해도 그것이 어떤 힘이 있겠냐마는.

"이틀 동안은 움직임이 없어서 철렁했어요."

"적응이 오래 걸렸나 보죠?"

어항은 침실 옆 협탁 위에 있었다. 윤우는 무릎을 굽히고 앉아 어항 가까이 고개를 드밀었다. 벽과 침대 사이에 공간이 협소했기 때문에 그녀는 자동적으로 침대맡에 비스듬히 앉았다.

"배를 뒤집고 얼음땡 놀이를 하길래 죽었나 보다 했거든요. 한나절 지나니 겨우 뒤집고, 또 한나절 지나니 제대로 유영하더라고요."

그녀의 표정에 그때의 아찔함이 그대로 묻어났다.

"이 녀석은 숨바꼭질을 좋아해요. 배가 고플 때 말고는 수초 사이사이, 조개 틈에 꼼짝없이 숨어 있거든요."

"혜인 씨 같네요."

"네?"

"혜인 씨도 숨바꼭질하는 것 같거든요. 누구랑 숨바꼭질을 하는 건지 모르겠지만, 가끔 필사적으로 숨는 것 같단 인상을 받을 때가 있어요."

그가 제대로 날 보았구나 싶어 그녀는 뜨끔했다. 술래는 당연히 그였지만, 술래가 모르는 숨바꼭질을 저 혼자 하는 꼴이었다. 참 우스운 상황.

"제가 그랬어요?"

"네. 그런데요, 혜인 씬 숨는 데 자질이 있는 것 같지도 않고, 즐기는 것 같지도 않아요. 지금처럼 편하게 내보일 때가 자연스럽고 보기 좋아요."

그녀는 꿀꺽 마른침을 삼켰다. 술래가 찾을 생각이 없는 숨바꼭질이 재미있을 리가 없었다. 혼자 웅크리고 있으려니 다리도 저리고 목도 마르고, 과연 찾아줄까 불안했다. 마지막엔 짜잔— 하고 술래가 나타나야 끝나는 게임인데, 술래가 끝까지 몰라야 하는 게 그녀만의 숨바꼭질이었다. 그는 자신이 얼마나 엄청난 말을 했는지도 모른 채 어항 속만 흐뭇하게 바라보았다.

"저 녀석은 다른 아이들보다 몸짓이 크네요. 활동성도 좋고."

"그 녀석이 제일 문제예요. 자꾸 다른 애들을 쫓아다니면서 괴롭히거든요. 그 때문에 다른 아이들도 점점 숨바꼭질 놀이에 동참하는 것 같아요."

"이 녀석만 제가 업어갈까요?"

혜인이 고개를 절레절레 흔들며 '같이 두고 싶어요.'라고 대답했다. 그가 그러라는 듯 웃었다.

"키우긴 괜찮아요?"

"네, 심심할 때 헤엄치고 노는 모습 보고 있으면 재미있어요. 밥 달라고 톡톡 두드리고, 먹이 주면 배도 뽈록뽈록 나오고. 참 단순한데 예뻐요. 잠 안 올 땐 가만히 보고 있으면 언제 그랬냐는 듯 스르륵 잠도 오고."

"양 세는 것보다 더요?"

"양은, 울타리 부수고 도망가는걸요. 잠까지 몽땅 들고."

"나처럼 방목해요. 아끼지 말고."

혜인이 가장 겁나는 순간은 이런 순간일 것이다. 기분 좋은 만큼의 설렘과 편안함이 공존하는 순간. 허리춤 어디, 졸라 묶은 끈의 매듭만 풀면 사르르 몸의 긴장이 풀리며 의도하지도 않은 친밀감이 저절로 만들어졌다.

평화는 민아의 등장으로 깨어졌다. 사그작사그작 하는 봉투 소리와 캔 맥주의 마찰음이 12시 종소리처럼 시간이 다 되었음을 알렸다. 이렇게 잠깐잠깐 정도라면 위험하지 않을 거야, 혜인은 스스로 질문하고 대답했다. 이런 고민을 알 리 없는 그의 옆모습이 퍽 고왔다.

11월은 비와 함께 시작되었다. 월요일부터 시작된 비는, 날이 갈수록 빗방울이 더해 더 굵고 더 길게, 수요일까지 지속되었다. 행사가 예정되어 있는 주라 혜인을 비롯한 경영지원팀 식구들은 바짝 긴장했다. 야외 활동이기 때문에 연기하는 것 외엔 달리 방도가 없었다. 대안을 만들어봤자 체육관 같은 곳을 빌려 단합 대회를 하는 것이니, 본래 기획 취지와는 멀어지는 셈이었다. 다행히 비는 목요일 오후에 그쳤다. 금요일 기상 예보도 흐림 뒤 맑음.

총무팀까지 합세해 행사 진행을 돕기로 했다. 자전거란 커다란 준비물이 필요해서인지 가을소풍 참여자가 월등히 높았다. 이하영 대리와 총무팀 막내 정화가 자전거 하이킹에 합류하고 총무팀 한지혜 대리와 소진이 가을소풍을 돕기로 했다. 팀장님은 자전거 하이킹 출발 일정을 같이한 후 가을소풍으로 넘어오기로 했다. 사전 준비물을 많이 필요로 하는 작업은 기획 단계에서 제외하여서 부피가 큰 짐은 빈 박스와 명찰, 경품 박스뿐이었다. 그것마저 자차 가능한 한 대리가 싣고 오기로 결정해 혜인은 조 편성표, 비상 연락 수첩, 행사 진행표, 필기도구, 돗자리 외 개인 물품만 챙기면 되었다. 포니테일로 높게 묶고 백팩을 메고 거울 앞에 선 그녀는 영락없이 소풍 가는 중학생 소녀였다.

"건투를 빈다, 박혜인."

"미 투다. 자전거는?"

"형민 씨가 차로 가져온대."

민아는 어깨를 으쓱하며 콧노래를 불렀다. 그녀는 인터넷 최저 가로 나온 자전거 결제를 완료하기 직전, 극적으로 형민에게서 자전거를 빌려주겠다는 약속을 받았다. 남매가 하이킹을 즐겨서 개인 자전거를 하나씩 가지고 있던 모양이었다.

달리고 먹고 사진 찍는 것 외의 일정이 없는 하이킹팀은 자전거와 도시락 말고는 별다른 준비물이 없었다. 민아의 백팩이 무척 단출했다.

"출발할 때랑 끝날 때 인원만 체크하면 된다니깐. 참가자도 많지 않아 신경도 덜 쓰이고."

"그것 때문에 그리 신 난 거야?"

"흐흐, 자전거로 집결지에 모이기 불편해서 그런지 남자가 더 많다는 거 아니야. 누구 눈에는 안 차겠지만."

민아가 얘기하는 누구는 정화였다. 서윤우가 신청하는 쪽으로 합류하려고 잔뜩 벼르고 있던 그녀였는데 팀장님 지시로 물거품이 된 것이었다. 에니그마 사람들은 사이좋게 둘씩 나눠 참가 신청을 했는데 승준과 윤우, 형민과 진현으로 편이 갈리었다. 자전거의 유무와 개인 의사를 반영한 결과라고 승준이 귀띔해주었다.

북서울꿈의숲은 북서쪽에 한참 치우쳐 자리하고 있었기에 혜인은 일찍 집을 나섰다. 지하철을 타러 들어갈 때만 해도 흐릿흐릿하던 하늘이, 여러 번 환승을 하고 지상으로 올라왔을 때는 옅지만 맑은 색을 보이고 있었다. 마치 아침 세수를 하고 수건으로 얼굴을 닦은 아이처럼.

공원을 들어서자 바람이 배웅을 나온 듯 혜인의 옷자락을 수차례 펄럭였다. 나뭇가지에 남아 있는 빛바랜 단풍잎이 배웅 나온 바람에 우수수 떨어졌다. 눈 같은 낙엽을 맞으며 그녀는 공원길을 걸어 올라갔다.

"혜인 씨, 여기!"

한지혜 대리가 청원답원 한곳에 이미 자리를 잡고 손을 흔들었다. 혜인은 짧은 거리를 총총걸음으로 달려갔다.

"언제 오셨어요?"

"아홉 시쯤 왔나 봐요. 차가 막힐까 싶어 일찍 출발했더니 웬걸, 그냥 슝슝 달려서 도착했지 뭐예요."

한 대리 옆에는 빈 종이 박스 열 개가 탑처럼 쌓여 있고, 명찰과 경품이 담긴 쇼핑백들이 널려 있었다.

"운이 좋았어요. 혼자선 몇 번 왔다 갔다 했을 걸 외국인 부부가 도와주는 바람에 손쉽게 옮겼네. 한국말도 곧잘 하더라고요?"

삼십 분을 넘어가면서 사람들이 모이기 시작했다. 미리 선별해 둔 팀별 조장들이 인원 체크를 하고 명찰을 지급해주었다. 가을을 살짝 비껴간 계절에 평일 오전이라 다행히 사람이 많지 않았다. 빈 상자는 개인이 준비한 도시락을 수거하는 용도로 사용됐다. 도시락은 통일성 있게 일회용 스티로폼 용기에 담겨 있었는데, 그 안에는 도시락 주인의 옆얼굴이 담긴 사진이 끼어 있을 것이었다.

사전에 공지된 내용이었다.

　인원 체크가 끝나고 잔디 광장에 흩어져 자리를 잡는 동안 혜인과 한 대리는 상자에 담긴 도시락을 돗자리에 쏟아놓고 적당히 섞어 다시 상자에 담기 시작했다. 소풍이 끝날 때까지 사진 힌트를 보고 도시락 주인을 찾아 출발지로 돌아오면 선착순 열 명에 한해 경품을 지급하는 이벤트였다.

　"누구야?"

　멀리서 손을 흔드는 두 남자의 모습이 시야에 잡혔다. 자세히 보니 승준과 윤우였다.

　"동아리 사람이요."

　"혹시 정화 씨가 좋아한다는 사람?"

　혜인이 말없이 고개만 끄덕였다.

　"오른쪽이지?"

　"네."

　"역시, 정화 씨 안목이 좋네요."

　"그런가요?"

　한 대리가 호기심 어린 눈으로 자꾸 그들을 쳐다보자 혜인은 고개를 파묻고 부지런히 손만 움직였다.

　오전 일정은 백일장 및 사생대회였다. 참여는 필수였지만 둘 중 선택은 자유였다. 끼리끼리 모여 돗자리를 펼친 사람들이 어느새 펜과 종이를 꺼내 무릎 위에 올려놓았다. 주제는 가을, 장르는 자유였다.

　한 대리와 소진이 문제가 없는지 한 바퀴 둘러보겠다고 자리를 비운 동안 혜인은 기우뚱대는 GMS 깃발을 더 깊이 박고 주변을 한번 정돈한 뒤 자리에 앉았다. 멀뚱히 앉아 있기 지루한 그녀는 가방에서 크레파스를 꺼냈다. 초등학교 이후론 구경도 못 했던 것인데 지난 일요일 마트에 갔다가 충동적으로 사온 것이었다. 흰 종이에 연필이 사각사각 달리는 소리가 났다.

"뭐 그려요?"

언제 왔을까. 윤우가 무릎을 꿇고 앉아 혜인의 무릎맡에 놓인 그림을 쳐다보고 있었다.

"그냥 끄적이는 거예요. 그런데 왜?"

그의 손에 들린 그림 도구들을 보며 그녀가 어리둥절하게 물었다. 그가 털썩 돗자리에 앉았다.

"여기서 그리면 반칙이에요?"

"그런 건 아니지만……."

"그럼 자리 좀 빌릴게요. 도용의 위험이 있어서요."

승준을 암시하는 듯한 말에 그녀는 빙긋 웃었다. 상황이 저절로 떠올려지는 걸 보니 농담만은 아닐 듯했다.

신발을 가지런히 벗고 돗자리 귀퉁이에 앉은 윤우는 묵묵히 그림을 그려 나갔다. 혜인은 좀처럼 집중할 수 없었다. 애초부터 주제가 없었던 그림은 알 수 없는 곡선과 직선이 난무하는, 난해한 그림이 되어가고 있었다. 그녀는 연필을 움켜쥔 채로 대각선에서 들려오는 색연필의 마찰음에 귀를 쫑긋 세웠다. 아주 부드러운 움직임이었다. 흡사 왈츠를 추는 것 같은, 우아하고 격조 있는 움직임.

소리가 멈추자 혜인은 자동적으로 고개를 들었다. 그림이 마무리된 모양이었다. 흐뭇한 미소가 그의 얼굴에 떠올랐다.

"어머, 누구?"

한 대리와 소진이 낯선 남자에 눈을 동그랗게 뜨고 혜인을 쳐다보았다. 이런 곤란한 상황이 벌어질 것을 왜 예상하지 못했을까. 그녀는 짧게 후회했다. 윤우가 동시에 몸을 일으켰다.

"해외영업팀 서윤우입니다. 제가 잠깐 실례를 했어요. 죄송합니다."

"아……."

한 대리와 소진의 얼굴에 반가운 화색이 번져갔다. 경영팀 사무실의 유명 인사를 알아보지 못할 리 없었다.

"자리 비켜줘야 하는 건 아니죠?"

"아니에요."

혜인이 한 대리 물음에 빠르게 대답했다. 윤우는 이미 갈 채비를 하고 있었다.

"참. 혜인 씨, 이거."

그가 내민 건 도시락이었다. 일회용 스티로폼 용기가 묵직했다.

"도시락 싸왔죠? 바꿔 먹어요."

혜인은 이벤트 참여할 일이 없어서 고스란히 자기 도시락을 가지고 있었다. 그녀는 적잖이 당황했다. 자신이 먹을 생각으로 싼 도시락은 냉장고에 남는 재료들을 대충 말아 뭉텅뭉텅 썬, 볼품없는 김밥일 뿐이었다.

"아까 도시락 안 내셨어요? 규정 위반인데?"

말은 그렇게 하면서도 한 대리의 입가에는 웃음이 잔뜩 배어 있었다.

"아, 그런가요?"

그가 머리를 긁적였다.

"그냥은 안 돼요. 이따가 우리 도시락 나눠줄 때 상자 좀 날라주셔야겠어요."

"물론이죠."

"혜인 씨, 뭐 해요. 거래 성사됐는데."

그녀 자신의 의사와는 다르게 돌아가는 상황이 난처했지만, 한 대리와 소진의 채근에 떠밀려 결국 도시락을 내밀었다.

"놓고 바로 올게요."

그가 도시락을 받아 들고는 웃으며 돌아갔다. 세 여자가 나란히 서서 멀어지는 뒷모습을 관망하였다.

"성격 좋고."

"얼굴도 나이스."

"몸매 좋고."

"목소리도 나이스."

한 대리와 소진이 장단 맞춰 주거니 받거니 하는 동안 혜인은 도시락을 열었다. 두 줄로 싼 캘리포니아 롤과 상큼한 과일 샐러드가 알차게 담겨 있었다.

"센스 좋고."

"요리도 나이스."

"저 사람 원래 저렇게 사근사근해요?"

"네, 좀 그래요."

혜인은 가볍게 웃었다. 충분히 오해할 수 있는 상황인데 한 대리나 소진 둘 다 별다른 말은 하지 않았다. 정화를 의식해서일까. 물어보질 않으니 변명을 할 수 없어 답답하기도 했지만 한편으로 안심이 되기도 했다. 동아리 사람 간의 유대쯤으로 보아주면 좋을 텐데.

백일장과 사생대회는 정각 열두 시에 종료됐다. 혜인과 소진이 돌아다니며 작품을 걷고 도시락을 나눠주었다. 사람들은 받자마자 사진부터 살폈다. 옆얼굴로 제한된 사진이라 운 좋게 아는 사람이 걸리는 경우가 아니라면 찾기 쉽지는 않을 것이었다.

"이 여자 누구지? 알겠어?"

승준이 고개를 연신 갸웃거리며 윤우의 옆구리를 찔렀다. 어깨 아래로 흘러내리는 검은 생머리에 눈썹까지 오는 앞머리. 그 외에는 특이점이 없는 사진이었다.

"하필…… 서울에서 김 서방 찾기네. 혜인 씨, 이거 너무 어렵잖아요. 정면 사진도 아니고."

"그렇게 해서 잘 모르는 사람과 두루두루 친해지라는 취지인 거죠."

혜인이 웃었다. 윤우에게 도시락을 내밀자 그는 손을 저으며 사양했다.

"혜인 씨 거 있잖아요."

"제 거 맛없어요. 이거랑 교환해요."

그녀가 도시락을 디밀었지만 윤우는 한사코 거절했다.

"어? 그게 혜인 씨 거야? 나도."

"안 돼."

승준이 호기심을 보이자 윤우가 얼른 등 뒤로 도시락을 감췄다.

"여자에 빠져서 아버지를 외면하다니! 버르장머리 없는 놈."

승준이 연극 톤으로 대사를 치는 바람에 내용을 잘 모르는 소진
까지 까르르 웃었다.

"맛있게 드세요."

혜인은 짧게 인사하고 물러났다. 도시락을 두고 그 둘이 옥신각
신하는 모습이 떨어진 자리에서도 보였다.

"정화 씨, 안됐다."

소진이 혼잣말로 중얼거렸다. 혜인은 모른 척 걷기만 했다.

오후는 자유 시간이었다.

돗자리를 걷고 쓰레기를 몽땅 정리한 후 집결지에서 몇 가지 알
림 사항을 들은 뒤 공원 이곳저곳으로 흩어졌다. 팀장님이 뒤늦게
합류하면서 경영지원팀도 2교대로 나눠 자유 시간을 가지기로 했
다.

한 대리가 기획팀 사람과 조인하는 바람에 혜인은 혼자가 되었
다. 혼자가 된 게 유쾌한 일은 아니지만서도 아무리 성격 좋은 상
사라도 상사는 상사인지라, 단둘이 시간을 보내기는 그녀 입장에
선 껄끄러웠다. 그녀는 안도하며 혼자 걷기 시작했다.

잔디 광장을 벗어나니 억새가 흐드러지게 핀 길이 곱게 뻗어 있
었다. 햇살을 받은 억새가 반딧불처럼 반짝반짝 빛을 냈다. 어느

누구와 손을 잡고 걷는 것처럼 그녀는 오른손을 꼭 쥐고 앞뒤로 가볍게 흔들었다.

월영지를 한 바퀴 돌고, 길이 난 아래쪽으로 내려갔다. 혜인이 발걸음을 멈춘 곳은 전통 기와가 보이는 창녕위궁재사. 가을이 고즈넉이 묻어나는 마당과 기와 뒤로 시원하게 뻗은 대나무숲이 전통 고택과 잘 어우러져 있었다. 마당에 들어서니 하늘이 더 높고 푸르게 느껴졌다. 동그랗고 세모진 무늬의 벽면과 나뭇결이 살아 있는 듯한 기둥, 미끄러지듯 쭉 뻗은 처마를 천천히 살피며 혜인은 고택 주위를 돌았다.

그녀는 안채 뒤편 좁은 공간에 쪼그리고 앉았다. 쉼 없이 걸었더니 무릎이 아팠다. 앉은 채로 동동 무릎을 두드렸다. 햇살이 들어오지 않아 서늘한데도 노곤했다. 아침부터 서두른 탓이었을까. 혜인은 무릎을 안은 채로 꾸벅꾸벅 졸았다. 이대로 쓰러져 자면 좋을 텐데.

"찾았다!"

코앞에서 울리는 목소리에 그녀는 화들짝 고개를 쳐들었다. 윤우가 한껏 즐거운 표정으로 그녀를 내려다보고 있었다.

"혜인 씨 자유 시간이라고 해서 승준이랑 누가 먼저 찾나 내기 했거든요. 잠시만요."

그가 무릎을 수그려 그녀에게 바짝 붙더니 휴대폰을 들었다. 찰칵. 혜인이 저항할 새도 없이 사진이 찍혔다.

"타임 종료 오 분 전이거든요."

그가 신나는 표정으로 키패드를 꾹꾹 눌렀다. 승준에게 인증 사진을 보내는 모양이었다. 금세 문자 알림음이 울렸다.

[제럭 커플, 사기 커플!]

윤우가 문자를 보여주며 웃었다. 그 웃음에 홀려 그녀도 똑같이 웃었다.

"이제 긴 생머리 여자 찾겠다고 불을 켜겠네요."

윤우가 몸을 일으키며 안타깝다는 표정을 지었다. 그가 스스럼 없이 손을 내미는 바람에 그녀는 자연스럽게 그 손을 잡고 일어났다.

"여기 참 멋있죠?"

사랑채 안을 기웃거리는 그의 눈동자에 따스한 온기가 스며 있었다. 혜인은 윤우의 걸음을 쫓아 사랑채와 안채 주변을 빙그르 돌았다. 관람객들이 안채 마루에 옹기종기 앉아 피로한 다리를 풀고 있었다.

"조금 무섭기도 해요."

"어떤 점이?"

"김석진 선생님이 한일 합방 후에 이곳에서 자결을 하셨다잖아요. 그분 혼이 남아 있는 것처럼 느껴져요. 대나무숲 소리도 사아 사아 들리는 게."

"안심해요. 혼자가 아닌데."

그의 눈동자에 스며 있던 따스한 빛이 어느새 입술로 옮겨갔을까. 작게 벌어진 입술에 혜인은 난데없이 가슴이 두근거렸다. 망측하게, 그럴 타이밍이 아니잖아. 그녀는 스스로를 책망하며 벌어지는 그와의 거리를 좁히며 걸었다.

대나무 키가 얼마나 큰지, 대나무숲에 들어서니 난쟁이가 된 것 같았다.

"'봄날은 간다' 봤어요?"

"네."

"은수와 상우가 처음 녹음을 하던 곳도 대나무숲이었죠?"

"맞아요. 대밭 소리가 너무 좋아서 한동안 구간 반복으로 틀어 놓고 그랬어요."

"어때요? 그 소리가 들려요?"

"전혀요."

혜인이 대답과 함께 미소 지었다.

"나도 한번 가보고 싶었어요, 대나무숲."

"윤우 씨도 그 소리가 좋았어요?"

"아뇨. 임금님 귀는 당나귀 귀다, 외치려고요."

"여기도 대밭이잖아요."

"누가 듣는데?"

윤우의 손가락이 혜인을 가리켰다.

"저리 가 있을까요?"

이번엔 혜인이 손가락으로 대나무숲 바깥을 가리켰다. 그가 빙 긋 웃으며 대답했다.

"아뇨, 난 뒤에서 외치지 않고 직접 말할 거예요."

뭘? 그를 보는 혜인의 눈이 동그랗게 커졌다. 자연스럽게 물었 으면 될 걸 한 템포 늦게 입술을 달싹거리려니 새삼스럽기도 했 다.

"어!"

맞은편에서 걸어오던 여자 둘이 이쪽을 보며 놀란 기색을 보이더니, 무슨 일인지 빠르게 다가왔다. 윤우를 보는 눈이 퍽 즐겁게 빛났다.

"맞는 것 같지?"

질문을 한 여자는 다른 여자가 동의의 표시로 고개를 끄덕거리는 사이, 주머니에서 무엇인가를 꺼냈다. 사진이었다. 그의 옆얼굴이 찍힌.

"사진 주인 맞죠?"

여자가 사진을 들이밀며 물었다. 당돌한 기세에 당황한 듯 주저하던 그가 이내 고개를 끄덕였다. 두 여자가 하이파이브를 하며 환호성을 질렀다.

"도시락은⋯⋯."

"두 개를 준비했거든요. 찾을 줄은 몰랐네요."

여자가 돌연 빨리 가자며 윤우의 팔을 붙잡았다. 그들은 기쁨에 취해 혜인은 안중에도 없어 보였다. 그는 여자의 팔에 끌려 사라졌다. 양옆에서 그를 붙들고 가는 여자들의 뒷모습이 의금부로 죄인을 압송하는 병졸들 같았다. 사진을 가져왔던 여자가 까르르 웃으며 자세를 고쳐 잡았다. 멀어지는 포즈가 퍽 다정해 보였다. 묵직한 통증이 명치를 눌렀다.

혜인은 대나무숲 한가운데 홀로 남겨졌다. 사아사아 하는 바람소리가 그제야 들리는 것 같았다.

"가요 구절 적어낸 사람이 왜 이리 많니? 초딩들도 아니고."

백일장으로 제출한 종이를 뒤적이는 민아의 손놀림이 심드렁했다.

"솔솔 불어오니 다음에 가사가 있는 줄 몰랐네. 나름 대단하다."

"외워 썼겠어? 검색해서 썼겠지. 이거 또 봐라."

〈쌩쌩 가을바람 불어오면 잘 있어 하고 떠나는 나뭇잎들. 헤어지기 싫어 꼭 매달리지만 바람의 힘을 못 이기고 바람 따라 여행을 한다. 낙엽은 나무와 헤어지기 싫은가 봐. 다시 찾아와 거리를 맴돈다.〉

혜인이 민아가 건넨 종이를 보며 푸하하 웃음을 터트렸다.

"진짜 유아적이다. 이게 지성인의 시라 할 수 있는 거니?"

"그러니 시인이 왜 있겠어. 수필은 어때?"

"우리 회사에 실연당한 사람들이 이렇게 많은지 몰랐다. 가을 낙엽과 함께 떠나간 그녀. 어이쿠."

"당사자한텐 아픈 추억일 수도 있잖아."

"이쪽은 일 년 전에 헤어진 지연, 이쪽은 한 달 전에 헤어진 미연. 큰따옴표만 다르지 안에 이야기는 완전 똑같은데?"

"표절인가?"

"둘이 공모해서 지어낸 이야기거나. 어이쿠, 여기는 수연이다."

민아가 종이 하나를 더 집어 들었다.

"이 중에서 섬섬옥수 같은 작품을 가려내란 말이지? 심사하는데 일주일은 걸릴 줄 알았는데 오늘 하루면 충분하겠다. 백일장 작품은 내가 선별할 테니까 네가 사생대회 건 맡아줘."

"그래."

혜인은 사생대회라고 적힌 봉투에서 종이 뭉치를 꺼냈다. 알록달록한 색이 금세 손가락에 물드는 것 같았다. 그림의 절반은 소풍날의 풍경을 그대로 그려낸 것으로 보였다. 위에는 산이, 가운데에는 단풍나무들이, 밑에는 잔디밭이, 잔디밭 위로는 돗자리가 깔려 있고 두세 명의 사람이 앉아 도시락을 먹는 그림이 공장에서 찍어낸 것처럼 많았다. 나뭇잎을 얼마나 많이 그렸는지, 해가 어디에 걸렸는지, 산은 뾰족한지 둥근지, 머리 모양은 어떤지 등의 포인트들은 제각각이긴 했지만 스무 장을 넘어가니 그도 별다르게 보이지 않았다. 단풍잎으로 추정되는 기하학적 무늬를 종이 빽빽이 그려놓은 독특한 참가자도 있고, 연필로만 찍찍 밑그림을 그려낸 무성의한 참가자들도 있었다. 그중에 그의 그림이 눈에 띄었다. 희미한 연필선이 남아 있는 밑그림 위에 색연필로 세밀하게 색칠을 한 그림은 서투르지만 아름다운 솜씨였다.

"그거 누구 거야?"

민아가 혜인이 들고 있는 그림을 흘끗 보며 물었다. 혜인은 말없이 그림을 넘겼다. 종이 뒷면을 넘겨본 그녀가 탄성을 질렀다.

"윤우 씨 거였네? 그림 솜씨도 꽤 괜찮다. 예술에 소질이 있나봐."

"뭔데요?"

윤우라는 말에 정화가 반사적으로 튀어왔다. 단숨에 종이를 뺏어 든 정화의 얼굴이 화사하게 피었다.

"우아, 멋지다."

아름드리나무 한 그루가 왼쪽에 자리를 잡고 오른쪽까지 가지가 뻗어 있었다. 여자는 나무줄기에 기대 편안하게 잠들어 있었다. 남자는 그 옆에서 무성한 초록 이파리에 붉은 물감을 칠하고 있었다. 흡사 『마지막 잎새』를 연상시키는 그림이었다.

"이거 저 가지면 안 돼요?"

정화가 애교스럽게 눈을 끔벅이며 물었다.

"당연히 안 되지. 개인에게 반납할 건 아니지만 자료 보관은 해야 하잖아."

"갖고 싶은데…… 그럼 스캔은 해도 되죠?"

"그것도 좀 그런데. 정 갖고 싶으면 팀장님께 허락받든가."

"한 번만요. 절대 유출하지 않고 개인 소장만 할게요. 네?"

애걸복걸하는 정화가 딱하기도 하고 어이가 없기도 해서 둘은 어쩌지 못하고 서로의 눈치만 살폈다. 민아가 한참 만에 결단을 내렸다.

"동의서 써. 유출 시 어떤 책임도 감수하겠다고."

"히히."

정화가 그림을 갖고 쪼르르 자리로 돌아갔다. 스캐너 소리가 윙 울렸다.

"아무리 그래도……."

"별수 있어? 소풍팀 못 간 한 풀어준다 생각해야지. 얼마나 징

징거렸는데."

민아가 어깨를 으쓱하며 말했다. 정화의 볼에 깊게 파인 보조개를 보니 혜인 역시 죄책감 비슷한 감정이 들었다. 달고 맛났던 도시락, 위령재에서의 만남, 대나무숲 산책. 다 해봐야 얼마 되지 않은 시간이겠지만 그런 시간조차 정화에겐 아쉬운 것이었을 테니.

'안심해도 돼요. 혼자가 아닌데.'

'나는 직접 말할 거예요.'

대숲 소리보다 진했던 그의 음성.

단풍이 드는지, 누가 단풍을 그리는지, 혜인의 얼굴에도 붉은 물이 들고 있었다.

민아가 약속을 또 펑크 냈다.

"미안, 정말 미안. 민성이가 급성 장염으로 입원했대. 가진 게 휴대폰이랑 이만 원밖에 없다잖아."

민성은 민아의 남동생이었다. 다섯 살 아래의 민성은 올해 2학년으로 복학했고, 중상위권 대학에서 기숙사 생활을 하고 있었다. 털털한 것 같아도 민아는 민성의 일이라면 앞도 안 보고 달려갔다. 엄마가 오냐오냐 키워서 애가 온실 속 화초라니깐, 불만 섞인 소릴 해대도 그녀의 태도 역시 다를 게 없었다.

카페 〈모〉에서 자리를 잡은 지 오 분도 채 안 돼 민아가 후다닥 뛰어나가는 바람에 혜인과 윤우는 커피를 앞에 두고 잠시 정신을 놓았다. 윤우가 먼저 입을 열었다.

"우리도 오늘은 땡땡이칠까요?"

"땡땡이요?"

일주일에 서너 번 모임을 강행하며 진이 빠지긴 빠졌달까. 혜인
의 개인 연습 시간까지 합치면 먹고, 자고, 씻고, 입고, 일하는 시
간을 제외한 모든 시간이 연극을 위한 시간이라고 해도 과언이 아
니었다. 가산점 몇 점을 위해 이럴 정도로 아낌없이 시간을 쏟아
야 한다는 게 비효율적인 계산법 같지만, 몇십 만원의 인센티브가
하늘에서 뚝 떨어지는 것도 아니었고, 윤우를 상대역으로 두고 펼
치는 연기는 부담스러워도 연극 자체는 재밌었다. 그만큼 그와 편
해진 것도 사실이었다.

"그냥 얘기해요. 대본 보면서. 아주 땡땡이치기엔 주인공 양심
이 있잖아요."

시간이 촉박하다 보니 연습에만 몰두했을 뿐 연극 장면 자체를
깊이 있게 생각해본 적은 없었다. 혜인은 윤우와 머리를 맞대고
앉아 첫 페이지부터 끝 페이지까지, 장면을 꼼꼼히 읽고 상상해보
았다. 제인이 등장하지 않는 신도 마찬가지였다. 한 장면 한 장면
이 필름에 기록되더니 마지막 페이지를 넘기고 나자 릴이 감기며
영화 한 편이 상영되었다. 그는 그녀가 정독하는 모습을 가만 지
켜보고 있다가, 첫 페이지로 돌아오자 힘든 점이나 이상한 점을
말해보라고 했다.

"음…… 제인이 엄청 절세가인인가 봐요."

"왜요?"

"앞 장에서 에릭은 사랑을 믿지 않는다고 했잖아요? 그런 말을
한 사람치곤 너무 쉽게 사랑에 빠지는 것 같거든요. 제인을 보자

마자 첫눈에 반하는 설정이니까요."

제인이 주술사가 아닌 여자로 에릭과 처음 만나는 장면이었다. 파티장 발코니에 숨듯 앉아 있는 그녀를 에릭과 콜린이 발견하고 첫눈에 호감을 느끼는 것으로 묘사되었다.

"앞선 에릭의 대사는 사랑 자체를 믿지 않는다는 것보다 일보다 가치를 크게 두지 않는다는 거예요. 운명을 본다는 사실을 조롱하는 의미도 포함되어 있고요."

"으음……."

혜인이 괴로운 듯 신음 소리를 냈다.

"왜요?"

"얼굴 없는 제인을 내가 하고, 에릭이 반하는 제인은 대타를 써야 하는 게 아닌가 해서요. 왠지 무대 위에서 화끈거릴 것 같아요. 동시에 두 남자가 반하는 설정이라니, 우습잖아요. 은연중에 필립도 짝사랑하는 것처럼 표현되고…… 결국 세 남자의 사랑을 동시에 받는 여자란 말이죠."

"안 우스운데."

윤우가 정색하고 말했다. 그 얼굴도 잠시, 그의 눈이 부드럽게 풀렸다.

"혜인 씨, 충분히 예뻐요."

커피 한 모금이 목에 걸렸다. 콜록콜록 기침을 하는 그녀에게 그가 급히 물 한 잔을 떠다 주었다.

"제인으로 충분해요, 혜인 씨는."

눈도 깜빡하지 않고 그런 말을 하는 그가 놀랍기도 하고, 고맙기도 했다. 어쨌든 조금은 자신감이 붙는 것 같으니.

"이 부분 좀 고민했었어요. 제인이 에릭의 운명을 아는 상태로 만나게 할지, 모르는 상태로 만나 호감을 품었다가 우연찮게 손을 잡게 됨으로써 그를 알아보게 할지."

"달라지는 게 있나요?"

"앞부분의 전개가 좀 틀어지긴 하죠. 후자였다면, 제인의 행동에 조금의 의도도 없었을 테니 제인 역시 에릭을 첫눈에 좋아했다고 봐도 무방하죠. 그다음에 제인이 에릭의 약속을 펑크 내는 건 양심의 가책 때문이 아니라 용기가 없었기 때문인 거죠. 후자라면 제인이 에릭에게 선의의 거짓말을 한 것으로 그치겠죠. 지금처럼 제인이 거짓말을 현실화시키기 위해 수동적인 노력을 한 것이 아니니까 에릭의 꼬여버린 운명보다 죽을 사람을 사랑하게 된 제인의 운명에 좀 더 초점을 맞추었겠죠."

"그럼 결과는, 그 운명에 대한 책임을 지게 한 건가요?"

"그렇다고 제인에게 벌을 주려고 했던 건 아니에요. 타인의 운명을 보는 자신을 받아들이지 못하는 제인이 스스로 선택하고, 능동적으로 운명에 뛰어들게 하고자 한 것뿐이에요. 남들이 보기엔 불행이지만 자신에게는 꼭 불행이지 않은 그런 것. 그래서 꼭 비극이라고 말할 수 없는, 그런 것이죠. 마음에 안 들어요?"

"……숨은 의미로 느끼는 행복은, 싫어요."

투정이 약간 섞인 탓일까. 혜인의 말에 윤우가 희미하게 웃었다.

"다음엔 우리 그냥, 사랑하는 연극해요. 밝고 행복한 것. 혜인 씨가 좋아하는 걸로."

다음번은 없잖아요. 혜인은 저도 모르게 또 한 번 투정을 부릴 뻔했다. 당신과 나의 다음은 없단 말이에요. 제인과 에릭, 이들처럼. 그래서 지금은 따뜻한 그의 눈빛이, 몹시 아팠다.

음료 한 잔을 더 마시며 제인과 에릭에서 벗어나 다른 캐릭터에 대한 잡다한 얘기, 조연들의 연기, 어쩌면 뒷담화일지도 모를 대화를 한참 나누었다. 두 시간은 훌쩍 흘렀다.

"차는 어디 두셨어요?"

"오늘은 지하철 타고 왔어요. 어제 회식 자리에서 과음한 게 아침까지 안 깨더라고요."

전방 50미터 앞에 지하철역이 있었다. 혜인은 어디로 가냐는 그의 물음에 가운데 차로에 있는 버스 정류장을 가리켰다. 그와 헤어져 몇 발자국 떼지 않았을 때 등 뒤에서 누군가 경쾌한 목소리로 그녀를 불렀다. 재무팀 김희연이었다.

"누구예요? 애인?"

혜인과 인사를 나누고 헤어지는 윤우를 본 모양이었다.

"아니에요. 회사 동아리 사람이에요."

"멀리서 봤을 땐 멋지던데요? 설마 100미터 미남?"

"……퇴근하는 거 아니에요?"

윤우가 거론되는 게 껄끄러워 그녀는 자연스럽게 화제를 전환했다.

"애인이 회사 앞에 와 있다고 해서요. 지하철 타러 들어갔다 다시 나왔어요."

귀찮은 듯한 말투와는 사뭇 다르게 즐거움이 묻어나는 얼굴이 었다. 간단히 작별 인사를 하고 혜인은 돌아섰다. 하지만 이번에 도 몇 발자국 떼지 못하고 멈춰 섰다.

'어제 뉴스 보다가 가슴이 철렁했어요. 애인 아니었으면 어쩔 뻔했는지.'

이 말을 했던 게 언제였을까. 최근에 희연을 우연이라도 만난 적이 없었다. 돌이켜 생각하니 방금 희연과 나눈 잠깐의 대화마저 도 익숙했다. 그렇다면 이 기억은 시간 여행 전의 과거?

'그런 사고가 날 줄 누가 상상이나 했겠어요? 예정대로 지하철 을 탔으면 여기 없었을지도 모르잖아요.'

신문 1면을 장식했던 참사였다. 한 달 가까이 포털 사이트에 수 많은 기사가 쏟아졌던, 십일월의 지하철 화재 사건.

심장이 심하게 뛰었다. 손을 흔들며 돌아서던 그의 마지막 모습 이 떠올랐다. 그래서 뭘. 혜인은 입술을 깨물었다. 운명을 바꾸는 건 한 번뿐으로 족하잖아. 어차피 벌어질 일이야. 사 개월 후의 일 이 앞당겨 일어난다 해도 크게 달라질 건 없잖아. 차라리 잘된 일 인지도 몰라.

하지만 발은 바닥에 달라붙어 조금도 움직이질 않았다.

정말 그래? 정말 상관없는 일인 거야, 박혜인?

그것에 대한 대답을 내리기도 전에 그녀는 지하철역으로 달렸 다. 계단 위로 지하철 도착을 알리는 차임벨 소리가 또렷이 울렸 다. 올라오는 인파를 뚫고 그녀는 플랫폼으로 내려갔다. 뒤쪽 행 렬에 있던 그가 막 지하철에 오르고 있었다.

숨을 헐떡이며 나타난 그녀를 보고 서윤우는 적잖이 놀란 듯했다. 그녀는 다짜고짜 그의 팔을 잡아끌었다. 그는 어리둥절한 채로 순순히 끌려나왔다. 문이 닫히고 지하철은 출발했다. 혜인은 그제야 무릎에 팔을 짚고 엉거주춤 앉아 가쁜 숨을 골랐다.

"혜인 씨 무슨 일이에요?"

"그게……."

그를 구출해야 한다는 일념밖엔 없었다. 머릿속이 어지러웠다. 어떤 핑계를 대야 할지, 떠오르는 생각이 없어 그녀는 난감했다.

"혜인 씨?"

"하…… 할 말이 생각났거든요. 오늘 해야 하는 말인데…… 깜빡 잊어버려서……."

"얼마나 놀랐다고요. 설마 저번 같은 폭탄 발언은 아니죠?"

"소개팅이요?"

윤우의 얼굴이 순간 일그러졌다. 혜인은 대책 없이 말을 던져놓고 어떻게 말을 이어가야 할지에 정신이 팔려 그의 미묘한 표정 변화를 알아채지 못했다.

"그게 할 얘기였어요?"

"네……. 윤우 씨 사진을 보고 마음에 들어 하는 사람이 있어서요."

그는 입을 꼭 다문 채 아무 말도 하지 않았다. 야근 중에 나왔는지 사원증을 목에 걸고 잡담을 나누는 인근 회사원들 때문에 실내는 다소 소란스러웠다. 그 탓에 침묵이 크게 느껴지지 않았다. 그녀는 화난 사람처럼 앙다물어진 그의 입술만 멍하게 바라보았다.

"혹시 만나는 사람 있어요? 제가 강요를 하는 건 아니고요. 특별히 누가 있는 게 아니면 괜찮은 사람이니까 한번 만나보는 것도 좋지 않을까 해서요. 윤우 씨 좋은 사람이니까 저는 좋은……."

"만나볼게요."

윤우가 그녀의 말을 자르며 대답했다. 어딘가 화나 보이는 표정 때문에 그녀는 다음 이야길 하지 못하고 머뭇거렸다. 그가 돌연 일어섰다.

"먼저 가볼게요. 따로 연락 주세요."

차가운 그의 모습에 놀라 혜인은 입도 벙긋 못하고 그대로 앉아 있었다. 지하철을 타는 그를 다짜고짜 끌어 내려서 고작 한다는 말이 소개팅? 그녀가 생각해도 황당한 말이긴 했다. 그런데 그때는 다른 핑계가 생각나지 않았다. 진짜 이유와 대등할 정도의 급박한 일 같은 건 없을 테니.

지금은 놀라고 황당해서 언짢은 걸 거야. 오늘이 지나면 풀리겠지. 그렇게 생각하니 마음이 한결 가벼웠다. 일단 위기를 넘기긴 했지만 누구를 소개시켜줘야 할지가 두 번째 숙제였다.

"소개팅?"

민아의 반응도 그와 다르지 않았다.

"웬 소개팅?"

"이런저런 얘기를 하다가 내가 소개팅 시켜주겠다고 약속을 해 버려서 말이야."

다만 민아의 반응은 좀 더 단순하고 직설적이었다.

"그게 아니라, 너랑 진전되는 거 아니었어? 난 그런 줄 알았는데."

"무슨 소리야. 그 사람이랑 내가 왜."

"그렇게 묻는 네가 난 더 이상하다. 분명 그쪽이었는데 말이지. 내가 틀린 거라고?"

"그냥 연극 커플이잖아."

"커플까진 아니라고 쳐도, 정말 마음이 없다고? 요만큼도?"

"그럼."

혜인의 목소리가 다소 떨렸다.

"그 사람 정도면 괜찮지 않아? 외모도 훈훈하고, 월급도 괜찮고, 성격도 나무랄 것 없고. 게다가 좌뇌 우뇌가 골고루 발달한 남자는 흔치가 않아요. 그런 사람이 남자다우면서도 중요할 순간엔 여자 마음을 금쪽같이 잘 헤아려준단 말이야. 그 반대거나."

"……."

"내가 왜 정화 씨 철벽수비 했는데, 초장부터. 엮이고 싶지 않은 건 두 번째 이유였고, 첫 번짼 너였어. 너랑 잘되면 참 좋겠구나 싶었다고."

"둘의 마음이 같아야 연애가 되지. 내 마음도 아니고 그 사람 마음도…… 아니고."

"그 사람이 오케이 했단 말이야?"

"응……."

"의외네. 적어도 그 사람은 너에게 호감이 있는 것처럼 보였는데, 아니었단 말이지?"

민아의 혼잣말이 그녀의 가슴에 와 닿았다.

"윤우 씨 정도면 해줄 사람이야 많지. 그런데 멀리서 찾을 필요 있어? 정화 씨가 관심 있는 거 뻔히 아는데 다른 사람 소개팅 시켜주면 절교 선언이나 다름없잖아."

"그렇겠지?"

처음부터 정화를 생각하긴 했지만, 한편으론 꺼려지기도 했다. 가장 가까이에 있는 사람 아닌가. 지금도 그녀가 서윤우 얘기를 꺼내면 뜨끔해지곤 하는데, 이제 그보다 수백 배는 더 많이 정화의 입술에서 불려질 것이었다. 오늘은 무엇을 했어요, 내일은 무엇을 할 거예요, 그가 뭐라고 얘기해줬어요 등등의 닭살스런 자랑들을 매일같이 들을 게 뻔했다. 상상만 해도 고역이었다.

"정화 씨 로또 맞았네. 엄청 좋아하겠어. 내일 청심환이라도 사둬야 되는 건가."

어떻게 하면 그와 접촉할 수 있는지 궁리하던 그녀였으니 한 큐에 오케이 할 게 불 보듯 뻔했다. 사무실 안에서 소리라도 냅다 지르지 않을지 걱정스러울 정도로.

지하철을 타려는 그를 카페에 붙들어놓았던 시간, 정확히는 커피를 주문하고 자리에 앉던 시간 즈음 사고는 일어났다. 사상자 총 21명. 방화 후 도주한 50대 남성은 현장을 채 빠져나가지 못하고 붙잡혔다.

그가 나간 뒤 한 시간 뒤에 카페를 나온 혜인은 옥외 전광판에 뜬 뉴스 속보를 보며 저도 모르게 환희에 찬 얼굴로 '다행이다.'라고 중얼거렸다. 그리고 다음 날 11층 복도를 서성이다 사무실에서 나오는 그를 발견했을 때 너무 반가웠다. 급히 비상계단으로 몸을 피하면서 다시금 안도의 한숨을 내쉬었다.

다행이야, 무사해서.

아찔하고 아련한 감정에 휘청거리며, 혜인은 비상계단을 쭈그려 앉아 마음을 진정시켜야 했다. 그래서 앞으로 일어날 일에 대한 염려 같은 건 한 치도 생각하지 않았다.

"언니, 이거 드셔보실래요?"

혜인의 책상 위로 빵과 쿠키 몇 가지가 밀어 넣어졌다. 정화가 생글생글 웃으며 서 있었다.

"이거 친척 언니가 영국에서 사온 수제 쿠키예요. 꼬박 두 시간을 기다려서 산 거래요."

"응, 고마워."

요새 혜인에 대한 정화의 지극정성은 눈 뜨고는 못 봐줄 지경이었다. 매일 조식, 간식, 커피 서비스까지 대령하며 '언니, 언니' 하며 졸졸 따라다니는 모양새가 귀엽기도 하고, 가엽기도 했다.

"혜인아, 고맙다."

"왜 혜인 언니한테 고맙대요?"

"혜인이 때문에 얻어먹는 거잖아. 정화 씨 한 달 치 월급 다 깨지겠는데?"

"그 정도 감당 못 할까 봐요. 소원 성취했는데."

"오오, 그 정도로 투자할 가치가 있다?"

"오브 코오스!"

생기 있는 정화의 모습을 보며 혜인은 조용히 쿠키를 깨물었다. 버터 함유량이 높은지 혀에 닿기도 전에 사르르 녹았다. 하지만 좀처럼 맛을 느낄 수 없었다. '맛있죠? 맛있죠?' 하며 묻는 정화에게 고개만 까닥거렸다.

지난주 성사된 소개팅 이후, 그들의 만남은 현재진행형이었다. 같은 회사 안이다 보니 약속을 정하는 번거로운 노력을 들이지 않아도 복도에서, 로비에서, 휴게실에서, 카페에서 만남은 쉽게 이루어졌다. 정화가 적극적인 것도 한몫했다. 그녀가 하루에 여러 번 문자로, 메신저로 먼저 연락을 취한다는 것쯤은 당사자 스스로 떠벌리는 통에 알 수 있었다. 그도 딱히 거절하지 않고 부드럽게 응해주는 모양이었다. 지난주부터 정화는 어느 쇼핑몰의 Dress 카테고리를 훔쳐온 것처럼 연일 원피스를 입고 화려하게 등장했다.

"속이 빤히 보이면 남자가 질린다, 정화 씨."

민아가 네크라인이 깊게 파인 가슴을 쳐다보며 가시 박힌 말을 던졌다.

"초반에 확 당기려면 어쩔 수 없어요. 노력하는 거라고요."

"좋을 대로."

민아가 시큰둥하게 대꾸했다. 정화의 요란한 변화가 그녀에게도 스트레스인 것 같았다.

혜인의 진짜 고민은 따로 있었다. 윤우가 그녀를 대하는 태도가 전에 없이 차갑다는 거였다. 사적인 문자나 쪽지는 뚝 끊겼고, 연습 시에도 불필요한 농담이나 살가운 배려는 하지 않았다. 그의 태도가 딱딱하긴 했지만 연습을 그르칠 정도는 아니어서 콕 집어 불만을 토로할 거리도 없었다.

"저기, 둘이 자주 보네."

민아가 가리킨 카페 안에 정화와 윤우가 있었다. 정화가 그를 잡아당겨 창가에 앉히고 자신도 맞은편 자리에 앉았다. 정화가 생글생글 웃으며 길게 얘기하는 사이, 그는 이따금 고개를 끄덕이거나 휴대폰을 보거나 음료를 마셨다.

그가 문득 창가로 고개를 돌렸고, 혜인과 눈이 마주쳤다. 정화도 그녀를 알아보고 손을 흔들었다. 혜인도 따라 손을 흔들었지만, 그는 고개를 돌려버렸다. 속이 쓰렸다. 그녀는 힘없이 팔을 내리며 다시 그들만의 시간에 몰두하는 정화와 윤우를 바라보았다. 자꾸만 속이 쓰렸다. 그녀는 들렀다 갈까 묻는 민아의 팔을 말없이 끌었다. 눈물이 핑, 돌았다.

영업팀의 퇴근이 늦어지면서 전체 모임 시간도 뒤로 밀렸다. 한 시간 내로 끝날 것 같다는 승준의 확답에 그녀들은 저녁을 먹으며 기다리기로 했다. 공연은 약 한 달 뒤로 예정되어 있었고 연습은 막바지로 치닫고 있었다.

"정화는 또 커피 사들고 11층 올라가더라. 요즘 애들은 다 저렇게 저돌적이니?"

"요즘 애들은? 정화 씨랑 얼마나 차이 난다고."

"아무리 그래도 따끈따끈한 사회초년생과는 질적으로 다르지.

내가 보기엔 혼자 열심인 것 같은데."

"관심 꺼. 알아서 하겠지."

"왜 이리 미련이 남는지 모르겠다, 나는."

민아는 그렇게 말하며 혜인은 흘끗 보았다. 그녀는 못 알아듣는 척하며 남은 밥을 오물거렸다. 밥알이 혀에서 뱅그르르 맴돌았다.

유난 떠는 정화가 신경에 거슬리긴 했지만, 소개팅 이후 모르쇠로 일관하는 윤우만큼은 아니었다. 엘리베이터나 로비에서 우연히 마주칠 때도 그저 고개를 까딱하는 인사가 전부였다. 업무를 핑계로 11층을 어슬렁거리며 허심탄회하게 얘기할 기회를 노렸지만, 무심히 스쳐 가는 그의 모습에 질려 잠깐 옥상에 올라가자는 말을 꺼낼 수조차 없었다.

"그런데 너, 무슨 고민 있어? 요즘 말수도 줄고 식사량도 줄고, 그거 곱절로 생각은 늘고."

"아니, 그냥……. 가을이 끝나서 그런가."

"여기도 낭만파 나셨네. 누가 커플 아니랄까 봐."

"커플은 무슨."

"제인은 외도하는 에릭이 마음에 안 드는가 보다. 그치, 혜인?"

혜인이 눈을 흘기자 민아가 그제야 미안한 웃음을 지으며 입술을 잠그는 시늉을 했다.

회의실이 일곱 시로 예약되어 있었기 때문에 둘은 저녁을 먹은 뒤 곧장 회의실로 와서 대본을 살피며 잡담을 나누었다.

삼십 분쯤 경과했을까. 회의실 밖이 떠들썩하더니 벌컥 문이 열렸다.

"아, 죄송해요. 너무 늦은 건 아니죠?"

뛰어왔는지 다들 얼굴이 붉게 상기되어 있었다.

"저녁은요?"

"편의점 가서 요기는 했어요. 예술은 원래 배고픈 상태로 하는 거니까."

혜인의 눈동자가 자동적으로 윤우의 움직임을 좇았다. 각자의 자리로 들어가는 동안 그는 단 한 번도 그녀에게 눈길을 주지 않았다. 소개팅 사건 이후 그룹 모임이 아닌 전체 모임에서 그를 보는 건 처음이었다. 그 사실이 그녀를 더 긴장시켰다.

연습은 언제나 그랬듯 처음부터 진행되었다. 그를 의식하는 통에 좀처럼 연기에 집중할 수가 없었다. 대사도 자꾸 엉켜서 양해를 구하고 대본을 찾기 바빴다. 흐름이 계속 끊겼다. 승준이 괜찮냐고 여러 번 물어왔고, 형민과 진현도 무슨 일이냐는 듯 속닥거렸다. 민아는 짐작 가는 게 있지만 차마 터트리지 못해 답답하다는 얼굴이었다.

그는, 에릭은 여전히 무표정이었다. 혜인의 앞에서도, 제인의 앞에서도 예전의 모습은 아니었다. 어쩔 수 없이 상대하고 있다는 느낌, 주연으로서의 의무를 다하는 느낌이 여실했다.

에릭   거기 누구지?

제인   에릭…… 나예요. 제인이에요.

에릭   제인? (조소하는) 제인이라고?

제인   그래요. 제인이 왔어요.

마주 보고 있는 그가 낯설었다. 몸을 돌려 마주 서던 순간에 잠깐, 혜인에게 멈췄던 눈길은 이내 그녀의 어깨로, 다시 바닥으로 내려앉았다. 그는 대사를 치지 않고 망연히 서 있었다. 대사를 잃어버린 것 같진 않았다. 승준이 보다 못해 소리를 질렀다.

"도대체 왜 그래? 둘이 무슨 일 있었어? 왜 이렇게 썰렁해?"

"그런 거 없어. 그대로 가."

"이 상태로 뭘 더 해? 대사 암기나 하려고 모인 거 아니잖아."

"혜인 씨, 해요."

그가 승준의 말을 무시하고 덤덤한 얼굴로 말했다. 대신 그 말에 책임을 지겠다는 듯 그녀의 눈을 똑바로 쳐다보았다. 아무 색도 느껴지지 않는 그의 눈빛이, 아팠다.

수없이 마주하던 순간, 그녀의 눈에 겹치는 윤우의 혹은 에릭의 눈빛은 그처럼 다정하지 않을 수 없었는데. 따뜻한 숨 같고, 상냥한 인사 같았던 그의 눈빛에 얼마나 숨을 고르고 그만이라고 가슴을 문지르지 않았던지. 당신의 눈빛에 덜컥 손을 잡아버릴까 봐 겁이 났었는데.

그보다 겁나는 건 이토록 달라진, 나와 무관하다고 주장하는 당신.

제인   ……사랑해요. 당신을 사랑해요.

한 줄의 대사가 이토록 무거울까.

사랑한다는 말 대신 혜인의 눈에서 눈물이 주르르 흘러내렸다.

"혜인 씨……."

그의 얼굴에 당황한 빛이 스쳤다. 그럼에도 눈물은 삼킬 도리도 없이 계속 흘러나왔다. 윤우의 손이 그녀의 얼굴에 닿을 찰나, 혜인은 눈물을 훔치며 몸을 돌렸다.

"죄송합니다. 오늘은 먼저 가볼게요."

그녀의 이름을 부르는 승준의 목소리를 뒤로, 누가 쫓아올 틈도 내주지 않고 혜인은 튀어 나갔다. 달려오는 이가 없음을 확인했는데도 그녀는 질세라 내달렸다.

그가 자꾸만 따라붙는다. 떼어내려 해도, 멀어지려 해도, 총총히 다가와 별 하나를 쥐여주고 간다. 따뜻한 별이, 서럽게 운다.

회사 근처 거리를 정처 없이 걸었다. 건물이 밀집한 도심 한복판에선 다리를 뻗고 적당히 쉴 곳이 없어서 그녀는 횡단보도를 건너고 또 건너며 한 바퀴를 빙 돌았다. 목에 대롱대롱 매달린 사원증을 벗다가 그녀는 가방을 챙기지 않았다는 걸 깨달았다. 휴대폰도 가방 속에 잠들어 있을 터였다.

회사 로비의 시계가 열 시를 넘어서고 있었다. 데스크에 혹시 맡겨진 짐이나 열쇠가 있는지 물어보았지만 경비원은 고개를 절레절레 흔들었다. 회의실이 모여 있는 10층 복도는 어두웠다. 회의실 불도 모두 꺼져 있었다. 불안한 마음에 문고리를 돌렸는데, 다행스럽게 문은 잠겨 있지 않았다.

혜인은 안으로 들어서다 말고 멈칫했다. 가장 안쪽 의자에 누군가 앉아 있었다. 생각에 골몰해 있던 그도 기척을 느꼈는지 고개를 돌렸다.

서윤우였다. 언제부턴가 혜인의 마음속에 앉아 있는 남자.

민아의 농담처럼 그는 이미 혜인의 세계에 살고 있었다. 그녀의 방에 물고기를 키우던 날부터였을까. 가슴속에 따뜻한 물이 출렁출렁, 그녀의 손바닥을 적신다. 그 속에 그가 앉아 있어, 혜인으로 읽혀지고 싶은 마음이 서럽게 돋아 작게 그를 부른다. 그가 알아줄까, 목소리를 들어줄까. 초조한 마음이, 당신을 떨쳐내야 하는 기막힌 마음과 얽힌다.

"왔어요?"

테이블 위에 그녀의 가방이 덩그러니 놓여 있었다. 그가 줄곧 회의실을 지켰던 모양이었다.

"늦었어요. 집에 데려다줄게요."

그는 묻거나 따지지 않고 그녀가 가방을 챙기는 것을 보며 차분히 말했다. 가라앉은 그의 모습에 혜인은 속상했다. 모두 모인 자리에서 경솔한 행동이긴 했지만 그때는 그러지 않고는 어쩔 도리가 없었다.

[무슨 일이냐고, 다 나한테 묻는 통에 매우 난감. 어디야? 윤우 씨 만났어? 회의실에서 너 기다릴 모양이던데.]

[만났어. 미안.]

민아의 문자에 짤막하게 답을 한 뒤 휴대폰을 닫았다. 차 안에 흐르는 어색한 기류에 그녀는 이리 뒤척, 저리 뒤척 몸을 움직이며 시선은 오른쪽 창밖에 고정시켰다. 운전하는 내내 그는 별말이 없었다. 생각이 많아 보이는 옆얼굴에 그녀도 뭐라 말을 붙이기 어려웠다. 화가 났는가 싶었지만 전처럼 냉랭한 느낌은 아니었다.

"저기서 세워주세요."

혜인이 아파트에서 다소 떨어진 편의점을 가리켰다.

"아직 남았잖아요."

"좀 걷고 싶어서요."

그는 군말 없이 차를 세웠다. 혜인이 내리자 그도 골목에 차를 대고 내렸다.

"그럼 같이 걸어요."

일찍 인적이 끊긴 골목에 혜인과 윤우의 발소리만 사박사박 울렸다. 무슨 말을 먼저 꺼내야 할지 그녀는 막막했다. 고맙다는 말 먼저? 아님 미안했다는 말 먼저? 내가 크게 실수를 한 거냐는 물음 먼저? 그도 아니면 절대 해서는 안 될, 그 말부터 전해야 할까.

"저 아까는······."

"혜인 씨."

미안했어요, 말을 하려는 차였다. 윤우의 낮은 목소리가 그녀를 막아섰다.

"예전에, 그 사람들 기억나요? 혜인 씨 다치게 만들었던."

"네. 왜요?"

"키가 작고 한쪽은 쇼트헤어, 한쪽은 머리가 긴 편이고 검은 모자, 귀걸이를 했어요. 둘 다 어두운 색 티셔츠에 꽉 끼는 청바지를 입었고. 맞아요?"

"네······."

이상한 예감에 혜인이 뒤를 돌아보려 하자 그가 손으로 막았다.

"지금부터 내가 말하는 대로 하는 거예요. 절대 돌아보지 말고,

하나, 둘, 셋 하면 무조건 앞으로 뛰어요. 길 끝에 편의점까지. 거기 들어가서 경찰에 신고해요. 경찰 올 때까진 움직이지 말고 거기 있어요."

"윤우 씨, 설마……."

"꼭 내 말대로 해요. 중간에 멈추지 말고. 잘할 수 있죠?"

윤우가 어서 대답하라는 듯 그녀의 손을 꼭 잡았다. 그 기세에 그녀는 그대로 고개를 끄덕였다.

"하나 둘 셋!"

혜인이 뛰기 시작하자 뒤에서 급박한 발소리가 다다다 따라붙었다. 발걸음이 일순 한곳에서 멈추더니, 듣기 거북한 욕이 거침없이 흘러나왔다. 그놈들이 분명했다. 주먹이 오가고 거친 음이 섞이고 몸싸움을 벌이는 소리가 들렸지만, 돌아보고 싶은 유혹을 참으며 그녀는 죽을힘을 다해 달렸다.

후다닥 뛰어 들어오는 그녀를 보고 편의점 아르바이트생이 흠칫 놀랐다. 괜찮은지 살피는 아르바이트생의 시선을 뒤로하고 혜인은 휴대폰을 들었다. 마침 사건을 담당했던 형사가 자리에 있었다. 조금 시간이 걸릴 거라는 말과 함께 전화는 서둘러 끊겼다.

입이 바짝 탔다. 움직이지 말라는 말과 조금 시간이 걸릴 거라는 말이 그녀의 머릿속에서 교차했다. 그녀는 부르르 떨며 밖으로 나왔다. 돌아가면 안 된다는 걸 알지만, 그녀가 할 수 있는 것이 없다는 걸 알면서도 그곳에 그 혼자 내버려둘 수 없다는 마음이 강하게 앞섰다.

어둠이 내려앉은 골목 후미에 주먹 다툼은 계속되고 있었다. 서로 엉겨 붙어 있는 속에서 단번에 그를 알아보기가 어려웠다. 혜인은 급박하게 뛰는 숨을 참으며 엉켜진 그림자를 향해 다가갔다. 쇼트헤어의 남자가 그녀를 먼저 발견했다.

"어, 달아난 돌이 제 발로 걸어왔네?"

검은 모자도 윤우의 어깨를 움켜잡은 채 히죽거렸다.

"오랜만? 그동안 안 보여서 섭섭했다고. 애인한테 반가운 인사 좀 대신했지."

그들이 한 걸음 물러서서야 벽에 기대 있는 그가 보였다. 그 짧은 시간 동안 눈이 붓고 입술이 터지고 피가 흘러 얼굴이 엉망이었다. 그는 혜인을 보자마자 일어서려 했지만, 검은 모자가 그의 무릎을 차 다시 주저앉혔다.

"오지 말라고 했잖아요."

"그럴 수가 없었어요."

애달픈 눈빛이 잠시 얽혔다.

"인사는 거기까지 하고. 이왕 이렇게 왔는데 우리가 환영 인사를 해줘야지 않겠어?"

검은 모자가 몸부림치는 그를 쓰러뜨려 발로 밟았다. 쇼트헤어가 그녀와 거리를 좁히며 다가왔다. 혜인은 가방에서 호신용 칼을 꺼내 들었다. 그 사건이 있은 후로 가방에 늘 챙겨 다니던 것이었다. 남자가 피식 웃었다.

"다가오지 마."

그녀가 칼을 든 손을 허공으로 휘휘 저었다. 남자가 멈칫하는 것 같더니 다시 한 발자국 움직였다.

"원하는 게 뭐예요? 돈이에요?"

혜인이 가방을 앞으로 내던졌다. 남자가 느물거리며 웃었다.

"이 아가씨, 보기보다 담이 크네. 그런데 우리가 몇 푼 털자고 이러는 게 아니라서 말이지. 요새 단속이 심해서 장사도 안 되는데 저놈이 기분을 확 잡치게 하잖아. 열이 받아, 안 받아?"

"그래서 돈 주겠다잖아요. 얼마면 돼요? 통장번호 알려줘요?"

남자가 뒤를 돌아보며 수신호를 주고받는 듯싶었다. 검은 모자가 히죽이며 고개를 까딱했다.

"통장번호보다 아가씨가 더 탐나네. 오빠들이 좋은 데 데려가줄 게. 애인은 두고 같이 갈래?"

남자가 노골적으로 그녀의 몸을 훑었다. 온몸에 지렁이가 기어다니는 기분이었다. 그러던 찰나, 짧은 기억 하나가 머릿속을 파고들었다.

─서울과 수도권 일대를 돌며 절도 및 납치 행각을 벌인 전문소매치기 일당 13명이 경찰에 붙잡혔습니다. 경찰에 따르면 이들은 귀가 중인 젊은 여자의 가방을 뺏어 유인한 후 성폭행을 하거나 납치하여 강남 일대 유흥업소에 팔아넘겨 두 달 동안 구천여 만 원을 받아 챙긴 혐의를 받고 있습니다. 범행에 쓰인······.

검은 모자를 눌러쓴 남자가 고개를 푹 숙인 채 인터뷰를 하는 영상도 빠르게 지나갔다. 혜인은 마른침을 삼켰다. 확신할 순 없지만, 모험은 해볼 만했다.

'겁먹지 마, 박혜인. 결국은 잡혀 들어가. 최대한 시간을 끌어보는 거야.'

"설득을 하려고 하면 들어먹지를 않는단 말이야."

남자가 한 걸음 더 다가서자 혜인은 뒤로 주춤 물러섰다.

"꼼짝하지 마. 당신들, 단순 소매치기범들 아닌 거 알아."

"뭐?"

"젊은 여자 소매치기하고 납치하고, 성폭행한 후 동영상 유포하겠다 협박해서 유흥업소에 팔아넘겼잖아. 오늘 니들 다 끝장이야."

경고가 제대로 들어먹힌 모양이었다. 쇼트헤어의 사내는 그대로 굳은 듯 섰고, 검은 모자도 윤우를 누르고 있던 다리를 풀었다.

"중간에 가로챈 돈만 해도 일억쯤 되지? 어디 손가락 하나라도 건드려봐. 소매치기에 납치, 성폭행, 매매 혐의까지 확 다 신고해버릴 거니까."

"너 뭐야? 경찰 찌라시야?"

"……그, 그렇다면?"

"웃기네. 진짜. 뭐, 좀 놀라긴 했는데, 그럼 더더욱 곱게는 못 보내지."

쇼트헤어가 칼을 잡은 손을 내려쳤다. 칼은 혜인의 왼쪽 허벅지를 스쳐 바닥에 떨어졌다. 칼이 남자의 발에 차여 멀리 미끄러져 갔고, 동시에 남자가 그녀의 손목을 붙잡았다.

"어디 조용한 데 가서 얘기 좀 해야겠다. 대화할 거리가 많은 것 같은데."

남자에게 끌려가지 않으려 안간힘으로 버티며 그녀는 숫자를 세기 시작했다.

"10, 9, 8……."

"뭐야? 왜 이래?"

그들이 뭐라 하건 말건 그녀는 눈을 감은 채 숫자만 헤아렸다.
제발…… 제발……. 이제 한 곔데…….

"……4, 3, 2……."

쇼트헤어가 미친 여잔가 보다고 손가락을 머리에 대고 빙글빙
글 돌렸다. 검은 모자가 키득거렸다. 멀리서 사이렌 소리가 희미
하게 들렸다. 혜인이 눈을 떴다. 남자가 성난 얼굴로 그녀를 노려
보았다. 하지만 그러고 있을 여유도 없이 사이렌 소리는 금세 가
까워졌고, 골목 한곳에서 불빛이 요란했다. 남자들이 눈빛을 주고
받더니 냅다 달리기 시작했다. 하지만 골목 양 끝을 가로막고 선
경찰차에 그들은 바로 붙잡혔다.

온몸의 힘이 쭉 빠졌다. 혜인은 그대로 바닥에 털썩 주저앉았
다. 윤우가 비틀거리며 다가왔다. 얼굴이 엉망이었다. 그 얼굴을
보니 참았던 눈물이 터졌다.

"괜찮아요?"

입술을 앙다물고 고개만 주억거리는 혜인을, 그가 끌어안았다.

"놀랐잖아요. 왜 그렇게 무모해요."

"그럼…… 내가 어떡해요."

당신이 다치는데, 그게 더 무서워서, 아무것도 생각나지 않았어
요. 입술에 담기지 않는 말이 눈물이 돼서 계속 흘렀다. 그녀를 안
은 윤우의 팔에, 힘이 더 들어갔다.

범인들은 경찰에 붙잡혀 와서도 조사에 협조하지 않고 소란을

피웠다. 그냥 가자는 걸 오기 부린 너 때문에 일이 커진 거다, 네가 질질 시간을 끌어서 그런 거라는 둥 서로 책임을 전가하며 싸우다가, 요즘은 경찰이 직장인 코스프레까지 하냐며 혜인을 노려보며 진상을 부렸다.

"아가씨가 잘 버텨준 덕분에 범인들 다 잡았어요. 잘했다는 건 아니고. 위험했으니까."

"아, 네……."

윤우가 그것 보라는 듯이 혜인을 곱게 흘겨보자 그녀가 머쓱한 듯 고개를 숙였다.

"그런데 그 얘긴 뭡니까. 저놈들 일반 소매치기범은 아닌 것 같아 조사 중에 있었거든요. 신고 건수도 많고, 행적이 이상해서. 경찰 내부에서만 아는 일인데 아가씬 어떻게 알았어요? 진짜 경찰 애인 만들기라도 한 거예요?"

"아, 아니. 그건…… 그냥 그런 것 같길래……. 유사 사례도 본 적 있고 해서요."

그녀가 말을 더듬거리며 눈치를 살폈지만 형사는 특별한 의미를 두고 한 질문은 아닌 듯 신경 쓰지 않았다. 오히려 윤우가 알쏭달쏭한 표정을 지었다.

자정이 넘어서야 경찰서를 나섰다. 옆에서 보는 그의 얼굴은 어쩐지 편안해 보였다.

"저기, 병원 가보는 게 낫지 않겠어요?"

"괜찮아요. 약 바르고 하면 금세 나아요. 그보다 혜인 씨……."

그의 놀란 목소리에 정신을 차리고 보니 스커트 하단이 피로 물들어 있었다. 칼이 스친 자리에 피가 제법 흐른 모양이었다.

"안 되겠어요. 병원 가요."

"그냥 스친 거예요. 약 바르면 돼요."

"그래도 병원에⋯⋯."

"집에 가서 쉬고 싶어요. 긴 하루였잖아요."

차분하지만 분명한 태도에 그의 기가 꺾이는 듯싶더니 포기한 듯 고개를 끄덕거렸다.

큰길을 따라 차가 다니는 곳까지 걸었다. 윤우는 신경이 쓰이는지 계속 스커트 쪽을 쳐다보았다. 아직 이물지 않아 피가 계속 배어 나오는 것 같았다. '잠시만요.' 하고 그가 불빛이 환한 편의점 안으로 뛰어 들어갔다. 계산하고 나오는 그의 손에 봉지가 들려 있었다.

윤우는 주변을 두리번거리다가 어느 건물 앞에 봉긋 솟아 있는 둥근 돌기둥에 혜인을 앉혔다. 그리고 무릎에 그녀의 가방을 얹고 봉지에 든 것을 펼쳤다. 식염수, 수건, 붕대, 연고가 줄줄이 나왔다. 그가 조심스럽게 물었다.

"상처 좀 볼 수 있을까요?"

혜인은 머뭇거리다가 스커트 밑단을 살짝 말아 올렸다. 무릎 바로 위부터 오 센티미터가량 사선이 그어 있었다. 그는 수건을 밑에 깐 뒤 상처 부위에 식염수를 흘렸다. 따끔한 느낌에 저절로 눈이 찌푸려졌다. 약을 바르고 붕대를 감싸는 그의 손길에 일전의 무서움이 모두 지워지는 것 같았다.

"흉 지면 안 될 텐데⋯⋯."

"……."

"경과 보고 심해지면 바로 병원 가요. 오늘은 혜인 씨 고집 꺾기 어렵네요."

"뭐, 피차일반이에요."

그가 저항할 사이도 없이 혜인이 그의 무릎에서 식염수를 가져와 티슈에 묻혔다. 바짝 몸을 기울이자 그가 잠시 움찔했다. 터진 입술과 이마, 뺨을 차례로 닦았다. 그녀의 손길을 따라 그의 눈동자가 움직였다.

"나에게 화났어요?"

혜인의 음성이 밤공기에 차분히 녹았다. 윤우가 머뭇거리자 그녀가 다시 물었다.

"나에게 화난 것 같은데……. 그게, 속상해요."

생각지 못한 말이었는지 그의 입술이 조금 벌어졌다.

"조금, 그랬어요."

"조금?"

"조금 많이."

그녀가 빙긋 웃으며 묻자, 그도 같은 웃음을 지으며 대답했다.

"가까워지고 있다 생각했거든요. 이만큼 멀었는데, 이만큼 친해졌고. 이만큼 더 가까워지면 되겠다 싶었는데, 돌연 선을 그어버려서. 어떻게 받아들여야 할지 몰라서 화도 나고 그랬어요."

그의 눈이 여느 때처럼 부드러웠다. 그 바람에 밴드를 붙이는 손끝이 조금 떨렸다.

"미안해요, 혜인 씨. 내가 속 좁게 그랬죠?"

혜인이 가만히 고개를 흔들었다.

"결국 내 마음 때문에 화가 난 건데 애꿎은 혜인 씨한테 화풀이를 했어요. 내가. 아까 범인들이랑 대치하는 혜인 씨를 보면서 문득 그런 생각이 드는 거예요. 나 때문에 위험을 무릅쓰고 온 것처럼, 그날도 나를 구하려고 온 게 아닌가. 어디까지나 우연이고, 의미를 두고 싶은 내 욕심 때문이겠지만, 그래서 고맙고, 미안하고, 기뻤어요. 우습죠?"

그게 진실이에요, 혜인은 속으로 대답했다.

"우리, 화해해요."

윤우가 수줍게 손을 내밀었다. 그녀의 손이 그의 손에 닿았다.

'당신이 좋아요.'

가장 하고픈 말을 삼키며, 혜인은 오래도록 그를 마주 보았다.

밤이 깊어가는 것도 잊고 싶을 만큼, 오래오래.

6. 꽁꽁 숨으려 해도

　탁상 캘린더에 12월 달력이 펼쳐졌다. 하얀 눈밭, 장독대 위에도 눈이 쌓여 있었다. 이미 한 번 흘려보냈던 시간이라 더디게 흘러갈 것이라 짐작했던 마음과는 달리, 시간은 언제나 유수와 같이 흐른다. 돌이켜 살아보아도 또 다른 시간이었다. 그 순간에 닥쳐서야 혹은 지나고 나서야 그때는 그랬었지, 겨우 기억해내서 특수한 상황 몇몇 가지를 제외하고는 한 번 살아본 시간에 대한 특혜는 없었다. 연극 동아리나, 지하철 화재, 소매치기단 사건을 제외하면 작년에도 이랬겠구나 싶은 평범한 나날들이었다.

　그에 대한 마음도 숨바꼭질을 좋아하는 물고기처럼 꽁꽁 숨었다. 어디 어디 숨었나, 그녀조차도 잊어버릴 정도로 꽁꽁. 가끔은 배를 뒤집으며 노는 물고기처럼 눕는다. 그래서 이유도 없이 가슴을 두드리고, 멍해지고, 안절부절못하게 거실을 서성였다. 민아가 상사병이라도 걸렸느냐고 농담을 던질 정도로.

"뭔 한숨이 그리 깊어?"

파티션 너머로 민아가 고개를 들이밀었다. 12월 달력을 펼쳐놓고 한숨을 푹푹 내쉬는 친구가 걱정스럽다는 얼굴이었다. 시월부터 쭉 생각이 많아 보이는 혜인이었다. 소심해도 혼자 끙끙 앓거나 하는 타입은 아닌데.

"또, 12월이잖아. 또, 해가 바뀌고."

혜인에겐 두 번 일어나는 일이니 묘하기도 했을 것. 그 기분을 설명할 수 없어서 그녀는 그렇게 말해버리고 말았다.

"나이 먹는 게 무섭긴 하지. 스물여덟은 어디 가서 아가씨 소리도 못 들어, 서럽게."

"그것도 그렇고. 공연도 해야 하고. 어딘가 심난해."

"게다가 누구는 극도로 저기압이고. 눈치 보여."

민아가 작게 소곤거렸다. 얼마 전까지만 해도 날개라도 달고 오천 킬로미터 상공으로 날아가버릴 것 같던 정화의 생기는 하루아침에 바닥으로 곤두박질쳤다. 울상이 되었다가, 찡그렸다가, 신경질을 부리다가, 시무룩해졌다가. 하루에도 몇 번씩 기분이 오락가락하는 통에 사무실 사람들은 항시 긴장 상태였다. 어느 날은 혜인에게 불쑥, '저 물어볼 게 있어요. 윤우 씨가 조……' 하고는 우물쭈물거리다 자리로 돌아가버린 적도 있었다.

"차였구나."

민아의 답은 명쾌했다.

"놀랍지도 않다. 끝이 뻔했잖아. 솔직히 윤우 씨가 저런 타입 좋

166

아할 사람이야?"

"네가 윤우 씨 마음을 알아?"

"대충은. 마음도 글씨처럼 또렷이 읽혀질 때가 있거든."

"그래서?"

"적어도 정화는 아니었다. 그다음은 노코멘트."

민아는 어쩐지 신이 나 보였다. 어린 동생이 사랑 노름을 하는
게 눈꼴시었을까. 그런 건 개의치 않는 그녀였는데 이상스러웠다.

12월 첫 주. 승준의 제안으로 급하게 추진된 여행은 당일 급하
게 취소되었다. 이유도 다양했다.

[혜인아, 아버지 생신을 깜빡한 거 있지. 민성이랑 집에 내려가
봐야 해.]

[월요일 날 회의가 잡혀서 주말에도 회사에서 죽치고 있어야 할
듯해요.]

[저도 승준 씨랑 같은 팀이라서.]

[새벽 다섯 시까지 달려서 저는 못 일어날 것 같아요. 죽기 전에
문자 남깁니다.]

[거래처 미팅이 있어요. 월요일 날 보고드릴 건이라 미룰 수가
없네요.]

승준이 예약한 곳은 남이섬이 가까운, 춘천의 한 펜션이었다.
하루 전날 우수수 취소 행렬이 이어지자 혜인이 예약 자체를 취소
하자고 의견을 내비쳤지만, 승준은 반대했다.

"어차피 환불도 안 되는데 일정 되는 사람이라도 다녀오는 게
좋지 않겠어요?"

그 말이 틀린 말이 아니었기에 그녀는 별수 없이 동의하고 만 것이었다. 정말 혼자 남겨지게 될 줄을 모르고서.

기차역에 나와 표를 끊으면서도 돌아갈까 몇 번이고 생각했다. 하지만 여행이란 자체가 너무 오랜만이었기에 기회를 놓치고 싶지 않은 마음이 크게 움직였다. 긴장되는 12월의 첫 주는 사색을 즐기며 여유롭게 시작해도 좋을 것 같았다. 연극도 잊고, 해가 바뀌는 것도, 다가올 운명도 잊고 편안하게. 그 역시 잊어버린 채로.

역에 도착해서 픽업 차량을 타고 펜션에 들어왔다. 홈페이지에서 봤던 것보다 부지가 훨씬 컸다. 건물은 옹기종기 모여 있었지만 주객이 전도된 듯, 그 앞에 조성된 정원이 넓었다. 봄에 오면 좋겠구나. 이미 겨울색을 머금은 정원을 둘러보며 혜인은 생각했다.

남자 이름으로 예약된 방에 여자 혼자 나타나자 펜션 주인은 의구심 가득한 표정을 지었다.

"일이 생겨서 일행 중 저만 오게 됐어요."

"그래요? 더 올 사람은 없고요? 아가씨 혼자 쓰기엔 많이 클 텐데."

복층 구조의 방은 1층은 거실과 주방으로 이루어졌고, 2층 양 끝에 방이 있고 가운데에 욕실이 딸려 있었다. 발코니에는 바비큐실도 갖추고 있었다.

픽업 차량을 기다리는 동안 먹은 김밥 한 줄이 꽤 든든했는지, 저녁때가 되어가는데도 출출하지 않았다. 대신 커피 한 잔을 타서 발코니 의자에 앉았다. 정원을 넘으면 곳곳에 기둥처럼 박힌 펜션이 보이고, 그들은 넘으면 강줄기가 보였다. 강줄기를 에워싼 산들도 보기 좋았다. 도심의 소리 어느 것도 가져오지 않은 소도시 어느 한 자락. 시간 여행 전 12월 첫 주에 무엇을 했건 간에 이보다 더 좋았을까. 혜인은 조그맣게 웃음 지었다.

주차장으로 들어서는 차량에 눈이 간 건 그때였다. 어딘가 익숙하다 생각했을 때 운전석 문이 열렸다. 가방을 짊어지고 두리번거리는 남자의 모습에 그녀는 심장이 덜컹했다. 윤우의 차였고, 차에서 내린 사람 역시 윤우였다. 놀란 마음에 그녀는 발코니 아래로 몸을 숨겼다.

그가 관리동 쪽으로 움직이기 시작했다. 어떡하지? 이제 와서 도망칠 수도 없잖아? 수십 개의 생각이 휙휙 지나갔다. 혜인은 거실에 널어놓은 짐을 가방에 도로 담고 2층 끝 방으로 가져다 놓았다. 똑똑 노크 소리가 들렸다. 황급히 계단을 내려와 문을 열었다. 그의 표정에도 놀라움이 읽혔다. 그렇지만 이내 밝게 웃었다.

"혜인 씨, 와 있었네요?"

"네…… 윤우 씨는 어떻게……."

"미팅 끝나고 저녁 술자리가 있었는데 그쪽 사정이 있어서 술자린 취소됐거든요. 혜인 씨가 있을 줄은 몰랐어요. 승준이 얘기론 혼자 가긴 싫다고 말했다고 해서."

"돈이 아깝잖아요. 버리기엔 펜션이 참 좋은걸요."

그가 짐을 이 층 방에 두고 오는 동안, 혜인은 괜스레 펜션 구석구석을 살폈다. 전자레인지와 밥솥을 열어보고 서랍 속에 수저 세트와 칼, 기본 양념병들, 서랍 아래 냄비, 프라이팬, 작고 큰 그릇

들, 와인 잔까지 차례로 살폈다. 욕실을 들여다보고 거실을 뱅 도
니 더 이상 구경할 거리가 없었다. 그녀는 짙은 브라운색의 소파
에 털썩 앉았다. 그와 단둘이, 괜찮을까? 혜인은 입술을 잘끈 씹
었다.

휴대폰 액정에 민아의 카톡이 떠 있었다.

[외식하러 나가는 중. 어디? 춘천?]

어떻게 대답해야 할지 난감했다. 계단을 내려오는 그의 발소리
가 들렸다.

"불편하면 혼자 와 있나고 해요."

그가 휴대폰을 쥔 채 멀뚱히 앉아 있는 혜인에게 말했다. 어떻
게 알았을까, 뜨끔했다.

"설명하기도 그렇고…… 괜히 오해 사지 않을까 싶어서요."

"혜인 씨 편한 대로 해요. 상관없으니까."

그 말에 안심하며 그녀는 키패드를 눌렀다.

[응, 춘천 왔어.]

[다른 사람은?]

[아무도.]

그가 몸을 돌리다 말고 물었다.

"정말 불편한 건 아니고요?"

"네?"

"그건 어쩔 수 없네요. 혜인 씨가 참아줘요."

뭐라 말할 새도 없이 그는 웃으며 돌아섰다. 이내 주방에서 커
피 향이 은은하게 났다. 그는 키친 바에 앉아 커피를 마시며 휴대

폰으로 주변 여행지를 검색했다.

"어디 가보고 싶은 데 없어요?"

"혼자 와서 어디 둘러볼 생각 같은 건 못 했어요. 여기서 보는 풍경도 좋아서."

"겨울이라 가볼 곳이 신통찮네요. 수목원도 그렇고……."

"남이섬이 근처니까 내일 거기나 들렀다 올라가요."

"그럼 그럴까요? 가본 적은 있죠?"

"네, 봄에 한 번, 가을에 한 번, 여름과 가을 사이에 한 번. 겨울은 처음이에요."

"누구랑 그렇게 많이 온 거예요?"

그가 짓궂은 표정으로 물었다. 그녀도 장단 맞춰 '헤어진 남편이랑요.' 하며 웃었다.

저녁때를 넘어서고 나니 슬슬 배가 고팠다. 냉장고엔 생수 한 병만 덜렁 들어 있었고, 혜인의 가방엔 비스킷 두 개와 빵 하나, 커피 음료 하나가 전부였다. 터미널에서 펜션에 전화하기 바빠 마트에 들러야 한다는 생각을 깜빡한 것이었다. 윤우도 가방을 털었다. 라면 한 개, 볶음 김치 한 개, 생수 한 병, 즉석밥 하나가 나왔다.

"그런대로 버틸 수 있을 것 같은데요?"

"정말?"

"저녁은 라면과 즉석밥, 볶음 김치, 생수 두 병. 내일 아침은 비스킷과 빵. 물은 끓여서 식히죠, 뭐."

그가 빙긋 웃더니 별안간 겉옷과 열쇠를 챙겼다.

"내가 안 괜찮아요. 사냥 나갑시다."

서두르라는 몸짓에 혜인도 급하게 옷과 휴대폰을 챙겼다.

관리동은 일반 살림집처럼 꾸며져 있었다. 거실불이 환하게 켜져 있고, TV 소리가 시끄러웠다. 펜션 주인은 보이지 않고 픽업 차량을 운전하셨던 아저씨가 대신 나왔다. 40대 초반으로 보이는 아저씨가 언제든 전화하라며 명함을 내밀었다. 관리실장이란 직함이 적혀 있었다. 주변에 식료품을 살 곳이 있냐고 묻자 아저씨는 허공에 지도를 그리며 위치를 알려주었다. 아저씨 설명대로라면 길이 복잡하지 않았다.

"길이 울퉁불퉁 좀 험해요."

"멀어요?"

"멀진 않아요. 차로 오 분도 못 가니까요."

혜인은 주차에 둔 차에 다가가는 윤우를 붙잡았다.

"그냥 걸어서 가요. 가까운데."

"어두워서 위험할 수도 있어요."

"직접 걷는 게 더 안전할 수도 있어요."

잔잔한 가로등 불빛을 받아 그의 미소도 잔잔히 퍼졌다. 요동치는 가슴에 손을 얹으며 혜인은 정면을 향해 걸었다. 그가 그 뒤를 쫓아왔다.

밤하늘이 맑은지 별빛이 아름답게 흩어져 있었다. 고요함 속에 윤우와 혜인의 숨소리만 걸음을 맞추듯 나란히 흘렀다. 자글자글한 돌이 발에 채여 뒹굴고 흩어지는 소리도 잇달아 들렸다. 어느새 그가 혜인의 손을 붙잡고 있었다. 같이 연극을 보고 나오던 날처럼, 내 곁에서 걸어요, 하고 그가 얘기하는 듯해서 그녀의 얼굴이 달아올랐다. 그에게 들키지 않을 어둠이 고마웠다.

"무섭지 않아요?"

"아뇨."

당신이 이렇게 붙잡고 있는데요, 혜인은 속으로 대답했다.

"적막한데, 그게 참 좋네요. 서울에서는 느껴볼 수 없는 감정이라."

"별이 참 많아요."

바람이 솔솔 불어왔다. 그저 바람 소리인가 싶었는데, 바람에 작은 노랫소리가 얹어졌다. 여행스케치의 '별이 진다네' 곡이던가? 노랫소리처럼, 하늘을 올려다보는 그의 눈빛으로 별이 지고 있었다. 그 눈빛을 보고 있자니 먹색의 하늘이 가슴으로 옮겨진 듯 먹먹했다.

정말 하늘이 슬프네. 혜인은 중얼거리며 휴대폰에서 곡을 찾아 플레이했다. 그의 목소리와 음악 소리가 정답게 화음을 맞춰 고요한 길에 잔잔히 흘렀다. 그 위에 바람이 흐르고, 그 위에 그에 대한 마음도 흘렀다. 흘러간 가사 하나하나가 왜 이렇게 가슴을 헤집을까. 가슴에 갇힌 먹색 하늘에서 바람처럼 고요한 비가 흘렀다.

작은 구멍가게였다. 주인아줌마가 막 문을 닫을 참이었다. 갖춘 것이 많지 않아 라면과 생수, 맥주와 안줏거리용 과자를 샀다. 밤이 금세 깊어져서, 돌아오는 길에는 휴대폰 라이트로 앞을 비추며 걸었다. 제조사가 다른 라면 두 개를 한곳에 끓이고 즉석밥을 돌리고, 김치를 접시에 담았다. 빈곤하지 않은 저녁 차림이었다. 혜인이 정신없이 먹는 것을 보자, 그는 '다녀오길 잘했네.'라며 웃었다. 배고픔이 몰아오는지 라면을 먹은 배가 가뿐히 느껴졌다. 윤우가 설거지를 하는 사이 그녀는 2층 방에 올라가 잠시 몸을 눕혔다.

문득 혜인 씨, 혜인 씨 부르는 목소리가 들렸다. 방을 나오니 그가 아래층에서 맥주를 흔들고 있었다.

"사람들한테 걱정 끼쳤는데 연습이라도 해야 할까 봐요."

"혜인 씨, 학교 다닐 때 우등생이었죠?"

그녀가 고개를 끄덕였다.

"그럴 줄 알았어. 자기 몫은 성실히 하니까. 책임감 강하고 성실한 학생일 줄 알았어요."

"너무 강한 인상을 남겼잖아요. 누구 때문에."

"누구 때문에?"

"에릭 때문에."

"에릭 때문에? 아니잖아요. 서윤우 때문이지."

그가 그것도 몰랐냐는 투로 빙긋이 말했다.

"우리 그럼 연습할까요? 저번에 혜인 씨가 못 했던 장면부터."

"네?"

"상황이 딱 떨어지잖아요. 여긴 에릭의 집이고, 에릭은 술을 마신 상태고. 자요, 난 여기서 술에 취해 앉아 있고, 혜인 씨는 이쪽에서 들어오는 거예요."

윤우는 혜인을 잡아끌어 주방 입구에 세운 후 테라스 등을 제외한 전등 스위치를 모두 껐다. 테라스에서 들어오는 한 뼘 정도의 빛은 실내에 뿌연 음영을 드리웠다. 그는 소파에 앉아 앞으로 몸을 고꾸라트렸다. 정말 술에 취하기라도 한 듯.

에릭의 오해로 갈라진 두 사람이 재회하는, 이야기의 흐름을 바꾸는 중요한 장면이었다. 술독에 빠져 폐인이 된 에릭의 소식을 듣고 용기를 내서 찾아온 제인이 진심을 고백하는 신이었다.

"자, 어서."

그가 우두커니 서 있는 혜인을 재촉했다. 관객이 없는 연극이라서 그럴까, 낯선 장소라서 그럴까. 어디까지가 연극이고, 어디서부터가 현실인지 분간이 가지 않았다. 정말 에릭의 집을 방문하는 제인이 된 것 같아, 그녀는 쉽게 발걸음을 뗄 수 없었다.

혜인이 두 발짝 들어오자, 윤우는 연기를 시작했다.

"내 꼴이 우습겠지. 빌어먹을……. 가버려, 제인. 꼴도 보기 싫어."

"여기 있겠어요."

"하긴, 운명을 본다는 허무맹랑한 거짓말에 속아 넘어간 내가 어리석었어. 그렇게 몇 명이나 꼬드긴 거지? 너의 포로로 만들어 그들의 주머니를 훔쳤나? 너란 여자는 정말 형편없는 사기꾼이야. 너는……."

그가 혜인을 몰아붙이며 바짝 다가왔다. 코끝에 그의 입술이 닿을 것 같았다. 혜인은 물끄러미 그를 보았다. 말을 하지 않아도, 눈빛이 진심을 얘기하길 부추긴다. 그는 에릭답게 좋은 연기를 보여주고 있었다. 사랑하기에 끝까지 믿고 싶은 마음이, 상처받은 눈빛 이면에 가득 읽혔다.

어느 때는 마음도, 글씨처럼 또렷하게 보일 때가 있으니까.

"……사랑해요."

윤우의 눈빛이 순간 흔들렸다.

"당신을 사랑해요."

죽을 운명에 대한 거짓말로 시작된 사랑이라, 제인은 그의 오해를 풀어줄 수가 없다. 그저 진심을 말하는 것뿐. 사랑 자체가 거짓말이 아니었다는 걸 전하기 위해 그 말만 되풀이할 뿐이었다.

"사랑해요."

진심을 말하는 제인 뒤에, 혜인은 숨는다. 사랑한다고 스스럼없이 말하는 제인의 마음 뒤로 사랑한다 말할 수 없는 마음을 감춘다. 어느샌가 그녀는 조용히 울고 있었다. 떨리는 눈빛이 눈물을 타고 흘렀다.

윤우의 깊은 눈이 혜인을 내려다보았다. 어둠에 취했는지 정신이 아득했다. 다음 장면이 생각나지 않았다. 사랑해요, 끊임없이 고백하는 제인에게 에릭은 무슨 말을 했었는지.

그의 손가락이 머리카락을 스치며 등을 파고들었다. 그가 끌어당기는 대로 혜인은 그의 몸에 포개졌다. 그랬지. 다음 장면은 에릭이 제인을 껴안는 것이었잖아. 그녀는 윤우의 어깨에 얼굴을 묻고 어렴풋한 기억을 떠올렸다. 한 번도 이 장면을 시현한 적이 없었다. 혜인이 쭈뼛거리면 윤우가 그저 가볍게 그녀의 어깨를 쥐었다 놓는 것으로 넘어갔으니까.

"사랑해요."

그건 혜인의 목소리였다. 무심코 나와버린 진심에 그녀는 흠칫 놀랐다. 연약한 진동이 느껴졌는지 윤우가 팔을 풀었다. 그의 눈동자가 그녀의 콧등을 타고 내려와 입술을, 목을, 어깨를 지그시 밟았다. 혜인의 머리카락이 헤쳐지고 얼굴 한쪽이 그의 큰 손에 잡혔다. 한발 뒤로 발을 무르니 그가 그만큼 다가왔다. 호흡이 가쁘게 뛰었다. 더 좁아질 수없는 거리에, 그의 얼굴이 선연하게 다가왔다. 그의 손이 버티고 있어 물러설 곳이 없었다.

똑똑.

정적을 깨며 문 밖에서 노크 소리가 들렸다. 무슨 일이지? 그와 동시에 눈이 마주쳤다. 윤우가 먼저 움직여 스위치를 올리고 문을 열었다. 뜻밖에도 펜션 주인이 서 있었다. 주인은 다소 놀란 표정을 짓더니, 윤우 뒤로 따라 나온 혜인을 보고서야 안도했다.

"위에서 싸우는 것 같은데 남자 목소리만 일방적으로 들린다고 하잖아요. 혹시나 해서 와봤는데…… 별일 없는 거죠?"

"아, 네. 아무 일도 없어요."

그리고 보니 테라스 창을 열어둔 채였다. 실내가 조금 썰렁하다 싶더니. 바람은 들어오지 않고 오해 살 소리만 밖으로 나갔나 보았다.

"그런데 원래 오기로 했던 일행인가? 남자가 문을 열어서 잘못 찾아왔나 싶었지."

"일행 맞아요, 아저씨."

"거 아무튼……. 여행까지 왔는데 양보하고, 배려하고, 그러면서 좋은 시간 보내고 해야지. 약속이 다르다고 싸우고, 새벽에 택시 불러서 올라가고, 그러지 좀 말라는 거지. 음⋯⋯."

주인의 눈초리를 보니 싸운 혐의는 남아 있는 듯했다. 오히려 남자의 존재를 확인하고 확신에 차 있었다. 간섭할 말이 많은지 주인은 좀처럼 가려 하지 않았다. 윤우가 '네, 주의할게요.' 하며 목례를 하고 서둘러 문을 닫는 시늉을 해서야 혼잣말을 중얼거리며 계단을 내려갔다.

그가 닫힌 문을 등지고 기대섰다. 아, 이제 끝났다 하는 홀가분한 표정이 역력히 드러나는 얼굴에 혜인이 큭 웃었다. 어처구니없는 상황에 그도 웃음을 터트렸다.

"아저씨 밉네요. 우리 연습, 열심히 하고 있었는데."

"너무 열심히 해서 역효과를 냈네요."

아쉬운 듯 말은 했지만, 불청객의 방문이 그녀로서는 다행이었다. 위험했어. 순간 제인의 가면을 벗고, 그에게 맨얼굴을 보일 뻔했다. 윤우는 애먼 창문에 화풀이를 하는 듯, 시끄럽게 창문을 닫았다.

"비가 올 수도 있겠어요. 바람이 좀 강해지고 습기가 느껴지네요. 하늘도 흐리고."

"그래요?"

혜인이 반기며 창문 가까이 다가갔다. 공기 중에 물방울이 떠다니는 듯 습한 냄새가 났다. 별들이 일제히 사라지고 없어 찌푸린 하늘을 쉽게 알아볼 수 있었다.

창문을 닫기는 했지만 한번 주의를 듣고 나니 말소리를 크게 내는 게 조심스러웠다. 둘 다 조금 움츠려서 연기를 하다 보니 격한 신들은 자동으로 패스하게 되고, 후반부에는 일대일로 집중된 신이 없어서 연습은 흐지부지 종료되었다.

TV 소리를 최소로 틀어놓고, 남은 맥주를 마셨다. 케이블에서 제목은 들어봄 직한 일일드라마가 연속으로 재방송되는 중이었다.

"우리도 막장 코드를 넣어볼 걸 그랬어요. 에릭과 콜린이 이복 형제였다더라고. 한국적인 정서를 살려 형제간의 비극을 다루는 거죠."

다분히 웃음기 가득한 목소리로 혜인이 말했다. 그가 하하 웃었다.

"에릭과 제인이 남매라는 설정이 더 나을라나?"

"그건 반대예요. 둘이 해피엔딩이 안 되잖아요. 콜린과 제인이 남매라면 모를까. 에릭과 제인이 남매라는 사실을 이용해 억지로 제인을 차지하지만 결국은 콜린과 제인이 남매라는 걸로 밝혀지는 거예요."

"그렇게 되면 둘이 이루어질 수 있어도 비극이잖아요. 자기 오빠가 연인의 아버지를 죽이고 재산까지 가로챈 게 되니까. 나라면 떠날 것 같아요."

"그래도 난 사랑할 거 같은데."

미지근한 맥주가 목구멍에서 맴돌았다. 그가 돌아봄에 혜인은 맥주를 쥔 손으로 눈을 피했다.

"혜인 씨가 제인이었다면 그에게 돌아가지 않을 거예요?"

"돌아가지 않을 거예요, 나는."

그가 몸을 일으켰다. 그의 손가락이 닿은 캔에서 텅 소리가 울렸다. 설명을 요구하는 표정에 혜인은 목소리를 가다듬었다. 어디까지나 연극적인 질문인데도 긴장하는 마음이 탄로 날까 봐서.

"이별을 앞둔 사랑을 시작하긴 싫어요. 사랑할 수 있는 건, 이 사랑이 영원할 거란 막연한 확신 때문이잖아요. 한 사람은 영원을, 한 사람은 이별을 생각하면서 같은 사랑을 만들어갈 순 없어요."

"제인이 돌아가는 시점에서 사랑이 시작되는 건가요? 사랑은, 처음부터 시작된 것 같은데."

윤우가 바닥에 빈 캔을 내려놓았다. 소파에 기대앉은 그의 얼굴에서 피곤함이 느껴졌다. 업무를 마치고 곧장 펜션으로 달려왔으니 지치지 않을 리 없었다.

"윤우 씨, 그만 쉬는 게 좋겠어요. 너무 피곤해 보여요."

"술이 들어가니까 노곤해지네요. 그럼 먼저 들어갈게요. 혜인 씨도 이만 쉬어요."

그가 자리를 정리하고 이 층으로 올라갔다. 그가 잘 준비를 마칠 때까지 혜인은 거실을 지켰다. 발소리가 공중에서 이쪽저쪽으로 움직이더니 한곳에서 멈추었다. 그녀가 올려다보니 수건을 목에 두른 그가 손을 흔들었다. 이윽고 방문이 닫혔다. 그녀는 소파 깊숙이 등을 기댔다.

어쩌면 윤우 씨 말이 맞는지도 몰라요. 하지만······.

그가 앉았던 자리에 찌그러진 캔 하나가 주인 행세를 하고 있었다. 한쪽 팔에 고개를 기울이며 혜인은 쓰게 웃었다.

굳나잇, 윤우 씨.

새벽에 그의 말대로 비가 내렸다. 침대 쪽에 붙은 작은 창문에 빗방울이 사납게 떨어졌다. 창문을 열면 침대가 젖을 것 같아 그녀는 카디건을 걸치고 아래로 내려갔다. 테라스로 난 창문을 열었다. 소리와 다르게 빗방울은 잔약했다. 바람이 열려진 창문 너머로 빗물을 흩뿌리고 갔다. 바지가 조금 젖었지만 그녀는 개의치 않고 무릎을 웅크리고 앉아 창틀에 바짝 기댔다.

낯익은 손이 혜인의 어깨를 짚었다. 어느새 그가 나와 있었다.

"깼어요?"

"빗소리에. 혜인 씨도?"

"네."

윤우도 그녀가 하는 모양으로 맞은편 창틀에 기대앉았다.

"꿈에 망토를 뒤집어 쓴 여자가 나왔는데, 혜인 씬 줄 알고 다가가 망토를 젖혔더니 아무도 없는 거예요. 놀라서 나왔는데 방문은 열려 있고 사람은 안 보여서 무서웠어요."

"......"

"물고기는 여전해요? 여전히 혜인 씨 눈을 피해 숨바꼭질하고 그래요?"

"네, 이제는 한곳에 들어가서 잘 나오질 않아요. 먹이로 유인해야 겨우 얼굴을 볼 수 있는걸요."

그가 조용히 미소 지었다. 창가를 향한 얼굴에 그림자가 드리웠다.

"혜인 씨를 제인으로 만들면 좋을 줄 알았는데. 좋은 것도 있지만…… 어쩐지 내가 숨바꼭질을 시킨 것 같아 좀 그래요. 이제 얼마 안 남았으니까. 혜인 씨로 돌아올 날이."

제인이란 마법에 걸린 지금이 혜인은 더 좋았다. 모든 게 제인으로 의미 지어질 수 있기 때문에. 그에 대한 눈빛, 행동, 모든 것을 제인이란 이름으로 묶어 당돌하게 설 수 있는 지금이 혜인은 편했다. 연극이 끝나면 그녀는 그 앞에 그냥 여자였다. 제인이란 가면 속에서 품었던 감정을 직장 동료로, 동아리 사람 정도의 친밀함으로 잘 다스릴 자신이 없었다. 그래서 무대에 서는 것보다 무대가 끝나는 것이 더 무서워지고 있었다.

"정화 씨 일은……"

괜한 부스럼을 만드는 걸 알면서도 혜인을 부러 이야길 꺼냈다.

"솔직히 말했어요."

윤우의 대답은 거기서 끝이었다.

창틀에 닿아 있는 등뼈가 뻐근했다. 잠깐 눈을 감았다 떴을 뿐인데, 시간은 제법 흐른 것 같았다.

몇 시나 됐을까. 거실 어디에도 시계는 없었다. 밖은 더 어둡고, 빗소리는 미약했다. 윤우는, 눈을 감기 전 보았던 모습 그대로 잠들어 있었다. 혜인은 무릎을 풀고 엉거주춤 일어섰다. 조금 가까이 다가가기 위해서.

사선으로 내려앉은 얼굴이 따뜻했다. 열대어가 헤엄치는 물속처럼. 바닥은 보이지 않을 정도로 깊지만, 막상 발이 빠져 허우적

거리지 않아도 좋을 만큼 안전한, 잔잔한, 봄 햇살을 품은 푸른 강물처럼.

혜인은 그 옆에 나란히 앉았다. 그녀의 작은 손바닥 옆에 그의 긴 손가락이 곧게 뻗어 있다. 그가 깰까 살피며 조심스레 작은 손을 왼쪽으로 움직였다. 손가락이 맞붙으며 금세 열이 올랐다. 좋아하는 마음이 손가락에 옮을까 그녀는 금세 손가락을 웅크렸다.

어서 끝이 났으면 좋겠어.

하얀 김이 서린 창문이 그녀의 눈 속처럼 뿌옜다.

오전에 펜션 주변을 한 바퀴 돈 뒤, 여유롭게 체크아웃을 했다. 남이섬에 갔다 서울로 올라간다고 했더니 펜션 주인은 '연인들의 정석 코스지.' 하며 허허 웃었다.

새벽에 내린 비가 꿈이었다는 듯, 차창 밖으로 내민 손바닥에 건조한 바람만 스쳐 갔다.

"그러다 감기 걸려요."

고개를 밖으로 빼고 바람을 맞는 그녀를 만류하며 윤우는 창문을 올렸다.

비수기라서 한산한 줄 알았던 남이섬 선착장에는 여행객 행렬이 길게 늘어져 있었다. 그래도 이 정도면 양반이라고 그가 현실적으로 말했다. 유명한 여행지를 혼자 차지하겠다는 생각 자체가 욕심이었다.

입구를 지나고부터는 여행객들이 분산되어, 메타세콰이아 길같이 사람들이 밀집된 몇몇 곳을 제외하고는 한산했다.

계절과 다르게 여름옷을 입은 태양이 섬 전체를 내리쬐어, 대지에는 전날의 비가 내린 기억은 말끔히 지워진 상태였다. 그래도 바람은 찼다. 코가 시리고 잔기침이 새어 나왔다. 윤우가 고개를 숙이며 괜찮으냐고 재차 물었다. 김치 도시락을 먹으려던 계획을 버리고, 설렁탕을 먹으며 몸을 녹였다. 식당 바로 앞에서 줄을 서서 산 소시지를 입에 물고 강물이 근접한 외곽 길을 크게 돌았다.

"제일 처음 온 건 스물두 살 때였나. 블로그 모임으로 엠티를 왔었어요."

"그런 것도 했어요?"

"네. 어디서든 두각을 나타내는 사람들이 있잖아요. 주도적이고, 사람을 모으고 일을 벌이는 걸 좋아하는 사람들. 그런 사람을 중심으로 커다란 그룹 같은 게 형성이 돼서는 자주 모임을 가졌어요. 비 오면 인사동에 모여 파전에 동동주를 마시고, 천안 지하철 개통됐다고 천안역 찍고 뒷골목에서 술을 마시고 올라오고, 벚꽃 피는 봄엔 등산을 하고, 크리스마스이브엔 솔로를 축하하고…… 그러다 어느 순간에 뚝, 가방끈이 떨어지듯 끊어졌지만요."

"재밌었겠네요."

"그때는 드라마 끝나고 얼마 안 지났을 때라 관광객들이 더 많았어요. 지금보단 풍경이 더 자연스러웠지만."

"두 번째는요?"

"부모님이랑 싸우고 나온 친구한테 얼떨결에 끌려왔어요. 자고 가자는 걸 겨우 설득해서 막배 타고 나온 거 있죠?"

"뭐 때문에 싸웠는데요?"

"지금은 기억도 안 나요. 엄청 싱거운 이유였거든요. 과자 안 사 줘서 삐친 아이 같은 그런 거였어요."

"그리고 또?"

"음……."

혜인이 눈동자를 굴리며 얼버무리자 윤우가 얼굴을 들이밀며 짓궂게 재촉했다.

"작년 봄, 아마 사월쯤이었나 봐요. 대학 선배였는데, 결혼식에서 우연히 만나 몇 번 차 마시고 영화도 보고 했어요. 그러다가 이 주쯤 소식이 끊겼는데…… 어느 주말 아침에 집 앞에 찾아왔더라고요. 영문도 모르고 차에 타서 여길 왔어요. 어느 날처럼 시간을 보내고 헤어지는데 무슨 말인가 할까 말까 오래 망설이더니 그냥 가더라고요. 그러곤 거짓말처럼 연락이 뚝 끊겼고, 그 해 가을에 결혼했다는 소식만 들었어요."

"기대했던 것보다 싱거운 대답이네요."

"뭘 기대했길래요?"

"음…… 잊어버렸어요."

그가 싱긋 웃었다.

"그러는 윤우 씨는요? 유일한 한 번이 누구예요?"

"유일한은 빼요. 이제 아니잖아요."

"애인이었죠?"

그가 장난스럽게 고개를 갸웃했다.

"설마…… 전 부인?"

"전 부인은 좀 심했다. 그것보다 수상하게도, 남자들이랑 왔거든요."

"거짓말."

"대학 1학년 때였는데 과대가 이웃 학교 여자애들이랑 미팅을 주선했거든요. 바로 여기서 만나자고."

"윤우 씨 그런 줄 몰랐는데."

"맹세코 의무적인 참가였습니다."

혜인이 짐짓 실망했다는 태도를 취하자 그가 안절부절못했다.

"그래서 잘됐어요?"

"여자애들이 단체로 펑크를 내서 과대는 멍석말이당하고, 우린 밥만 먹고 집으로 돌아왔어요."

"슬픈 추억이 있는 곳이구나."

"이제 좋은 기억 만들었으니 다행이죠."

그가 덤덤히 대답했다.

산과 강이 어우러지는 소박한 경치를 좇아 강가에 바짝 다가가니 물은 아주 탁했다. 혜인이 실망감을 드러내며 뒤로 물러섰다.

"너무 가까이서 보는 것은 금해야 하나 봐요. 사물도 그렇고, 사람도 그렇고."

"마음 깨끗한 사람 마음속엔 물고기가 산다는군요."

"누가요?"

"서울 사는 아무개 씨가요."

윤우가 큰 비밀을 가르쳐주듯 입을 가리며 속삭였다. 혜인이 방긋 웃었다.

"그럼 물고기 한 마리 기를 정도로만 세상을 살면 되겠네요."

"내 마음속에도 물고기가 살아요."

"어떤?"

"상어."

뜬금없는 유머에 누가 먼저랄 것도 없이 웃음보를 터트렸다. 혜인이 못 말리겠다는 표정을 지어서야 그가 민망한 듯 얼굴을 매만졌다. 건강한 마음이 그대로 드러나는 얼굴.

외곽에서 안쪽으로 꺾어, 나무가 우거진 풀밭으로 들어섰다. 햇살이 나뭇가지 사이사이를 가볍게 건너뛰었다. 청설모가 손에 무언가를 움켜쥐고는 그들의 움직임에 쪼르르 나무 뒤로 숨었다. 그러다 빼꼼 얼굴을 내밀고, 작은 발소리에 놀라 또 숨어버리기를 반복했다.

"좀 춥죠? 여기 잠시 있을래요? 금방 돌아올게요."

"네."

그가 사라져버리고, 혜인은 풀밭 한가운데에 풀썩 앉았다. 가을 낙엽이 노오랗게 수놓은 풀밭이 해바라기 들판에 앉아 있는 것 같은 아득함을 느끼게 했다. 태양이 조금 더 높게, 더 멀리서 빛났다. 겨울의 열기가 간밤 움츠렸던 마음을 이완시켰다.

혜인은 낙엽 위에 몸을 눕혔다. 머리에 앉았던 태양이 곡선을 따라 두근두근 뛰었다. 손을 가지런히 모으고, 눈을 감고서 그 감각에 집중했다. 빗소리와는 다른 밝은 안식이 느껴졌다.

"뭐 하는 거예요?"

윤우가 캔 커피를 양손에 들고 그녀를 내려다보았다.

"일광욕이요. 햇살이 따뜻해서요."

부끄러움도 모른 채 그녀는 그저 웃었다. 그가 무릎을 꺾으며 몸을 숙였다. 그리고 그다음.

혜인이 의식하기도 전에 윤우의 입술이 그녀의 입술에 살포시 닿았다.

"이러면 더 따뜻하죠?"

입술이 떨어진 자리에 그의 말이 잇따랐다. 시간이 정지한 듯 움직일 수가 없었다. 아무 생각도 떠오르지 않았다.

"이거 그새 식었네요. 바꿔 가지고 올게요."

시야에서 그가 사라졌다. 입술의 감촉은 여전히 남아, 몇 분 전에 일어난 현실을 기억해주고 있었다. 서늘한 바람에 흩어질까, 혜인은 입술을 지그시 눌렀다. 좋아한다는 감정이 손가락 사이에 갇혀 있었다. 이제는 그의 것까지.

시린 마음이 두 길을 내며 흘렀다. 오도 가도 못하는 마음이 그 길에서 자꾸만 엉덩방아를 찧고 있었다.

"여행은 어떠셨습니까?"

그 질문이 먼저일 거라는 걸 혜인은 알고 있었다. 여행에서 돌아와 한 일은 그에 대한 예상 답안을 정리하는 거였다.

"응, 좋았어."

"안 갈 것같이 굴더니, 잘했어. 네가 제일 핫한 주말을 보낸 셈이네. 혼자인 게 미스이긴 하지만. 그래서 뭐 했는데?"

"펜션이 좋아서 멀리 가지 않아도 충분하더라고."

"누구라도 잡아서 집어넣지 그랬어. 그 넓은 펜션에 너 혼자 딸랑. 그림이 슬프잖아."

"별로……."

"거기만 있다 온 거야? 아쉽게."

"오는 길에 남이섬 들렀다 왔어. 아직도 외국인 관광객이 있더라."

"공들인 게 있는데. 서울에서 가기도 쉽고."

"가족 모임은 재밌었어?"

"재미는 무슨, 이 나이 되면 의무적으로 하는 거지. 민성이 우쭈쭈거리는 거 보면 내가 다 진땀 나. 우리 엄마도 시어머니가 될 텐데. 남매로 태어난 게 천만다행이지."

"그래도 없으면 허전한 게 가족이야."

시나리오가 좋았는지 민아는 원점으로 돌아가 여행지의 일을 다시 묻지 않았다. 혼자서 무슨 재미를 봤을라고 하는 단정이 있어서이기도 할 것이다.

혜인 스스로 예민한 건지는 몰라도, 서울로 올라오는 차 안에서의 그는 짐짓 모른 척하긴 했지만 묘하게 달라져 있었다. 1그램쯤 더 다정하고, 1초쯤 더 오래 보았고, 1센티미터쯤 더 가까웠다. 그녀가 초지일관 침묵을 고수했기 때문에 안절부절못하는 기색도 없지 않아 있었다. 그렇지만 추궁하거나, 기억을 되새겨 의중을 묻거나 하진 않았다. 집 앞에 도착해 그가 뒤따라 내렸을 때야 그녀는 사무적인 톤으로 '안녕히 가세요.'라고 말했다. 뚜렷하게 선을 긋겠다는 행동이었다. 그는 순간 멈칫하는 듯했지만 이내 일반적인 인사로 그녀를 보내주었다.

"어? 윤우 씨가 네 소식을 묻는데? 둘이 또 싸운 거야?"

민아가 메신저 창을 눈으로 읽으며 물었다.

"아냐. 그럴 틈이 어디 있었다고."

"그건 그렇지. 이번 주에 언제 모이냐고 묻네. 언제가 좋아?"

"아무 때나."

달력을 들여다보는 민아에게 혜인은 기계적으로 대답했다. 그룹 모임도 한 번이면 끝이었다. 그림이 전부 그려진 상태이기에 부족한 부분만 보충한 뒤 일단락 짓기로 결정했다. 대신 공연 때까지 전체 모임을 늘려 진행하기로 했다. 연극 연습도 그렇지만 공연에 대해 세부적으로 논의할 사항들이 남아 있었다.

그날 저녁, A그룹의 마지막 모임이 있었다. 민아가 밖은 춥다고 고집을 부려 하는 수 없이 집으로 그를 초대했다. 윤우의 손에 장미꽃 한 다발이 들려 있었다.

"이게 웬 꽃이에요?"

민아가 반색을 표하며 꽃다발을 받았다.

"혼자 오기 쑥스러워서요."

"그래서 이렇게 손님을 많이 데리고 오셨어요? 향 진짜 좋다."

민아가 호들갑스럽게 거실 선반에서 화병을 찾았다. 잠시 그 모습을 지켜보던 혜인과 윤우의 시선이 부딪쳤다.

"모르는 친구들 많이 데려와서 당황했죠?"

"……요새 못 봤던 친구들이긴 하네요."

"처음 소개받는 거면 좋았을 텐데, 아쉽다."

그가 부드럽게 웃었다. 사실 남자에게 꽃다발을 선물받기는 처음이었다. 그녀가 사귀었던 남자들은 낭만과는 거리가 멀었다. 현실주의와 실용성을 삶의 기본 수칙으로 삼았던 그들은 로즈데이나 생일날, 한 송이의 장미꽃을 선물하는 걸 최선의 타협으로 여겼다.

장미꽃은 식탁 한가운데에 자리를 잡았다. 투명한 화병에 비치는 줄기가 싱그러웠다.

쿨한 태도를 고수하던 민아도 공연이 다가온다는 생각에 긴장이 되는 모양인지, 윤우를 붙잡고 질문 공세를 쏟았다. 그는 대본을 한 줄 한 줄 짚어가며 그녀가 한 질문에 시간을 두고 상세히 대답했다. 혜인은 조금 떨어져서 습관적으로 대사가 꼬이는 부분을 연습했다.

"후반부엔 스텔라 비중이 없어서 그게 좀 미안해요."

"극의 흐름상 이게 맞는 것 같아요. 1부는 제인, 에릭, 스텔라의 갈등 구조고 2부는 제인, 에릭, 콜린의 갈등이잖아요. 하나에 포커스를 맞춰서 집중시키는 게 좋아요. 드라마를 봐도 이것저것 욕심 부리다 산으로 가는 거 많이 봤거든요."

"민아 씨가 연기를 잘해줬어요."

"그런 인사는 공연 끝난 다음에 하세요. 미리 하면 부담스러워요."

윤우가 하하 웃으며 그러겠다며 고개를 끄덕였다.

"그런데 윤우 씨, 뭐 하나 물어봐도 돼요?"

무슨 질문이 하고 싶은 건지, 민아는 눈을 초롱초롱 반짝이며 호기심 가득한 표정을 지었다.

"그럼요, 물어보세요."

"왜 혜인한테 제인 역을 맡기셨어요? 이미지가 맞아서?"

"무슨 이야길 하는 거야?"

당황한 혜인이 급하게 막아섰지만, 민아는 아랑곳없이 윤우에
게 대답을 종용했다. 그가 혜인을 한 번 쳐다보더니, 결심한 듯 민
아에게로 고개를 돌렸다.

"대답을 들으면 실망할지도 몰라요."

"왜요?"

"단순하고 이기적인 이유거든요."

"네?"

진짜 제인이 되면 알려줄게요. 언제고 그가 말했었는데……. 대
답을 들어야 한다는 걸 잊어버리고 있었다. 그 이유가 혜인의 마
음의 길을 가르쳐주진 않을 것이기에. 하지만…….

"내가 에릭이 되기 쉬울 것 같아서였어요."

민아가 혜인을 돌아보며 어깨를 갸우뚱했다. 여러 가지 해석이
가능한 답이, 그녀 취향은 아니었을 거였다. 하지만 혜인에겐 그
보다 직접적인 대답은 없었다. 그를 좋아하고부터는 그녀에게 내
비치는 그의 모습 하나하나가 단 하나의 의미로 통했으니까.

그가 뭐라 하든, 진실이 무엇이든 간에.

"윤우 씨 반칙이에요. 미지수가 두 개인 식을 어떻게 풀어
요?"

"미지수가 두 개인 식이 여러 개 있으면 풀리죠. 간단한데?"

"정말 고단수야. 또 무슨 식이 있었지……. 전 기억력이 별론데."

"문제는 한 사람만 풀면 되니까, 민아 씬 고민하지 말아요."

윤우는 민아의 수작에도 능청스럽게 대답했다. 그녀가 재미없다는 표정을 지었다.

"혜인아, 네가 생각해봐. 너라면 알 수 있을지도?"

"내가…… 어떻게 알아, 그걸."

떨떠름한 대답에 둘의 시선이 혜인에게 쏠렸다. 당황했던 탓인지 그녀는 곱지 않은 말을 길게 내뱉었다.

"윤우 씨 마음은 윤우 씨만 아는 거고…… 그걸 일부러 알려고 하는 게 반칙이야. 무례하잖아."

무엇에 화가 나서는 내가 이럴까. 혜인은 말을 내뱉자마자 후회했다. 벌써 한계점에 다다른 걸까. 조금만 버텨, 박혜인.

혜인은 둘의 시선을 피해 몸을 돌리며 작게 중얼거렸다.

7. 아모르파티

2주 동안은 공연 준비로 분주했다.

무대 연출, 의상 준비, 공연 장소, 공연 진행 등등 결정해야 할 부수적인 사항들은 아주 다양했다. 지원비로 나올 돈이 오십만 원으로 제한되어 있었기 때문에 무대 소품 및 의상비를 최대한 아껴야 했다.

"시대가 정확히 언제예요?"

"20세기 초 미국이라고 생각은 했지만, 시대상이 드러나는 작품은 아니니까 복고적인 느낌만 주면 괜찮을 것 같아요."

가진 의상을 최대한 활용하기로 해서 남자들은 흰 셔츠와 검정 바지에 베스트나 멜빵으로 포인트를 주고 제인은 하얀 원피스, 스텔라는 몸에 붙는 맥시원피스를 입기로 했다. 형사 옷과 제인의 망토는 대여하기로 했다. 의상보다 문제인 건 무대 장치였다. 세트를 만들 수 없었기 때문에 소품으로만 장면을 표현해야 했다. 의자에 천을 씌워 달라진 공간을 표현하고, 장면을 짐작할 수 있는 소품을 준비하기로 했다. 전체적인 세트는 대형 프리젠테이션에 그래픽 화면을 띄우는 것으로 대체시켰다.

무대를 세팅하고 리허설 할 시간이 필요했기에 공연은 월요일로 정해졌다. 소강당 사용은 총무팀 관할이었기 때문에 혜인과 민아가 팀장에게 구두로 허락을 받은 뒤 승준이 최종 결재를 올렸다. 주말 사용은 무사히 통과되었다.

〈아모르파티〉. 12월 19일(월) 7시. 10F 소강당.

포스터가 회사 곳곳에 나붙었다.

"진짜 하긴 하는구나. 기분 묘하다."

민아가 엘리베이터 옆에 붙은 포스터를 보며 새삼 놀란 표정을 지었다.

"이제 다 끝나가네."

"후련한 거야, 아쉬운 거야?"

"글쎄……."

연극이 끝나면 그와 어떤 관계로 지낼 수 있을까. 나와 무관한 사람으로 돌려놓을 수 있을런지, 혜인은 그것이 가장 겁이 났다.

"언니가 주연이라면서요?"

자랑이랄 것이 없어 숨기고 있던 것인데, 어디서 이야길 흘려들었는지 정화가 물었다. 시간이 약이라고, 그녀도 어느새 평상시의 컨디션을 되찾았다. 윤우란 이름 자체가 그녀의 입에서 쏙 들어갔다.

"정화 씨 보러 올 거지?"

민아가 키보드를 두드리던 손을 멈추고 끼어들었다.

"가야지요."

"대답이 좀 시원찮네. 하긴 정화 씨에게 오라고 하는 건 무린가?"

"왜요? 그 사람 때문에요?"

정화가 뾰족하게 되물었다. 왜 긁어서 부스럼이지 싶어 혜인은 조마조마했다.

"그 사람이 혜인이 상대역이잖아. 둘이 연인으로 나오는데."

정화의 표정이 눈에 띌 정도로 변했다. 모르고 있던 눈치였다. 혜인을 한 번 날카롭게 쳐다보더니 애써 담담한 척 표정 지으며 그녀가 툭 내뱉었다.

"됐어요. 연극인데요, 뭘."

"그래, 어디까지나 연극이니까."

대답하는 민아의 얼굴이 어쩐지 혜인을 향하고 있었다. 마치 네 속을 빤히 다 안다는 얼굴.

"그런데 무슨 내용이에요?"

"궁금하면 직접 와서 봐야지?"

민아가 능청스럽게 대답하며 작게 콧노래를 불렀다.

공연 당일. 우려와는 달리 관객석은 만원이었다. 입장료도 없고 사내 공연이란 이점에 보러 오는 사람이 없진 않겠다 싶었는데, 예상을 뛰어넘는 행렬에 에니그마 일원 몇몇이 허둥지둥 나가 현장 정리를 했다.

일곱 시 정각. 시작을 울리는 벨이 울렸다. 검은 정장을 차려입고 턱수염을 붙인 승준이 무대에 나가 연극에 대해 짧게 소개했다. 짓궂은 관객 몇몇이 '오승준'을 외치다가 그가 헛기침을 하며 조용히 하라는 듯한 과장된 제스처를 해서야 잠잠해졌다.

대형 스크린에 어느 영화에서 따온 파티장 화면이 떠 있었고, 무대 왼편에 흰 천이 드리워진 작은 테이블이 있었다. 에릭과 콜린으로 분한 윤우와 형민이 그 테이블 앞에서 건배를 하는 모습이 보였다. 조명을 받은 윤우는 주연으로서의 존재감을 강하게 드러내고 있었다. 동작 하나하나에 우아한 품위와 카리스마가 느껴졌다. 혜인은 등장도 하기 전에 수줍어졌다.

"제인, 이제 등장할 차례야."

민아가 돌아서 눈빛을 보내왔다. 또각또각. 민아, 아니 스텔라의 발걸음은 도도하면서도 무례했다. 타이트한 맥시원피스가 민아의 볼륨 있는 몸매를 더욱 부각시켰다. 호오, 하는 남성 관객들의 희미한 탄성이 들리는 것 같았다. 혜인은 한 템포 늦게 발을 뗐다. 쏟아지는 조명이 낯설어 그녀는 주춤거렸다. 덕분에 굳이 연기하지 않아도 그녀의 얼굴은 파티장에 들어선 제인처럼 핼쑥했다.

에릭의 스물세 번째 생일을 기념하는 파티였다. 집주인이자 에릭의 아버지인 루카스는 은행장으로 그 지역 내 명망이 두터운 인물이었다. 루카스는 냉정한 사업가이긴 했지만 에릭에게만큼은 다정한 아버지로, 그는 아들에게 특별한 선물을 해주고 싶었다. 수 주일간 고민을 하던 와중에 은행 직원으로부터 진귀한 이야기를 듣게 된다. 사람의 운명을 보는 소녀. 이야기를 듣는 순간 루카스는 번쩍했다. 루카스는 하인을 시켜 바로 초대장을 전달하게 했고, 스텔라는 기꺼이 초대에 응했다.

에릭 진정 사람의 운명을 본단 말인가? 그게 가능할 리가 없어.
스텔라 신이 이 아이에게 은총을 베풀어 사람들을 도우라 뜻하신 거지요.
루카스 에릭, 어떠냐. 네 운명도 저 소녀에게 맡겨보는 것이.

폭이 넓은 모자는 혜인의 눈을 가렸다. 눈 밑의 사물은 분명히 보였기 때문에 이동하는 데 지장은 없었지만 배우의 얼굴은 볼 수 없었다. 가까이서 그의 음성이 들리고 눈 밑으로 그의 구두가 왔다 갔다 하더니 그의 손이 혜인의 앞에 내밀어졌다. 손은 어느 때보다 뜨거웠다. 이제 제인이 거짓을 말할 차례이다.

제인 당신은 곧……. (주저하는) 사랑에 빠질 거예요.
스텔라 도련님의 마음을 흔들 어여쁜 아가씨를 조만간 만나게 되실 겁니다.
에릭 사랑이라니 어림도 없습니다. 나에겐 보다 중요한 일이 많아요. 세상엔 내가 해결하고 싶은 일이 아주 많이 있으니까요.
루카스 하하. 나의 후계자답구나. 잠깐의 꽃놀이 정도라면 반대할 이유가 없지.

운명을 점치는 시간이 끝난 뒤 제인은 스텔라에게 사실을 고백한다. 스텔라는 충격을 받지만 이내 냉정을 되찾고 제인에게 이 거짓이 들키지 않기 위해 그를 유혹하라고 명령한다.

> **스텔라** 제인, 똑똑히 들으렴. 이건 내 욕심 때문이 아니잖아? 네가 벌인 일에 대한 책임을 져야지, 안 그래? (망토를 벗기며 사랑스럽게 보는) 너라면 할 수 있어. 나를 닮아 충분히 젊고 예쁘지. 너의 그 능력만 아니었다면 오래전에 이미 시집보냈을 텐데. 안타깝구나, 얘야. (돌아선다)
>
> **제인** 어머니, 전 못 해요. 감히 그런 짓은…….
>
> **스텔라** (뒤돌아서 무섭게) 아니, 넌 해야 해. 내 딸이니까. 그 남자의 이름은 에릭이야. 짙은 눈썹에 날렵한 턱 선. 너에게 참 과분한 남자지. 오늘밤에는 기회가 없어. 저기 그가 오는구나.

무대 뒤로 들어온 혜인은 바로 망토를 벗었다. 발목까지 오는 흰 원피스가 드러났다. 망토 속에선 표정을 숨길 수 있어 편했는데. 그녀는 호흡을 가다듬고 서둘러 무대로 돌아갔다.

무대 중앙에 윤우와 형민이 서 있었다. 혜인을 보는 윤우의 눈길이 고왔다. 제인의 예언처럼 첫눈에 사랑에 빠져버린 에릭의 눈빛이, 에릭의 것이기만 한 것일까 싶어 그녀는 혼란스러웠다.

두 번째 잡는 그의 손. 어느새 제인은 에릭의 손에 이끌려 왈츠를 추고 있었다.

"혜인 씨, 왜 이렇게 잘해요?"

매끄럽게 스텝을 밟는 혜인을 보며 윤우가 매번 감탄을 했었다.

고등학교 때 무용 수업에서 배운 기본동작이 보탬이 되었는지, 인터넷에 돌아다니는 왈츠 동영상을 보며 어렵지 않게 동작을 따라했었다. 그에 반해 윤우는 서툴렀다. 여자인 혜인이 리드를 하게되자 지켜보던 민아가 아무래도 둘의 역할을 바꿔야겠다고 농담을 했다. 수줍음이 묻어나던 그날, 그의 얼굴.

프로젝트 화면은 공원으로 바뀌었다가 다시 으스스한 뒷골목 풍경으로 바뀌었다. 며칠 동안 제인을 기다리던 에릭은 그녀가 약속 장소에 나타나지 않자 제인의 점술소로 찾아오게 된다.

에릭　　당신의 말이 사실이었습니다. 인정하죠. 난 사랑에 빠졌어요. 이런 일이 나에게 일어날 줄은 상상도 못 했습니다. 내 생애 처음 있는, 아주 놀랍고 신기한 일이죠. 그런데 그 여자를 찾을 수 없어요. 나이도 이름도 사는 곳도 모릅니다. 그 여자를 찾고 싶어요. 내가 그 여자를 다시 만날 수 있는지 당신이 알려주었으면 좋겠습니다. (손을 내민다)

제인　　(손을 잡고 망설인다)

에릭　　다시 만날 수 있겠습니까?

제인　　(고개를 끄덕인다)

에릭　　(기쁨에 자리를 박차고 일어선다) 하아. 그럼 됐습니다. 감사합니다. 신의 은총이 있길. (자리를 뜬다)

제인　　(낭패스런 얼굴로) 필립. 그 사람이야.

필립　　제인, 숨바꼭질은 그만해. 그에게 사실을 말해. 이해해줄 거야.

제인　　어떤 사실? 그가 죽을 거라는 사실?

필립 ……예감이 좋지 않아. 진실을 털고 정리하는 게 좋겠어.

제인 난, 내가 한 말에 대한 책임을 져야 해.

필립 어떻게 책임을 지겠다는 거야?

제인 그의 운명이 다하는 날까지, 그가 아는 제인으로 옆에 있으면 돼.

스텔라 (등장하며) 그 사람이 찾아왔다고? 성공했구나, 제인. 사랑스러운 내 딸. 그 사람이 너에게 푹 빠진 것 같더냐?

제인 어머니, 그 사람에게 너무 몹쓸 짓을 한 거예요.

스텔라 쓸데없는 소리를 하는구나. 더 이상 신경 쓸 필요 없어. 너는 네 역할을 아주, 충분히 잘해주었으니까. 에릭이 사랑에 빠진 여자는 이 세상에 없어. 제인, 너는 네 자신을 아주 잘 알고 있어. 부잣집 도련님의 사랑? 믿을 게 못 되지. 그런 나약한 감정에 우리 미래를 걸 수 없단다. 제인, (쉿, 손가락을 세워 입술에 대고) 절대 엄마의 믿음을 배신하지 마렴. 너는 착한 딸이잖니. (퇴장한다)

제인 필립, 난 정말 어떻게 해야 하는 거지?

필립 네가 불행해지는 건 싫어. 이제 벗어날 때도 됐잖아.

제인 난 어머니를 끝까지 책임져야 해. 그게 아버지 유언이었어. (흐느낀다)

 진현이 무릎을 꿇고 앉아 혜인의 어깨를 감쌌다. 그 작은 제스처가 그녀의 긴장을 다소 풀리게 해주었다. 정말 우리 둘 사이에 오랜 우정이 있었나 싶은 착각이 들 정도로. 제인에게 필립은 어릴 적부터 알고 지낸 친구였다. 세상에서 유일하게 제인의 존재를 그대로 알고 있는, 그래서 의지할 수 있는 친구. 오랜 세월 속에 우정이 사랑만큼 진해져 제자리걸음뿐인 관계가 필립의 마음을 쓸쓸하게 했지만, 유일한 안식처가 저라는 것을 알고 있는 필립으로서는 우정을 넘어서는 어떤 행위도 제인을 배신하는 것 같아 감정을 숨기고 만다.

"어쩐지 짝사랑하던 여자를 떠나보내는 것 같아 감정이 이상하네요."

무대 뒤에서 대기 중인 진현이 말했다. 주저하는 제인을 공원으로 유인해 에릭과 재회시키게 해주는 게 필립의 다음 역할이었다. 그 말에 윤우가 빙긋 웃으며 말했다.

"고마워요, 만나게 해주어서."

필립을 찾느라 두리번거리는 제인의 뒤에 에릭이 서 있었다. 한 걸음 두 걸음 다가오는 윤우의 모습을 떠올리며 혜인은 괜한 긴장감을 느꼈다. 관객들의 숨소리조차 들리지 않았다. 뚜벅뚜벅 그의 발소리만 크게 울렸다. 왈츠를 출 때처럼 윤우의 손이 부드럽게 그녀의 허리를 감았다. 스르르 그녀가 무너지듯 그의 품에 안겼다. 제인으로서도 어쩔 수 없었겠지, 그녀는 윤우의 어깨에 얼굴을 묻은 채 생각했다. 그의 품도 그의 손처럼 어느 때보다 뜨거웠다.

두 사람의 마음을 확인한 후부터 이야기 전개는 더욱 빨라진다. 제인의 뒤를 밟은 콜린이 스텔라와 제인의 대화를 엿듣게 되면서, 제인은 의도적으로 에릭에게 접근했다는 오해를 사게 된다. 에릭은 충격을 받고, 곧장 제인의 점술소로 찾아온다. 제인이 피할 사이도 없이 에릭은 거칠게 제인의 망토를 벗겨낸다. 가면이 벗겨진 제인은 한마디 말도 하지 못한 채 오들오들 떨고만 서 있는다.

윤우는 정말 화가 난 것처럼 얼굴이 붉었다.

에릭 모든 것이 거짓이었어! 그 붉은 입술로, 새빨간 거짓말로 나를
      속였어! 돈을 위해? 명성을 위해? 아니면 단순한 심심풀이였던
      가?

제인 아니에요. 속이려고 했던 게 아니에요.

에릭 그럼 뭐지, 제인? 이 시꺼먼 망토 속에 당신의 정체를 꽁꽁 숨
      기고 나에게 거짓 예언을 했던 이유. 사랑이란 이름으로 나를
      희롱했던 진짜 이유가 뭐지? 말해, 제인. 지금이라도 진실을 말
      하라고!

그의 손이 거칠게 혜인의 팔을 잡았다. 충혈된 그의 눈동자에
그녀의 눈동자도 저절로 떨렸다. 말하고 싶어요. 나는 당신으로
인해 죽었었고, 이제 당신은 나로 인해 죽을 거라고. 그때는 내가
살기만 한다면 아무려면 어떠냐고 생각했었는데, 그 단순한 선택
이 내 마음을 이렇게 아프게 만들지는 몰랐다고.

혜인의 붉은 입술이 열리지 않자 윤우가 팔을 놓았다. 무대 왼
편으로 힘없이 퇴장하는 그를 보는 그녀의 마음이 절벽 아래로 뛰
어내리는 것 같았다. 진짜 저 사람이 떠나는구나. 눈물이 핑 돌아
그녀는 저절로 얼굴을 감쌌다.

1막이 끝나고 십 분의 쉬는 시간이 주어졌다. 짧은 시간에 화장

실을 다녀오겠다고 관객들은 부산스럽게 움직였다.

"괜찮았던 거 같죠?"

"리허설 때보단 나은 것 같아요. 우리, 무대 체질인가 봐요."

"관객들 표정 봤어요? 반응이 나쁘지 않은 것 같았는데."

"그럴 여유도 있었어요? 전 동선, 대사 생각하는 것만으로도 벅차던데요."

"전 대사가 없었잖아요."

혜인이 뜨악해하자 승준이 씩 웃었다.

"2막이 더 걱정이에요. 스토리 진행도 많고 감정 변화도 커서."

"형민이 얼어붙은 것 좀 보세요."

승준이 로댕의 생각하는 사람처럼 앉아 있는 형민을 가리켰다.

"이제 나의 야누스적인 매력을 발산할 차례지."

형민이 비장하게 말했다.

"무슨, 너의 몰락만이 남았지."

승준이 툭 쏘아붙이자 진현이 혜인의 어깨를 가볍게 짚으며 말했다.

"진짜 떠나보낼 사람은 혜인 씨인데."

"연극이라서 다행이지."

가만히 듣고 있던 윤우가 담담히 말했다. 혜인이 꿀꺽 침을 삼켰다. 목이 칼칼했다.

2막은 의문의 교통사고로 시작되었다. 전화벨이 울리고 루카스가 심각한 얼굴로 통화를 한다. 루카스가 퇴장을 하면 무대에는 비가 내리는 어두운 밤거리가 드리워진다. 악 하는 사람 비명 소리와 쿵 하는 충돌음이 차례로 들린 후, 빗소리만 추적추적 무대 위에 남는다.

루카스의 죽음에 의해 에릭이 은행을 맡게 되지만 제인의 일과 아버지의 죽음으로 실의에 빠진 에릭은 콜린에게 도움을 요청한다. 콜린은 에릭을 대신해서 안정적으로 은행을 운영해 나간다.

스텔라의 압력에도 불구하고 제인은 아무것도 보이지 않는다며 운명을 보기 거부한다. 보다 못한 필립이 에릭의 소식을 전하며 제인을 일으켜 세운다. 더 이상 피할 수 없는 운명이란 걸 깨달은 제인은 에릭을 찾아간다.

혜인은 어둠이 짙게 깔린 무대 위를 천천히 걸어 나갔다. 나동그라진 술병을 밟고 하마터면 넘어질 뻔도 했다. 빈 병에 남아 있는 알코올 냄새가 희미하게 났다. 앞줄의 관객들은 코를 킁킁거리며 인상을 찌푸리기도 했다.

에릭　　거기 누구야?

제인　　에릭…… 나예요. 제인이에요.

에릭　　제인? (조소하는) 제인이라고?

제인　　그래요, 제인이 왔어요. (에릭을 잡고 일으키려는데)

윤우는 혜인의 팔을 완강히 뿌리쳤다. 그 바람에 혜인은 뒤로 주춤 물러났다. 그의 눈이 서늘하고 깊어, 그녀는 슬펐다. 지금 나는 누구일까. 제인의 마음일까, 나의 마음일까. 그것조차도 헷갈렸다.

에릭 내 꼴이 우습겠지. 빌어먹을······. 가버려, 제인. 꼴도 보기 싫
    어.

제인 여기 있겠어요.

에릭 동정인가? 책임인가? 아님 우습게도 사랑이 있었던가? 빌어먹
    을. 당신 따위 보고 싶지 않아. 그래, 나는 보기 좋게 걸려 넘어
    졌어. 천하에 무서울 것 없던 에릭이 당신의 달콤한 혀에 놀아
    나 아주 엉망이 됐지. 여자는 떠나고······ 아버지도 떠났지. 그
    런 건 내 운명에 없었나? 하긴 운명을 본다는 허무맹랑한 거짓
    말에 속아 넘어간 내가 어리석었어. 그렇게 몇 명이나 꼬드긴
    거지? 너의 포로로 만들어 그들의 주머니를 훔쳤나? 너란 여자
    는 정말 형편없는 사기꾼이야. 너는······.

윤우가 비틀거리는 몸을 이끌고 혜인에게 바짝 다가왔다. 그의
입술에서 위스키 냄새가 나는 것 같았다. 진실을 요구하는 그의
눈빛이 퍽 아팠다.

제인 ······사랑해요. 당신을 사랑해요.

혜인의 입에서 사랑한다는 말이 쉼 없이 흘러나왔다. 몇 번을
연습해도 늘 떨리는 장면이다. 제인의 가면을 쓰고 있는데도 자신
의 속엣말이 나오는 것 같아 아차 하는 기분이 들게 하는 장면.
윤우가 그 말을 기다렸다는 듯 그녀를 와락 끌어안았다. 관중석
에서 헉 하는 희미한 소리가 들렸다. 무대 조명이 꺼지고 둘이 퇴

장할 차례였다. 그가 돌연 혜인을 안아 들었다. 그녀는 어리둥절했다. 어둠 속에서 드러나는 그들의 실루엣에 관객석은 더욱 술렁였다. 몸이 휘청하는 바람에 그녀는 반사적으로 그의 목을 껴안았다. 도대체 무슨 생각인 거야. 그가 관객들이 보지 않게 눈을 찡긋했다.

"뭐냐, 그 연출은?"

승준이 황당하다는 얼굴로 물었다.

"이벤트."

윤우가 씩 웃었다.

"그런 애드리브 하지 마. 네가 무슨 '바람과 함께 사라지다'의 레트 버틀러냐?"

"더 극적이잖아. 에릭이라면 그러겠다 싶어서."

"어이쿠야."

"놀랐어요?"

혜인이 고개를 끄덕이자 윤우가 그녀의 볼에 손바닥을 가만히 대었다.

"미안해요. 놀라게 해서."

그는 헝클어트린 머리를 정리하고 목까지 단추를 채웠다. 벗어놓은 조끼도 걸쳤다.

"드디어 에릭 부활이네요."

무대를 나가는 윤우가 짧게 웃었다. 그가 씩씩하게 걸어 나가자 무대에서 환호의 박수를 쳤다. 그가 순발력 있게 관객들을 향해 인사를 했다. 제인을 안고 호기 있게 퇴장한 신 때문에 에릭의 인기가 더해진 것 같았다. 대본에 있지 않은 장면인 것은 아무도 모를 테지만.

제인에 의해 부활한 에릭은 자신의 페이스를 되찾아 정력적으로 일한다. 루카스의 책상에서 사고 당일의 메모를 발견한 에릭은 아버지의 죽음에 의문을 품게 되고, 때마침 담당 형사가 찾아와 의문점이 있어 사건을 재조사 중이라고 말한다.

형사 옷을 입은 승준이 점잔을 피우며 무대를 나가는 모습에 무대 뒤에선 웃음보가 터졌다. 그래도 옷이 날개라고 그의 모습에서 어딘가 번뜩임이 느껴졌다. 신을 마치고 복귀한 승준이 영락없이 우쭐한 표정을 지었다. 복장으로만 치면 제일 퀄리티가 있으니, 단연 주연이었다.

"가만 보니 형민 씨가 연기파야."

"상대역들이 다 잘하니까 내가 주눅이 들어."

"무슨, 네가 이 연극의 꽃인데."

민아가 대수롭지 않게 어깨를 쳤다. 모두 초보라면서, 긴장한 모습 하나 없이 천연덕스럽게 연기를 풀어냈다. 그 바람에 일대일로 붙는 신이 많은 혜인은 부담감이 증폭되었다. 의자에 벗어둔 망토를 뒤집어쓰고 싶은 마음이 굴뚝같았다.

혜인이 나가자 무대 위에서 잠자코 기다리고 있던 형민이 몸을 돌렸다. 은행을 빼앗기 위해 계략을 꾸미던 콜린이 초조함을 감추지 못하고 제인을 공격하는 신이었다.

콜린　　이제 그만 에릭에게서 떨어져. 에릭을 가지고 노는 꼴을 더는 지켜볼 수가 없군.

제인 난 진심으로 그를 사랑해요.

콜린 사랑? 언제부터? 순진한 에릭은 당신의 뻔한 거짓말에 속아 넘어갔는지는 몰라도 나에게는 안 돼. 나는 당신에게서 에릭을 지켜야겠어. 당신이 진정 에릭을 생각한다면 그만 그를 떠나.

제인 그럴 수 없어요. 나는 그와 끝까지 함께할 거예요.

콜린 그와 끝까지 하겠다? 마치 에릭의 끝을 알고 있다는 소리로 들리는데.

제인 그건…….

콜린 당신을 만나고 에릭은 이성을 잃었어. 아버지를 잃고 인생마저도 잃을 뻔했지. 당신이 옆에 있다는 건 그에게 불행을 가져다준다는 의미야.

제인 그건 우연한 사고였어요.

콜린 아니. 그는 운명의 여자를 만나 운명적인 비극을 맞게 되는 거지. 비켜갈 수도 있었는데 어리석게도 그는 그러지 못했어. (밀착해 턱을 만지며 조롱하듯) 귀여운 제인. 불길한 운명을 말하는 사람이 불길한 운명을 끌어들인다는 말이 있지.

제인 …….

콜린 답이 나왔군. 에릭을 위해 정말 당신이 할 수 있는 일이 무엇인지 생각해봐.

제인 콜린. (나가려는 그를 붙잡다 순간 놀란다)

콜린 에릭을 진심으로 사랑한다면 불길한 운명에서 그를 구해야겠지. (퇴장한다)

힘을 주고 버틴 탓일까. 다리에 힘이 풀린 것 같았다. 혜인은 일어서려 했다가 도로 주저앉았다. 관객들이 보기에는 그 또한 연기의 연장선으로 보일 터였다.

"이제 거의 다 왔어. 조금만 더 힘내."

이마에 송글송글 맺힌 땀을 닦아주며 민아가 말했다.

극은 클라이맥스로 치달았다. 결정적인 증거를 손에 넣은 에릭이 콜린에게 만나러 가겠다고 전화를 건다. 제인은 외출하려는 에릭에게 수면제를 탄 물을 마시게 하고, 에릭으로 변장을 한 뒤 콜린의 별장으로 향한다.

콜린은 별장에 접근하는 사람을 보고 실내의 불을 끈 뒤, 이 층으로 향하는 계단에 서서 숨을 죽이고 기다린다. 현관이 열리고 달빛을 받아 에릭의 그림자가 거실에 길게 드리워진다. 콜린이 에릭의 이름을 부르자마자 그림자에서 방아쇠가 당겨진다. 총알은 보기 좋게 빗나가 콜린 뒷편의 창문이 깨진다. 콜린도 가슴팍에 숨기고 있던 총을 꺼내 쏜다. 그림자가 쓰러진다.

콜린   (비정하게 웃으며) 잘 가게. 은행도, 제인도 내가 거두지.

콜린은 불을 켜고 쓰러진 사람이 제인인 것을 확인하고 기겁한다. 그때 형사와 필립이 현장을 급습한다. 필립이 죽어가는 제인을 안아 든다.

필립   제인! 왜 이런 선택을 했어.

제인　……그를 구할 방법이 이것밖엔 없었어……. 부탁을 들어줘
　　　서…… 고마워, 필립.

필립　조금만 서둘렀다면 널 구할 수도 있었는데. (흐느낀다)

조명이 쏟아지는 하얀 천장을 보고 있으려니 눈이 부셨다. 정말
이걸로 끝이 아닌지. 마치 교통사고가 났던 그날로 돌아간 것 같
았다. 온통 새하얗게 보이던 세상. 누군가 다가오는 소리가 들리
고, 익숙한 얼굴이 보였다. 서윤우. 혹시 그때도 당신이 이렇게 날
보지 않았을까.

경련이 이는 듯한 창백한 얼굴의 그가 혜인을 부둥켜안았다. 붉
은 물감이 가슴 한복판을 붉게 물들였다. 눈을 감으면 이대로 마
지막일 것 같아 그녀는 연신 눈을 깜빡거렸다. 그의 모습이 정말
희미하게 느껴졌다.

"제인, 이럴 수 없어. 안 돼, 당신을 보낼 수 없어."

윤우가 혜인의 얼굴에 자신의 얼굴을 비비며 오열했다. 제인은
사랑한다는 말을 채 하지 못하고 에릭의 품에서 조용히 죽어간다.
하지만 무슨 정신에서였을까. 혜인은 저도 모르게 팔을 뻗어 윤우
의 목을 끌어당겼다. 마른 입술이 살짝 닿았다 떨어졌다. 그의 눈
동자가 크게 흔들렸다.

"에릭…… 이런 운명으로 만나지 않았으면…… 우린 어땠을까
요……. 그래도 당신을…… 내 운명이었던 당신을…… 사…… 사
랑…… 해요……."

충혈된 그의 눈동자가 젖어드는 걸 보며 그녀는 천천히 눈을 감
았다. 가슴에 붉은 물은 멈추었는데, 얼굴에 흐르는 눈물은 멈출

줄을 몰랐다. 조명이 꺼지고 커튼이 무대를 가릴 때까지도 혜인은 울음을 그치지 않았다.

"아모르파티를 위하여!"

여섯 개의 잔이 공중에서 맑게 부딪쳤다.

커튼콜이 끝나고 관객들이랑 사진을 찍고 무대 뒷정리를 하고 포스터를 수거하고 나니 열 시. 회사 근처 호프집에서 연극 뒤풀이가 이어졌다. 비극적인 결말 때문에 반응이 시원찮으면 어떡하나 했는데 기대 없이 왔다 작품성 있는 극을 보았다며 다들 칭찬 일색이었다. 삼 개월의 고생이 눈 녹듯 녹았다.

"이러다 우리 최우수 동아리상도 타는 거 아닐까요?"

"필이 온다, 필이 와."

승준이 소맥 잔을 휘저으며 말했다.

"윤우 씨가 제일 고생 많으셨어요. 극본에, 연출에. 남주 멋있다고 아까 여직원들 표정 보셨죠?"

"그래. 역시 억지도 부릴 놈이 부려야……."

"억지?"

"음…… 고집이라고 할까?"

윤우가 승준을 흘겨보자 승준이 고개를 돌리며 능청스럽게 대꾸했다.

"아무래도 본업 접고 극단 시작해야 할라나 봐요. 다들 사직서 쓸 각오 좀 해두세요."

"여섯 명이 밥은 먹고살겠어?"

"우리 회사 직원만 몇 명인데. 거기다 플러스알파. 한 장당 만 원씩만 쳐도 일, 십, 백, 천……."

승준이 손가락을 꼽으며 중얼거리자 형민이 어처구니없다는 듯 그의 등짝을 후려쳤다.

"그런 계산법이면 안 망할 사업 없겠다."

"형민 씨 오늘 최고였어요. 무대 올라가니까 연기도 확 변하던데요. 천재적인 감각인가?"

"수업 시간에만 충실했던 애들이 오히려 밤샘 공부하는 거거든요. 좀 보자. 얼마나 이 악물고 연습했나."

승준이 짓궂게 입을 벌리려 들자 형민이 가볍게 손을 치더니 팔짱을 꼈다.

"뭘 이 정도 가지고."

"어휴, 남주 안 시킨 게 다행이지."

"저 형민 씨 때문에 대사 까먹을 뻔했어요. 오금이 저리다는 말 절로 알겠던데요."

"제콜이 붙는 신?"

민아의 질문에 혜인이 끄덕였다.

"그건 저도 마찬가지예요. 혜인 씨 얼굴이 너무 창백해서 중간에 졸도하면 어쩌나 싶었는데요. 진짜 제인에 빙의한 것 같았다고요."

"나만큼 걱정했을라고."

필립의 존재를 드러내듯 진현이 끼어들었다.

"리허설 했는데도 제인, 아니 혜인 씨 안아 드는데 순간 무서웠어요. 진짜 피가 아닌가 살펴보기도 하고."

"어쩐지 대사 좀 늦게 치더라. 형사는 대사도 몇 마디 없는데 목석처럼 서 있으려니 뻘쭘했다고."

"그런 것도 재밌겠다. 연극 속의 연극이라고, 혜인이 진짜 죽은 것처럼 연기를 하는 거예요. 연극 도중에 벌어진 여주의 의문스런 죽음."

"그런 짓 했다 우리가 진짜 죽을 겁니다. 성난 관객들 때문에."

"그런가? 하긴……. 그런데 혜인, 그거 뭐야?"

"뭐?"

민아가 호기심 어린 눈동자를 반짝이며 물었다.

"마지막 장면에서 네가 했던 연기. 그거 대본에 없던 거지?"

"어?"

"진짜 너무 자연스러워서 잠깐 착각했었잖아. 둘이 미리 짠 거야?"

혜인이 윤우의 눈치를 살피며 고개를 도리도리 저었다. 승준이 아는 척하며 나섰다.

"응징이죠."

"응징?"

"눈에는 눈, 이에는 이, 애드리브에는 애드리브. 더 강도 높은 걸로 복수하는 거죠."

"에이, 설마. 혜인아, 정말 그런 거야?"

"아니야."

"혜인이 얘가 그렇게 당돌한 애였으면 걱정을 안 했죠. 윤우 씨가 그러자고 한 거죠?"

"네, 엔딩이 좀 밋밋한 것 같아서 제가 혜인 씨한테 주문했어요. 괜찮았죠?"

"확실히 대본보단 임팩트 있었어요. 애절하고 더 비극적이고. 누구 표정을 봤어야 했는데."

"네?"

윤우가 의아한 표정을 짓자 민아가 아무것도 아니라며 얼버무렸다. 선의의 거짓말일까. 그가 그렇게 대답을 해주고 나니 혜인은 더욱 그의 얼굴을 쳐다볼 수 없었다. 커튼이 내려가고 관객들의 박수 소리를 듣고 나서야 정신을 차렸다. 몸 전체에 일렁이던 감정이 평온해지면서 남는 건 후회뿐이었다. 왜 그랬을까. 그건 마치 잔디밭에서 그가 했던 키스에 대한 대답 같았다.

설마…… 거기까지 생각이 미치진 않겠지? 어디까지나 연극이었을 뿐인데.

혜인은 윤우가 자리를 비운 사이 배가 아프다는 핑계를 대고 먼저 자리를 빠져나왔다.

이걸로, 그와는 끝이 난 거야.

콜린은 제인에게 떠나라고 했지만 제인은 남아서 에릭을 구했다.

하지만 나는 그러지 않을 거야, 혜인은 입술을 깨물었다.

나로선 이게 최선이었어. 그에게 마지막 선물을 주고 조용히 떠

나주는 것. 적어도 그들처럼 간절하지 않으니까. 아직 우린, 괜찮
으니까.

스스로 최면을 걸듯 읊조리며 혜인은 서늘한 거리를 걸었다.

성탄절이 코앞이라 업무 분위기는 전혀 잡히지 않았다. 연극이
끝난 바로 다음 날은 인사를 걸어오는 사람이 많아 지나다니기가
좀 성가실 정도였다. 하루가 지나니 좀 수그러들긴 했지만 출근길
에 흘긋거리는 시선이 다소 성가시게 느껴졌다.

"언니, 유명인 됐나 봐요."

"유명인이라니, 지나쳐."

묘한 질투심이 느껴지는 뉘앙스였지만 혜인은 무심히 넘겼다.
그녀는 사무실로 들어와 자리에 앉으려다 말고 우뚝 멈췄다.

책상 위에, 작은 성탄절이 있었다.

"와, 이거 누구 작품이에요?"

혜인이 놀라기도 전에 정화가 흥분해서 물었다. 혜인의 책상 위
에 두 뼘 남짓한 탁상 트리가 놓여 있었다. 작은 볼 모양의 금줄,

은줄이 조명을 따라 흡사 꼬마전구처럼 빛났다. 크리스마스 로고 위엔 펄이 들어간 골드 리본이 달려 있었다. 트리를 뒤적여보았지만 메모는 없었다.

"누구예요, 진짜? 언니 애인 있었어요?"

"아니."

간단명료한 대답이 정화에겐 성이 안 차는지, 그녀는 '그럼 누구예요? 누군지 아는 거죠?' 자꾸 물었다.

"숨은 연인이라잖아. 그만 물어봐."

민아가 보다 못해 한마디 했다.

"애인 생기면 축하할 일이지 왜 숨긴대요."

"수줍음이 많은 연인인가 보지. 아니면 승인을 아직 못 받았거나."

아마도…… 확신할 수 없지만, 예상되는 사람은 있었다. 혜인은 자리에서 일어났다.

"어디 가?"

"커피 사러."

"내 것도!"

누군지를 밝히지 않은 건 그에 대한 보답을 받지 않겠다는 의미일까? 그럼 모른 척 넘어가는 게 순리일까?

숫자가 1로 바뀌었다. 엘리베이터 문이 열리자마자 혜인은 반사적으로 내렸다.

"혜인 씨."

윤우를 알아본 순간, 그녀는 이미 그의 손에 잡혀 다시 엘리베이터에 올랐다. 다시 내리려는 시도를 할 수도 없이 엘리베이터가 움직였다. 그녀는 영문을 모르겠다는 표정으로 그를 보았다.

"커피 사러 가던 거 아니었어요? 내가 샀어요."

그가 오른손에 든 커피를 내밀었다. 혜인은 얼떨결에 커피를 받았다.

"어떻게 알았어요?"

"그러게요. 어떻게 알았지?"

"그런데 민아 거도 사러 가야 해서."

"그래요? 그럼 이것도 가져요."

그가 왼손에 든 커피를 내밀었다.

"그럼 윤우 씨가 없잖아요."

"상관없어요. 난 아침에 커피 안 마시거든요."

그럼 왜……. 목구멍까지 차오르는 말을 혜인은 눌렀다. 트리 선물에 이어 우연을 가장한 커피라니. 단순한 선물이라고 넘길 수가 없잖아. 설마 무대에서의 일을 신경 쓰고 있는 건가? 그럴 리가. 그때는 정말 대수롭지 않게 웃고 있었는걸.

"윤우 씨, 혹시……."

혜인은 하려던 말을 끝내 삼켰다. 확인해서 어쩔 건데. 선물을 준 게 그라고 한다면, 그게 더 곤란하잖아. 그녀가 주저하자 윤우가 무슨 일이냐는 표정으로 얼굴 가까이 다가왔다.

"아니에요, 아무것도."

그녀가 하려 했던 질문을 그 역시 알 것 같았다. 그런 확신이 들어 혜인은 더욱더 입을 다물었다.

"뭐?"

"승준 씨랑 영화 보기로 했다니깐. 열두 시에."

카트를 밀던 혜인이 그 말에 우뚝 멈춰 섰다. 카트 안에는 크리스마스트리와 장식이 가득 담겨 있었고, 민아는 여전히 진열대 앞을 왔다 갔다 하며 물건을 고르는 중이었다.

"어떻게…… 그렇게 된 거야?"

"뭘 어떻게, 그렇게 돼?"

커다란 별이 카트에 던져졌다.

"성급한 추측은. 내가 단둘이 본다고 했니? 형민 씨까지 셋이 보는 거야."

"나는?"

"넌 공포라면 질색하잖아."

"그러니까 크리스마스 자정에 셋이 공포 영화를 보겠다고?"

"응, 공포 마니아끼리 조인하기로 했다. 영화 보고, 술 마시고."

"하아."

크리스마스트리를 만들자고 조른 건 민아였다. 같이 살게 된 기념으로 추억을 만들어보자나 뭐라나 민아답지 않은 오글 멘트로 그녀를 설득해서 마트를 끌고 올 땐 언제고, 난데없이 영화 약속이 있다고 몸을 빼버리니 혜인으로선 당황스럽지 않을 수 없었다.

"난 또."

"실망했어? 핑크빛 사건이 아니라서?"

"실망까지는. 놀랄 뻔했다는 거지."

"유쾌한 승준 씨냐, 귀여운 형민 씨냐. 둘 중에 고르라면, 박혜인?"

"몰라, 그런 거."

"둘 중엔 답이 없다?"

연극이 끝나곤 잠잠해졌나 싶더니. 혜인은 묵묵히 카트를 밀었다. 계획보다 트리의 높이가 길어지면서, 안고 가기 벅찰 만큼 부피가 컸다.

"영화 보러 갈 거면 그냥 말지. 나 혼자 이걸 하라고?"

"혼자 하라는 말은 안 했네요."

"난 오늘 하고 싶었는데……. 어쨌든 택시 타야겠다."

"기다려봐. 어, 왔다."

택시를 보고 달려가는 혜인을 민아가 붙들더니 손을 번쩍 흔들었다. 익숙한 차가 미끄러지듯 달려와 멈췄다. 윤우의 차였다.

"많이 기다렸어요?"

"전혀요."

그가 민아의 짐을 받아 뒷좌석에 올렸다. 민아가 냉큼 뒷좌석에 올라탔다. 혜인이 망설이는 사이 그가 조수석 문을 열었다. 난감하네, 이런 상황. 콧노래를 부르는 민아를 때려주고 싶은 감정을 누르며 혜인은 조수석에 올랐다.

"진현 씨는 어차피 애인이 있어서 안 되고, 공포 영화를 포기하고 싶진 않고. 이러면 공평하잖아. 누구도 소외받지 않고."

민아가 혜인이 묻기도 전에 변명을 늘어놓았다.

"그래도 성탄절에 공포 영화 너무합니다."

"그럼 솔로 셋이 모여 로맨스 영화를 보라고요? 삼각관계 줄 알아요."

"참고로 전 형민 씨를 지지합니다."

"역시, 비즈니스로 시작된 우정의 한계야."

"하하."

민아와 윤우가 스스럼없는 대화를 나누고 있는 사이, 혜인은 조수석에 앉아 창문 너머 의미 없는 풍경들만 쳐다보았다. 연극이 끝나고 이 관계가 자연적으로 소멸되기를 바랐다. 의무적인 접촉은 당연히 없어졌지만, 친화적인 민아의 성격 탓에 만날 구실은 자꾸 생겼다. 이미 약속을 잡아버린 상태로 뒤늦게 통보를 받는 식이었기 때문에 가타부타 토를 달 수도 없었다. 해가 바뀌면 탈퇴부터 해야겠다고 혜인은 생각했다. 이제 며칠만 참으면 되었다. 단 며칠만.

그가 트리를 세우고 고정시키는 동안, 혜인은 장식의 비닐을 전부 벗겨냈다. 민아는 외출 준비로 바빴다.

"윤우 씨, 크리스마스트리 잘 부탁해요."

"그럼요."

민아가 사라지자 집 안은 새가 떠난 숲처럼 고요했다. 혜인의 손끝에서 말소리 대신 차박차박 비닐 뜯는 소리가 들렸다. 윤우는 잔가지의 모양을 잡고 있었다. 볼에서 떨어진 미세한 펄이 바닥에 퍼져 트리 주변은 햇볕을 받은 모래사장처럼 빛났다.

"공연하고 나서 달라진 건 없어요?"

"글쎄요. 딱히……."

"전 요즘 좀 시달려요. 제인에 대해 궁금해하는 사람이 많아서."

"저에 대해서요?"

"네, 그래서 큰일이에요."

"……."

금빛 은빛 볼이 보이지 않는 띠를 두르며 트리에 매달렸다. 부직포로 만들어진 장갑과 양말도 달고 꼭대기 아래 MERRY CHRISTMAS, 라는 영문 로고도 걸었다. 윤우가 노란 별을 꼭대기에 달았다. 마지막으로 전구 선을 빙 두르자 트리가 완성되었다. 혜인이 거실 불을 끄자 그가 전구 스위치를 켰다.

"와, 예쁘다."

전구 불빛이 빠르게 혹은 느리게 번갈아가며 반짝였다.

"이런 기분 때문에 다들 트리를 장식하는구나."

"그러게요."

동감을 표하던 윤우가 갑자기 큭 웃었다.

"왜요?"

"남이섬은 네 번째지만 트리는 첫 번째네요."

"그런 거 일일이 기억하지 마세요."

혜인이 다소 뾰로통하게 말하자 윤우가 그래요, 하며 빙긋 웃었다.

"우리도 영화 볼까요?"

그가 가방에서 외장 하드를 꺼냈다. TV에 외장 하드를 연결한 그가 종이 한 장을 혜인에게 건넸다. 파일 목록이었다.

"이렇게나 많아요?"

"꾸준히 모았던 거예요. 보고 싶은 거 골라봐요."

혜인이 무릎을 세우고 종이를 얹었다. 액션, 멜로, 판타지 등의 카테고리별로 영화 제목이 나열되어 있었다.

"이건 무슨 영화예요?"

그녀가 멜로 카테고리 밑에 있는 '페인티드 베일'을 가리켰다.

"나오미 왓츠랑 에드워드 노튼이 주연인데요, 서로를 오해하고 엇갈리다 사랑을 확인한다는 그런 내용이에요. 원작 소설도 있는데."

"아…… 맞구나. 영화 소개 프로에서 보고 나중에 봐야지 했다 잊어버렸거든요."

"그럼 이걸로 할까요?"

그가 리모컨을 눌러 파일을 재생시켰다.

영화의 내용은 신기하게도 아모르파티와 닮은 구석이 있었다. 영화 초반에 등장하는 파티장 신이 그랬다. 계단을 내려오는 왓츠를 보고 첫눈에 반하는 노튼의 모습은 에릭과 판박이었다.

"신기해라."

"무엇이?"

"꼭 에릭 같잖아요."

"그러고 보니 그렇게 보이네요. 성격은 판이하게 다른데."

의사로 나오는 노튼은 과묵하고 소심한 캐릭터였다. 그런 남자가 몇 번 보지도 않은 여자에게 청혼을 하는 것이 선뜻 이해되지 않았다. 사랑을 품은 사람은, 변하기 마련인가.

"영화를 보면 사랑에 빠지는 게 참 쉬운 일인 것 같아요."

혜인이 혼잣말처럼 작게 중얼거렸다. 그가 턱을 괴고서, 그런 그녀를 물끄러미 쳐다보았다.

"에릭이 제인에게 반한 순간이 언젠지 알아요?"

"발코니에서 처음 만났을 때잖아요. 대본에도 그렇게 적혀 있었는데."

"그랬죠."

윤우의 시선이 그녀를 향한 채 있었다.

"그럼 내가 혜인 씨한테 반한 순간은 언젠지 알아요?"

무슨 말을 들은 거지? 혜인은 얼떨떨한 정신으로 윤우를 보았다. 진지한 눈빛에 그녀는 어느 곳으로도 도망칠 수가 없었다.

'아니요, 모르는데요.'라고 정색을 하고 말해? '회의실에서 만났을 때 말인가요.'라며 능청스럽게 대답하고 농담으로 넘겨? 어느 것도 적절한 대답이 될 수 없다. 그녀는 긴장을 삼키며 주먹을 꼭 쥐었다. 그의 눈동자가 더욱 깊어졌다.

현관 밖이 소란해지는가 싶더니 찰칵하며 문이 열리고, 여러 명의 목소리와 발소리가 한꺼번에 들려왔다.

"혜인 씨! 서윤우!"

"우리 왔다!"

"서프라이즈!"

공포 영화로 뭉친 삼총사가 불쑥 샴페인을 흔들며 나타났다. 혜인은 반사적으로 일어섰다.

"뭐야? 어떻게 된 거야?"

그 말에 민아, 형민이 동시에 승준을 노려보았다. 승준은 객쩍은 웃음만 지었다.

"사람이 한 번 실수는 용서를 해도 두 번 실수는 용서가 안 되는 거잖아. 세상에, 승준 씨가 12월 24일 자정 거를 예매했더라고. 입장하다 쪽만 제대로 팔렸어."

"그게 정각 12시다 보니 운 나쁘게, 헷갈렸나 봐요."

"운도 아주 지지리 나쁘다. 크리스마스니까 참았지."

"아멘."

승준이 장난스럽게 두 손을 모으며 기도하는 시늉을 했다.

"순간 둘을 버린 벌인가, 딱 느낌이 오더라고. 그래서 왔지. 이렇게 선물도 사가지고."

승준의 손에 들린 샴페인이, 형민의 손에 들린 맥주병이 흔들거렸다.

"와아, 멜로 커플은 역시 멜로를 보는구나."

"우리가 방해한 거 아냐?"

"타임 아웃! 둘만 좋은 시간은 끝났다고."

승준이 단박에 영화를 끄고 민아가 주방에서 유리잔을 가지고 왔다. 형민은 과자 봉지를 뜯었다. 그리고 그들 틈에 파고들어 부자연스럽게 웃고 떠드는 혜인과 그 일련의 모습을 묵묵히 지켜보는 윤우가 있었다.

크리스마스는 그렇게 지나갔다.

"소문이 진짜예요?"

"무슨 소문이요?"

점심을 먹고 사무실로 돌아왔을 때, 원탁 테이블에 팀장을 제외한 경영팀 식구들이 모여 티타임을 즐기고 있었다. 혜인이 들어서자 눈치채지 못하는 게 이상할 정도로 이야기가 뚝 끊어졌다. 살살 그녀의 움직임을 살피던 하영 대리가 물었다. 그들이 말하는 소문의 내용을 익히 알고 있음에도 그녀는 짐짓 모르는 척 건성으로 물었다.

"해영팀 서윤우랑 사귄다는 소문 말이에요."

"아직 사귀는 단계는 아니고 썸 타는 건가?"

"그런 거 없어요."

시간 차를 두지 않고 혜인은 딱 잘라 대답했다. 요즘 박혜인과 서윤우의 스캔들이 사내 이슈거리였다. 젊은 남녀 사이에 연애 기류가 흐르는 것이 어제오늘 일이 아님에도 불구하고 그 둘의 경우는 특별했다. 하필 공공연하게 멜로 연기를 펼쳤으니, 주목을 받는 것도 무리는 아니었다. 안면이 있는 사람들은 제릭 커플의 진실이 뭐냐며 마주칠 때마다 물어오는 통에 그녀는 요사이 예민해져 있었다.

"에이, 소문 안 낼 테니까 우리끼린 솔직해지자. 아니 땐 굴뚝에 연기 난 것도 아니잖아?"

"네?"

"우리 사무실에서 그 사람이 아침마다 혜인 씨 책상에 커피 놓고 간다는 거 모르는 사람도 있나? 이 대리가 사무실에서 나가는 거 봤다는데 뭘. 설마 아니라고 할 거예요?"

탁상 트리가 책상 위에 올려져 있던 다음 날부터 아침마다 혜인의 책상에 테이크아웃 커피가 놓아져 있었다. 트리 때처럼 쪽지는 없었지만, 그녀는 서윤우임을 확신했다.

"가을소풍 때도 그렇고. 분위기가 단순하진 않던데요?"

소진이 첨언을 했다.

"사귀는 거 아니에요. 정말."

"그럼 서윤우 씨 혼자 좋아하는 거예요?"

정화가 심통 난 얼굴로 날카롭게 물었다. 혜인 또한 신경이 곤두섰다.

"그건 당사자에게 가서 물어봐요. 나도 모르는 일이니까."

날이 선 정화의 얼굴을 외면하며 그녀는 책상에 앉아 모니터를 켰다. 정화의 눈길이 뒤통수에 찌릿찌릿 닿는 것 같았다. 며칠째 입을 꼭 다물고 유령 연기를 하던 정화였다.

"서윤우 씨가 사람을 잘 챙기더라고요. 혜인이 없었으면 공연을 못 했을 텐데, 이래저래 고마운 게 많아서 그럴 거예요."

분위기가 이상해지자 뒤로 물러나 있던 민아가 눈치 빠르게 둘러댔다. 고개를 끄덕거리긴 했지만 믿는 눈치는 아니었다.

그리고, 사건은 다음 날 터졌다. 커피를 올려놓고 가는 '그 사람'과 대면을 해야겠다는 생각에 혜인은 평소보다 일찍 사무실에 나왔다. 공교롭게도 정화가 먼저 자리를 지키고 있었다. 혜인을 보자 정화는 급속도로 얼굴이 굳어졌다. 저렇게 힘을 주면 아프지 않을까 싶을 정도로 입술을 앙다물고 있었다. 하필 먼저 나와 있을 게 뭐야. 어제 일도 있고, 둘만 있는 건 피하고 싶은 마음에 혜인이 자리에서 일어났을 때였다. 정화가 빠르게 쏘아붙였다.

"언니, 알고 있었죠?"

"뭐?"

"윤우 씨가 좋아하는 사람 언니라는 거 알고 있었죠? 알면서 모르는 척, 소개시켜준 거죠?"

너무 어이없는 소리에 혜인은 입을 벌린 채 멀뚱멀뚱 그녀를 쏘아보았다.

"모를 수가 없잖아요. 일주일에 여러 번 만나면서 눈 맞추고 손잡고 안……. 감정이 안 생기는 게 이상하죠. 이해해요. 어떤 남잔데 안 반해요? 그런데…… 너무 비겁하잖아요. 제가 그 사람 좋아하는 게 싫으셨던 거죠? 어린 게 자기 남자 이름 들먹여서 얄미우셨어요?"

"지금 무슨 얘길 하는지 알고 있어?"

사랑, 아니 질투라는 게 얼마나 무서운지 몰랐다. 철없는 사무실 막내로 생각했던 정화의 입에서 독한 말이 서슴없이 쏟아졌다. 정화의 감정이 이 정도였어? 혜인은 새삼 놀랐다.

"정화 씨가 속상한 건 이해하겠는데 이런 식으로 화풀이하는 건 아니지. 자기감정은 자기가 책임지는 거 아냐?"

"그래서요? 제 마음에 책임지라고 일부러 그 사람한테 저 떠미신 거예요? 직접 확인하라고? 그 사람 마음속엔 딴 여자 있고, 그 여자는……."

"소설 쓰지 마. 우습다."

"그 사람이 그랬단 말이에요. 좋아하는 여자 있다고! 그 사람밖엔 안 보인다고!"

정화는 그대로 바닥에 주저앉아 울음을 터트렸다. 이 사태를 어찌하면 좋아. 혜인은 머리가 빙글 돌았다. 그녀는 숨을 고르고 정화의 어깨를 잡았다.

"그 사람이 날 좋아한대?"

정화가 고개를 가로저었다.

"……오늘 일은 그냥 넘어가는데 다신 이런 일 없었으면 좋겠다."

혜인은 정화의 어깨에 얹은 손을 떼고 건조하게 말했다. 정화가 무슨 생각에선지 고개를 쳐들었다. 눈물이 얼룩진 얼굴이 좋게 보이진 않았다.

"말한 건 아니지만 대답했다고요. 그때 그 사람 눈빛이…… 창밖을 지나가는 언니를 좇고 있었으니까. 서윤우 그 사람, 분명 웃었다고요."

혜인은 나가려던 걸음을 멈추고 정화를 돌아보았다.

"그런데 언니가 몰랐다는 게 말이 안 되잖아요. 다른 사람도 순식간에 눈치채는 걸, 언니만 아니라고 우기는 거 정말 못 봐주겠다고요!"

혜인은 더 듣기가 거북해 사무실을 나왔다. 기분이 엉망진창이었다. 그녀는 아무 생각 없이 엘리베이터에 탑승했다. 엘리베이터는 빠른 속도로 일 층에 다다랐다.

"아, 혜인 씨."

내려야 한다는 생각조차도 잊어버리고 멀뚱히 구석에 서 있던 그녀가 사람들의 움직임에 치여 고개를 들었을 때, 윤우가 그녀의 이름을 부르며 웃고 있었다. 예민해진 탓일까. 모든 사람들이 그 둘의 움직임을 지켜보는 것 같아 그녀는 아무 대꾸 없이 그를 지나쳤다. 그러나 몇 발자국 가지 못하고 그의 팔에 멈춰서야 했다.

"무슨 일 있어요?"

그때 혜인의 눈에 들어온 건 그의 왼손에 들린 테이크아웃 커피였다. 표면에 적힌 〈모:某〉라는 글씨에 그녀는 발작적으로 반응하고 말았다.

"이거 놔요!"

혜인은 그의 팔을 세차게 뿌리쳤다. 커피가 툭 바닥에 떨어졌다. 그가 당혹스런 표정으로 그녀를 쳐다보았다. 놀란 건 혜인 역시 마찬가지였다. 의도한 게 아니었음에도 상황은 자꾸 엉뚱하게 흘러간다.

엘리베이터에 내린 사람들이나 엘리베이터를 타려는 사람들도 호기심 어린 눈으로 그 둘을 크게 에워쌌다. '무슨 일이래?', '저 사람들이 그 사람들 아냐?' 수군거리는 말소리가 여기저기서 들렸다.

커피가 나뒹굴어 바닥이 엉망이었다. 윤우는 충격이 가시지 않은 표정으로 서 있다 이내 정신을 차리고 몸을 굽혔다. 누군가 가져다준 화장지로 그가 바닥을 닦는 것을 보다, 그녀는 몸을 돌렸다. 또다시 술렁이는 소리가 들렸지만 아랑곳하지 않고 빠르게 자리를 떴다.

하루가 어떻게 흘러갔는지.

약속이 있다는 핑계로 민아를 따돌린 혜인은 아무 버스에나 올라탔다. 아는 사람들을 마주치기 쉬운 회사 근처에 있고 싶지도 않았고, 어지러운 정신으로 집에 들어가고 싶지도 않았다. 버스는 어딘지 알 수 없는 도로 위를 두 시간여 달렸다.

빼꼼 열어둔 창문으로 바람이 스산하게 들어왔다. 뺨이 차갑게 식었다.

버스를 탔던 곳에서 내려 커피와 번으로 속을 채우고 다시 집으로 가는 버스를 탔다. 자정이 가까워오고 있었다. 피로가 빠르게 몰려왔다. 그대로 침대에 뻗어 잠을 잘 판이었다.

혜인은 현관 앞 계단을 오르려다가 흔들리는 남자 그림자에 흠칫 놀랐다. 윤우가 화단에서 몸을 일으켰다. 언제부터 거기 있었는지, 몹시 지쳐 보였다. 오전에 있었던 일을 까맣게 잊고 '왜 그런 거예요?' 하며 그의 뺨에 손을 가져갈 뻔도 했다. 그녀는 입술을 꽉 다물고 손을 움켜쥐었다.

"늦었네요."

"......."

"잠깐 얘기 좀 해요, 우리."

"할 말 없어요."

혜인은, 그날 오후의 몸짓처럼 그를 지나치다가 다시 돌아왔다. 울컥 가슴을 차고 올라온 감정이 무질서하게 터졌다.

"왜 그러는 거예요, 나한테? 도대체 왜 이러는 거예요? 내가 얼마나 곤란한지 알아요? 뒤에서, 옆에서 모두 다 수군수군. 정화 씨 얼굴은 쳐다보지도 못해요. 연극은 이미 끝났잖아요. 이럴 이유 없잖아요!"

"연극 때문에 이러는 걸로 보여요?"

"아니면요? 연극이 아니면 당신과 나한테 있을 게 뭐가 있다고요."

"무엇 때문에 내가 기다렸다고 생각해요? 내가 씌운 가면 때문에 당신이 숨바꼭질을 하나 싶었어요. 연극만 끝나봐라, 내가 얼마나 생각했는데요."

"내가 왜요? 내가 무슨 숨바꼭질을 한다는 거예요?"

"왜 솔직해지지 않아요? 왜 자꾸 도망치려고 하는 거예요? 뭐가 그렇게 무서워요?"

"난 그런 적 없어요. 도망친 것도 없고, 무서운 것도 없어요. 윤우 씨 혼자 착각하는 거예요."

"혜인 씨."

"아직 말은 못 했는데 동아리도 그만둘 거예요. 더 이상 저한테 상관하지 마세요."

"상관없을 리가 없잖아요. 내 마음은 이미 보였잖아요!"

그가 격양된 어조로 외쳤다. 삼 개월 알고 지내는 동안 이토록 흥분한 모습은 처음이었다.

"당신 마음도 봤다고 생각했어요."

"……."

"내가 잘못 본 건가요, 당신 마음?"

"……아니에요. 아니라고요. 당신과 엮이고 싶은 마음 추호도 없다고요."

혜인이 신경질적으로 고개를 흔들었다. 그러면서도 차마 그의 얼굴을 똑바로 쳐다볼 수 없어 황급히 고개를 옆으로 돌렸다.

윤우가 거칠게 어깨를 잡아챘다. 그녀를 가두려는 듯, 한 팔로는 어깨를 안고 한 팔로는 그녀의 뒷목을 잡았다. 저항할 틈도 없이 그의 입술이 혜인의 입술을 짓눌렀다. 거칠게 들어온 입술이었건만, 속절없이 부드러워 그녀는 좀 전의 사나웠던 상황을 까마득하게 잊어버렸다.

입술이 떨어지고, 대신 커다란 손바닥이 혜인의 얼굴을 감쌌다.

"다시 말해봐요."

"……."

"지금 말하면 믿을게요. 당신, 진심."

당신을 처음 만났던 순간을 어김없이 기억해내는 지금. 그때 당신 눈빛은 깊은 숲 속에 떠 있는 반딧불처럼 맑은 침묵이 느껴지는 눈이었다고. 그 눈빛이 낮이고 밤이고 한결같이 떠 있어 아름다운 꿈을 만들기도 했다고. 지금의 눈빛도 그래서 흔들린다고. 혜인은 그가 듣지 못할 대답을 했다.

그때는 나도 그랬어. 사랑으로 엮이리라, 얄궂은 운명으로 만나리라 생각지 못했어. 처음도 다르고, 끝도 다를 우리가 어떻게, 같은 마음을 가질 수 있는지.

"……그만 봐요, 이제."

올곧게 쳐다보는 그녀의 눈동자에 윤우의 얼굴이 고통스럽게 일그러졌다. 혜인을 가두고 있던 그의 손도 툭 떨어졌다.

"그래요……. 그렇게 하죠."

윤우가 낭패감에 찬 얼굴로 서슴없이 돌아섰다. 눈가가 금세 촉촉해졌다. 울면 안 돼, 박혜인. 그를 보낼 때까지만 참아.

그의 차가 빠르게 아파트를 빠져나갔다. 다리가 풀려 제자리에 서 있기도 힘들었다. 마음이 온통 까만 칠을 한 듯 어두웠다. 반딧불은 어디로 날아갔을까. 그가 빛을 내던 마음이 쓸쓸함으로 가득 차 혜인은 숨을 참으며 울었다.

"너 정말 그러는 거 아니다."

주말 아침. 아침 식탁에서 민아가 무섭게 노려보았다.

"그래, 내가 윤우 씨 마음에 들어서 밀어붙이게 한 건 사실이야. 곤란하기도 했을 거야. 그런 건 미안하게 생각해. 스트레스 받은 건 충분히 알겠는데, 다 보는 앞에서 그럴 것까진 없었잖아."

"……."

"마음에 없는 사람 억지로 끼워 맞출 순 없는 거지만 거절에도 예의가 필요한 법이다, 너."

"……심했니?"

"심하다마다. 몰라서 물어? 내가 다 아프다."

"알아."

"알면 사과해. 마음 다른 건 몰라도, 네 행동은 지독했어."

"……."

"끝이 나쁘면 모두 다 나쁜 거야. 동아리 그만둘 생각부터 하지 말고, 그 사람 일부터 잘 풀라고. 그래도 삼 개월 정든 관곈데 끝이 후져서 쓰겠니?"

용건이 끝나자 민아는 아무 일도 없었던 듯 식빵을 우물거렸다. 혜인은 노른자가 범벅이 된 계란 프라이를 입속에 집어넣었다. 아무 맛도 느껴지지 않았다.

"새해 시작이 뭐 이러니."

반년의 시간이 흐르고 또 새해. 타종 소리도, 한 해를 마무리하는 배우들의 수상 소감도 새것이 아니었다. 한번 앉아보고 누워봤던 자리를 다시 찾은 것일 뿐, 새해를 맞이하는 설렘은 없었다. 하지만 이 마음은 낯설었다. 한 짐을 짊어 메고도 정말 중요한 것을 빠뜨린 듯, 그리해서 발이 떨어지지 않고 돌아갈까, 미련을 남기는 마음.

"그런데 너 진심이야?"

"뭘?"

"내가 윤우 씨도 아닌데 왜 자꾸 되물어지는 거니?"

"……"

"윤우 씨 비난할 거 없는 게, 내가 보기에도 너 좀 헷갈렸다고. 아무렴 내가 씨 없는 밭에 물을 뿌렸겠니? 속사정은 모르겠지만 내가 윤우 씨라면 황당했을 거야."

혜인의 손끝에서 수돗물 소리와 접시들이 요란한 협주를 했다. 민아가 식탁에 앉아 설거지를 하는 그녀를 뚫어져라 바라보았다.

"그래, 내가 낄 일은 아니지……. 내가 낄 일은 아니지만 무언가 찝찝하다고. 너 소심하긴 했어도 불투명한 애는 아니었잖아. 윤우 씨가 엮인 뒤론 네가 그래. 그런 모습 생소해서 그게 사랑이구나 싶었지, 난."

혜인이 대꾸하지 않자 민아는 조용히 자리를 떠났다. 거품이 빠진 접시들이 와르르 개수대 통에 떨어졌다. 세제로 박박 닦아낼 수 있다면. 이 접시처럼, 내 마음도.

12월 31일부터 1월 2일까지, 연이은 휴가 내내 집 청소를 했다. 씻고 닦고, 빨고 널고, 꺼내고 넣고, 치우고 정리하고. 신데렐라 연기하느냐는 민아의 핀잔에도 불구하고 혜인은 청소에만 몰두했다.

"일주일 더 두지?"

"끝났잖아, 뭐."

혜인이 크리스마스트리 장식들을 뽑아내자 민아가 불만스런 표정을 짓다 방으로 쏙 들어갔다.

'내가 혜인 씨한테 반한 순간은 언젠지 알아요?'

그의 음성도 트리에 걸려 있는지 그녀의 귓가를 떠나지 않았다. 모르겠어요, 그런 건. 내 마음이 언제부터였는지도 모르는데.

커다란 빨간 주머니에 트리를 먼저 담고 장식들을 포개 담아 넣을 때였다. 그녀는 양말 속에서 부스럭거리는 종잇조각을 발견했다. 두 번 반듯하게 접힌 종이를 펼쳤다.

〈다음 크리스마스도 오늘처럼.〉

언제 넣은 거지?

어린 시절 양말 속에 몰래 선물을 넣어놓곤 하셨던 아빠처럼, 그가 몰래 선물을 넣어놓았다.

가끔 철없는 아이처럼 선물이 마음에 안 든다고 울며불며 떼를 쓰기도 했었지만 매년 크리스마스는 행복했다. 산타가 없어도 내게 마음 써주는 누군가가 있었기에.

혜인은 손에 든 쪽지를 가만히 쥐었다.

얄궂은 운명이라고만 생각했었다.

그냥 지나쳐버린 고운 사람을, 겨우, 알아보게 해준 것이라 여기지는 못하고.

산타의 선물인가요?

혜인은 허공을 보며 작게 물었다. 어디선가 대답이 들리는 것 같았다. 귀를 기울이며, 그녀는 조용히 웃었다.

연초부터 새 제품 출시가 임박해서인지 영업팀 사무실은 부산하기만 했다. 혜인은 사무실 전체를 두리번거리다 1팀 구역에 앉아 있는 한 남자 직원에게 윤우의 행방을 물었다.

"서 대리님이요? 어제 출장 가셨는데."

"출장이요? 어디로요?"

"일본이요. 아마 다음 주나 되어야 돌아오실 거예요."

다음 주라니. 지금도 하루가 일 년 같은데.

혜인은 마른침을 삼키며 돌아섰다. 소문이 발 빠르게 돌았는지 그녀를 보는 시선이 곱지 않았다. 내 잘못인걸. 그를 탓했던 마음을 나무라며 그녀는 사무실로 돌아왔다.

정화와 한판 붙고 난 이후로 정화는 의무적인 인사와 필요한 업무적인 대화 외에 일절 혜인과 말을 섞지 않았다. 팀장과 대리는 알면서도 모른 척, 눈감아주는 눈치였다. 그런 개인적인 트러블에 개입하기도 난처할 거였다. 그래도 모양새가 좋지 않으니 풀긴 풀어야 할 텐데 생각은 하면서도 적당한 방법을 찾진 못했다. 혜인에게는 마음의 결정이 필요한 일이기도 했다.

일주일 뒤, 다시 해영팀 사무실을 찾았지만 윤우를 만날 수 없었다. 혜인이 나타나자 복사를 하던 그때의 남직원이 그녀를 알아보곤 묻기도 전에 그의 소식을 알려주었다.

"서 대리님은 오전에 잠시 나오셨다 들어가셨어요. 주말까지 쭉 휴가시거든요."

조금만 서두를걸. 오전부터 불편한 얘기를 꺼내기 싫어 기다렸던 것인데, 일이 이상하게 꼬였다.

"어, 혜인 씨. 요즘 얼굴 보기 힘드네요."

그를 못 봐서인지 함박웃음으로 혜인을 반기는 승준이 눈물 나게 반가웠다.

"여긴 어쩐 일이에요? 일 때문에?"

"그게 아니고……. 윤우 씨 좀 만나러 왔는데 허탕 쳤네요."

"아. 그 녀석이요? 일본 스케줄이 좀 빡세서 오전에 보고만 드리고 바로 들어갔어요. 피골이 상접해서 팀장님이 강제 휴가 줬다더라고요."

"네……."

"다음 주나 되어야 나올 텐데. 급한 일이면 찾아가보세요."

"네?"

"아마 어디 가지 않고 집에서 쉴 거예요. 잠시만요."

승준은 혜인의 의사를 듣지도 않고 윤우의 집 주소를 문자로 찍었다.

"혜인 씨, 2막 시작이에요."

"네?"

"지금은 제가 필립입니다."

그가 찡긋 윙크를 했다. 운명을 거부하는 제인을 일으켜 에릭을 찾아가게 했던 필립. 그가 뜻하는 말은 그것일 거였다. 이번엔 에릭이 아닌 서윤우를 일으켜 세우라고.

블루힐즈 903호.

오피스텔을 찾는 건 어렵지 않았다. 지하철역을 돌아 코너를 돌자마자 우측에 고층 건물이 우뚝 서 있었다. 혜인은 이름이 생소한 작은 화분을 사고, 건널목을 건너 일식집에서 초밥 도시락도 샀다. 조금은 넉넉해진 기분으로 오피스텔에 올랐다.

"어떻게……."

덜컹 열린 문 사이로 혜인과 윤우가 마주했다. 이 주 만의 만남이었다. 양손에 봉투 하나씩을 들고 어색하게 서 있는 그녀를 본 윤우는 잠시 말을 잃은 채 서 있었다.

"방해됐어요?"

"……들어와요."

그가 옆으로 비켜주었기에 혜인은 조심스레 집 안으로 들어갔다. 표정만큼이나 발걸음이 어색했다.

실내조명 없이 TV만 켜진 거실에 이상한 적막함이 느껴졌다. 테이블 위에 삼분의 일쯤 비어 있는 술병과 양주잔이 있었다. 그러고 보니 그에게서도 희미한 위스키 냄새가 나는 것 같았다.

"저녁때이기도 해서 사왔어요. 이건 어항 답례로……."

윤우는 혜인이 건네는 화분과 도시락을 받아 든 뒤 묵묵히 소파로 돌아가 앉았다. 양주잔이 곧 비워졌다.

낯설다.

혜인은 입술을 꼭 깨물었다. 그런 짓을 해놓고 그가 반겨주길 바랐던 거야, 박혜인?

그래, 연습한 대로.

수천 번의 다짐은 무용지물이었다. 술을 따르는 건조한 그의 모습 앞에서 용기도, 다짐도 어디로 도망을 갔는지, 현관 밖에서 이미 안녕을 했는지, 입술이 떨어지지 않았다.

"······무슨 일이에요?"

"일본 출장 다녀오셨다고요? 일정이 바쁘셨나 봐요. 팀장님이 휴가도 주시고. 얼굴색도 안 좋아 보이시는데······."

"그래서 무슨 용건이에요?"

"······."

혜인이 말이 없는 동안 그의 잔에 여러 번 술이 채워졌다. 술병 절반이 비어가고 있었다. 윤우는 대답 듣기를 포기한 듯 그녀 쪽을 보지 않고 전보다 빠른 속도로 잔을 비웠다.

"미안해요······."

잔을 쥔 손이 그대로 멈췄다.

"미안하다고 사과하고 싶었어요. 창피 줄 마음은 아니었는데, 스트레스를 받다 보니 나도 모르게 신경질적으로 행동했어요. 그랬으면 안 되는 거였어요. 미안해요······."

"······할 말은 그게 다예요?"

"……네."

그의 손이 다시 술병을 집었다. 잔에 채워지는 술처럼, 혜인의 눈에도 눈물이 찼다. 그의 마음이 단단하게 굳어버렸을까. 간단히 풀어질 마음이 아닐 줄 알면서도, 벽을 둔 그의 태도에 아파 그녀는 소리 없이 인사를 하고 돌아섰다. 선을 그은 건 나인데도, 그래도.

신발을 찾아 신고, 문고리를 돌렸다. 갑자기 발소리가 거칠게 다가왔다. 윤우가 오른쪽 팔로 현관문을 딛고 서서 남은 왼손으로 그녀의 손을 막았다. 혜인의 손을 붙잡은 손이 그녀의 허리춤으로 내려왔다. 현관문과 윤우의 품 사이에, 혜인은 꼼짝없이 갇혔다.

"한 번만 더 물을게요."

윤우의 나직한 음성에 혜인은 가만히 숨을 골랐다.

"나 좋아하는 거 맞죠?"

이제 한계야. 그녀는 차라리 눈을 감아버렸다.

"나 좋아하죠, 혜인 씨?"

윤우의 낮고도 순한 음성이 꽁꽁 여민 가슴 사이를 흩트려 놓는다. 그녀는 뒤돌아 선 채로 고개를 주억거렸다. 현관문을 딛고 있던 팔이 그녀의 어깨로 내려왔다. 허리에, 어깨에, 그의 힘이 깊게 느껴졌다. 차오른 눈물이 볼을 타고 흘렀다.

결국 이렇게 되어버렸어.

그 마음 이면에는 허탈함이 아닌 안도로 가득했다.

벽시계가 열두 시를 가리켰다. 열두 시? 아린 눈 틈으로 시계를 확인한 혜인이 벌떡 몸을 일으켰다.

"어, 깼어요?"

윤우가 눈을 비비며 그녀를 쳐다보았다. 어떻게 된 상황이지? 정신이 얼떨떨했다. 그의 무릎을 베고 잠이 들어버린 모양인데 그 앞의 기억이 흐릿했다.

"눈 아프죠? 머리도 아프고."

혜인이 고개를 끄덕거리자 그가 나무라듯 말했다.

"그렇게 울었는데 안 아플 수가 있어요? 울어도 괜찮다고 했다고 탈진할 정도로 울면 어떡해요. 사람 놀라게."

"내가 그랬어요?"

"안타깝게도 다 잊어버렸네. 누군 속이 새까맣게 탔는데."

나무라는 말이 길어지자 혜인이 슬쩍 반기를 들었다.

"윤우 씨도 잤잖아요."

"누구의 도움을 빌려 잤죠."

위스키병에는 남은 술이 삼분의 일밖에 없었다.

"이제 보니 술꾼이었네요."

"술이, 이 주일 동안 늘었어요."

그가 빙긋 웃으며 한 뼘 떨어져 앉은 혜인을 가까이 끌어당겼다.

"그런데 그렇게 우는 걸 보니 마음이 안 좋더라고요. 꼭 이몽룡이 아니라 변학도가 된 것 같잖아요. 내가 그렇게 서럽게 했나?"

"……그냥 보내는 줄 알았어요."

"당신을 어떻게 보내. 후회할 게 뻔한데."

"그래도, 그러는 줄 알았어요."

"바보같이 그럴 뻔도 했어요. 그런데 당신이 이렇게 먼저 용기를 낼 때가 있을까. 당신이 이 방에서 나가고 내일이 되면 또 도돌이표가 되겠지, 하는 생각이 드니까 정신이 번쩍 들더라고."

그의 말이 맞았다. 윤우가 그 순간 그녀를 막아서지 않았다면, 그녀는 또 한 걸음 뒤로 물러났을 거였다. 후회하고 자책만 하면서, 그날을 맞이했겠지.

혜인이 미소 짓고는 그의 팔을 풀고 일어섰다. 그가 무슨 일이냐는 눈길을 보냈다.

"너무 늦었잖아요."

"올 때는 마음대로 왔지만 갈 때는 마음대로 못 가는데."

그가 호락호락하지 않은 표정을 지어 보이는 통에 그녀는 픽 웃었다.

"민아가 걱정해요."

"내가 연락했어요. 혜인 씨 언제 일어날지 몰라서. 그랬더니 절대 열어주지 않을 거라고, 알아서 하라던데."

혜인이 가방 속에서 휴대폰을 꺼냈다.

[한두 시간 대충 사과하지 말고 날밤 지새우며 지극정성으로 사과하고 와라. 알았지?]

뭐야, 이게. 문자를 확인한 그녀의 얼굴이 붉어졌다.

"당신 큰일 났네. 오늘 밤 갈 데도 없고."

"어디든 갈 데 없을까 봐서요. 찜질방도 있고 PC방도 있고 여관도……."

말이 떨어지기 무섭게 윤우가 벌떡 일어나 혜인을 끌어안더니,

몇 발자국 걸어가 침대로 털썩 쓰러졌다.

"이제야 정말 안아보네."

몸을 일으키려는 그녀를 더 당겨 안으며 윤우가 나긋이 말했다. 처음 오피스텔에 들어섰을 때 초췌한 그의 모습과는 확연히 달랐다. 웃음이 떠나지 않는 그의 얼굴이 정말이지 편하게 느껴졌다. 그 얼굴에 항복하듯 그녀도 달아나기를 포기하고 그의 품에 안겨들었다.

"오늘 밤은 이대로 잡시다. 당신과 더 얘기하고 싶은데 술이 안 깨서 좀 힘드네. 내일은 둘이서 느긋이 보내요."

그는 혜인의 이마에 입을 맞추고는 곧 잠들었다. 귓가에 그의 숨소리가 가늘게 들렸다. 고운 사람. 그녀는 손가락을 뻗어 그 얼굴을 만졌다. 위스키 냄새가 여전히 코끝에 맴돌았다. 취한 그의 곁에서 혜인도 저절로 취하는 듯, 언제 잠들었는지도 모르게 잠으로 빠져들었다.

다음 날 아침.

아메리카노 향이 실내 전체에 잔잔하게 퍼졌다. 혜인이 침대에서 게으름을 부리는 동안 윤우가 아침을 준비했다. 식탁에 구운 베이컨과 토스트, 계란 프라이, 샐러드가 아기자기하게 차려졌다.

"그런데 우리 집은 어떻게 알았어요?"

"당신 아버지한테서요."

"응?"

"당신 아버지랑 친구가 됐거든요."

자초지종을 들은 윤우가 크게 웃었다.

"비즈니스 우정이 좋을 때가 있네. 승준이 그 녀석이 가벼워 보여도 속 깊은 데가 있어요."

"어쩐지 다들 아는 일을 나만 몰랐던 것 같네요."

"박혜인이 좀 너무했지."

윤우가 털털하게 웃었다. 감정이 남아 있지 않은 웃음이었건만, 혜인은 지레 속이 쓰려 조심스레 물었다.

"그때…… 화나지 않았어요?"

"아니. 그보단 당신이 왜 자꾸 도망가려 할까 생각했어."

"……."

"그래서 알았지. 당신 추억이 아픈가 보다고."

아픈 건 추억이 아니라 미래예요. 혜인은 대답하지 못할 대답을 눈빛에 담았다. 사랑할 수밖에 없는 거라면 사랑하자, 그렇게 마음먹었지만 다가오는 미래는 분명 두려움이었다.

당신과 쌓을 정이 두터워, 두려움도 그만큼이라는 걸.

"오늘은 당신이랑 뭐 하며 보낼까나……."

아이패드로 인터넷 여기저기를 클릭해보는 윤우의 얼굴이 무척 즐거워 보였다.

그래, 이 순간만 기억하자. 오늘은 오늘 이 순간을, 내일은 또 그날의 순간을.

그리하여 언젠가 추억이 아프게 되는 날이 오겠지만 오늘의 사랑을 포기하지 않으리라, 혜인은 깊게 다짐했다.

9. 연인의 시간

월요일. 근무 시작 전부터 경영팀 사무실이 소란스러웠다. 이 주일 만에 재개된 티타임에 서지숙 팀장까지 합세하는 바람에 막내 둘이 탕비실에 남은 간식거리를 털어 비스킷, 빵 따위를 올망졸망 접시에 담고 커피를 만드느라 바빴다.

팀장이 낀 자리이니만큼 정화와 괜한 신경전을 벌일 수도 없었지만, 친근하게 대하기도 멋쩍어 혜인은 어색하게 자리만 지키고 있었다. 표정을 보아하니 정화 또한 난감하긴 마찬가지인 듯싶었다. 게다가 이제는 상황이 달라져 그녀의 감정과 무관하다는 태도를 고수하기도 꺼림칙했다.

이럴 땐 조용히 있는 게 상책이지. 혜인은 비스킷을 오도독 씹으며 오가는 말들만 경청했다. 화제는 한지혜 대리가 주말에 소개팅으로 만났다는 남자였다.

"아는 언니 소개여서 웬만하면 애프터하려고 했거든요. 너는 외모를 너무 많이 밝혀서 문제라고 친구들이 하도 그래서 성형 사진전을 보는 듯한 실물도 애교로 넘어가려 했거든요."

"요즘은 다 사진 보고 만나잖아."

"보세요. 포샵이 성형급이에요."

한지혜 대리가 답답하다는 얼굴로 남자의 카톡 프로필 사진을 클릭해서 보여주었다.

"연예인인데?"

"연예인은 연예인인데, 실물은 개그맨인 거죠."

"그 정도야?"

팀장이 믿기지 않는다는 얼굴로 사진을 몇 번이고 들여다보았다.

"키 큰 남자가 이상형이라고 했더니 딱 맞는 남자가 있다고 대뜸 그러는 게 수상하다 했어요."

"성격이 진국인 거 아냐? 아는 언니가 소개해줬으면 뭔가 좋은 구석이 있겠지."

"직접 아는 사람도 아니고 어쩌다 건너 알게 된 사람인데, 페이스북 교류만 하고 오프라인에선 한 번도 만난 적이 없었더라고요. 그 언니 말론 연예인급 외모에 게시판이 온통 사회 기사, 책 소개, 문화생활, 운동 그런 것들로 도배되어 있어 자기 개발 열심히 하는 사람인 줄 알았다고."

"그런데 아니었어요?"

"자기가 읽었다고 소개한 책 작가가 누군지도 모르던데요, 뭘. SNS에 돌아다니는 글 베껴서 자기 것인 양 허세 떠는 사람이었어요."

"파보면 그런 사람은 많을걸?"

"그렇죠. 시대가 시대이니만큼 그것까진 애교로 봐주려고 했거든요?"

"했는데?"

"저한테 한 번 더 만나자고 하면서 뭐라고 했는지 아세요? 제 흰자위가 마음에 든대요."

그 말에 모두 외마디 비명을 질렀다.

"자기 딴에는 남들이 안 쓰는 표현을 쓰고 싶었던 건지. 그래도 그렇죠."

"뭔가 좀 변태적이다."

"그래서 새해맞이 솔로 탈출은 말짱 도루묵으로 돌아갔습니다."

한지혜 대리가 눈물 자국을 그리며 힘없이 말했다.

"그러고 보니 다 솔로잖아. 단체로 미팅이라도 추진해야 하나?"

"진짜요, 팀장님? 전 찬성."

"증권 건물 남자들이 훈훈하다는 정보가 있던데요."

"그래? 나 거기 거래하잖아. 과장한테 좀 찔러봐야겠다. 성사되면 전원 오케이지?"

큰일 났네. 혜인이 눈동자만 굴리면 눈치를 살필 때였다.

"혜인이 얜 안 되는데요."

"왜?"

"왜긴요. 이유는 한 가지죠."

민아가 대답하자 모두 혜인의 얼굴로 시선이 돌아갔다. 이런 타이밍에 말하기는 껄끄러운데. 게다가 정화도 시뻘건 눈으로 쳐다보고 있는 와중에 말이지.

"윤우 씨!"

민아가 돌연 소리를 지르더니 손을 크게 흔들었다. 혜인만 멀뚱멀뚱 보던 사람들이 민아의 시선을 좇아 사무실 밖을 쳐다보았다. 황급히 문밖으로 사라지던 윤우가 머쓱한 웃음을 지으며 사무실로 들어섰다.

"안녕하세요. 다 같이 말씀 중이신 것 같은데 저는 다음에……."

"괜찮아요. 업무 얘기도 아니고 마침 윤우 씨 얘기 하려던 차였는걸요."

"제 얘길요?"

윤우가 어리둥절한 얼굴로 혜인을 쳐다보았고 꼬리잡기라도 하듯 그런 혜인은 민아만 날카롭게 쳐다보았다. 행동파 권민아. 기어코 네가 일을 저지르는구나.

"이분이 혜인이가 참석 못 하는 이유예요."

"아하……."

팀장을 포함한 넷이 뻔히 알겠다는 표정으로 고개를 끄덕거렸다.

"혜인이 너 응큼하게 가만히 있는다. 그렇게 속 썩이고선."

권민아, 네가 이렇게 나온다, 이거지. 혜인은 입술을 잘근 씹었다. 마음 없는 사람 밀어붙여서 미안하다고 할 땐 언제고, 상황이 달라지니 쐐기를 박아버리는구나. 미적미적 굴면 오해만 더 깊어져, 단칼에 베야지. 주말 저녁, 정화를 두고 했던 그녀의 말이 떠올랐다. 분명 틀린 말은 아니다. 틀린 말은 아닌데…….

"무슨 소리예요?"

혜인의 손에 떠밀려 복도로 쫓아 나온 윤우가 빠르게 물었다.

"팀장님이 다 솔로라고 소개팅시켜주신대요."

"응큼했네."

그가 곱게 눈을 흘겼다.

"그런데 왜?"

"어쩐지 안심이 안 돼서. 얼굴 봐야 당신이 있다 간 게 실감 날 것 같아서."

그러더니 그가 두 손을 반짝반짝 흔들어 보여주었다.

"대신 빈손으로 왔어요. 또 혼날까 겁나서."

"미안했어요……."

윤우가 부드럽게 웃으며 살짝 어깨를 안는 시늉을 하고는 돌아갔다.

사무실로 돌아오니 혜인을 살피는 표정에 음흉함이 가득했다.

"뭐야. 그동안 내숭이었어?"

"역시 강한 부정은 긍정이라니까요."

"상대가 서윤우잖아요. 변하지 않는 여자가 이상한 거죠."

정화를 제외하곤 모두 돌아가며 핀잔을 곁들인 축하 인사를 건넸다. 차라리 잘됐어. 당황스럽긴 해도 속은 홀가분했다. 다만 한 명이 문제였다.

그날 오후. 의자 모서리에 긁혀 올이 나간 스타킹을 갈아 신으러 가장 안쪽 화장실로 들어갔다. 변기 뚜껑에 앉아 돌돌 만 스타킹을 버리고 새 스타킹을 끌어 올리고 있으려니 바깥에서 두런두런 말소리가 들려왔다.

"제럭 커플 사실이라며? 너 열 좀 받겠다."

"무슨, 난 아무 상관 없어."

"너 서윤우 씨 좋아했었잖아. 이제 와서 아닌 척은."

"그냥 괜찮다 싶었던 거지, 좋아하는 건 아니었어, 뭘."

"내숭은. 그런데 그 여자, 관심 없다고 한 거 아니었어? 갑자기 웬 커플 신고식이래?"

"밀당한 거겠지. 아니면 자기 꼴이 우스워지니까 애인인 척 구는 거든가."

뒤에서 하는 말들이 곱지 않을 건 알았지만, 직접 듣고 보니 상관없다 여길 수가 없었다. 혜인은 소지품을 챙겨 급하게 나왔다.

정화가 거울을 보며 새침하게 립스틱을 바르고 있었고 그 옆에 낯익은 여자가 파우더를 두드리고 있었다. 정화의 단짝이라고 몇 번 사무실에 찾아온 적이 있었는데 홍보팀인 건 알고 이름은 알지 못했다. 여자는 콤팩트를 닫다가 거울에 비친 혜인을 발견하고 소스라치게 놀랐다. 정화 역시 흠칫 놀랐다가 도로 새침한 표정을 지었다. 여자는 가볼게, 하며 황급히 화장실을 떠났다. 일순 적막이 흘렀다.

"뭘 그렇게 보세요?"

정화가 파우치를 정리하며 신경질적으로 물었다.

"솔직하지 못하네, 정화 씨."

"네?"

"난 자기감정에 솔직한 정화 씨가 부러웠거든. 윤우 씨한테 솔직하지 못해 두 사람 상처 준 것도 사실이지만, 이제 보니 정화 씨도 그러네. 그래서 고마워."

"뭐라고요?"

"미안해하지 않아도 되겠어서."

앙다문 정화의 입술이 부르르 떨렸다.

"뭐라는 거예요, 대체."

"이런 말 한 건 우습지만 의도한 건 아니었어. 골탕 먹일 생각도 전혀 없었고. 그땐 무엇인가에 가로막혀서 내 마음 자세히 눈여겨볼 수 없었으니까. 의도한 건 아니더라도 결과적으론 상처 입힌 게 돼서 마음이 안 좋았는데, 자존심 세우려고 거짓말로 덮어질 정도의 감정이었다면 나도 미안할 거 없겠어."

"그럼 대체 어쩌란 말이에요."

정화가 돌연 바닥에 주저앉으며 으아앙 울음을 터트렸다.

"나만 바보 된 거 같잖아요. 진짜 인연은 따로 있었는데 내가 중간에 도둑질한 것처럼, 다들 그런다고요. 언감생심, 안 될 마음 품었다고."

훌쩍훌쩍 눈물을 닦아내는 정화의 모습이 어린아이 같았다. 참 순수하네, 혜인은 씁쓸하게 웃었다. 그녀 역시 정화 옆에 쪼그리고 앉았다. 등을 두드리는 그녀의 손길을 피하지 않고 정화는 가만히 있었다. 응당 당신이 위로해주어야 해요, 말하는 것같이.

"왜 그런 연극을 해서. 운명이니 뭐니……. 그런 얘기 듣기 싫게."

한껏 잦아든 목소리로 정화가 중얼거렸다.

"그러게. 운명이니 뭐니, 나도 싫다."

정화가 입을 동그랗게 오므리며 이해할 수 없다는 표정을 지었다. 그에게 사랑받는 일이 몇 곱절 아픔으로 둔갑할 것인데 사랑받지 못하는 아픔보다 낫다 할 수 있겠냐고, 혜인이 도리어 묻고 싶었다.

그 주. 혜인은 좀처럼 윤우와 마주하기 힘들었다. 금요일까지 빡빡하게 짜인 회의, 미팅, 설명회, 외부 일정으로 월요일 오전의 짧은 만남 이후로 그는 연락 두절 상태였다. 혜인 역시 바쁘기는 마찬가지였다. 지난해 자료 정리와 각종 보고서 제출, 하반기 인사 평가까지 업무 시간은 쫓기듯 흘러갔다. 이따금 짬이 나 메신저를 확인해보면, 그는 오프라인이거나 자리 비움 상태였다. 그렇다고 텅 빈 컴퓨터에 메시지를 보내놓기는 싫었다. 그녀는 메신저를 닫고 다시 업무에 집중했다.

어깨를 끌어안고 간 일이 언제였는지. 까마득한 그의 기억에 혜인은 침대에 누워 비로소 서운한 감정을 느꼈다. '아직 회사예요.', '오늘 하루 잘 보냈어요?', '잘 자요.', '내일은 볼 수 있길.' 등의 간결한 문자를 보며, 그녀는 그래도 잊지 않는구나 싶어 좋으면서도 섭섭했다.

시간은 가는데, 내 님은 어디 갔나.

마치 사랑의 덧없음을 노래하는 시인처럼, 깊은 밤 홀로 있는 방 한구석에서 생경한 음표를 붙여서는 한 소절 노랫가락처럼 응얼거렸다.

금요일 저녁이었다. 바쁜 한 주가 끝나고 여러모로 적적한 마음에, 회사 뒷골목 주점에서 가볍게 술 한잔하자는 민아의 제안을 혜인은 흔쾌히 수락했다.

"어째, 새색시 얼굴에 근심이 깊다?"

"새색시는 무슨. 너 오버 좀 하지 마."

"윤우 씨 나이가 몇 갠데. 애간장을 그렇게 태워놓고 또 기다리게 하려고?"

"서른한 살이면 한창이지 뭘 그래."

"그렇게 여유 부리다 정화같이 어리고 겁 없는 애들한테 뺏긴다고."

"그런 건 하나도 겁 안 나."

두 달 뒤의 미래는 혜인이 상상할 수 있는 것이 아니었다. 그녀의 사정을 모르는 민아가 '오오, 대단한 자신감인데?' 하며 속 모를 소리만 해댔다.

"그렇게 아니라고 발뺌을 하시더니 백기 든 계기가 뭐야?"

"시간이…… 아깝다는 생각이 들어서. 부정하고, 거부하고, 외면하면서 보내기엔 너무 부족한 시간이니까."

"그래, 사랑만 하다가도 아까운 인생이지. 한 번뿐인데. 다시 있을 것도 아니고."

민아가 혜인이 들고 있던 병을 뺏어서 제 잔을 채웠다.

"이젠 내 코가 석 자네. 박혜인 구세주 했다가 나만 낙동강 오리알 신세야."

"그래도 박혜인한텐 권민아가 일 순위야."

"정말?"

"정말?"

민아의 말에 남자의 음성이 섞여 있다는 생각이 든 동시에 혜인은 테이블 옆에 서 있는 윤우를 발견했다. 그가 서슴없이 그녀의 옆으로 비집고 들어왔다.

"내가 잘못 들은 거죠?"

갑작스런 그의 등장에 혜인은 당황했지만 감격스러움이 훨씬 컸다. 민아가 입을 비죽 내밀며 응수했다.

"잘못 듣긴요. 아무렴 십 년 우정이 일주일 사랑보다 약할까 봐요?"

"와, 친구에서 적이 되는 건 한순간이네."

윤우가 마음이 아프다는 듯 가슴을 움켜잡았다.

"여긴 어떻게 알고 왔어요?"

"방금 적이 된 누군가가 귀띔해줬죠."

혜인이 민아를 쳐다보자 민아가 담담하게 입을 열었다.

"방금 적이 된 누군가를 오후에 우연히 만났지 뭐야. 혜인이랑 왜 데이트 안 하냐고 했더니 오늘 어떻게든 도망칠 테니까 나보고 좀 붙잡아달라 하시더라고."

"그때까진 퍽 고마웠는데 말이죠."

"아직 저한텐 안 된다니깐요."

민아가 검지를 까딱까딱 흔들며 말했다.

"혜인 씨, 선택해요. 나예요, 민아 씨예요?"

"그래, 박혜인. 화끈하게 정해라. 나야, 윤우 씨야?"

민아가 빈 병에 숟가락을 꽂아 혜인에게 내밀었다. 그녀는 그

둘 앞으로 이리저리 병을 옮기다가 이내 윤우의 가슴께로 쭉 내밀었다. 그가 환호를 지르며 혜인을 와락 안았다. 민아가 팔짱을 끼며 토라진 내색을 하더니 다시 불쌍한 얼굴로 그에게 호소했다.

"그래도 우리 혜인이 너무 빨리 데려가면 안 돼요. 나 이사한 지 몇 개월 안 됐다고요."

"십 년이면 이제 양보해줄 때도 됐죠."

윤우가 능청스럽게 웃었다. 민아가 못 말린다는 얼굴로 피식 웃더니, 어서 가버리라는 듯 휘이휘이 손을 내저었다.

"일 번, 이 번. 하나만 골라봐요."

그의 뜬금없는 질문에 민아는 어리둥절해하다 손가락 하나를 꼽으며 일 번이라고 말했다. 대답과 동시에 윤우는 휴대폰을 들어 어딘가로 통화를 시도했다. 곧이어 남자의 목소리가 새어 나왔다.

"이승준, 지금 바로 '그 골목집'으로 튀어와."

무슨 일이냐는 승준의 희미한 목소리가 들렸지만, 그는 가차 없이 끊었다. 그러고는 혜인의 팔을 잡아 일으켰다.

"그럼 혜인이 데려가도 되죠?"

민아가 대답 대신 엄지손가락을 들어 보였다.

술집을 빠져나왔을 뿐인데 귓가에 윙윙거리던 어지러운 소음이 사라졌다. 그러고 보니 그는 얼마나 서둘러 나왔는지 외투도 없이 와이셔츠 바람이었다. 몸 전체에서 한기가 느껴지는데 그는 따뜻한 온돌방에 있는 것처럼 평온해 보였다. 춥지 않느냐고 물어보려는 차, 그가 이대로는 안 되겠다며 차에 올라타려는 혜인을 잡아 끌었다. 무엇이 안 되겠다는 건지 영문을 모른 채 그녀는 그가 잡아끄는 대로 움직였다.

윤우가 혜인을 데려간 곳은 아웃도어 브랜드 L매장이었다. 그는 쇼윈도에 걸린 옷을 가리켰다. 그녀는 모직 코트를 벗고 직원이 가져온 패딩을 걸치고 섰다. 강렬한 붉은색이 시선을 사로잡았다. 등을 타고 금세 열기가 훅훅 올라왔다.

"따뜻해요?"

"더워요."

혜인의 말에 직원이 웃었다.

"그럼 이걸로 주세요."

직원이 환한 얼굴로 냉큼 옷을 받고는 카운터로 향했다.

"이건 왜 사는 건데요?"

"납치하려고요."

"납치한다 하고 하는 납치도 있어요?"

"납치범이 좀 다정한 사람이라."

"내가 보기엔 추워 보이는 사람인데?"

어리둥절해하는 윤우에게 혜인은 대답 대신 시선을 아래로 내려뜨렸다. 그제야 그도 상황을 파악하고는 팔뚝을 여러 번 쓸어내렸다.

"아…… 어쩐지 춥더라. 우리나라가 시베리아가 된 줄 알았어요."

"그래 가지고 납치 제대로 하겠어요?"

"그럼 이왕 이렇게 된 거 커플룩으로 할까요?"

똑같은 디자인의 남색 패딩을 하나 더 고르자 계산을 하는 직원의 입가에 미소가 가시질 않았다. 매장을 나온 윤우가 또다시 농담을 했다.

"와, 이제야 한국에 돌아온 것 같네."

한 시간 후, 차는 톨게이트를 빠져나와 경부고속도로 위를 달리고 있었다. 간간이 표지판이 보였지만 어디로 가는지 알 수 없었다. 혜인은 묵묵히 운전하고 있는 윤우의 팔을 잡았다. 서늘했던 그의 팔은 어느새 따뜻하게 녹아 있었다.

"지루해요?"

그녀는 고개를 가로저었다. 그의 옆에 있는 게 편안해 잠들어버릴 것 같은 게 문제지.

"뒤에 봐봐요."

혜인은 그의 말대로 뒷좌석으로 고개를 돌렸다. 쇼핑백 하나가 덩그러니 놓여 있었다. 쇼핑백 안에 담긴 건 초밥과 김밥 도시락이었다. 가지런히 싼 김밥에서 참기름 냄새가 솔솔 피어올랐다. 비스킷과 테이크아웃 커피도 있었다.

"이게 뭐예요?"

"혜인 씨 간식."

"간식이 과한데요?"

"말했잖아요. 상냥한 납치범이라고."

"정말 치밀하게 계획한 흔적이 보이네요."

그 말에 윤우가 하하 웃었다. 언제 이걸 다 사놓았을까. 그의 세심한 배려에 혜인은 따뜻함을 느꼈다. 히터를 튼 실내가 조금 답답했다. 그녀는 벨트를 잠시 풀었다.

"어어, 왜요? 설마 뛰어내릴 건 아니죠?"

"작심하고 간식을 즐겨보려고요."

혜인이 패딩을 벗고 쇼핑백 안에 것을 무릎 위에 가지런히 늘어 놓았다. 그가 갓길에 차를 세웠다. 그녀의 무릎 위에 것을 치우고 손수건을 깔아주었다. 물티슈와 휴지도 꺼냈다.

"너무 오래 세우고 있으면 안 되잖아요."

"그럼 커피만 좀 마셔줘요."

커피는 적정 온도로 식어 마시기 편했다. 쏟지 않을 정도로 커 피 반 잔씩을 마신 후 차는 다시 출발하였다. 어둠은 점점 짙어지 고 있었다.

"그런데 우리 진짜 어디 가는 거예요?"

"어디로 데려간다고 말하는 납치도 있어요?"

"그거 모르나 본데요. 여차하면 민아가 내 위치 정보를 확인할 수 있게 되어 있다고요."

"그거 잘했네. 이제 나한테도 해놔요."

그가 칭찬을 하는 듯 혜인의 손을 잠시 잡았다 놓더니 오디오 버튼을 눌렀다. 그의 손가락 끝에서 피아노 선율이 잔잔하게 흘러 나왔다.

"좀 자둬요. 피곤할 거예요."

든든히 배를 채우고 나니 잠에 대한 욕구는 한결 깊어졌다. 그 녀는 말을 하면서도 쏟아지는 잠과 사투를 벌이던 중이었다.

"운전하는 사람도 있는데."

운전하는 그의 얼굴에도 피로가 짙긴 마찬가지였다. 그녀보다 더 바쁜 일주일을 보낸 윤우였다. 실핏줄이 돋은 눈이 안쓰러웠다. 그녀는 감기는 눈을 억지스레 뜨며 몸을 똑바로 세웠다.

"내가 좋아서 하는 건데요."

"이런 식으로 납치 장소를 숨기는구나?"

윤우가 '어떻게 알았지?' 하며 손바닥으로 그녀의 눈을 스륵 감겼다. 주술에 걸린 것처럼 눈을 뜰 수 없었다.

"도착하면 깨울게요. 안심해요."

그 말을 끝으로 혜인은 차창 밖의 어둠보다 더 깊은 어둠 속으로 빠져들었다. 어둠 속에서도 피아노 건반은 아름답게 울렸다.

소나무 숲길에는 눈이 두껍게 쌓여 있었다. 서울에서는 눈이 가문 겨울이었다. 설레는 마음에 빠르게 내디뎠던 다리가 푹 빠져 혜인은 그대로 눈사람처럼 굳었다. 발이 축축했다. 추위가 금세 다리를 타고 심장까지 올라왔다.

"춥겠다, 이걸 생각 못 했네."

윤우가 안쓰러운 눈으로 그녀의 발을 내려다보았다. 스타킹 속으로 비치는 맨살이 벌써 하얗게 질려 있었다. 그가 무릎을 굽히고 앉아 젖은 스타킹을 벗기고 손수건으로 동여맸다. 오른발엔 브라운색의 체크무늬 손수건, 왼발엔 잔무늬가 있는 보라색 손수건. 꼭 양말을 짝짝이로 신은 것처럼 우스꽝스러웠다. 조금 넉넉한 구두였기에 손수건을 맨 발은 작지도 크지도 않게 신발에 꼭 맞았다. 혜인이 발을 번갈아 들어 보이며 웃었다. 그 모습을 빙그레 쳐다보던 윤우가 덥석 그녀를 안아 올렸다. 혜인이 소심한 몸부림을 치는데도 아랑곳없이 그는 한 발 한 발 눈밭을 걸어 나갔다.

"작심해서 간식을 먹었는데도 가볍네요?"

불편하게 안겨 있던 혜인이 풀썩, 웃었다. 놓아주지 않을 것처럼 꼭 붙들고 있던 윤우는 모래사장을 반쯤 건너와서야 그녀를 내려놓았다. 손수건 안쪽으로 조금씩 모래 알갱이가 들어갔다. 발 전체가 조금 따끔거렸다. 그녀는 몸무게를 싣지 않으려 최대한 노력하며 천천히 바다를 향해 걸었다.

세 시간을 달려 도착한 곳은 강릉 경포대. 닫힌 차창 너머로 희미한 파도 소리가 들려 혜인은 몸을 일으키기도 전에 바다에 왔음을 깨달았다. 잠들기 전 그의 시선이 아주 먼 곳을 향해 달려가고 있었기 때문에 그녀는 어느 정도 추측은 했었다. 그가 사준 두꺼운 패딩도 그렇고.

바다를 본 게 언제였는지. 아마 시간 여행을 하기 전 제주도 여행에서 본 바다가 마지막이었을 것이다. 지금의 바다 같지 않은, 순한 에메랄드색 바다가 발목에 찰랑찰랑거렸지. 지금의 바다가 다른 생각에 잠긴 그녀에게 성을 내는 듯, 검푸른 빛깔을 유감없이 발휘하며 세차게 몰려왔다.

이제 시작한 연인들같이, 그들은 손을 꼭 잡고 모래사장을 천천히 걸었다. 발이 조금 시리긴 했지만 무릎 위는 벽난로가 켜진 펜션에 있는 것처럼 따뜻했다.

"외근 갔다 회사로 들어오는 길에 라디오에서 '겨울바다'란 곡이 나오더라고요. 옛날 곡인데."

"푸른하늘의 '겨울바다'?"

"혜인 씨, 아는구나. 역시 우린 같은 세대였어."

윤우가 보기 좋게 웃었다. 1990년대 초, 누가 구입했는지 모르게 거실장 한구석에 굴러다니던 테이프를 혜인은 한동안 질리게 들었었다. '자아도취'란 곡으로 그들을 기억하는 사람이 많겠지만, 그녀는 그 노래보단 다른 곡들을 훨씬 좋아했다. 서툴게 피아노를 쳐봤던 '사랑 그대로의 사랑'이라던가, '7년간의 사랑', '너의 그늘 밑'같이 서정적이면서 은은한 그리움이 느껴지는 곡들. '겨울바다'도 그녀가 즐겨 듣던 곡 중 하나였다.

"노래를 듣다 보니 갑자기 바다가 너무 보고 싶잖아요. 그보다, 혜인 씨는 더 보고 싶고."

"그래서 납치를 강행한 거예요?"

"온종일 같이 보내고 싶은 한 주였는데, 신이 참 박하게 시간을 안 줘요. 내일도 나오라고 하니 어떡해요. 이렇게라도 해야 오래 좀 보지."

윤우가 울상을 지으며 한 번만 봐달라는 액션을 취했다.

"그렇게 계속 바쁠 거예요?"

"1월은 좀, 정신없을지도 몰라요."

"잡은 물고기 벌써부터 미끼 안 주는 거예요?"

혜인이 입을 비죽 내밀자 그가 정색을 하고 되물었다.

"승준이 말대로, 다 때려치우고 연극이나 할까요?"

장난이 섞이긴 했어도 서운함이 조금 묻어 있던 질문이었다. 하지만 그의 대답에 혜인은 터무니없이 웃어버렸다.

"이제 와서 하는 말이지만, 제인 역 너무 어려웠어요."

"그래서 나 원망했구나?"

"조금."

"조금?"

"조금 많이."

윤우가 못 믿겠다는 표정으로 물었다.

"그러고선 공연할 때는 없던 애드리브까지 했어요? 제인에게 빠졌구나 싶으면서도 얼마나 두근댔다고요."

"그땐, 내 정신이 아니었어요."

미소로 대답하면서도, 숨은 감정이 턱 끝까지 차올라 코끝이 찡했다.

"그러는 윤우 씨도 그때, 갑자기 번쩍……."

"그땐, 내 정신이 아니었어요."

앵무새처럼 대답하는 그의 얼굴에 짓궂은 미소가 떠올랐다.

"오늘 내 소원 풀었으니까 혜인 씨 소원 말해봐요."

"소원이요?"

"내가 마음대로 바다 끌고 왔잖아요, 십년지기 우정을 갈라놓고."

"맞아, 그 죄가 보통 크지."

"흐음……."

윤우가 헛기침을 하더니 왼쪽 눈을 가만 비볐다. 그의 눈꺼풀 위에 가로줄이 깊게 고였다.

"내 시간 한 자락을 빼서 당신을 재우고 싶어요."

"음? 그거 어디서 들어본 대산데."

"'노르웨이의 숲'이요. 와타나베 마음을 이제 좀 알겠어요."

"나 안 졸린데. 소원 무효예요. 다른 거 얘기해봐요."

그가 나긋하게 다시 물었다.

"진짜로 하고 싶은 건 말이죠."

혜인이 잠시 뜸을 들였다. 그가 어서 말해보라고 부드러운 눈빛을 보냈다.

"당신이랑…… 시간이 없는 섬에 가고 싶어요. 해가 지고 뜨는 것도 보고, 꽃이 지고 피는 것도 보고, 물고기도 잡고, 나뭇잎 뜯어다 옷도 해 입고, 장작도 패고, 나뭇가지로 불도 지펴보고, 그믐달이 반달이 됐다 보름달이 됐다 하늘 밑으로 떨어지는 것도 보고."

"그건 꼭 시간이 없는 섬에 가지 않아도 할 수 있는데? 지금은 겨울이라 좀 무리지만, 봄이 되면 차례차례 다 해봐요. 딱 이 개월만 기다리면 되는데, 뭘."

윤우의 환한 웃음에 혜인은 할 말을 잃었다. 울지 말아야지, 다독이는 마음에 볼을 꾹꾹 눌렀다. 추워서 그러는 거라 생각했는지, 그가 붉게 상기된 볼을 어루만졌다.

"지금 해줄 게 아니니까, 소원 무효예요. 다른 거 또 얘기해봐요."

"그럼, 그때처럼 노래 불러줘요."

"그때?"

"우리 첫 여행 때처럼."

우리 첫 여행이란 단어가 다정하게 느껴져서 윤우는 부드럽게 웃었다.

"혜인 씨 소원이라면, 뭐. 어디 파도 소리에 맞춰 불러볼까요?"

그가 바다를 향해 몸을 돌렸다. 큼큼 목소리를 가다듬고, 조금 물러선 혜인의 손을 찾아 쥐었다. 이윽고 겨울 바다로 가자는 그의 노랫소리가 흘러나왔다. 전주 부분의 파도 소리가 희미해지며, 시작되는 단 두 마디로 가슴을 탁 막히게 했던 노래. 그 시절, 누가 내 손을 잡고 겨울 바다로 가나 꿈꿨었는데. 그런데 이같이, 시리고 아름답게 펼쳐지는 바다라니.

밀려오는 파도 끝에 발이 닿을 듯 말 듯, 바다가 아주 가까이 있었다. 손수건 한 끝은 젖고 한 끝은 모래로 엉망이었다. 그래도, 그와 함께 걷는 이곳이 좋았다. 끝없이 펼쳐진 모래사장 위에, 오직 둘만 내버려두고 시간도 달아난 것 같았다.

"좋아해요."

입술 안쪽에 꾹꾹 눌러두었던 목소리가 거짓말처럼 툭 튀어나왔다. 이렇게 편하게 고백할 수 있는 순간은, 혜인은 생각조차 하지 못했다. 마음을 감추기에 급급했던 지난 시간이, 유년 언제의 일처럼 까마득하게 느껴졌다.

"당신……."

그가 혜인이 선 곳으로 몸을 비틀었다.

"나…… 윤우 씨 당신, 정말 좋아해요."

혜인은 순간 목이 메었다. 사나운 바람 때문인지 긴장 때문인지 뻣뻣이 선 목에 그의 손끝이 닿았다. 하얀 입김이 그녀의 시린 코끝에 닿아 이슬처럼 맺었다.

"나도, 혜인 씨 많이 좋아해요. 참느라 혼났는걸."

그의 손가락이 목을 타고 볼로, 이마로 거꾸로 올라갔다 다시 부드럽게 미끄러졌다. 아주 가까이 숨결이 와 닿았다. 따뜻하다 느끼는 찰나, 그보다 뜨거운 입술이 간곡하게 그녀의 입술을 찾아 물었다. 파도 소리도, 날카로운 바람의 감촉도, 동상이 걸릴 듯 굳어가는 발도, 여전히 시간은 끊임없이 흐르고 있다는 사실도 삭제되어 오롯이 느끼는 건 봄밤처럼 포근한 숨결과 부드러운 혀의 움직임.

볼에 닿는 새로운 감촉에 비로소 그들은 입술을 뗐다. 그의 얼굴에도, 그녀의 얼굴에도 하얀 눈송이가 천진하게 내려앉아 있었다.

"눈이 와요."

혜인이 환희에 차 속삭였다. 흡사 벚꽃이 흩날리는 것처럼, 눈송이는 바람을 타고 허공을 가볍게 맴돌다 천천히 모래 위로 낙하했다.

"지붕 위에 쌓인 눈 같아요."

그녀가 패딩 위에 뿌려진 눈가루를 보며 말했다. 그러더니 어린 아이 같은 표정으로 검지를 길게 뽑아 '서윤우'라고 썼다. 윤우도 질세라 붉은 패딩 위에 '박혜인'이라고 적었다. 혜인이 까르르 웃었다. 잠자코 보던 윤우가 번쩍 그녀를 안아 올렸다.

"어지간히 모른 척했어요."

미워 죽겠다는 그의 표정이 귀여워 혜인은 허리를 숙여 눈송이가 녹아 젖은 이마에 짧게 입맞춤했다. 윤우의 지긋한 눈빛이 입술을 뗀 그녀의 눈동자에 비추었다. 그의 두 팔이 더 강하게 혜인을 안았다. 그녀는 다시 고개를 숙였다. 목덜미에 차갑고 여린 감촉이 톡톡 떨어진다. 온기가 가시지 않은 두 입술이 한 차례 더 포개졌다.

머리 위에 하얀 털모자가 만들어질 때까지 키스는 아주 오래도록 계속되었다.

1월도 어느덧 마지막을 향해 달려가고 있었다. 숨 가쁘게 돌아가고 있는 회사 내에서 서로를 챙기기는 어려웠다. 대신 윤우가 거의 매일같이 혜인의 집을 거쳐서 퇴근을 했다. 아파트 상가 커피숍이나 술집, 너무 늦은 날에는 아파트 화단에 쭈그려 앉아 소소한 데이트를 즐겼다. 그와 함께하는 하루하루는, 운명이니 뭐니 그런 것들은 깡그리 잊어버릴 정도로 편안했다.

제릭 커플의 스캔들은 잠잠해지는 듯싶다가 최우수 동아리 시상식으로 재점화되었다. 승준의 예언처럼 에니그마가 동아리상을 거머쥔 것까진 좋았는데, 혜인과 윤우 둘만 클로즈업된 사진이 사보에 대문짝만 하게 실린 것이 문제였다.

"아주 GMS 연예인 커플이네. 이러다 파파라치까지 생기겠다."

민아가 농담을 던졌다.

"허우수 이 사람 아니? 기사 삭제하라고 항의를 할까?"

"커튼콜 때도 그랬잖아. 너네 둘만 쏙 뽑아서. 아무래도 팬심 같은데?"

사진 밑에 특별한 설명은 없었음에도 연극에서 이루지 못한 비극적인 사랑을 꼭 이루라는 응원의 댓글이 줄을 이었다. 쿵.

"어째서 내 얼굴이 폰트보다 작게 나온 거냐? 이렇게 객관성 없는 보도를 해도 되는 거냐?"

사보를 본 승준은 펄쩍 뛰었다. 그도 그럴 것이, 상을 받는 승준은 뒤에 서 있는 다른 부원들까지 포함해 넓게 샷을 잡고서는, 유독 그 둘의 모습만 화면 가득 찍은 거였다.

"아무래도 이건 음모야. 날 회장직에서 내려오게 하려는. 서윤우, 너지?"

"아니, 나다. 음모는 내 운명이지. 널 무너뜨리고, 다음 타깃은 서윤우. 그리고 내가 혜인 씨를……."

"다친다."

말이 끝나기도 전에 윤우가 형민의 입을 틀어막았다. 민아가 부럽다며 혜인의 어깨를 끌어안았다. 혜인은 그저 맑게 웃었다.

그 주 금요일 저녁, 회사 근처 술집에서 자축 파티가 있었다. 7, 80년대의 복고적인 분위기를 자아내는 이색 술집이었다. 벽과 테이블에 낙서가 가득했고 옛날 영화 포스터들이 즐비하게 걸려 있었다. 김이 나는 어묵탕을 가운데 두고 막걸리가 든 주전자를 기울이며, 오랜만에 도란도란 이야기꽃을 피웠다.

"이제 터놓고 얘기 좀 해보자."

승준이 윤우 쪽으로 몸을 기울이며 은근한 목소리로 물었다.

"처음부터 다 계획된 거지?"

"무슨 소리야?"

"갑자기 플랜 B로 바꾼 것도 그렇고, 혜인 씨한테 제인을 맡긴 것도 그렇고. 다 서윤우의 치밀하고 음흉한 계획이 아니었냐는 거지."

"옳소, 서윤우가 좀 수상하긴 했지."

형민까지 합세해 윤우를 압박했지만 그는 빙긋 웃기만 했다.

"혜인 씨, 이 녀석이 뭐라고 작업하던가요?"

"딱 보면 척이지. 저번에 못 들었어? 혜인 씨 운명에 내가 있었으면 좋겠습니다. 그냥 그런 멘트가 술술 나오는 거 아냐."

"무서운 녀석."

"자자, 말해보시죠. 언제부터 계획한 겁니까. 처음 봤을 때부텁니까?"

"저도 그건 궁금해요. 첫 만남이 우리가 알고 있는 날이 아니잖아요?"

"그게 정말이에요?"

"회의실에서 만나기 이전에 이미 본 사이였다니깐요. 그런데 혜인이도 어물쩍 넘어가고 말을 안 해줬어요."

혜인이 따가운 시선을 보내는 데도 민아는 아랑곳없이 말을 이었다.

"혜인이랑 처음이 언제예요?"

"글쎄……. 저도 잘 모르겠는데요."

"어물쩍 넘어갈 생각 말라고."

"내가 생각하는 처음이, 처음이 아닐 수도 있잖아. 내가 기억 못하는 어느 때 이미 만난 걸 수도 있으니까."

"어휴……. 그래서, 그래서 뭐?"

"그래서? 그래서는. 운명이란 얘기지."

윤우가 크게 웃었다. 혜인은 눈도 깜빡이지 않은 채 그를 보았다. 그녀가 알고 있는 처음과 그가 알고 있는 처음은 분명 달랐다. 사고가 있던 날, 커피 〈모〉에서의 사소한 부딪힘. 그가 결코 기억할 수 없는 처음이었다. 그의 시간에는 존재하지 않는 처음. 그래서 지워진 시간의 일을 운운하는 듯한 그의 발언이 그녀를 조금 혼란스럽게 했다.

"난 구 커플 응원할랍니다. 진현 씨, 대체 결혼은 언제 할 거예요? 올해는 하는 거죠?"

승준이 눈꼴 시렵다는 표정을 지어 보이다가 가장자리에서 얌전히 잔을 비우던 진현에게 화살을 돌렸다.

"올해 안에 합의가 끝나면요."

"합의? 윌 유 메리 미 말고 뭐가 더 있어요?"

"평수 합의요. 이제 삼십 평까지 왔어요."

잠실에서 태어나 스물다섯 동안 그곳을 벗어난 적 없는 진현의 여자 친구는 현재 육십 평이 넘는 아파트에 거주 중이었다. 부동산 사업을 하는 아버지와 오급 공무원인 어머니 밑에서 자란 여자는 결혼 얘기가 나올 즈음 잘 다니던 직장을 그만두고 가끔 지인의 쇼핑몰 모델로 사진이나 찍어주는 모양이었다. 그리고 대부분의 시간을 가구 전시장이나 백화점 혼수 층을 돌아다니며 사진을 찍고, 데이트하는 날 진현에게 자랑하다시피 보여준다고 했다.

"우리나라에 그렇게 많은 가구 브랜드가 있는 줄 몰랐어요."

"몇 평부터 시작한 거예요?"

"사십칠 평이요."

남자들은 마치 자신의 일인 양 뜨악한 표정을 지으며 진현의 어깨를 토닥이거나 술을 따라주었다.

"그래도 많이 양보했네요. 철저히 여자 입장에서 본다면."

"안 그래도 생색이에요. 자기 때문에 가구 보러 다닌 거 다 헛수
고라고 하고."

목표가 몇 평이냐는 민아의 질문에 진현은 열여덟 평이라고 대
답했다. 모두 암담한 얼굴로 고개를 가로저었다.

"대통령 딸과 결혼하는 게 더 쉽겠다."

"아무래도 힘들겠죠?"

"이십 후반까지만 가도 성공한 거예요, 그 정도면. 지역을 좀 바
꾸면 안 돼요?"

"절대 안 된대요. 고향 떠나는 거랑 똑같다면서."

"처가 가서 그냥 재롱 한번 부려요. 부동산 사업 하시면 아파트
한 채 주는 게 그리 어려울까."

"그래도 남자의 자존심이 있죠."

"자본주의 사회에 자존심은 무슨, 돈이 장땡이지. 쇼핑몰 모델
할 정도면 엄청 예쁜가 보네. 그럼 뭐…… 조금 수그리고 들어가
야지. 미인을 얻으려면 그 정도 대가는 지불해야 하는 겁니다."

진현이 뒷목을 잡고 쓰러지는 척 연기를 하는 바람에 다들 까르
르 웃어버렸다.

"그러고 보니 윤우가 정말 나쁜 놈이네."

"나는 왜?"

"그렇잖아, 너는. 그냥 몸만 들어가면 되는 거 아녀."

"그러네, 완전 부러워요."

"영리한 놈. 혜인 씨, 혼수 왕창 받아요. 수입 가구로 싹."

무슨 그런 말을 하냐고 승준을 타박하는 윤우의 얼굴에 미소가 어려 있었다. 혜인은 그저 멍하게 그의 표정을 올려다보았다. 짧을 수 있는 연애를 시작한 건 후회되진 않았지만, 이처럼 상상할 수 있는 시간 너머의 일을 상기해야 할 때마다 가슴 한편에 물리적인 통증을 느껴야 했다. 그런 마음을 들킬까 싶어 그녀는 쓰게 문 입술을 열고 억지로 웃었다.

모처럼 시간이 맞아 모인 자리이다 보니 떠나는 이 없이 술과 안주만 자꾸 채워졌다. 급기야 잔을 떨어뜨리고 술을 쏟고 연거푸 의자에서 나동그라지는 추태까지 보이고 나서야 다들 큭큭 웃으며 자리를 털고 일어났다.

"2차 가자, 2차!"

승준이 외치자 남자들은 손을 번쩍 들며 환호성을 질렀다. 누군가 고꾸라지지 않는 이상 분위기가 쉽게 깨질 것 같지 않았다.

"마음이 안 편한데…… 괜찮겠어요?"

누구의 말에서 시작된 것인지 모르게 2차 자리는 윤우의 오피스텔로 정해졌다. 그는 난감한 표정을 지으며 집으로 돌아가겠다는 민아와 혜인을 붙잡고 물었다.

"둘인데요, 뭘. 택시 타면 금방이에요."

민아가 걱정하지 말라는 듯 혜인의 어깨를 끌어안으며 대답했다.

"윤우 씨가 고생이겠어요."

"길거리에서 뻗는 것보단 낫죠. 도착하면 연락해요. 무슨 일 있어도 연락하고."

그녀들이 탄 택시는 작별의 여운을 남길 새도 없이 빠르게 달려나갔다. 혜인은 목을 뒤로 뺀 채 그의 모습이 흐릿한 형체에서 점으로 사라질 때까지 하염없이 바라보았다.

"그새 또 보고 싶어?"

"아냐……."

왠지 편치 않았다. 생각하지 않으려 해도 이별 후의 시간은 혜인에게 항상 두려움이었다. 디데이까지 한 달. 아무 일도 벌어지지 않을 텐데도, 항시 불안한 마음은 어디가 잘못된 것인지 모르겠다. 너무 과민해진 탓이야. 그녀는 이마를 지그시 눌렀다.

전화는 불통이었다. 혜인은 방에 들어와 겉옷을 벗기도 전에 통화 버튼을 눌렀지만 통화 연결음만 계속될 뿐이었다. 바로 전화가 올까 싶어 침대에 잠깐 앉아 기다렸지만 휴대폰은 잠잠했다. 그녀는 샤워를 하고 한참 화장대 위에 앉아 침묵하는 휴대폰을 내려다보았다.

문자를 보내놓고 침대에 누웠지만 잠은 오지 않았다. 혜인은 누운 상태로 한 번 더 휴대폰을 들었다. 통화 연결음이 길게 이어졌다. 그녀가 내려놓으려는 순간, 자신의 이름을 부르는 듯한 남자의 목소리가 새어 나왔다. 혜인은 몸을 일으켜 휴대폰을 다시 귀에 가져갔다.

ㅡ혜인 씨? 저 승준입니다.

"아, 네……. 잘 도착하셨어요?"

ㅡ여기 성호 병원이에요. 윤우가 교통사고를 당해서…….

"교통사고요? 여보세요? 승준 씨? 승준 씨?"

그를 부르는 듯한 목소리와 승준이 대답하는 말소리가 섞이더니 통화는 갑자기 끊어졌다. 예고 없는 정전처럼 그녀의 머릿속은 암흑 천지였다. 그녀는 지갑만 겨우 챙겨서는 부리나케 현관으로 나왔다.

"무슨 일이야, 너?"

요란한 소리에 나온 민아가 반쯤 넋이 나간 혜인의 모습에 놀라 물었다.

"윤우 씨가…… 교통사고를……."

겨우 몇 마디 말을 용케 알아들은 민아는 그대로 나가려는 혜인을 거실에 주저앉힌 뒤 옷을 갈아입고, 실내복 차림의 혜인의 몸에도 무릎까지 오는 패딩 점퍼를 입혀주었다.

"얼마나 다쳤길래?"

"모르겠어……."

진정하라는 민아의 말은 들리지 않았다. 혜인은 택시에서 내리기 무섭게 불빛이 환한 응급실 안으로 뛰어 들어갔다. 문을 통과하자마자 어떤 끔찍한 사고를 당했는지 온몸이 피투성이인 남자한 명이 이동 침대에 실려가면서 처절한 비명을 지르고 있었다.

그는 대체 어디…….

혜인은 신발이 벗겨지는 것도 모른 채 응급실 안을 휘젓고 다녔다. 그는 어디에도 없었다. 슬슬 조바심이 났다.

"혜인 씨!"

익숙한 목소리에 고개를 돌렸을 때 승준이 거기 서 있었다.

"윤우 씨는요? 윤우 씨는……."

"바로 뒤에 오잖아요."

대수롭지 않은 승준의 목소리가 이상하다고 느끼는 순간, 그의 얼굴이 보였다. 그는 혜인을 보더니 놀란 듯 우뚝 섰다.

"혜인 씨가 여기 왜?"

"아까 네 전화 내가 받았거든."

"받아서 뭐라 했길래 혜인 씨가 여기까지 와."

그들의 대화를 다 듣기도 전에 그녀는 그대로 무너졌다. 다리에 힘이 풀려 꼼짝할 수가 없었다.

"나 괜찮아요. 단순 타박상."

그는 파스가 붙여진 팔을 들어 보이며 배시시 웃었다. 혜인은 움직이지 않는 다리 대신 두 팔을 올려 그의 가슴을 치기 시작했다. 시간 여행을 돌아오기 전, 그 응급실 앞에서처럼. 주먹이 탄탄한 가슴에 그대로 내리꽂혔다. 그때와는 다른 감각이 되려 얄궂게 느껴졌다.

"혜인 씨……. 많이 놀랐어요?"

나긋한 그의 음성이 상처 난 살갗에 닿듯 따가웠다.

"당신 때문에…… 미치겠어. 당신 때문에 정말 미치겠다고요."

좋아지는 감정만큼 더 불행해질 내 마음을, 나는 어떻게 두고 봐야 하는 거예요.

혜인은 얼룩진 얼굴을 그대로 윤우의 가슴에 묻었다. 그는 조용히 그녀의 얼굴을 품어주었다.

10. 시간이 없는 섬

구정 연휴가 지나고, 서울에는 함박눈이 하루가 멀다 하고 쏟아
졌다. 이 개월 동안 적립된 눈송이를 한꺼번에 풀어놓은 양, 눈은
끝도 없이 쏟아졌다. 뉴스에는 눈으로 뒤덮인 도심 풍경이 아침저
녁으로 방송되고, 눈보라 속에서 오들오들 떨며 마이크를 움켜잡
고 있는 기자의 모습에 절로 코끝이 시렸다.

올해 눈은 전부 가물었나 봐. 2월 초 투명한 창밖을 보며 무심
코 던졌던 말이 부메랑이 돼서 돌아온 것처럼 느껴졌다. 살이 약
한 삼단 우산은 카스텔라 빵 두께만큼 쌓이는 눈에 꼼짝없이 부서
져버렸다. 일주일 사이에 우산 두 개를 분지르고 나니 신발장 안
에 처박아둔 검정 장우산이 기어코 불려 나왔다. 다른 이들의 사
정도 마찬가지였다. 일주일 전까지만 해도 사무실 바닥에 알록달
록한 연꽃잎이 둥둥 띄워져 있었는데 지금은 검정, 네이비, 진회

색 등의 무채색 계열의 연꽃잎으로 변해 한껏 품은 수분을 뚝뚝 떨어트렸다.

"아, 정말 지긋지긋하다."

미처 보지 못한 눈을 털어내며 소진이 외투를 입은 채로 테이블에 앉았다. 유난히 하얀 피부에 볼이 빨갰다. 요즘은 너 나 할 것 없이 연지곤지 찍은 각시 인형이 되는지라 웃거나 놀려대는 건 자신에게 하는 것과 같았다.

"지난주까지만 해도 딱 좋았었는데."

"그때 만세를 부르지 말았어야 했어요."

"우리만 불렀나요, 어디. 여기저기 함성 소리로 파도타기를 했는데."

지난주 목요일, 첫 함박눈이 내리던 날. '눈 오는데?'라는 팀장님의 한마디에 일제히 창밖으로 고개를 돌린 경영지원팀 식구들은 두 팔을 높이 쳐들고 한목소리로 만세를 외쳤다. 크리스마스때도, 연말에도, 새해가 시작돼서도 먼지처럼 흩날리며 전주만 반복했던 눈발이 딱 보기에도 주먹만큼의 크기로 뚝뚝 떨어지는데, 과히 환상적이었다. '조용히 좀 해라. 눈 오는 게 뭐, 대수라고.' 시니컬한 팀장의 한마디에 떠들썩한 사무실이 고요해졌을 때 '눈이다, 눈!' 하고 양옆에서 터지는 타 부서의 함성에 꼭 다문 입에서 일제히 웃음이 터졌었다. 한 대리였던가, 누군가 말했었는데. 딱이 개월 전으로 돌아가 지금이 크리스마스면 좋겠다고. 그 말에 혜인이 움찔 놀라기까지 했었다.

"이놈의 눈 때문에 쫄쫄 굶으며 출근해야 하니 아주 죽겠어요."

"난 모자란 잠 버스에서 자요. 흔들림이 없어서 아주 편안하다니까요."

"버스로 출퇴근하기 힘들지 않아요?"

"어차피 지하철도 마찬가지잖아요. 사람들이 죄다 몰려서."

"그건 그래요. 옛날엔 한 번씩 앉아서 왔는데 지금은 꿈도 못 꿔."

소진이 하품이 나오는 입을 가리며 말했다.

"이런 때 애인 서비스가 절실한 건데. 혜인 씨는 잘난 애인 뒀다 뭐 해요? 겨울 다 지나 국 끓여 먹을 거예요?"

"서로 불편하게 뭘요."

"혜인 씨가 여운 못 되는구나. 아니면 회사서 연애 냄새 안 풍기려고 사리는 건가?"

그 말에 민아가 검지를 좌우로 저었다.

"전생에 묻어둔 신줏단질 발견했나 싶다니깐요. 그렇게 아끼다 간 속에 거 다 썩는다."

"맞아요, 결혼해서 벗겨 먹어야지 했다간 큰코다쳐요."

"정화 씬 어린 사람이 뭘 그런 걸 알아?"

"저도 듣는 귀가 있다고요."

그러면서 정화는 한 달 전에 결혼한 친구의, 또 친구의 언니 얘기를 꺼냈다. 이 년 연애 후 결혼한 커플의 안타까운 첫날밤 얘기였다.

"이제까지 만났던 남자들이랑은 다르게 정말 진국이었대요. 성실하고 착하고 배려심 많고 다정다감하고, 언니 말이라면 끔뻑 죽고. 서른 넘은 남자 중에 허우대는 멀쩡한데 변태들이 많잖아요.

워낙 많이 당해봐서 초반엔 지레 겁을 집어먹었대요. 언제 이 사람이 본색을 드러내려 하나 싶어서. 그런데 한 달 지나서 손잡고 또 한 달 지나서 포옹하고, 그러다 삼 개월이 지나서야 키스를 하더래요. 정말 조심스럽게, 천천히. 그리고 또 삼 개월이 지나 딱 그럴 타이밍에 언니가 멈칫했더니, 언니 손을 꼭 잡고 안아주면서 괜찮다고. 우리 천천히 함께하자고 말해주더래요. 언니가 완전 감동받은 거죠. 감정 익기도 전에 진도부터 뽑기 바빴던 남자들이랑 차원이 다르니까. 말만 그런 줄 알았는데 실제로도 요굴 하질 않는 거예요. 그래서 이 남자 믿을 만하다 하고 결혼을 진행했대요. 친구들이 혹시 문제 있는 거 아니냐, 그렇게 아껴봐야 좋을 것 없다고 그러는데 한 귀로 듣고 한 귀로 흘리고. 대망의 첫날밤. 술을 잘 못하는 남잔데 와인 한 병을 벌컥벌컥 마시더니 언니를 확 쳐들어서 침대에 바로 눕히더래요. 옷도 막 벗고. 이럴 땐 터프한 면도 있네 하며 기대를 하고 있는데, 하필 정면으로 딱 본 거예요. 그게, 풍선에 바람 빠지듯이 푸슈슈 꺼지는 걸요.”

“에이, 뭐야.”

다들 귀를 쫑긋 세웠다가 김이 빠진다는 표정을 지었다.

“긴장하면 흔히 그래, 그건.”

“한 번이면 이혼까지 할까 봐요. 한 달 내내 풍선 놀일 계속 하더라던걸요. 푸슈슈푸슈슈.”

“정화 씨, 그만해. 웃겨.”

입술을 오므렸다 폈다 하며 꺼지는 풍선을 표현하는 정화의 흉내에 핀잔을 주었던 민아까지도 배꼽을 잡고 웃었다.

"그런데 이혼까지 했어? 나무랄 것 없이 좋은 사람이면 좀 노력해보지. 아깝다."

"불치병이래요. 남자는 어떻게든 커버해보려 했다는데 그게 뭐, 덮는다고 덮이는 문제는 아니잖아요."

"독수공방하기엔 긴긴 세월이긴 하지."

"난 결혼을 안 해봐서 그런가, 그게 큰 문제일까 싶네."

소진이 혼잣말처럼 중얼거렸다.

"왜 큰 문제가 아니에요. 탑 파이브 안에 꼽히는 문젠데."

"정화 씨는 결혼도 안 했으면서 어떻게 안대?"

"결혼 안 했다고 몰라요? 언니들, 에이……."

정화가 눈을 가늘게 뜨고는 순진한 척 그만하라는 뉘앙스를 다분히 흘렸다.

"어머? 너무 티 내면 값 떨어져."

"남자 앞에선 안 그래요, 뭘."

"잘 알겠습니다, 김여우 씨."

민아가 천연덕스럽게 받아쳐서야 제가 내뱉은 말이 민망한지 정화가 낯부끄럽게 웃었다.

"그런데 왜 얘기가 이렇게 튄 거예요? 정화 씨 말에 뼈가 있는데?"

"이건 명백한 질투네. 다 된 연애에 재 뿌리는 거 좀 그렇다?"

"이 정도 재에 넘어갈 사이 아닌 줄 아네요."

정화가 입을 쏙 내밀더니 흘끔 혜인을 보며 말했다.

"그래, 정화 씨가 상황 파악은 빠르다니깐. 그러니까 결론은 뭐야? 서윤우도 어딘가 허점이 있으니 잘 살펴보란 건가?"

"내가 보기엔 아낌없이 쓰란 말 같은데요? 다방면에서, 육체적
으로."

"하하하."

"그래, 박혜인. 이 시대에 통일호가 웬 말이야. KTX 타고 부산
까지 질러."

혜인의 얼굴이 점점 붉게 상기되는 것을 보며 셋은 더욱 짓궂게
놀렸다. 한동안 날을 세우던 정화까지 끼어들어 거드니, 이런 화
목을 깰까 싶어 불편한 소릴 꺼내기도 조심스러웠다. 의도한 건
아니었어도 한동안 사무실 분위기를 좌지우지한 당사자 입장에선
격 없는 대화가 오가는 지금이 아무렴 더 좋을 수밖에.

예전 어느 때처럼 깔깔거리고 웃는 정화의 얼굴을 보며 혜인은
안도의 한숨을 내쉬었다.

"그래서, 그냥 가만 있었어요?"

"그럼 어떡하겠어요."

"잘했어요. 참는 사람이 이기는 거라잖아요."

위로 같지 않은 위로의 말을 들으며 혜인은 입을 비죽 내밀곤
벌어진 홍합 사이로 젓가락을 놀려 노란 살을 떼어 먹었다. 그도
그럴 것이 윤우의 얼굴엔 안타까움이라곤 찾아볼 수 없이 즐거운
기색만 역력했던 것이다. 콧노래를 부르면 딱 어울릴 것 같은 표
정. 이 남자, 내가 당하는 게 그리 즐거운가. 얄미운 말이 금방이
라도 튀어나올 것 같았다.

아파트 상가의 조그만 호프집은 겨울 동안 이 둘의 단골집이 되었다. 일주일에 한 번은 꼭 들러서 한 시간 두 시간 조곤조곤 술잔을 기울였다 가는 곳. 인심도 후해 안주 하나를 시키면 계란찜이든 계란말이든 서비스 하나씩은 꼭 챙겨주었고, 바쁘지 않을 때는 안주 하나를 더 들고 나와서 같이 술 한잔을 기울였다 가기도 했다. 이제 마흔을 넘은 주인은 이 년 전, 십 년을 다닌 회사를 퇴사하고 육 개월 동안 지인 식당에서 일손을 돕다가 지금의 가게를 차렸다고 했다.

"그런데 그 얘기, 남자들이 듣기엔 엄청 슬픈 얘기예요. 그처럼 슬픈 얘기를 웃으면서 할 수 있다니, 잔인한 사람들이네."

"설마, 지금 동감하는 거죠?"

혜인이 장난처럼 눈을 동그랗게 뜨자 그가 뜨악한 표정으로 손을 내저었다.

"생각해보니 웃긴 얘기 맞네. 풍선 놀인 어릴 때나 하는 건데."

"수상해, 수상해."

그녀가 괜히 눈을 가늘게 뜨며 의심의 눈초리를 보냈다. 그가 후후 웃으며 재차 손을 저었다.

"그래서, 음…… 나 궁금한 거 있어요."

"뭔데요?"

"우리, 첫날밤은 언제예요?"

"뭐라고요?"

예상치 못한 질문에 윤우는 입으로 가지고 가던 술잔을 엎을 뻔했다. 눈을 동그랗게 뜨고 순진한 표정으로 어서 말해달라고 종용하는 혜인을 보니, 정말 궁금해서 묻는 것인지 다분히 놀리려는 것인지 헷갈렸다.

"언젠가 오겠죠? 여기서 말하는 건 사회 통념적 첫날밤을 의미해요."

"그럼 다른 첫날밤도 있어요?"

"있을 수도 있죠."

"둘이 다른 거예요?"

"같을 수도 있고. 음…… 같아야 하나?"

말꼬리를 흐리며 눈치를 살피는 그의 표정이 귀여워 혜인은 큭큭 웃었다.

"자, 사이좋은 예비부부한테 서비습니다."

어느새 주방에서 나온 주인이 잔 두 개를 테이블 위에 올려주었다. 따끈하게 데운 정종에 그녀는 먼저 손을 녹였다.

"이거 한 잔이면 다른 첫날밤이 생길지도 모르지."

언제 엿들으셨을까. 그의 귀가 새빨개지며 머쓱한 웃음이 새어나왔다. 그녀는 입술 가까이 잔을 가져갔다. 알코올 기운이 순식간에 따뜻하게 번졌다.

"이거 한 잔이면 지옥길도 안 무섭겠는데요?"

"지옥길?"

두 남자가 동시에 묻는다.

"모르세요? 여기 골목 꺾어서 들어가면 두 갈래 길이 나오는데요, 왼쪽 길로 직진하면 첫 번째 가로등부터 지옥길이거든요. 누구라도 안 넘어지고는 못 배기는 길이에요. 거기 우리 동네 명소예요, 명소."

"아하, 여기 와서 넘어졌다고 툴툴거리던 손님들이 말한 곳이 거기였구나."

"혜인 씨도 넘어졌어요?"

"그럼요. 거긴 절대 무사히 건널 수 없는 곳이라니깐요. 한번 넘어지곤 너무 무서워서 매일 오른쪽 길로 돌아갔거든요."

"그럼 계속 오른쪽 길로 가면 될 텐데."

"윤우 씨가 몰라서 그래요. 엄청엄청 돌아가야 하거든요. 엄청 엄청 추운 날엔 눈 딱 감고 그냥 갈까 싶을 때도 많다고요. 그런데 오늘은 정종도 마셨겠다, 윤우 씨도 옆에 있겠다, 도전!"

"하하, 둘이 나란히 깁스하고 다니겠어요."

정종 한 잔이 오히려 입가심이 됐는지, 둘은 그 이후로도 소주 두 병을 거뜬히 비웠다. 때를 한참 지난 크리스마스 캐럴이 라디오에서 흘러나오고, 건너편 테이블을 치우다 손님이 남기고 간 술을 비우겠다고 자리에 앉은 주인아저씨는 여학교에 첫 교생실습을 나온 사람처럼 수줍게 결혼담을 털어놓았다.

혜인은 턱을 괴고 앉아 오래된 담요처럼 안온하고 정겨운 사랑 이야기에 흠뻑 빠져들었다. 질투인지 동경인지 모를 감정에 목이 축축했다. 마흔이 넘은 사내와 얼굴도 모르는 여자의 세월을 질투하고 있다니. 스스로 생각해도 우습고, 또 한편 딱해서 그녀는 한참 만지작거리기만 했던 소주를 털어 마셨다. 주인아저씨 얼굴에 자꾸 그의 얼굴이 떠올라 눈을 비볐다. 윤우가 왜 그러냐며 선한 눈빛으로 묻는다. 사랑해서 참 나쁜 사람이에요, 당신.

호프집을 나왔을 때는 인근 상점의 불이 모두 꺼진 상태였다. 한차례 눈이 더 쏟아졌었는지 사람의 흔적 없이 깨끗한 눈길이 골목 어귀까지 쭉 펼쳐져 있었다. 어쩐지 산속 통나무집에 고립되어 있다 막 도시로 탈출한 기분이었다.

"우리가 노는 동안에도 하늘은 열심히 일을 했네요."

진눈깨비가 흩날리는 하늘을 올려다보며 윤우가 말했다. 눈길 위를 걷는 둘의 발걸음이 아까보다 조심스러웠다. 평소보다 과했던 주량을 의식해서일까. 장갑 낀 손을 꼭 붙들고 서로가 지팡이가 되어한 걸음 한 걸음에 주의를 기울였다. 연일 눈이 쌓이고 다져져 신발이 폭 들어가는 밑바닥은 빙판이었다. 발목이 두껍게 쌓인 눈에 갇혀 쉬이 꺾이는 일은 없었어도, 한 번씩 밀리는 걸음에 심장을 쓸어내리는 빈도가 고무줄처럼 늘었다 줄었다 하여 사람을 긴장시켰다.

혜인은 두 갈래 길에서 멈추었다. 심호흡을 마친 그녀는 왼쪽으로 손목을 꺾었다.

"어어, 설마 거길 가려고요?"

"그런다고 했잖아요."

그가 손목에 힘을 주고 그녀를 멈추게 했다.

"안 겁나요? 이렇게 도전적인 혜인 씬 처음 보는데."

"안 겁나요. 눈도 오고, 술도 마시고, 좋은 이야기도 듣고, 또 윤우 씨도 있어서 지금 기분이 엄청 좋은걸요."

"못 이기겠네."

그가 빙긋 웃더니 손목에 힘을 뺐다.

"지금 딱 여고생 같아요. 눈이 오면 체육복 입고 뛰어나가서 운

동장 내려가는 언덕부터 썰매 타는 여고생."

"그거 진짜 해보고 싶었는데."

50미터 앞 가로등이 새벽잠에 빠지는지 수시로 깜빡거렸다. 사람들도 모두 겨울잠을 자는지, 전등불 하나 새어 나오는 곳 없는 골목길은 오롯이 가로등 불빛 하나에 의지하고 있어 둘은 수시로 어둠 속에 갇혔다. 그래도 무섭다는 생각은 들지 않았다. 취기 때문인지 이상할 정도의 흥분 때문인지, 단지 그가 있어서인지는 모르겠지만.

"윤우 씨는 그때 뭐 했는데요? 눈이 오는 날 남학생들은 뭘 하죠?"

"눈싸움, 옷 속에 눈 집어넣기, 그리고 여자애들한테 눈 뿌리기."

"정말? 윤우 씨도?"

"나는 별다른 남학생이었을까 봐서요?"

그는 바닥에서 눈을 한 움큼 집어 들더니 혜인의 머리 위로 잘게 흩뿌렸다.

"와, 함박눈이 온다. 이렇게요."

"난 별다른 남학생인 줄 알았는데, 실망이야."

"혼자 하진 않았어요, 뭘."

"이래서 주변 친구들도 살펴보라고 하는 거구나."

혜인이 중요한 사실을 깨달은 듯 고개를 끄덕이자 윤우가 하하 웃었다. 짧은 웃음이 인적 없는 골목 속에서 공명하여 기분 좋게 울렸다.

문제의 가로등에 도달하자마자 잦아들던 불빛이 거짓말처럼 번쩍 켜졌다.

"여기부터가 지옥길이에요."

반질반질한 빙판이 뽀얀 눈 위로 도드라져 보이는 것이 이 시간 전까지의 히스토리를 증명하고 있었다. 자세히 살펴보면 몇 사람이 미끄럼틀을 탔는지 유추할 수도 있을 듯했다.

"옷도 든든하게 입었고."

혜인이 코트 속을 훔치며 말했다.

"미끄럼 방지 신발도 신었고."

굽이 낮은 뭉툭한 부츠에서 눈도 탁탁 털었다.

"이 손 놓으면 반칙이에요."

그녀가 잡고 있는 손을 들어 보이며 말했다.

"누가 보면 얼음판 위로 번지점프 하는 줄 알겠어요."

음만 띄우고 좀처럼 꼼짝하지 않는 혜인을 회유하며 윤우가 한 발 먼저 걸음을 뗐다.

"어어, 그렇게 조심성 없이 걸으면……."

주의를 다 주기도 전에 그의 몸이 중심을 잃었다. 자동적으로 혜인이 몸이 비틀어졌고, 그가 몸을 돌려 그녀의 두 팔을 잡기 무섭게 바닥으로 쿵 떨어졌다. 약간의 진동이 있긴 했지만 아픔은 없었다. 그가 의도한 것인지 혜인은 그의 품속에 얌전히 안겨 있었다. 혜인이 몸을 떼고 동상처럼 누워 있는 윤우의 몸을 흔들었다. 그녀의 무게까지 지탱했으니 충격이 꽤 컸을 거였다.

"아아……."

장난 섞인 신음 소리가 새어 나왔다.

"괜찮아요?"

"우리 벌써 지옥에 온 거예요?"

"네, 무사히 도착했어요."

"난 지옥에는 뜨거운 가마솥이 있는 줄 알았는데, 오히려 춥네."

"으아, 춥다."

그녀도 몸을 돌려 빙판길 위에 드러누웠다. 냉기가 순식간에 코트 안을 휘젓는다. 진눈깨비가 조금 굵은 방울이 되어서 코끝에 닿았다. 불빛이 다시 희미해져 골목 안은 금세 어둠 속에 빠졌다. 어둠 속에 떠 있는 눈송이가 마치 별처럼 느껴졌다. 은하수 같다, 작은 탄성을 지를 즈음 그의 숨결이 아주 가까이 다가와 입술을 포근히 어루만졌다.

"이러면 좀 따뜻하죠?"

빛이 살아난 공간에 그의 따뜻한 얼굴이 선연히 떠 있었다. 깊은 눈빛이 그녀를 빠짐없이 보고 있어, 혜인은 좀처럼 움직일 수 없었다. 그때, 그 풀밭에서처럼.

가로등이 그날의 햇살처럼 느껴져 그녀는 금세 온기를 느꼈다. 잔잔히 왔다 간 입맞춤이 그동안 수줍음을 벗었는지, 길고 느리게 이어졌다. 입술이 오가는 소리만 들리는 적막한 골목. 언제까지일지 기약할 수 없는 감정이, 그렇게 내리고 있었다.

달력에 그려진 빨간 동그라미가 선명했다. 붉은 선을 따라 원을 그리는 혜인의 손가락이 떨렸다. 미세한 한숨을 내쉬는 그녀의 등 뒤로 낭랑한 목소리가 튀어나와 그녀는 순간 움찔했다.

"모레 무슨 날이야?"

"아니."

담담하게 대답한다고 했는데도 말끝에서도 손가락만큼의 떨림이 느껴지는 것 같았다. 민아가 눈을 동그랗게 뜨고 의아한 표정을 지었다.

"표정을 보아하니 별로 좋은 날은 아닌 모양이네. 뭐야, 대체?"

"그런 거 아니라니깐."

바로 나가기를 바랐지만 민아는 침대에 다리까지 꼬고 앉아 전투적인 자세를 취했다.

"말로만 아니라고 하면 다야? 얼굴에 불안, 초조, 우울이라고 써 있거든? 얼굴에 꽃이 펴도 이상하지 않을 봄날에 너 혼자 계절을 거꾸로 가잖아. 3월 들어서 부쩍, 달력 앞에서 서성서성. 불 꺼진 거실에서도 서성서성."

"봄 타나 보지."

"나한테도 말 못 할 비밀이라, 이거지?"

"비밀은 무슨……."

혜인은 더 이상 말을 이을 수 없어 의식적으로 고개를 돌렸다. 이 답답한 마음을 누구에게라도 털어놓을 수 있다면 좋겠다고, 생각하고 또 생각했다. 당사자인 윤우에게는 말할 수 없는 비밀이라고 해도, 가장 가까이 있는 민아에게는 하소연하고 싶은 마음이 굴뚝같았다. 하지만 약속은 약속이었다. 시간 여행을 제안 받았을 때 지금과 같은 상황을 예견할 수 없었던 것처럼 약속을 깨뜨렸을 때 어떤 결과가 기다리고 있을지 가늠할 수 없었다. 그래서 그녀는 가슴을 꾹 누르며 터질 것 같은 말들을 삼켰다.

"윤우 씨랑 무슨 일 있어? 뭐, 심적 변화라도 온 거야?"

민아가 저런 질문을 한 데는 다 이유가 있었다. 이번 주 월요일, 경영지원팀 사무실은 발칵 뒤집혔다. 회의를 하자고 원탁 테이블로 팀원을 소집한 서지숙 팀장이 삼 주 남은 본인의 청첩장을 돌린 것이다. 봉투 안에 신부의 이름과 결혼식 날짜를 확인한 팀원들은 할 말을 잃고 무언의 항의를 하듯 팀장의 얼굴만 반듯하게 쳐다보았다. '반응이 왜 이래?' 하는 팀장의 말에 그제야 팀원들은 한마디씩 서운한 소리를 했었다.

"너무 감쪽같이 속이셨잖아요. 눈치라도 주시지."

"니들이 둔해서 못 알아먹은 거지. 아무렴 결혼 생각 없는 노처녀가 미팅 주선한다 했겠어?"

"그래도 그렇죠."

"선보고 삼 개월 만에 결혼하는데 나도 겁이 나는 걸 어떡해. 언제 엎더라도 엎을 수 있겠다 싶어 입 꾹 다물었지."

아리송하다는 팀장의 얼굴은 오히려 햇살이 투영된 듯 반짝 빛이 났고 목에 꿀을 바른 듯 톤은 부드러웠다. 문제는 그다음이었다.

"워낙 늦게 하는 결혼이라 미혼 친구도 없고. 그래서 말인데, 혜인 씨가 부케 받아라."

혜인이 당황해 대답을 주저하는 사이, 팀원들은 이미 확정된 사실인 양 이러쿵저러쿵 떠들었다.

"올해 유부녀가 두 명이나 탄생하는 거예요? 애인 없는 사람은 서러워서 일도 못 할 것 같은데."

"알고 보니 혜인 씨도 이미 날짜 다 잡아놓은 거 아니야? 서프라이즈한 김에 한꺼번에 해요."

한껏 달아오른 분위기에 '아뇨, 저 안 받을래요.' 하는 혜인의 대답은 찬물을 끼얹는 것과 마찬가지였다. 한지혜 대리가 분위기를 무마해볼까 싶어 '왜, 부끄러워서 그래요?' 하며 옆구리를 치는데도 그녀는 굳은 얼굴로 '전 못 받아요.'라고 딱딱하게 대답할 뿐이었다. 서먹해진 분위기는 팀장이 가위바위보로 결정하자고 농담을 하는 바람에 풀어졌다.

"내가 오늘도 윤우 씰 봤는데 말이지. 그 사람 분위기는 달라진 게 없는데 너 혼자 이렇게 한숨을 푹푹 쉬는 거면 답은 하나잖아."

"……."

"그런데 그것도 이상해. 네가 어디 변덕스런 호르몬을 가진 사람이야? 게다가 윤우 씨 사고 났을 때 네 반응을 보면 백년가약을 맺어도 시원찮을 판에 말이지."

"탐정 놀이 그만해."

"그러니까 속 시원히 얘기해보라고. 꼭 무슨 일 날 것 같아서 조마조마하단 말이야."

등 뒤로 울리는 민아의 음성이 조금 부드러워짐을 느끼며 혜인은 벽에 이마를 기대고 섰다.

"민아야."

"그래."

"……제인은 행복했을까?"

"뭐?"

벽에 눌린 이마가 금세 아팠다. 혜인은 손바닥으로 이마를 문지르며 옆으로 돌아섰다. 옆 시선으로 보이는 민아의 표정이 그야말로 황당했다. 혜인은 최대한 예사로운 목소리로 말을 이었다.

"난 비극이라 생각했는데 윤우 씬 비극이 아니래. 운명을 거부하고 자신을 숨긴 채 살아가던 제인이 자신의 운명을 기꺼이 받아들이고 사랑하는 연인을 지킬 수 있었으니까 제인의 입장에서는 해피엔딩인 거라 그러더라."

"그 해석도 틀린 건 아니네. 그래도 살아서 맺어졌으면 더 좋았을 것 같잖아?"

"어느 한쪽이 죽어야 하는 운명이라면 그 운명을 아는 사람이 지켜주는 게 맞는 거겠지?"

"모르면 몰랐지 안다면 가만히 지켜보기는 힘들지 않겠어? 꼭 그 사람 대신 죽겠다는 비장한 마음이 아니더라도 말이야."

그래. 제인도 스스로 죽음을 선택한 게 아니라 그 사람을 지키고 싶을 뿐이었을 것이다. 제인이란 캐릭터가 특별해서가 아니라 사랑을 하는 사람의 마음이 그럴 뿐이다. 그리고 혜인 자신도 그런 사랑을 하는 사람일 뿐이었다.

그녀는 침대 위로 몸을 눕혔다. 민아가 그런 혜인을 물끄러미 내려다보더니 툭툭 자리를 털고 일어섰다. 혜인은 자리를 잘못 찾은 사람처럼 불편하게 돌아누우며 눈을 감았다.

"그런데……."

삐그덕 하는 문소리와 함께 민아의 말이 이어졌다.

"어느 한쪽이 죽어야 하는 운명이란 게 과연 있을까?"

〈서정적인 로맨스의 대가 이시와라 신지의 신작 『내가 당신을 기억해』, 3월 25일 발매 예정.〉

모퉁이를 돌 때마다 혜인의 발걸음은 서점 쇼윈도 앞에서 멈추곤 했다. 작가의 얼굴이 박힌 포스트에 바람이 부는 듯 벚꽃이 흩날렸다. 일본이라고, 아니 봄이라고 벚꽃인가? 식상한 발상이긴 해도 설레는 마음까지 불식시키진 못했다.

"생각보다 젊네?"

베스트셀러에 올라오는 자기 계발서나 가끔 들춰 보는 민아가 유일하게 아는 일본 작가였다. 안다고 해도 이름뿐이었다. 혜인의 독촉으로 민아의 책상에서 한 달을 버틴 『저예요, 바람이에요』는 결국 20페이지도 읽기 전에 하품 나는 소설이라고 낙인찍혀선 돌아왔다. 그러니 그녀가 신작 소설 소식보다 작가의 얼굴에 흥미를 느끼는 건 당연한 일이었다. 목까지 올라오는 검은 니트를 입고 검은 뿔테 안경을 쓴 작가의 인상은 이지적이고 고독한 느낌을 풍겼다. 흩날리는 건 벚꽃이 아니라 담배 연기인 것 같은 느낌.

"누가 작가 아니랄까 봐. 분위기 있네."

"삼 년 만의 신작이야. 완전 기대돼."

"한동안은 또 소설 속 세계에 빠져 살겠네. 그래도 환상의 세계보다 애인 있는 현실이 더 낫지?"

포스터에 취해 망각했던 사실이 순간 고개를 들었다. 그렇지, 오늘은 D-1. 가슴속에서 열려진 빗장이 철컥하고 닫히는 소리가 난다. 혜인은 다시 걷기 시작했다. 혹독했던 겨울 추위는 3월로 들어서며 빠르게 밀려나 아침에도 봄기운을 흠뻑 느낄 정도로 포근했다.

"너 오늘 저녁에 시간 낼 수 있어?"

"오늘?"

"어제 그 말 하려고 네 방에 간 거였는데, 네 이상한 질문에 대답하다가 잊어버렸지 뭐야. 기억나, 성민 선배? 교양 수업 들을 때면 매번 우리 앞에 앉던 선배 말이야."

"기억나. 그 선배는 왜?"

"동기 모임 때 지연이 만났다고 했지? 성민 선배랑 같은 회사였나 봐. 그 선배한테 우리 얘기를 했더니 한번 보고 싶다고 연락이 왔어. 그것도 직접."

2월에 있었던 동기 모임에 혜인은 가지 않았었다. 그 시간에 그녀는 윤우와 함께 있었다. 벌써부터 애인에게 발목 잡혀 사는 거냐고 핀잔을 듣기도 했지만 혜인으로서는 아끼고 아껴도 충분치 않은 시간이었다. 민아의 투정은 윤우의 귀에까지 들어가, 그가 자신의 잘못인 양 미안해하기도 했다. 당신이 좋아서 그래요, 라는 수줍은 말에 그도 수줍게 웃었고 수줍게 입을 맞추었다.

"오늘은 안 되겠는데."

"왜? 너 또 윤우 씨 때문이지?"

"중요한 일이야."

"나 혼자 나가서 뭐 하라고."

"성민 선배랑 친했던 건 너잖아. 어차피 선배도 혼자 나오는 거 아냐? 그럼 일대이보단 일대일이 낫잖아."

그리고 이미 셋이 만났었다고, 난. 혜인은 속으로 중얼거렸다. 그때 둘 사이에 오가던 묘한 분위기를 그녀는 어렵지 않게 기억했다. 틀린 말은 아니었는지 민아는 별달리 대꾸하지 않았다.

"성민 선배 멋있었는데. 키도 크고 얼굴도 매끈하고. 민아랑 이어졌으면 했는데 이제서야 그 소원 이루려나 보네."

"박혜인 너답지 않게 고속 주행이야? 얼굴도 아직 못 봤어. 벌써 몇 년 전이니?"

"너한테 당한 게 얼만데, 좀 느껴보라고."

핀잔을 주는 민아의 표정이 꽤 즐거워 보였다. 오래전 친했던 선배를 만나는 것이니 아무리 쿨한 성격의 그녀라도 설레고 떨리긴 할 것이었다.

"승준 씨랑 형민 씨 불쌍해서 어쩐다니."

"나랑 엮을 생각 마라. 어디까지나 우호 관계였으니까. 이참에 선배네 회사 여직원들이랑 소개팅이나 시켜주지, 뭐."

"하긴 우리한테 은근히 소개팅 바랐었으니까."

"그런데 중요한 일이란 게 뭐야? 빨간 날은 내일이었는데."

"그러니까……."

혜인은 민아가 알아들을 수 없는 대답만 남긴 채 입을 다물었다. 달력의 붉은 동그라미가 눈앞에 선연했다. 머릿속에도 가슴속에도, 동그라미가 가득했다. 잊을 수도, 잊어서도 안 되는 날. 그래서 오늘이 더 의미 있는 날이 되었다. 그녀는 굳은 얼굴로 회사 정문으로 빠르게 들어갔다. 오늘 오후가 빨리 지나가기를 바라면서.

"어쩐 일이에요?"

황당한 표정은 일 초쯤 머물렀을 뿐, 얼굴에 반가움만이 완연했다.

"서프라이즈."

혜인은 두 손에 든 봉투를 한껏 들어 올린 후, 활짝 웃었다.

"저녁 같이 먹으려고요."

방금 샤워를 마치고 나온 듯 윤우에게서 촉촉한 물기가 느껴졌다. 채 마르지 못한 머리카락 끝에서 시작된 물방울은 루즈한 브이넥 셔츠 사이로 드러난 어깨에 톡톡, 잔약한 소리를 내며 떨어졌다. 다행히 시간을 잘 맞추었구나 싶어 그녀는 안도의 한숨을 내쉬었다.

초침, 분침이 정확히 6시를 가리키자마자 사무실을 박차고 나간 그녀는 곧장 마트로 달려가 저녁 장을 보았다. 무엇을 집든 5초 이상 고민하지 않았고, 고민을 많이 하지 않을 요량으로 무난한 스파게티를 골랐다. 면과 파스타 소스와 베이컨과 양송이버섯, 양파 몇 개, 방울토마토와 딸기 한 팩, 레드 와인, 비스킷 정도. 너무 단출한가 싶어 한 바퀴 더 둘러볼까 할 즈음 퇴근했다는 윤우의 문자에 혜인은 계산대로 직행했다.

윤우의 오피스텔에 온 건 화해의 밤 이후로 처음이었다. 그때의 기억 때문인지 마트에서는 따라붙지 않았던 망설임이 오피스텔 문 앞에서 그녀의 발목을 잡았다. 초대받지 못한 방문이라니. 자신에게 이렇게 대범한 구석이 있었던가도 싶다. 한 번은 몰라도 두 번째. 그가 어떻게 생각할까 염려하는 마음은 즐거운 마음을 고스란히 드러내는 윤우를 마주하는 순간, 순식간에 사라져버렸다.

"약속은? 거짓말이었어요?"

집으로 갈까요? 묻는 그의 문자에 약속이 생겨 안 되겠다는 문자를 보냈던 터였다. 약간의 간격을 두고 그는 잘 다녀오라는 문자를 보내왔다. 어이없게도 혜인은 그 문자가 섭섭했었다.

"무슨 약속인지 묻지도 않고. 나라면 섭섭했을 텐데."

"굉장히, 굉장히 섭섭했어요."

윤우의 긴 팔이 그녀의 어깨를 끌어당겼다. 머리카락을 스치고, 입술이 뒷머리에 닿았다 떨어졌다. 은은한 바디코롱 향에 정신이 얼얼했다. 그에게서 옮은 물기에 서늘해진 어깨를 훔치며 혜인은 부엌으로 들어갔다. 그는 콧노래를 부르며 봉투 속의 내용물을 꺼냈다.

"혼자 뭐 먹을까 고민하는 거 쓸쓸했는데."

"그래서 뭐 먹으려고 했는데요?"

"음, 철가방?"

"정말?"

"오 초쯤은. 승준이 찬스 쓰려다가 말았어요. 녀석이 어떻게 알고 전화 왔더라고요."

"그랬어요? 그런데 왜."

"혹시, 연락 올까 봐서. 혜인 씨한테."

윤우가 부드럽게 웃었다. 혜인은 입을 다물지 못한 채로 멍하게 그를 보았다. 그의 부드러운 웃음에 장난기가 섞이는 듯하더니 손을 뻗어 그녀의 입술을 오므리는 시늉을 했다.

"먼지 들어가요. 청소도 안 했는데."

말은 그렇게 했지만 실내는 막 정돈을 마친 듯 깨끗하고 아늑했다. 현관 앞 슬리퍼도, 욕실 앞 발 매트도, 소파 위 쿠션도, TV 선반 위 올망졸망한 소품 인형도, 어느 것 하나도 이탈하지 않고 제자리를 칼같이 지키고 있었다. 남자 집이 이래도 돼? 약이 오르기까지 했다.

윤우는 내용물을 확인하자마자 베테랑 요리사처럼 익숙하게 움직였다. 냄비에 물을 올리고 면을 꺼내놓고, 양파를 까고, 버섯을 손질하고, 베이컨을 자르고, 기름을 두른 팬에 차례로 볶아낸 후 토마토소스를 붓고, 삶아진 면을 소스에 버무리고.

원래 계획은 이게 아니었는데. 혜인은 키친 바에 앉아 저 대신 앞치마를 두르고 요리를 하고 있는 윤우를 물끄러미 쳐다보았다. 스파게티를 선택한 이유도 면만 알맞게 삶으면 실패하지 않는 음식이기 때문이었다.

"내가 하려고 했는데."

"혜인 씬 손님이잖아요."

"그래도, 나도 할 수 있는데."

"나중에 많이 해줘요. 결혼해서."

아무리 담담한 척하려 해도 미래지향적인 말들은 예민하게 다가오기만 해, 그녀는 가슴이 쿡쿡 아팠다. 아무런 말이 없는 그녀가 이상했는지, 윤우가 등을 돌아보며 한마디 더 말을 이었다.

"아니다, 결혼해서도 내가 다 할게요. 혜인 씬 그냥 내 옆에서 아침엔 눈 뜨고 밤엔 눈 감고, 그래주기만 하면 돼요."

"무슨 프러포즈를 요리하면서 해요? 난 몰라. 안 들은 걸로 할래요."

"난 몰라. 한 건 한 거지."

농담으로 진심을 숨기려는 혜인에게 토라진 아이처럼 입술을 쏙 내밀고 똑같이 농담으로 응수하는 그의 반응에 그녀는 큭 웃어버렸다.

"자, 바질을 곁들인 토마토 스파게티입니다."

화이트 식기를 붉게 물들인 스파게티 위에는 바질 잎 한 쌍이 보기 좋게 올려져 있었다. 그제야 조리대 한구석에 있는 조그만 바질 화분이 눈에 들어왔다. 짙은 녹색을 띤 식물은 오래전에 성장을 끝마친 듯 보였다.

"그럼 이것도 먹어요?"

혜인이 포크로 바질을 들어 올리며 물었다.

"어렸을 때 케이크 위에 장식된 꽃잎 먹었어요?"

"아, 촌스러운 연두색 잎이요? 먹었어요. 먹을 수 있는 거잖아요."

"그럼 먹어요. 내 것까지."

윤우가 자신의 몫으로 데코한 바질 잎을 혜인의 입속에 쏙 들이

밀었다. 알싸한 맛이 혀 전체를 휘감았다. 그녀는 자동적으로 눈살을 찌푸렸다. 그러고는 포크에 올려진 남은 잎사귀를 그의 입에 빠르게 넣었다. 그가 쇼크를 받은 것처럼 동작을 멈추었다 꿀꺽 삼키는 연기를 하며 빠르게 손바닥을 입가에 가져갔다 떼었다.

"어, 반칙, 반칙."

주먹 쥔 그의 손을 억지로 펴게 하자 풀을 바른 듯 손바닥에 바질 잎이 붙어 있었다. 그가 멋쩍게 웃더니 봐달라는 듯 눈을 찡긋거렸다.

"윤우 씬 그 장식 안 먹었어요?"

"난 먹는 걸 줄 몰랐는데. 그런데 그거 무슨 꽃이었어요? 무궁화?"

"에이, 무슨 무궁화예요. 장미죠."

"그 시대에 분홍 장미는 생경스럽잖아요. 난 또 조국과 민족의 무궁한 영광을 위해 케이크도 무궁화로 장식하는 줄 알았지."

둘은 자동적으로 국기에 대한 맹세 앞부분을 낭독하고는 웃음을 터트렸다. 조금 식은 스파게티 면을 호로록 먹으며 혜인은 어느 때보다 평화로움을 느꼈다. 그냥, 기분 좋은 일상의 어느 날. 금요일을 앞둔 설레는 목요일 밤, 그게 다인 것처럼.

앉은 자리에서 한 팩의 방울토마토까지 해치우며 조근조근 대화를 늘어놓다 보니 열 시를 훌쩍 넘어섰다. 윤우가 식탁을 정리하는 사이, 혜인은 거실로 나와 쿠션을 끌어안고 소파에 깊게 눌러앉았다. 혼자 나간다고 툴툴거리던 민아에게선 소식이 없었다. 좋은 징조인 게 틀림없다. 혜인은 내일 회사서 보자는 문자만 달랑 보내고 휴대폰을 껐다. 민아라면 더는 묻지도 찾지도 않을 것이었다. 정리를 마친 윤우가 거실로 나오면서 선반에 있는 차 키를 집어 들었다.

"데려다줄게요."

"안 데려다줘도 돼요."

"집까지 모셔다드리는 게 내 일이에요."

"오늘은 그러지 말아요."

윤우가 영문을 모르겠다는 표정으로 그녀를 보았다. 혜인은 짐짓 덤덤하게 대꾸했다.

"내일 데려다줘요. 출근도 시켜주고."

그는 진심으로 놀란 것 같았다. 움직임이 전혀 없이 서 있는 윤우에게 그녀는 한 번 더 쐐기를 박았다.

"싫어요? 지금 가요?"

"아, 아뇨."

아까 짓궂은 장난을 치던 삼십 대 청년은 어디로 갔는지. 어린아이처럼 쉽게 당황하고 쩔쩔매는 표정의 그를 보며 혜인의 입가에 자연스럽게 미소가 스몄다.

"그렇게 서서 내외할 거예요?"

"그냥 좀, 당황스러워서."

윤우는 머리를 매만지며 그녀의 옆에 앉았다.

"왜요, 처음도 아니잖아요."

"처음? 아……."

춘천에서의 밤. 혜인에게도 윤우에게도 잊을 수 없는 기억이었다. 작년이라는 수식어가 붙으니 꽤 오래전 같지만 불과 삼 개월 전의 일.

"그때도 긴장 많이 한 거예요."

"거짓말, 전혀 티도 안 나던데요. 나 있는 거 발견하고도 별로 놀라지 않았잖아요."

"그건 원래 오기로 했던 거고, 또 기대하는 마음이 없잖아 있었으니까. 그래서……."

"그래서?"

"마음의 준비를 오면서 했단 말이죠. 그런데 오늘은 갑자기 당했잖아요. 예고도 없이."

윤우는 혜인의 손목을 잡고 자신의 왼쪽 가슴에 올려놓았다. 손바닥 안쪽에 심장의 움직임이 여실히 전해졌다.

"이봐요. 심장 뛰는 거 봐. 나빴죠?"

"아뇨."

"남의 일이라고 모른 척하기는."

혜인이 보란 듯이 입술을 내밀자 윤우가 얄밉다는 듯 가볍게 한쪽 볼을 잡아당겼다.

"나, 그때 못 봤던 영화 보여줘요."

"페인티드 베일?"

그녀가 고개를 끄덕이자 그는 서랍에서 USB를 꺼내 TV에 꽂았다. 영화는 처음부터 재생되었다.

중국 상해의 자연은 수채화처럼 아름다웠지만 전체적인 영화의 분위기는 한차례 비가 뿌린 뒤 해가 나지 않은, 축축한 오후의 기운처럼 정적인 슬픔이 감돌았다. 비가 뿌리는 도입부부터 해서 노튼의 건조한 눈빛, 무기력하고 불행한 왓츠의 표정, 그 둘 사이에 흐르는 냉담한 기류. 너무 다른 성격의 남녀가 닿을 듯 닿지 않는 평행선을 그리며, 그럼에도 부부라는 이름으로 한공간에서 철저히 무시한 채 살아가는 모습이 안타까웠다. 콜레라로 죽음이 가득한 도시에는 병자가 넘쳐나고, 불만과 불안에 사로잡힌 중국인들은 이방인에게 친절하지 못하다. 먼 타지에서 마음 붙일 곳 없이 떠도는 그들은 결국 오해에서 이해로 점차 서로의 간극을 좁혀간다. 아주 잔잔하게, 서로에게 닿는, 비로소 함께하는 존재가 되는 그들의 모습은 아름답기보다 슬펐다. 다가올 비극을 어렴풋하게 예견할 수 있어서였을까.

남편의 물건을 꺼내며 그의 빈자리에, 늦게나마 사랑이 내려앉은 자리가 허전해 눈물을 쏟고 마는 왓츠의 모습에 그녀는 평정심을 유지할 수 없었다. 혜인은 윤우가 보고 있다는 것도 인지하지 못한 채 영화 속 그녀처럼 헝클어진 눈물을 흘렸다. 그가 그녀의 어깨를 끌어안았다. 그의 어깨에 기울어진 등처럼, 이 슬픔도 기울어져 다정한 그를 울릴까. 혜인은 마음을 다독이려 애썼다.

"왜 그렇게 서럽게 울어요, 마음 아프게."

그의 손가락이 조심스레 눈물을 훔쳐주었다.

어쩌면, 저게 나일지도 몰라요. 온 세상의 슬픔이 의자로, 액자로, 달력으로, 책갈피로 형상을 바꿔 내 방을 메워서 나는 눈물을 흘리지 않은 채로 어느 것 하나도 볼 수 없는 상태에 빠질지도 몰라요. 오래지 않은, 어쩌면 내일. 내일이란 말이 이토록 서늘한 말이 될 줄, 삭제하고 싶은 시간이 될 줄 몰랐어요. 그럼에도 우리가 가야 할 곳은 내일밤에 없기에, 나는 이렇게 당신에게 기울어진 채로, 가득한 사랑 다 쏟아내고 싶어.

혜인은 어깨에 기댄 몸을 앞쪽으로 숙여 그의 품에 그대로 안겼다.

"우는 당신도 참, 예쁘다."

윤우는 부드럽게 그녀의 등을 쓸었다. 손바닥의 움직임에 자제력을 잃은 혜인은 더 깊게 울었다.

그러니 이 눈물도 오늘은 그냥, 사랑이라고 오해해주면 좋을 것 같아요.

옅은 브라운의 무지 티셔츠는 허벅지를 살짝 덮어 얼핏 니트 원피스를 입은 듯 보였다. 그 아래 입은 바지는 너무 커서 우스꽝스러웠다. 아무리 꽉 졸라매도 슬슬 골반까지 흘러내리는 데다 다리 하나씩은 더 들어갈 듯한 넉넉한 품이 이상해, 도로 벗어 팔에 걸었다. 자유롭게 팔을 놀리기엔 허벅지가 드러나는 아슬아슬한 기장이 신경 쓰이긴 했지만 어쩔 수 없었다. 무릎 담요를 덮고 있으면 괜찮겠지. 출근 가방에 편한 옷가지를 챙기려다 말았던 건, 어디까지나 돌발 행동이었을 뿐 계획적인 인상을 주면 안 되겠다는 생각에서였다. 금요일도 아니고 목요일 밤 외박을 미리 계획한다? 아무리 연인이라지만 이해 안 갈 행동일 게 뻔했다.

거실은 TV 속 연예인들의 재잘거림으로 시끄러웠다. 예능이고 드라마고 TV는 잘 보지 않는다고 했던 윤우였는데, 장마에 엄마를 잃은 개구리 소년처럼 울고 또 울던 혜인의 기분을 전환시켜 줄 요량으로 틀어놓은 듯했다.

혜인은 소파에 기대 바닥에 앉았다. 이윽고 그가 와인과 잔 두 개, 비스킷과 과일 접시를 들고 돌아왔다. 와인의 씁쓸함과 과일의 달콤함이 어우러진 향이 좋아, 그녀는 언제 울었는지도 모르게 방긋 웃었다.

"혜인 씨가 마시기엔 드라이하지 않아요?"

"난 드라이한 거 좋아해요."

"그럼 이게 혜인 씨가 좋아하는 와인이에요?"

"아뇨, 마트 언니 취향이죠. 와인 살 때마다 추천해달라고 하는 걸요."

"그건 나도 그런데. 그래서 성공한 것 같아요?"

"음…… 맛은 괜찮은데, 성공한지는 모르겠어요."

그녀의 애매한 대답에 그가 고개를 갸웃거렸다.

"잠이 잘 오는 와인을 추천해달라고 했거든요."

"누가 잠들었으면 한 거예요? 나?"

"둘 다요."

혜인이 싱긋 웃었다. 장난기가 발동했는지 그는 맥주처럼 와인을 원샷하더니 머리 위에 잔을 거꾸로 흔들기도 했다. 붉은 물방울이 정수리에 톡 떨어졌다.

"큰일이네. 나는 점점 정신이 또렷해지는데."

"정말? 이런 큰일이."

그녀 역시 받아치며 잔을 한 번에 비웠다. 드라이한 와인임에도 불구하고 목을 타고 내려가는 느낌은 부드러웠다. 혜인이 눈을 찡그리며 읊조렸다.

"이런, 앞으론 그 언니한테 추천받지 말아야겠다."

"오늘 밤새우고 내일 둘 다 땡땡이칠까요?"

"그거 정말 유혹적인 제안이긴 한데, 영원히 땡땡이치라 그러면 어떡해요? 안 그래도 요주의 인물들인데."

"요주의 인물? 우리가?"

"사람 많은 곳에선 아니 땐 굴뚝에도 연기 나거든요. 하물며 사람들 보기에 우리는 활활 타는 아궁이란 말이죠."

"하하."

와인은 어느새 반 이상이 비워졌다. 졸음이 오진 않았지만 도수가 조금 있는 와인이었기에 취기는 좀 돌았다. 눈물로 붉어졌던 눈동자에 색이 빠진 대신 두 볼이 발그레해졌다.

"이러고 있으니까 작년 크리스마스 같아요."

"끝은 불행했던 크리스마스?"

"설마 불행까지 했어요?"

"말도 마요. 그 녀석이 그렇게 미웠던 적은 다신 없었으니까."

윤우가 아찔한 기억이라는 듯 고개를 흔들었다.

"나, 잘 몰라요. 그때가 언젠지."

"그때? 무슨 말이에요?"

"윤우 씨가 했던 질문 있잖아요. 대답 못 했었는데."

크리스마스에 대한 그녀의 기억은 처음도, 끝도 그것이었다.

'내가 혜인 씨한테 반한 순간은 언젠지 알아요?'

깊은 윤우의 눈동자와 그 속에 비친 감출 수 없이 흔들리는 자신의 표정.

무슨 말인가 골똘히 생각하는 그의 표정이 이내 달라졌다. 아련한 미소가 입가에 잡혔다. 그때보다 깊어진 눈으로 윤우가 입술을 뗐다.

"우리가 처음 만났던 날 기억나요?"

커피 〈모〉. 시간 여행을 하기 전이나 한 후나 처음 만났던 공간은 일치했다. 그래서 그날을 떠올리면 잔잔한 커피 향이 클래식 음악처럼 아련히 흘렀다. 우연한 부딪힘과 운명 같았던 만남.

"그때 당신한테 가면서 얼마나 떨렸는지 몰라요. 혹시 이 사람도 나와 같은 생각을 하는 건 아닐까 기대하면서. 제발 그랬으면 바라면서."

설마 그때부터? 예상치 못한 대답에 놀라며 혜인은 조용히 그를 쳐다보았다.

"어째서 눈에 들어왔느냐고 묻는다면, 나도 몰라요. 그냥, 그렇게 시작된 것 같아요. 무엇인가 열심히 적는 당신이, 그러다 쿡 웃기도 하는 모습이, 내가 다가서자 놀란 토끼처럼 허둥지둥 도망치던 당신이 불쑥, 들어와버렸으니까."

"나는……."

혜인은 무슨 말이라도 해야 할 것 같아 입을 열었지만 어떤 말도 할 수 없었다.

"왜 그렇게 도망갔어요? 그렇게 싫었어요?"

"그냥…… 낯설어서요."

조금 섭섭했다는 투로 묻는 말을 그녀는 거짓으로 얼버무렸다.

"서윤우, 인간 승리지. 그렇게 부리나케 도망가는 여자를 애인으로 잡았으니."

곧게 뻗은 그의 손가락이 혜인의 머리카락을 흐트렸다. 몸을 기울이자 그대로 그의 어깨에 닿았다. 그가 든 와인 잔이 맑은 소리를 내며 그녀의 잔에 부딪혔다. 찰랑이는 와인도, 접시 위의 딸기도, 취기를 머금은 입술도, 모두 붉었다.

그의 눈보다 낮은 세상에서, 혜인은 그 붉음을 차례로 받아들였다. 부딪혀 붉어지는 것은 입술만이 아니었다. 입술이, 입술보다 낮은 세상으로 발자국을 찍듯 지나가면, 그곳에 붉은 흔적이 배였다. 아무도 오지 않은 흰 눈밭에 그의 걸음이 길게 찍혔다.

그가 잠시 고개를 들어 잔잔한 눈빛으로 보았다. 당신 괜찮은지, 묻는 듯이.

혜인은 대답 대신 그의 목을 꽉 끌어안았다. 윤우가 가볍게 그녀를 안아 올렸다. 그 형형한 눈빛이 그녀의 벗은 몸을 보듬었다. 눈밭처럼 폭신한 시트 위에서 그녀는 천천히 눈을 감았다. 설령 보이지 않는 내일이 온다 해도, 이 모든 것이 선명하게 기억되기를 바라고 또 바라면서.

"오늘이 마지막 날이라면 무엇을 하겠어요?"

벗은 어깨를 감싼 손을 어루만지며 혜인이 물었다. 긴 정사 후, 그때까지도 가시지 않은 와인의 취기에 까무룩하게 잠이 들었다가 눈을 떴더니 두 시간이 지나 있었다. 그녀가 몸을 뒤척이니 그

반동으로 윤우 역시 눈을 떴다. 흐린 겨울 바다 위에 솟는 해처럼 노곤함이 사라진 눈동자가 말갛게 그녀를 바라보았다.

"그런 슬픈 가정을 왜 해야 하는 거예요?"

"그냥, 만약에 말이에요. 읽었던 소설 중에 그런 장면이 나오거든요."

"그냥은 안 되는데. 내가 대답하고 싶어질 만한 달콤한 말을 해봐요."

"음…… 윤우 씨가, 이런 질문을 하는 첫 번째 남자예요."

"뭐라고요?"

그가 어이없는 표정을 지었다가 이내 못 당하겠다며 후후 웃어버렸다.

"그리고 마지막 남자이기도 하고."

"정말? 그거 약속하는 거죠?"

기분 좋은 표정의 그를 보며 혜인은 가볍게 고개를 끄덕였다. 이런 질문을 할 수 있는 건, 아니 하고 싶은 건 오직 당신이기 때문이리라.

어깨를 감싸던 손이 그녀의 뺨을 지그시 누르고 뺨을 간지럽히는 머리카락을 귀 뒤로 넘겨주었다.

"오늘이 마지막 날이라면, 당신 소원을 모두 들어줘야겠지."

담담하게 말하는 그의 눈빛이 형형히 빛났다. 당신이 얼마나 가슴 스미는 사람인지 모르겠지, 혜인은 먹먹해지는 마음으로 그를 올려다보았다. 조금 비스듬히 마주 서주어도 좋으련만, 이렇게 올곧이 나를 향해 있어주면 나는 점점 아득해지는걸.

"오늘이 마지막 날이라고 하고, 당신 소원 다 들어볼까요?"

"내 소원이요?

울먹해지는 감정을 누르기 위해 그녀는 한 번 더 물었다.

"아낌없이 말해봐요. 아낌없이 들어줄 테니까."

"내 소원은……."

혜인은 낮게 운을 띄우며 그의 몸속으로 파고들었다. 따뜻한 체온이 그녀를 맞았다.

"내 소원은 이미 이뤘어요."

"응?"

"기억나요? 시간이 없는 섬에 가고 싶다고 했던 거."

"물론."

"난 여기가, 시간이 없는 섬 같아요."

그녀가 윤우의 품속에서 낮게 중얼거렸다. 그가 무슨 말을 하는가 싶어 혜인을 내려다보다 틈 없이 들어오는 그녀를 따뜻하게 품었다.

이 섬에서는 시간이 잠을 자는지, 아주 오래 당신과 눕고, 베고, 안고, 손잡고, 웃고, 말하고, 걷고, 달리고. 자꾸만 희망 없는 꿈을 꾸게 해요.

차라리 아주 오래 잠이 들었으면. 시간이 우리를 떼어버리는 일 없이, 내일과 영원히 작별할 수 있도록.

11. 비로소, 보이는 것

아침은 그 여느 때와 같이 평화로웠다. 낯선 각도에서 들어오는 햇살과 시트의 감촉에 알람 소리 없이도 자동으로 눈이 떠졌다. 두런두런 얘기를 나누다가, 처음보다 긴 정사를 나누고 동이 틀 즈음 잠이 들었을까. 혜인은 이불을 끌어모으며 몸을 일으켰다. 머리맡에 지난밤에 입었던 옷가지가 가지런히 놓여 있었다. 누가 보기라도 하듯 얼굴을 붉히며 그녀는 옷을 입었다.

"굿모닝, 잘 잤어요?"

인기척을 들었는지 윤우가 빼꼼 고개를 내밀었다. 그를 따라 커피 향이 나는 것 같았다.

"이상하게 달게 잘 잤어요. 오늘 땡땡이치는 건 무리겠어요."

그가 화사하게 웃었다. 혜인 역시도 마찬가지였다. 오늘의 부담감 때문이 아니더라도 낯선 잠자리에 잠을 설칠 줄 알았는데 세 시간의 쪽잠이 꿀맛 같았다. 마치 이제야 나에게 딱 맞는 잠자리를 찾은 것처럼. 그래서 오늘이, 오늘이 아닐 수 없게 아침 기분은 상쾌했다.

햄과 치즈, 양상추를 넣은 수제 샌드위치와 커피를 마시고 그녀가 거울 앞에 앉아 출근 준비를 하고 있을 때였다. 쇼핑백 하나가 들이밀어졌다.

"이게 뭐예요?"

혜인은 멍청하게 쇼핑백을 받아서는 내용물을 꺼내 보았다. 여성용 원피스와 미니멀 재킷이 딸려 나왔다.

"출근 복장으로 이상해요?"

"아뇨, 예뻐요. 설마 내 거예요?"

"그럼 누구 거겠어요."

"언제 산 거예요?"

"어제 혜인 씨 씻는 사이예요."

눈물범벅이 된 얼굴을 진정시키느라 욕실에 오래 있긴 했었지만 그사이 그가 나갔다 왔다는 건 전혀 눈치채지 못했었다.

"그 시간에도 영업하는 곳이 있어요?"

"여기 큰길로 좀 나가면 쇼핑 상가가 있거든요. 인기 좋은 곳은 새벽까지 장사하더라고요. 너무 급하게 사서, 다음엔 더 좋은 걸로 사줄게요."

"고마워요. 잘 입을게요."

어제 입은 복장 그대로 출근해야 하는 마음이 편하지 못했다. 여자들의 뒷말은 멋대로 부풀려져 루머로 번지기 때문에 사소하다 치부할 수 없었다. 부드러운 소재의 하얀 블라우스는 전체적으로 셔링이 잡혀 있고 잘록하게 들어간 허리 라인과 골드 펄로 코팅된 체크 패턴의 스커트의 매치가 단정하면서 고급스러웠다. 혜인은 원피스를 몸에 대보았다. 거울에 비친 제 모습을 보며 싱긋 웃던 그녀는 문득 스치는 생각에 얼굴이 굳어지고 말았다.

"왜 그래요?"

하얀 블라우스 위에 번지던 커피 얼룩. 첫마디. 당혹스런 그의 눈빛.

그 순간의 잔상이 거울 속에서 빠르게 지나갔다. 봄옷을 꺼내던 날, 혜인은 문제의 블라우스를 겨울 코트 안에 걸고 비닐을 씌워 손이 닿지 않는 구석으로 치워놓았었다. 아, 이건……. 그녀는 이상한 기분에 사로잡혀 가슴에 손을 얹었다. 다른 옷인 게 분명한데도 비슷하다는 인상을 지울 수 없었다.

"뭐가 잘못됐어요?"

"아, 아뇨."

혜인은 그제야 빠짐없이 자신을 보고 있는 그를 발견하고 황급히 고개를 저었다.

"살이 좀 붙은 것 같아서……."

"허리가 한 줌인데 무슨 소리예요?"

그녀가 거짓말을 둘러대서야 그가 굳어진 눈을 풀고 허리를 가볍게 끌어안더니 못내 아쉬운 표정으로 자리를 비켜주었다.

어제의 풍경과 같은 오늘.

차창 너머로 낯설고도 익숙한 봄날 아침의 풍경이 그려진다. 차의 홍수 속에서 물살을 타듯 자연스럽게 흘러가는 출근길은 버스 손잡이에 대롱대롱 매달려 이리 비틀, 저리 비틀 흔들려야 했던 흔한 날들보다 편안했지만, 가슴은 이상할 정도로 두근거렸다. 사람들의 움직임도, 상점의 간판도, 빌딩 사이로 팔을 뻗는 햇살도, 그 어느 것도 보고 있지 않았다. 그저 오늘이란 운명에 매달려 쉼 없이 흔들거리는 자신이 보일 뿐이었다.

"당신이 한 질문이 인상적이었나 봐요."

"무슨?"

"꿈을 꿨어요. 혜인 씨가 마지막 날이라면 무엇을 하겠냐고 묻더라고요. 사실 그게 꿈이었다는 걸 지금에서야 깨달았어요. 현실 같아서."

"그래서 뭐라고 대답했어요? 똑같이 말했어요?"

"아뇨."

그가 웃었다.

"난, 어제의 당신을 만나겠다고 했어요. 그럼 오늘이 마지막이 아니지 않느냐면서. 대답이 재밌지 않아요?"

가볍게 던지는 그의 말에 동조하듯 그녀는 미소 짓고는 바로 고개를 돌려버렸다. 환한 웃음에 오히려 눈물이 날 것 같았다. 어제 그 품으로 다시 돌아갈 수 있다면. 시간이, 세상이 숨을 멈추어 오직 당신과 나의 숨소리만 들리던, 그렇게 안아주던 어제의 당신에게로 다시 돌아갈 수 있다면.

무리야. 제인처럼은 단단해지지 못하겠어.

혜인은 두근거리는 심장 소리를 들으며 눈을 감았다. 흘러가는 시간을 그만, 보고 싶어서.

"민아 씨 급성 장염이라며? 많이 안 좋아요?"

이하영 대리가 혜인의 인사를 받기 무섭게 물어왔다. 이게 무슨 소리지? 혜인은 빠르게 휴대폰 문자를 확인했다.

[나 오늘 병가. 눈치껏 부탁해. 미안.]

깊이 생각할 틈도 없이 그녀는 어색한 웃음을 지으며 동조했다.

"네, 계속 토하고 화장실 들락거리더니 뻗었어요."

"뭘 잘못 먹은 거야?"

"어제 친구들이랑 조개 구이를 먹었나 봐요. 그게 탈이 난 것 같아요."

술이요, 나오는 말을 삼키며 혜인은 자연스럽게 거짓말을 했다. 언젠가 팀장이 새조개를 먹고 응급실에 갔다는 게 생각나서였다.

오랜 연결음 뒤에야 민아의 목소리가 들렸다.

"어떻게 된 거야?"

—달리다 달리다 뻗은 거지. 그래서 네가 있었어야 한다니까.

"별일은 없었고?"

—성민 선배랑 집 앞에서 바이바이한 것까진 기억나는데 현관문 닫고 나서부터는 암흑이야. 그 와중에 고결한 자존심은 지켰다는 거지. 대단하지 않아?

왠지 침대 위에서 힘없이 브이 자를 해 보이는 민아가 상상돼 혜인은 피식 웃었다. 어쨌든 다 죽어가는 목소리로 미안하다고 말하는 친구에게 핀잔을 줄 순 없어 몸조리 잘하라는 말을 덧붙인

후 전화를 끊었다.

혼자 나가라고 한 게 이런 결과를 불러일으키다니. 머리가 지끈거렸지만 어쩔 도리는 없었다. 어제 칼퇴근을 감행하면서 마무리 짓지 못했던 일을 오전 중에 처리해야 하는 것은 물론이요, 금요일마다 올리는 주간 보고서도 민아 대신 작성해야 했다. 무엇보다 큰일은 오후 5시에 예정된 정기 보안 교육이었다. 부서별로 진행되는 보안 교육은 일주일에 걸쳐 진행되는데, 오늘은 민아가 들어갈 차례였다. 교육 자체는 이하영 대리가 진행하지만 진행을 도울 팀원이 필요하기 때문에 혜인과 민아 중 한 명이 교육장에 참석해야 했다. 교육 시간 자체는 한 시간이었지만 질문 받고 정리까지 끝마치려면 이십 분은 족히 넘어야 했다. 운 좋게 질문 없이 끝나는 경우도 있지만, 장담할 수는 없는 일이었다.

왜 하필 오늘…….

혜인은 입술을 질끈 씹었다. 정신없이 짧고, 아득하게 긴 하루가 되겠구나.

"그래서, 예뻐?"

하진은 이 상황이 재밌었다. 윤우를 알고 지낸 지 자그마치 8년이었지만, 한 번도 부탁이란 걸 해온 적이 없는 녀석이었다. 해가 바뀌고 언제 한번 보자 말만 오갔는데, 난데없이 전화해 소설책을 구해달라는 부탁이 뜬금없더라니. 아직 출간일이 일주일 남아 있는 소설을 말이다.

"예뻐요. 아주 많이."

"얼씨구."

윤우는 쑥스러운 기색도 없이 능청스럽게 대답했다. 이것 봐라. 어떤 아가씨이길래 이 녀석이 이렇게 빠졌을까.

"어떤 여자야?"

"물 한 잔을 나눠 마셔도 좋은 사람이죠."

윤우는 탁자 위에 올려진 책에서 눈길을 거두며 웃었다. 뒤표지에 적힌 구절을 언제 읽었는지, 보기 좋게 인용하는 녀석의 태도에 하진은 그저 헛웃음만 지을 따름이었다.

"조만간 결혼식장에서 보게 되겠구만. 설마 청첩장 주려고 부른 건 아니지?"

"저야 그러고 싶지만 급하게 굴면 부담 줄 것 같아서요."

"오래 만난 사이가 아냐?"

"아직 백 일도 안 됐어요."

적어도 일 년은 넘었겠거니 생각한 하진은 그 말에 맥이 풀려버렸다.

"뭐야. 그것밖에 안 됐어? 그런데 서윤우가 조급하게 군단 말이지?"

"혼자 마음 졸인 시간까지 따지면 백 년은 족히 넘은 거 같은걸요."

"오, 짝사랑까지? 정말 내가 알던 서윤우 맞아?"

"임자 만난 거죠."

간단하게 웃는 윤우의 얼굴을 보니 하진 또한 덩달아 기분이 좋아졌다. 국문과 재학 시절, '청춘예찬'이라는 문학 창작 동아리의 회장이었던 하진은 바로 옆 동아리실 사람들과도 안면을 트고 같이 저녁을 먹거나 술자리를 하는 등 친목 교류를 나누기도 했었다. 그중 가장 친했던 후배가 서윤우였다. 연극부 핵심 기둥이라고 할 수 있었던 그는 진솔하고 곧은 성격에 따르는 사람들이 많았는데, 그중 절반은 여자였다. 밥 사달라고 조르거나 동아리실 앞에서 선물 상자를 들고 기다리는 여자들을 하진은 종종 목격했다. 하지만 윤우는 학과 생활과 연극부에만 열의를 보였고, 그를 쫓아다니는 여자들에게 함부로 굴진 않았지만 그렇다고 쉽게 곁을 주지도 않았었다. 그래서 하진으로 하여금 묘한 승리감을 불러일으키기도 했다. 생각해보니 참, 재밌는 시절이었다.

"너 약속했다. 이번 달 안에 보여주기로."

"알겠어요, 선배."

하진이 으름장을 놓는데도 윤우는 넉살 좋게 대답했다. 한 번도 선배라는 권위를 내세운 적이 없는 편한 선배. 윤우에게 하진은 그런 사람이었다. '자식, 나보다 훨 낫네.'라고 입버릇처럼 말하며 그를 높여주고 존중해주던 사람이 하진이었다.

"선배는 여전히 화려한 싱글 고수하는 거예요?"

"화려한 싱글은 무슨. 남루한 싱글이지."

"글은 요즘 안 쓰세요?"

"글자, 지겹다. 대학 때의 빛나는 감성? 얼어붙은 지 오래지."

동기들이 하나둘 공무원, 대기업 시험 준비로 도서관 붙박이 생활로 들어서며 너도 빨리 현실을 직면하라는 날카로운 조언에도 하진은 동아리실에 틀어박혀 소설이나 시나리오 구상에 몰두했다. 공모전에 수도 없이 떨어지고 주변 친구들이 근사한 양복을 입고 나타나 '내가 아는 형한테 자리 좀 부탁해볼까?' 해서야 강철 같던 고집도 꺾이고 말았다. 나름 알 만한 출판사에 들어가긴 했지만 출판 시장이란 건 늘 불안불안하고, 일은 많고 대가는 적고, 쓰고 싶은 미련은 끈덕지게 남아 하진을 괴롭혔다. 그래도 이젠 이 생활이 익숙해서 선뜻 다른 일을 해볼까 하는 마음은 들지 않았다. 그것이 설사 창작이라 해도.

윤우는 얌전히 놓인 책을 펼쳤다. 『내가 당신을 기억해』. 물결을 형상화한 듯한 푸른색의 표지를 넘기니 작가 사인이 굵은 펜으로 휘갈겨 적혀 있었다.

"그거 아무나 안 주는 거야, 너."

"고마워요. 다음에 밥 한번 살게요."

"애인이랑 꼭 같이. 명심해."

"알았어요."

"그나저나 일주일 후면 풀리는데 뭐가 급해서. 애인이 구해달래?"

"아뇨, 이 작가 책을 무척 좋아하더라고요. 매일 출간 포스터 보고 서 있길래, 안쓰럽잖아요."

"그 기다림도 아름다운 거야. 자식, 그걸 모르네."

"알아요, 기다림."

기다림이란 단어에 윤우는 의미심장하게 웃고, 하진은 말을 말자며 핀잔 어린 표정을 지었다.

휴대폰 벨소리에 윤우는 하진에게 양해를 구하고 밖으로 나왔다. 승준이었다.

−어디야?

"앞에 있어. 아는 사람 만나느라고. 왜?"

−월요일 회의 취소됐어. 무기한 연장. 생산 쪽에 무슨 문제가
생겼나 봐.

회의가 취소됐다는 말은 오늘 야근을 하지 않아도 된다는 말이
었다. 심각한 문제인지는 확인해봐야겠지만 금요일을 혜인과 함
께 보낼 수 있다는 사실이 지금으로선 기쁘게 전해졌다.

−늦어?

"아니, 금방 들어갈 거야."

−난 먼저 퇴근한다.

전화를 끊고 보니 이미 여섯 시가 넘어 있었다. 혜인은 퇴근을
했을까? 일과 시작 시 문자를 주고받은 이후로 서로 연락 두절 상
태로 하루를 보냈다. 급작스럽게 잡힌 회의로 정신이 없었는데,
그녀 역시 그런 모양이었다. 윤우는 '퇴근했어요?'라는 문자를 찍
으며 안으로 들어왔다.

"엄마야."

카운터에서 돌아 나오는 여자를 보지 못한 윤우는 그대로 몸을
부딪쳤다. 여자의 손에 들린 커피가 출렁이더니 붉은색 니트에 빠
르게 옮겨졌다. 여자의 얼굴에 짜증이 잔뜩 배어 나왔다.

"죄송합니다. 저 때문에⋯⋯."

그 순간, 그의 몸이 한 번 휘청였다. 어떤 영상인가가 휙, 빠르
게 지나간 듯한 느낌에 머리가 띵하고 어지러웠다. 이 기시감은

뭐지. 가슴에 엎은 커피 얼룩과 사과하는 자신의 음성이 어쩐지 익숙하게 느껴졌다. 무언가 중요한 일이, 분명……. 그런 생각에 젖어 굳은 채로 서 있는 자신을 노려보고 있는 여자의 시선에 윤우는 이윽고 정신을 차렸다.

"죄송합니다. 제가 변상하겠습니다. 여기서 기다리시면 필요한 옷을 사다드리겠습니다."

"됐어요. 뭐, 제 잘못도 있고."

깍듯하게 사과하는 그의 태도에 여자도 한층 누그러진 목소리로 대답하더니 화장실 쪽으로 몸을 돌렸다. 거절하는 여자의 말, 화장실로 들어가는 여자의 뒷모습. 그 예사로운 모습들이 자꾸 마음에 걸렸다.

"왜 그래? 괜찮아?"

그의 모습이 이상했는지, 하진이 자리에서 일어선 채 물었다.

"아, 괜찮아요. 저 손 좀 씻고 올게요."

부딪힐 때 커피 물이 튀었는지 손이 끈적끈적한 윤우가 화장실로 사라지자, 하진은 도로 앉아 절반쯤 남은 커피를 마셨다.

어쩔 수 없는 예술가의 영혼이라 가정이란 울타리에 묶일 수 없다 거부하는 하진이었지만, 모이기만 하면 아내 얘기, 자식 얘기에 열을 올리는 친구들의 모습에 소외감을 느끼기도 했다. 네가 갑이다, 결혼하면 느는 게 빚이요, 한숨이요, 떠들다가도, 전화 한 통에 사라지는 그들이 얄밉고도 부러웠다. 그래서 연애 냄새라면 조금도 풍기지 않는 윤우가 편했던 까닭도 있었는데, 늦게 배운 도둑질 날 새는 줄 모른다는 옛말이 들어맞는 모양이다. 이제 그 역시 유부남의 대열에 합류해버리면 나는 누구랑 노나, 하진은 쓸데없는 상념에 젖어들었다.

한편, 어른거리는 사람 그림자에 고개를 들었을 때 윤우는 멍청하게 선 채로 허공을 보고 있었다. 화장실로 들어갈 때의 표정과는 또 다른, 석연치 않은 얼굴에 하진은 차마 말을 붙이지도 못하고 그대로 쳐다보기만 하였다. 그의 오른손에 종이 뭉치 같은 것이 꼭 쥐어져 있었다. 자세히 보려 했지만 무엇인지 전혀 알 수 없었다.

혜인의 간절한 소망은 실현되지 않았다.

벽시계의 초침 소리까지 들리는 것 같다. 교육장 분위기는 어느 때보다 화기애애했다. 교육만 끝나면 주말이다, 라는 생각에서인지 집중도와 참여도가 좋아 하영이 중간중간 우스갯소리를 섞어가며 진행한 데다 질문까지 왕성하게 하는 바람에 교육은 예상보다 길어졌다.

"자, 이상으로 보안 교육을 마치겠습니다. 수고하셨습니다. 모두 즐거운 금요일 되세요."

6시 10분. 하영의 인사말과 박수 소리를 끝으로 교육이 종료되었다.

"다들 빨리 퇴근하기 싫은가 왜들 말이 많은 거야?"

하영이 노트북을 끄며 투덜거렸지만 혜인의 귀에는 아무것도 들리지 않았다. 주변 정리를 마치고 사무실로 돌아오니 20분. 남은 건 주간 보고서 작성이었다.

"아직 결재 안 올렸죠? 교육까지 넣어야 해요."

하영이 먼저 퇴근하기 민망했는지 필요 없는 말을 덧붙였다. 혜인은 고개를 끄덕인 뒤 바로 작성 중이던 보고서를 열었다. 이미 필요한 내용은 다 작성해놓은지라 약간만 손보면 끝나는 일이었다. 그녀는 시계를 한 번 쳐다본 뒤 서둘러 자판을 두드리기 시작했다. 수정을 마치고 처음부터 끝까지 한 번 더 훑어본 뒤 상신 버튼을 눌렀다.

'늦지 않았어.'

혜인은 재킷을 입으며 급하게 일어났다. 띠리리리. 벨소리가 정적을 깨뜨렸다.

"윤우 씨."

전화를 받는 와중에도 한 손으로는 소지품을 챙겨 가방에 넣었다. 삼 초의 침묵이 있은 후 그의 목소리가 들렸다.

-혜인 씨, 어디예요?

"아직 사무실이에요. 윤우 씨는요?"

-난 집에 왔어요. 일이 많아요?

윤우의 목소리가 어쩐지 까슬했다.

"이제 끝났어요. 어디서 볼까요? 집으로 갈까요?"

-아뇨, 오늘은 안 될 것 같아요. 머리가 많이 아파서 좀 쉬었으면 싶어요.

"아……."

예상치 못한 그의 반응에 준비했던 말들이 먼지처럼 사라졌다. 푹 쉬라는 말로 전화를 끊으려는 찰나, 윤우가 큰 숨을 들이쉼과 동시에 그녀의 이름을 나직이 불렀다.

　-혜인 씨. 그럼, 내일 봐요.

　평범한 인사였음에도 그 말의 울림이 커서 그녀는 잠시 침묵했다.

　"네, 내일 봐요."

　수화기에 귀를 기울이고 있는 그의 모습이 저절로 그려졌다. 어느 때보다 그리움이 묻어나는 그 음성은 통화를 끊고 나서도 쉬이 사라지지 않는다. 그러면서도 그녀는 맥이 풀려 그대로 자리에 주저앉았다. 허무함이랄까. 이렇게 쉽게 넘어가는 일이었던가 싶어서. 그동안의 마음고생이 억울하기도 하고, 우습기도 했다.

　어쨌든 다행이야. 이 시간을 넘기면 아무 일도 벌어지지 않는 거겠지.

　시간 여행을 하며 같은 시간을 두 번 반복해왔지만 데칼코마니처럼 모든 일이 똑같이 벌어지진 않았다. 어느 순간의 선택 때문인지는 몰라도 특별한 노력 없이 바뀌어버린 사건들은 숱하게 있었다. 그녀 스스로의 의도로 극복된 위기도 있었다. 그렇다면 그 몹쓸 운명 역시 어느 순간의 선택에 의해 저절로 소멸되어버린 건지도 모른다. 그래, 분명 그런 것이야.

　혜인은 복잡한 생각을 털고 일어나 퇴근길의 도로로 나왔다. 공기마저 익숙한 3월 17일의 저녁.

　버스 정류장에는 열 명 남짓의 사람들이 서성이고 있었다. 혜인은 그때와 똑같이 정류장 의자에 앉았다. 저기 그가 앉아 있었는데. 윤우가 앉아 있던 자리는 텅 빈 채였다. 사선으로 보이던 그의 모습을 흐릿한 기억 속에 떠올려보았다. 왜 그 순간을 무심히 넘겼는지. 혜인이 기억하는 건 고작 그의 손에 들려 있던 한 권의 책. 그와 그녀의 운명을 가른, 『내가 당신을 기억해』. 결국 우리 두 사람을 이어준 건 내가 사모해 마지않던 그 작가인 건가? 문득 드는 생각에 그녀는 후후, 웃고 말았다.

버스가 유유히 정류장으로 들어왔다. 혜인은 엉덩이를 털고 일어나 버스에 올랐다. 그녀는 입구에서 멀지 않은 자리 앞에 섰다. 마지막 승객이 오르고 기사가 출발 준비를 하려는 찰나였다. 무심히 본 차창 너머, 그가 보였다. 횡단보도 앞에 분명, 윤우가 서 있었다. 그는 그녀가 탄 버스를 응시하고 있었다. 그가 왜? 그녀는 반사적으로 앞문으로 튀어나갔다. 그리고 생각할 겨를도 없이 그를 향해 달렸다. 혜인이 움직이자 그 역시 횡단보도로 뛰어들었다. 손을 내저으며 무엇인가 크게 소리쳤지만, 달려오는 차 소리에 묻혀 들리지 않았다.

"위험해요!"

그 소리를 겨우 인지했을 때 그녀는 어떤 힘인가에 밀쳐져 차가운 시멘트 바닥으로 떨어졌다. 무슨 일이 일어난 거지. 주변은 왜 이리 소란스럽고, 어른거리는 신발들은 다 무엇이고, 사람들은 뭐라고 떠드는 거지. 불분명한 소음이 조금씩 분명한 문장들로 구분되었다. 구급차 불러요. 얼마나 다친 거야? 119죠. 여긴…… 누군가 몸을 흔드는 것 같다. 이봐요, 괜찮아요?

천천히 눈을 떴다. 바닥에 쓸린 통증이 온몸 곳곳이 느껴졌다.

괜찮아요? 그녀를 깨운 낯선 여자가 먼저 눈에 들어왔다. 그는……? 그녀는 낯선 여자의 부축을 받아 가까스로 몸을 일으켰다.

구경꾼들의 시선은 혜인을 향해 있지 않았다. 그녀는 사람들의 시선을 따라 고개를 돌렸다. 승용차 하나가 멈춰 있고, 운전자가 다급하게 통화를 하고 있고, 바로 앞에 그가, 윤우가 쓰러져 있었다. 혜인은 숨을 멈춘 채 서서히 다가갔다. 사람들의 시선이 그녀의 움직임을 따라 움직였다. 그의 몸은 바닥에 밀착되어 엎드려 있었다. 손을 뻗어 그의 몸을 움직이자, 한쪽 어깨가 힘없이 반대편으로 쓰러졌다. 혜인은 그만, 악 하고 소리를 질렀다. 어디서 흘러나오는지 알 수 없는 피가 그의 가슴 한복판을 적시고, 어느새 바닥을, 그녀의 신발을 물들이고 있었다.

안 돼. 윤우 씨, 안 돼.

가슴속에서 울리는 말은 그저 깊은 울음으로 바뀌었다. 구급대원들의 부축으로 응급차 안으로 옮겨질 때까지, 혜인은 넋을 놓고 흐느끼기만 할 따름이었다.

"급한 수술은 마쳤지만 워낙 출혈이 심했던지라, 경과는 지켜봐야 알 것 같습니다."

모든 것이 비현실적이었다. 그를 마음에 채우고 나서부터 이날, 예견된 운명을 잊어본 적이 없으면서도 정작 벌어질 상황을 상상해본 적은 단 한 번도 없었다. 피를 흘린 채 누워 있는 그, 이송되어가는 그, 급하게 뛰어가는 의료진들, 하얀 천장, 병원 냄새. 다시 돌아오지 않을 공간이었는데, 시간 여행 이전과 똑같은 장소에 혜인이 있었다. 그때보다 참담한 기분으로.

기계 장치만 아니라면 그저 깊은 잠을 자는 듯 보였다. 너무 오래 자는 거 아냐? 하며 그를 깨워서 늦은 저녁을 먹고 도란도란 얘기를 하다가 모른 척 옆에서 잠들어버렸으면 좋겠다고, 그녀는 생각했다.

지나갈 수도 있는 운명이었는데 그녀는 그러지 못했다. 이 상황이 현실임을 인지하고부터 혜인은 되묻고 또 되물었다. 그때, 왜 그냥 지나치지 못했을까. 버스에서 왜 뛰어내렸어야만 했을까. 집에 있어야 할 그가 거기 있던 게 무슨 큰일이라고, 왜 거짓말을 했느냐고 나중에 물어봤어도 됐을 것을. 그러지 않았더라면 사고는 일어나지 않았을 텐데. 그럼 우리 둘 다 무사했을 텐데.

혜인은 침상에 머리를 묻고 비스듬히 얼굴을 돌려 윤우의 손을 잡았다.

제발, 다시 일어난다고 얘기해줘요.

그녀는 그렁그렁해진 눈으로 간절히 속삭였다. 미동도 없는 손이었지만 체온은 아직 따뜻했다. 혜인은 가만히 손을 쓸었다. 손가락의 움직임에 소매가 걷혀졌다. 아픈 그의 손목이 가냘프게 보여 그녀는 살며시 어루만졌다. 손가락 사이로 어떤 글자가 사라졌다 나타나는 걸 본 건 그때였다. 그녀는 제 손을 떼고 다시 그것을 보았다.

〈3/17 18:45 효성 리치 타워 버스 정류장.〉

이건 대체……. 혜인은 한 번 더 글자를 더듬었다. 희미하게 찍힌 글자였지만, 착각이 아니었다. 언제부터 있었던 거지. 사고당시로 거슬러 올라 기억을 더듬었다. 응급차 안에서, 병원 침대로 옮겨질 때, 수술실로 들어갈 때……. 윤우의 손목이 그 기억 속에서 하얗게 도드라졌다. 분명, 깨끗했어. 아무것도 없었어.

그렇다면 누가……. 모골이 송연해졌다. 운명의 표식 같은 것인가. 혹시 그 검은 양복의 사내가……?

끼익.

혜인은 뒤에서 들리는 인기척 소리에 튕기듯 자리에서 일어났다.

"괜찮으세요?"

하얗게 질린 얼굴의 그녀를 간호사가 걱정스럽게 쳐다보았다. 그녀는 성큼성큼 열려진 출입문으로 다가갔다. 복도에는 아무도 없었다. 그녀는 안도의 한숨을 쉬며 다시 자리로 돌아왔다.

"안 좋은 꿈이라도 꾸신 모양이에요."

"네에……."

"이건 환자분 물건이에요."

간호사가 건넨 건 사고 당시 입었던 그의 옷가지와 가방이었다. 말라버린 피의 얼룩들이 그때의 참상을 불러일으켜서 혜인은 순간 움찔했다.

"기운 내세요."

걱정스럽게 바라보는 간호사의 인사를 받는 둥 마는 둥 그녀는 옷을 펼쳤다. 울긋불긋한 얼룩이 현재 혜인의 마음속 같았다.

후회는 안 해요. 후회는 안 하지만……

혜인은 바지와 와이셔츠를 반듯하게 갠 뒤, 재킷을 들었다. 겉주머니에서 지갑과 휴대폰이 나왔다. 둘이 머리를 맞댄 채 웃고 있는 사진이 휴대폰 바탕 화면을 장식하고 있었다. 오늘 아침, 출근 준비를 하던 거울 앞에서 찍었던 사진. 하루도 지나지 않은 행복감이 까마득한 옛일처럼 느껴졌다.

그녀는 휴대폰을 닫고 재킷을 접기 시작했다. 가슴 언저리가 어쩐지 뻣뻣하게 느껴졌다. 하던 일을 멈추고 속주머니에 손을 집어넣었다. 종이 뭉치가 딸려 나왔다. 종이는 네모반듯하게 두 번 접혀 있었고, 일반 노트보단 조금 작은 사이즈였다. 하얀 무지로 가로줄 무늬만 옅게 쳐진 종이에 그의 필체가 있었다. 일기인 것 같았다. 혜인은 조금 망설이다가 이내 글을 읽어 내려가기 시작했다.

20xx. 9월 26일
한 사람이, 한 사람의 마음에 들어오는 순간이 이렇게 짧은 것인지 몰랐다.
그녀의 웃는 얼굴이 자꾸 생각난다.
카페 〈모〉. 그녀를 알게 해준 이 공간을 사랑하게 될 것 같다.
다시 또 만날 수 있을까.

20xx. 10월 17일
친구의 부름에 짧게 돌아보는 그녀의 얼굴이 고왔다.

박혜인.

그 이름이 하루 종일 귓가에 맴돌았다.

스스럼없이, 그 이름을 부를 수 있는 날이 온다면.

혜인은 거기까지 읽고 멈추었다. 무언가 다르다. 시간 여행으로
돌아와 처음 그를 만난 건 9월 21일. 9월 26일이라면 엘리베이터
에서 마주친 날이었다. 휴가가 끝나고 첫 출근 날이었기에 어렵지
않게 날짜를 기억할 수 있다. 10월 17일의 기록도 이상하기는 마
찬가지였다. 그때라면 연극부 일로 만남을 지속하던 때였다.

20xx. 12월 9일

짧은 우연들을 엮어 인연으로 만들 용기가 없는 걸까.

그저 보는 것만으로도 좋은 사람이었는데,

이젠 이 거리감이 나를 답답하게 한다.

하지만, 어떻게 선뜻 다가갈 수 있을까.

20xx. 1월 17일

코트에 손을 넣고 발을 동동 구르고 있는 모습이 무척 추워 보였
다.

캔 커피를 사 가지고 왔지만 그녀는 이미 없었다.

20xx. 3월 2일

서점 앞에 서 있는 그녀를 발견했다.

이시와라 신지의 팬인 듯 출간 예정 포스터를 한참 보고 있었다.

종이를 잡은 혜인의 손이 조금씩 떨리기 시작했다.

20xx. 3월 5일

좋은 징조.

하진 선배에게 책을 부탁해 받기로 했다.

그녀에게 다가갈 기회가 생겼다.

20xx. 3월 17일

어떻게 이런 일이 생길 수 있는지.

모든 게 나 때문이다.

시간을 되돌릴 수만 있다면, 어떻게 되더라도 상관없다.

조금 두렵다.

기억이 없는 채로도, 그녀를 지킬 수 있을지.

그녀를 한눈에 알아볼 수 있을지.

종이 뭉치가 바닥에 떨어졌다. 그와 동시에, 혜인 역시 바닥에 툭 쓰러지고 말았다.

12. 그 남자의 시간

　이 개월. 이 개월이라고 해도 그녀를 본 건 고작 서너 번밖에 되지 않는다. 지금까지 알아낸 정보라곤 이 근방의 직장인이라는 것과(사실이 아닌 추측이지만) 세 음절의 이름. 박혜인. 친절하게 그녀의 이름을 불러준 동료인지 친구인지 모를 여자가 고마웠다. 기억할 수 있는 무엇이 더 생겼으니까. 동그랗게 뜬 눈동자와 뭐?라고 발음하던 작은 입술, 이내 웃음이 스미던 얼굴, 어깨 위에 흘러넘치는 머리카락까지. 짧은 프레임의 동영상이 머릿속에서 수없이 반복되었다.

　세 번뿐인 만남이었다고 해도 기억할 건 얼마든지 있었다.

　12:40. 41. 0에서 1로 바뀌던 그 찰나의 시간. 낯선 이가 그리운 이가 될 수 있는 충분한 시간임을 그때 알았다. 액정의 시간이 바뀌는 걸 보던 무심한 시선을 단번에 잡던 풍경 속에 그녀가 존재

했다. 언제, 어디서부터 왔는지 알 수 없게 그녀는 계속 그곳에 존재했던 사람처럼 예사로이 웃고 있었다.

"그러니까 그때 말을 걸었어야지."

사무실로 복귀하기 위해 자리에서 일어설 때까지도 그녀는 그곳을 지키고 있었다. 대화를 나누는 와중에도 눈치채지 못하게 조심스레 두었던 눈길을, 카페를 나서며 짧게 돌아보던 시선을 승준은 대번 잡아챘다. 그래서 그날이 종료되기도 전에 한 낯선 여자에게 반했다는 사실을 실토할 수밖에 없었다.

"무슨 얘기야?"

"드디어 이 녀석이 임자를 만났다는 거 아냐."

"임자?"

"하늘에서 내려온 그녀가 커피를 마시고 있었다는 거지. 마이 엔젤, 마이 러버."

승준에서 형민으로, 그 부끄러운 일은 쉽게도 옮겨졌다.

"오, 서윤우~ 예뻐?"

"예뻐, 예뻐. 자세히는 못 봤는데 꽤 괜찮아. 누굴 닮았더라. 손예진? 이연희? 신민아? 아님 한예슬?"

"에이, 신빙성 없긴."

당분간은 혼자만 간직하고 싶은 마음이었는데 상황이 어렵게 되어버렸다. 애인 없는 사람들이 이런 일에 더 열을 올리는 법이니까. 어쨌든……

이런 감정은 참, 낯설다.

모르는 사람이 무심코 좋아진다는 것. 마치 단풍나무 길을 걷는 것처럼, 무심코 손을 펼치니 단풍잎 하나가 거기 있는 것처럼. 그래서 온통 붉어지는 손, 아니 그 마음.

쉽게 만나지리라는 기대는 쉽게 꺾였다. 우연히 들렀던 카페 〈모〉는 윤우의 단골집이 되었고, 회사 근처 거리를 자주 걸었고, 이유 없이 자주 돌아보았다. 만남이 없이도 여자에 대한 기억은 점점 생생해져서, 그 안에서는 마치 독립적인 인격체처럼 움직이기 시작했다. 어느 날은 그의 맞은편에 앉아 차를 마셨고, 어느 날은 가로수 아래에 서서 발 장난을 쳤고, 어느 날은 동료와 팔짱을 낀 채로 웃으며 지나쳐 가기도 했다.

이따금 찾아오던 그녀가, 하루를 메워버리기도 하는 시간. 가을이 깊어갈수록 그녀를 향한 마음 또한 깊어져 갔다.

"그냥 냅다 손목 잡아버리라니깐."

"연애 초보자에게 들을 조언은 아닌 것 같다."

소개팅 횟수는 많아도 성공률은 5%도 되지 않는 승준의 조언은 쓸모없었다. 무엇을 어찌해보기에는 접촉의 시간은 불현듯 왔고, 너무 짧게 지나갔다.

"진전이 없잖아, 진전이."

"여자들은 겁 많고 경계심이 많은 연약한 존재라고. 신중히 접근해야지."

승준은 '빨리빨리'를 외치고, 형민은 '슬로우슬로우'를 주장했다. 그런 둘 사이에서 윤우는 침묵으로 일관할 뿐이었다.

겨울이 가물었다는 뉴스가 나오기 시작할 무렵, 늦게 시작된 눈은 끝을 모르고 계속되었다. 도로는 연신 제설 작업이었고, 지하철로 몰린 시민들에 출퇴근길은 전쟁통이었다. 회사 앞 사거리는 반질반질한 스케이트장이 되어버려, 아침마다 엉덩방아를 찧는 직장인들의 모습은 가히 진풍경이었다.

그녀는 눈이 아주 많이 오던 날 저녁, 어느 상점 앞에 우두커니 서 있었다. 저녁을 먹고 사무실로 들어가던 참이었다. 윤우는 그녀를 발견하고 천천히 발을 옮겼다. 30미터 거리는 순식간에 좁혀졌다. 누구를 기다리는 것인지 발등을 덮지 않는 구두를 신고 초조하게 동동거리는 모습에, 겨울의 한기가 가득 느껴졌다. 호주머니에 찔러 넣은 양손이 이따금 코트 아래를 펄럭거리게 했다.

그 초조한 기다림을 녹여주고 싶었다. 누구를 기다리는 것이든.

윤우는 회사 정문을 지나쳐 꺾어지는 길 끝 편의점에서 캔 커피 두 개를 샀다. 하나는 호주머니에, 하나는 코트 안쪽에 깊숙이 넣었다. 열기가 금세 사라질까 빠른 걸음으로 돌아온 그는 그 자리에 뻣뻣이 서버렸다.

그녀가 있던 곳은, 텅 비어 있었다. 처음부터 신기루였나 싶게. 그의 마음속에서 저절로 움직이는 독립적인 그녀의 기억이 이런 환영을 만들었나 싶게. 그 마음이 곤해서, 그는 가슴 언저리에 둔 캔 커피를 그 자리에 내려놓았다.

회사에 다다르기도 전에 행인의 발에 차인 캔은 옅게 쌓인 눈길 위를 또르르 굴러 누군가의 손에 휴지통으로 직행했다. 눈송이가 눈길 위의 자국을 금세 지웠다. 그 눈송이가 마음의 자국도 지워주면 좋을 텐데. 탄식이 길어지는 시린 겨울의 저녁이었다.

"누군지도 모르는 여자라고?"

"이름은 알아요. 이 근처 회사원이라는 것도요."

"하아."

하진의 뜨악한 표정에도 윤우는 태연하게 웃었다.

"그래서 말 한번 못 건네봤단 말이지?"

"이제 할 수 있겠죠. 선배 덕분이에요."

윤우의 손에서 차르르 넘겨지던 책은 얌전히 테이블 위에 놓여졌다. 『내가 당신을 기억해』.

"그 정보가 정확하긴 해?"

"분명해요."

보도블록 위에 생크림처럼 발라진 눈은 기어이 2월을 넘기고 봄의 시작과 함께했다. 거래처와 식사를 마치고 돌아오는 길이었다. 신호를 기다리며 습관처럼 차창 밖을 쳐다보던 그의 눈이 서점 앞 여자에 고정되었다. 그녀는 아직 눈이 녹지 않은 보도블록 위에 아슬하게 서서 창 한쪽에 붙여진 포스터를 보고 있었다. 무엇을 보는 걸까. 궁금해진 윤우는 주차장에 차를 파킹한 후 곧장 서점으로 나왔다.

〈서정적인 로맨스의 대가 이시와라 신지의 신작 『내가 당신을 기억해』, 3월 25일 출간 예정〉

그 이후로도 그녀는 종종 서점 앞에서 발견되었다. 포스터 앞에 서 있는 모습이 우연이라 치부하기엔 무척 올곧았다.

'좋아하는 작가가 있나요?'

'네, 이시와라 신지요. 이제 곧 신작이 나와요.'

마주 보고 앉아 대화를 하고 있는 것처럼, 그녀가 자신을 소개하는 것 같았다.

공교롭게도 하진 선배가 신작이 나오는 출판사에 근무 중이었고, 운이 좋게도 출간 일주일 전에 책을 구할 수 있었다. '좋아하는 여자한테 선물하려고요.' 하는 윤우의 말에 하진은 '사귄 지 얼마나 됐는데?'라며 물었고, 윤우는 다시 '혼자 좋아하는 거예요. 얼굴만 아는걸요. 그 사람은 전혀 모르고요.'라고 대답했다.

"서윤우가 짝사랑? 별일이네."

대학교 때부터 윤우를 알아온 하진은 연신 재밌다는 표정을 지었다.

"그래, 꼭 성공해서 밥 쏴라."

"물론이죠."

하진이 먼저 나가고, 윤우도 남은 커피를 마시고 일어날 생각이었다. 문이 열리고, 생각지 못하게 여자가 등장했다. 그녀는 주변을 살펴볼 것 없이 카운터로 직행했다. 여자가 주문하는 사이, 그는 조용히 일어나 앞으로 나아갔다. 음료는 순식간에 나왔다. 바로 코앞에 그녀가 있다 생각하는 찰나에 그녀가 돌아섰고, 몸이 부딪히고, 커피가 쏟아졌다. 성이 난 눈동자가 그를 향했다. 하필 첫 만남이……. 아차 싶었지만 돌이킬 수도 없었다.

"이런, 제가 실례를……. 죄송해서 어떡하죠?"

"괜찮아요. 그쪽 잘못만은 아니니까요."

그녀는 짧게 대답하고 바로 등을 돌려 화장실로 향했다. 윤우는 카운터에 그녀가 주문한 것과 똑같은 것을 부탁한 뒤, 가만히 기다렸다. 전혀 모르는 사람으로 대해야 하는 것도 난감하고, '미안합니다. 그런데 제가 그쪽을……' 하며 알은척을 하기에도 이상한, 이 모진 상황을 어떻게 풀어가야 할지 어리둥절하기만 했다. 아무래도 보통의 방식을 취하는 게 낫겠지. 사과하는 의미로 밥한 끼 사겠습니다. 최대한 자연스럽게 유도하는 것이 중요한 데, 그녀가 어떻게 반응할지는 미지수였다.

"죄송합니다. 치수를 말씀해주시면 근처에서 갈아입으실 옷을 사다드리겠습니다."

그녀가 나오기 전 몇 번이나 읊조린 대사였는데 막상 입술 밖으로 나오는 음성은 깔끄러웠다.

"아뇨, 그러실 필요 없어요."

"커피 드시면서 조금만 기다려주시면 돼요. 퇴근 시간이라 사람도 많을 텐데……."

"아뇨, 정말 괜찮습니다. 이 커피만 받을게요."

여자는 커피만 사뿐히 받고 나머지 호의는 즉각 거절했다. 조금의 흔들림도 없는 반응에 윤우는 잠시 주저했다. 한 번 더 그녀를 붙잡으려는 순간, 휴대폰 벨이 울렸다. 승준이었다.

─월요일 회의 취소됐어. 무기한 연장. 생산 쪽에 무슨 문제가 생겼나 봐.

반가운 소식이긴 한데 타이밍이 좋지 않았다. 카페를 나가는 그녀를 붙잡을 수 없었고, 통화를 마치고 나왔을 때는 인파에 섞여 정류장 앞 횡단보도를 걷고 있었다. 여자를 쫓아 정류장에 도달했지만 정작 말을 걸 순 없었다. 눈이 마주친 그녀는 얼굴을 찌푸린 채 고개를 돌려버렸다. 알은척하지 마세요. 읽히는 거부감에 그는 떨어진 벤치에 앉아 핸즈프리를 끼고 책을 들여다보는 척 연기했다. 흘끔거리는 시선이 느껴지는 것도 잠시, 그녀는 버스가 오는 쪽으로 몸을 돌리고 앉았다.

윤우는 펜을 꺼냈다.

〈첫인상으로 마음이 결정된다는 말이 거짓이었으면 좋겠습니다. 사실, 저는 혜인 씨를 알고 있어요. 꼭 연락 주세요. 하고 싶은 말이 많습니다. 방금 전에 저지른 무례에 대한 사과도 포함해서요.〉

이름과 연락처를 적고 책을 덮었다. 정류장 의자에는 그와 그녀밖에 없었다. 파란불이 켜지고, 그는 책을 남겨놓은 채 횡단보도를 건넜다. 직접 전해주는 게 옳았을까, 하는 생각이 드는 순간 등 뒤에서 '저기요!' 외치는 목소리가 들렸다. 그녀가 책을 흔들며 횡단보도에 뛰어들었다.

순식간이었다. 자동차가 쏜살같이 달려왔고, 그녀의 몸이 공중에 떴고, 책이 떨어지고, 그녀 역시 쓰러졌다. 사람들이 일제히 비명을 지르며 사고 현장으로 달려갔다.

"혜인 씨, 혜인 씨!"

참, 불러보고 싶은 이름이었는데. 혜인 씨, 혜인아, 하고 부르면 그래요, 윤우 씨, 라며 사뿐하게 웃으며 쳐다보는 모습을 얼마나 그리워했는데. 어째서, 그녀를 부르는 처음이 이런 순간이 된 걸까. 조금의 반응도 없는 모습에 애타게 부르는 이름이 닳아 없어질 것 같은.

단풍색으로 곱게 물들었던 손바닥이 핏물로 온통 붉기만 했다.

"가볍게 부는 바람이 파도의 방향을 바꾸고, 배를 난파시킬 수도 있는 법이죠."

남자는 바닥에 내동댕이쳐진 책을 주워 들며 말했다.

"그 한 치를 예상하지 못하니……."

두툼하고 하얀 손이 책을 넘겼다.

"그래서 인간이 어리석다고 하는 겁니다."

옅은 회갈색 눈이 번뜩였다. 오싹한 기분이 들어 주변을 두리번거렸지만, 아무도 그들을 주목하지 않았다. 윤우는 그 남자를 찬찬히 뜯어보았다. 검은 양복을 차려입은 남자의 모습은 흔히 볼 수 있는 중년과 다를 바가 없었지만, 어딘가 이질적인 분위기를 띠고 있었다.

"당신은 누구십니까?"

목이 꽉 잠긴 탓에 새어 나오는 음성이 불분명했다.

"배가 난파하기 전으로 되돌릴 수 있는 사람이죠."

남자가 묘하게 웃었다.

"그게 무슨 말입니까?"

"모두 당신 탓인 것 같지 않습니까?"

남자의 눈이 날카롭게 그를 향했다.

"아무리 발버둥 쳐도, 한 여자의 죽음에 당신이 일조한 사실을 부정할 순 없겠죠."

"왜…… 이러는 겁니까?"

남자가 허리를 굽혀 그에게 바짝 얼굴을 들이밀었다.

"원하는 게 뭡니까?"

"원하는 거라니요. 무슨 말을 하는 겁니까?"

"원할 게 없는 사람에게 내가 보일 수 없는 것이니까요."

남자가 천천히 몸을 일으켰다.

"원하는 거요?"

윤우의 입가에 씁쓸한 미소가 배였다.

"저 여자가 나 때문에 죽었습니다. 내 어이없는 행동 때문에……. 내가 아니었으면 일어나지 않을 사고였습니다. 원하는 거요? 저 여자를 살리는 겁니다. 시간을 되돌리는 겁니다. 당신이 도대체 무얼 해줄 수 있다는 겁니까!"

"어리석은 인간이군. 하긴 이런 상황에서도 인간이 내보일 수 있는 건 불신뿐이죠."

검은 양복의 남자가 차갑게 말을 뱉었다.

"당신이 원하는 게 없다면 나는 저 여자를 데리고 얌전히 떠날 겁니다."

"떠난다니요?"

"절대 만날 수 없는 곳으로. 그녀처럼 운명이 다한 사람이 존재하는 곳으로 다시 돌아올 수 없게, 영원히 떠날 겁니다."

"당신이 무슨 자격으로, 도대체……."

윤우는 혼란스런 표정으로 다시 주변을 돌아보았다. 의료진들이 수시로 지나다니고, 가족들이 참담한 표정으로 그의 맞은편에 앉았다 일어섰다 했지만, 아무도 그들을 보고 있지 않긴 마찬가지였다.

서너 살은 됐을까. 걸음이 서툰 아이가 뒤뚱거리며 다가오더니, 남자의 발 바로 앞에서 쿵 넘어졌다. 남자는 흥미롭다는 표정으로 무릎을 굽혀 앉았다. 아이가 울음을 터뜨렸다. 아이 엄마가 한걸음에 뛰어오더니 아이를 번쩍 안아 올렸다. 그러고는 윤우에게 '죄송합니다.' 하며 고개를 숙이고는 남자 쪽은 쳐다보지도 않고 사라졌다.

"저 여인은 방금 시아버지를 잃었습니다. 오랜 간병 생활에 지쳐 눈물도 메마른 거죠."

"당신은…… 저승사잡니까?"

사내가 웃으며 고개를 흔들었다. 그것이 긍정의 대답인지 부정의 대답인지 알 수 없었다.

"다시 묻죠. 나에게 원하는 게 있습니까?"

"……여자를 살리고 싶습니다. 무슨 일이 있더라도."

"무슨 일이 있더라도."

남자가 그의 말을 번복했다.

"그렇죠, 여자를 살리려면 무슨 일이든 각오해야겠죠. 운명을 바꾸는 일이 쉬운 일은 아니니까."

"내가 어떻게 하면 됩니까?"

"당신이 원하는 대로, 나는 시간을 되돌려 당신을 과거로 돌려보낼 생각입니다. 단."

"……."

"이 시간 여행에는 그녀 또한 동참하는 겁니다. 그리고 그녀에게 선택권을 줄 겁니다."

"시간 여행에 대한 선택권 말입니까?"

남자가 다시 고개를 흔들었다.

"여자는 분명 수락할 겁니다. 그러지 않을 이유가 없으니. 그런 건 선택권이라 할 수 없죠."

"그렇다면……?"

"시간 여행을 한다는 사실 자체를 기억할지 말지에 대한 선택입니다. 여자가 기억하는 쪽을 선택한다면 반대로 당신은 기억을 잃게 될 겁니다. 만약 그 반대라면, 당신은 기억을 가진 채 과거로 가게 되겠죠."

"왜 그런 선택을 해야 하는 거죠?"

"여자도 그 운명에 대한 책임이 있으니까. 공동의 책임이라 해두죠. 당신이 끼어들었든 어쨌든 자기 목숨의 일이니까. 여자는 아마 기억하는 쪽을 선택할 겁니다. 기억이 자신을 지켜줄 거라 생각할 테니까요. 하지만 실제론 그렇지 않죠. 인간은 운명의 덫에 스스로 걸려들어 가니까. 그래서 인간은 인생을 바꿀 단 한 번의 기회가 와도 똑같은 과오를 범하게 됩니다. 매번 실망스럽기 짝이 없죠."

남자가 특유의 웃음을 지으며 책을 건넸다. 윤우는 얼떨결에 그

책을 받았다.

"응하겠습니까?"

남자의 음성이 굵고 낮게 깔렸다. 윤우가 가만히 고개를 끄덕였다. 고민할 건 없었다. 아무리 실수를 번복한다 해도 지금보다 최악일 순 없지 않을까. 남자가 다소 경직된 표정으로 말을 이었다.

"운명을 바꿀 기회는 한 번뿐이고, 그 결과에 대한 책임은 전적으로 당신에게 있습니다. 어차피 타인일 뿐인데, 그런 모험을 할 필요가 있겠습니까?"

"타인이 아닙니다. 내겐 중요한 사람이에요."

"당신의 운명이 뒤틀릴 수도 있습니다."

"……상관없습니다."

남자는 대답을 들음과 동시에 사라졌다. 윤우는 어리둥절한 채로 고개를 돌려보았다. 건조하게 지나다니는 의료진들, 응급실 안에서 터져 나오는 울음소리. 전혀 달라질 것 없는 풍경이었다. 그는 천천히 일어서서 응급실 가까이 다가갔다. 열린 문틈으로 여자가 누워 있는 침상이 보였다. 그 옆에 목메어 울고 있는 가족들도 보였다. 하얀 시트가 그녀의 얼굴을 덮던 순간이 생생했다. 돌아갈 수만 있다면. 정말 되돌릴 수만 있다면. 남자의 허무맹랑한 말에 모든 걸 걸고 싶었다. 그런데 남자는 거짓말처럼 사라졌다. 모두 꿈이었을까.

망연자실한 채로 그는 한참을 서 있었다.

"서윤우 씨."

별안간 등 뒤에서 남자의 목소리가 들렸다. 그는 소리가 나는 쪽으로 몸을 틀었다. 검은 양복의 남자였다. 남자의 눈이 한참 윤우를 응시하더니 이윽고 말문을 열었다.

"당신이 이곳에서 나가는 순간부터 과거로의 여행이 시작될 겁니다."

복도의 중간쯤 서 있던 남자는 어느새 복도 끝에 서 있었다. 그런데도 그 음성은 마치 옆에서 말하는 것처럼 또렷했다.

"바람의 방향을 잘 이용해서 순항할지, 다시 난파되는 운명을 맞게 될지는 아무도 모릅니다. 기억을 아는 사람과 모르는 사람, 그 둘이 만들어낼 운명이 어떨지 가히 궁금하군요. 행운을 빌겠습니다."

이내 검은 양복의 남자는 빛 속으로 사라졌다. 꿈을 꾸는 것처럼, 정신이 멍했다.

그의 말이 거짓이든, 거짓이 아니든 준비가 필요하다. 윤우는 고개를 세차게 흔들며 멍한 정신을 일깨웠다. 그리고 다시 나무벤치에 앉았다.

만약 기억을 못 한다면.

윤우는 가방에서 다이어리를 꺼내 눈으로 빠르게 읽었다. 몇 장의 종이가 뜯겨져 나갔다. 마지막 종이를 다이어리 위에 올리고 펜을 꺼냈다. 손가락이 떨려 글씨가 잘 써지질 않았다. 주먹을 폈다 쥐었다 하며 겨우 글을 적었다. 그다음엔 책을 펼쳤다. 그가 쓴 메모가 한눈에 들어왔다. 삐뚤빼뚤한 글씨가 메모 아래 추가되었다.

윤우는 그것들을 접어 재킷 안주머니에 깊이 찔러 넣었다. 효용이 있을진 알 순 없지만 지푸라기라도 잡을 필요가 있었다. 그는 주머니가 있는 부근에 손을 올렸다.

기억하기를. 내 머리로, 내 심장으로.
그래서 꼭, 당신을 구할 수 있기를.

윤우는 하진이 떠난 자리에 망연히 앉아 있었다.
'나는 시간을 되돌려 당신을 과거로 돌려보낼 생각입니다.'
'운명을 바꿀 기회는 단 한 번뿐입니다.'
'기억을 아는 사람과 모르는 사람, 그 둘이 만들어낼 운명이 어떨지 가히 궁금하군요.'
움켜쥐고 있던 종이를 다시 펼쳤다.

〈20xx. 3. 17. 18:45〉

3월 17일의 기록 아래 사선으로 작게 흘려 쓴 글자가 눈에 띄었다. 윤우는 소매를 걷었다. 팔 안쪽에도 똑같은 메모를 적었던 기억이 있다. 팔은 깨끗했다. 몸에 남긴 것은 과거로 돌아오며 사라진 모양이었다.

모든 장면이 파노라마처럼 펼쳐졌다. 알지 못했던 처음의 순간도, 사이사이 그녀를 그리워했던 시간도, 우연한 만남과 끔찍했던 사고, 그리고 검은 양복의 남자와 그 약속까지.

혜인 씨……. 윤우는 손바닥을 펼쳐 얼굴을 감싸 쥐었다.

저절로 눈길이 갔다. 영문도 모른 채, 이유도 없이. 그 감정이 생경스러우면서도, 가까워지려는 마음을 막지도 않았다. 처음 만난 순간부터 그립고, 그리웠다. 내가 아는 누구인가, 괜히 졸업 앨범을 뒤적여 비슷한 인상착의를 찾아보기도 했으니.

그래서 당신이 숨바꼭질을 했던가. 죽음으로 엮인 나를 밀어내려고 안간힘을 썼던 것인가.

'오늘이 마지막 날이라면 당신은 무엇을 하겠어요?'

혜인의 깊은 물음을 이제야 이해할 수 있었다. 그 마음이 얼마나 까마득했을지. 그 나긋한 눈망울에 슬픈 물이 얼핏 차오르던 것을 지금에서야 깨닫는다.

사랑하지 않는 동안도, 사랑하는 동안도 당신 마음은 지옥에 있었겠구나. 혼자 외롭게 싸웠겠구나. 그는 가슴이 미어졌다.

시간을 보았다. 6시 30분. 윤우는 마음을 가다듬고 통화 버튼을 눌렀다. 반가운 음성이 금세 흘러나왔다.

—윤우 씨.

눈물이 나오려는 걸 억지로 참으며 그는 힘겹게 입술을 뗐다.

"혜인 씨, 어디예요?"

—아직 사무실이에요. 윤우 씨는요?

상냥한 음성이 그를 더욱 무너지게 했다.

—어디서 볼까요? 집으로 갈까요?

당장이라도 그녀에게 달려가고 싶은데, 그는 머뭇거리며 입술만 깨물었다. 혼자 있겠다는 그의 말에 수화기 너머로 작은 탄식이 새어 나왔다. 그것도 잠시, 푹 쉬라는 잔잔한 위로가 들렸다.

통화가 끊어지려는 찰나, 윤우는 불쑥 혜인의 이름을 불렀다.

내일 봐요.

그녀가 잠시 침묵했다. 그 의미를 그녀도 모르지 않을 것이었다.

"내일 봐요."

그녀가 맑게 대답했다.

윤우는 다시 뜯겨진 다이어리를 보았다. 6시 45분. 시간은 십분 남짓 남아 있었다. 이제 퇴근한다는 그녀가 정류장까지 걸어와 버스에 올라탈 정도의 시간. 그 시간을 넘기면, 그녀의 운명도 무사하겠지. 그는 밖의 풍경을 살필 수 있는 구석으로 자리를 옮겼다.

얼마의 시간이 지나고, 혜인이 지나갔다. 지금이라도 달려 나가서 그녀를 안고 싶었다. 내일이 올 때까지 그대로 서서 까맣게 날을 지새우고 싶었다.

하지만 혜인이 멀어질 때까지 윤우는 꼼짝하지 않고 앉아 있었다. 그녀가 횡단보도를 건너 버스 정류장에 앉아서야 그는 일어섰다. 혹여 그녀의 눈에 띌까 싶어, 아주 천천히 발을 움직였다. 횡단보도 앞 가로수에 몸을 숨기고 물끄러미 그 뒷모습을 바라보았다.

버스가 섰다. 그녀가 사람들을 따라 버스에 올라탔다. 버스가 출발할 준비를 하고 있었다. 이제 되었어. 윤우는 한숨을 깊게 들이쉬었다. 그가 끼어들지 않았다면 원래 이런 것이었겠지, 쓸쓸한 웃음을 지었다.

그때였다. 혜인이 급하게 횡단보도로 뛰어들었다.

안 돼.

머릿속이 새하얘졌다. 먼 거리지만 눈이 마주쳤다. 당신이 왜 거기 있는 거예요, 라며 혜인의 눈이 말하고, 오면 안 돼요, 라고 윤우의 눈이 대답했다. 빨간불이 어지럽게 흔들거리고, 타이어 소리가 날카롭게 울렸다. 자동차가 혜인을 덮치는 순간, 그는 있는 힘껏 앞으로 그녀를 밀었다.

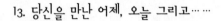

13. 당신을 만난 어제, 오늘 그리고……

따뜻하다. 마치 폭신한 침대 위에 누워 있는 것처럼. 몸을 에워싸고 있는 눈송이가 어쩐지 춥지 않았다.

혼자 있는 게 아니구나. 그가 옆에 있어.

혜인은 고개를 돌리지 않아도 알 수 있었다.

낯이 익은 풍경. 그날, 진눈깨비가 날리던 골목 어디쯤. 입술의 감촉이 그대로 느껴진다. 그가 채워준 따뜻함에 얼굴이 홧홧했다.

"눈이 이제 그쳤나 봐요."

어둠만 있는 하늘을 보며 혜인이 말했다.

"그럴 리가."

그가 두 손을 포개 깨끗한 눈을 담았다. 금세 그녀의 얼굴 위로 진눈깨비가 뿌려졌다. 작은 웃음소리가 골목 안을 메웠다.

"장난꾸러기."

"어릴 적엔."

"지금은?"

"박혜인 애인."

"박혜인은?"

"서윤우 거."

수수께끼 같은 질문과 답변이 한참을 오갔다.

"여고생 박혜인은?"

"공상 주의자."

"그럼 대학생 박혜인은?"

"우물 안 개구리."

"왜?"

"평범한 대학 생활만 해서."

"혜인 씨가 평범? 그럴 리가."

"정말, 진심."

"적어도 서윤우한텐 안 평범해요."

살짝 붉어지는 볼을 감추려 혜인은 괜히 얼굴을 감쌌다.

"여고생 혜인 씨도 보고 싶고, 대학생 혜인 씨도 보고 싶고. 보고 싶은 거 많네."

"나도 그래요."

윤우가 팔을 뻗어 그녀의 머리를 괴었다. 그의 어깨에 기대며 혜인이 속삭였다.

"우리 이렇게 마냥 누워 있어도 되나?"

"왜, 추워요?"

"아뇨, 전혀요."

"그럼 잠시만 이렇게 있어요. 지금 소원을 이루려는 중이니까."

"무슨 소원인데요?"

"어린 시절의 혜인 씨를 만나는 소원."

"응? 어떻게?"

그가 눈을 감았다.

"과거의 당신은 만날 수 없으니까, 미래로 가보는 거예요."

나직한 그의 음성에 맞춰 혜인도 눈을 감았다. 그의 손이 그녀의 손을 다시 찾아 쥐었다. 숨을 고르는 소리가 나고 침묵이 이어졌다.

"무얼 하는 거예요?"

"세월을 보내는 중이에요."

고요한 공간 속에 희미한 움직임이 느껴지는 것 같았다.

"봐봐요. 당신을 만나러 가는 중이에요."

이상한 풍경이었다. 담벼락 위로 쌓여 있는 눈을 넘어 벚꽃 가지가 길게 뻗어 나왔다. 진눈깨비가 어느 사이 벚꽃 잎으로 변해 흩날렸다. 몸을 에워싸던 눈은 흔적도 없이 사라지고 꽃잎이 쌓여 향긋한 냄새가 진동했다. 봄이 왔나 봐, 탄성을 지르기도 전에 꽃잎이 우수수 떨어지더니 가지 위에서 초록 이파리가 무성히 돋아났다. 하늘은 눈이 부시게 파랬다. 그의 옆얼굴에 땀이 흘러내리고 있었다. 팔을 뻗어 땀을 훔쳐줄 무렵, 선선한 바람이 불어왔다. 주변에 쌓인 잎이 빨갛게 노랗게 알록달록했다. 몸을 움직이면 바스락거리는 소리가 밟혔다. 그가 아기 손바닥만 한 단풍잎 하나를 혜인의 볼에 올렸다. 볼이 간지러웠다. 단풍잎을 떼서 손바닥을 펼치니 단풍잎은 온데간데없이 눈송이만 남아 있었다. 무슨 일이 일어나는지, 혜인은 영 어리둥절했다.

소복소복한 눈길 저편에서 눈 밟는 소리가 천천히 들린다.

"누구?"

혜인이 몸을 일으켰다. 작은 그림자가 눈송이 사이로 모습을 드러냈다. 갈래 머리를 한 작은 소녀였다. 무릎을 굽혀 빨간 장화에 쌓인 눈을 손바닥에 담아 올려서는 허공중에 뿌리며 깔깔 웃었다. 아이의 얼굴이 익숙해서 그녀는 눈길을 돌리지 못한다. 그 뒤로 또 하나의 발소리가 들렸다. 소녀가 고개를 돌려 어딘가로 손을 뻗으면 그 손을 잡으며 나타나는 소년이 있었다. 소녀 보다 한 뼘 작은 아이는 누나라고 부르며 웃었다. 웃음이 닮았다. 가만 보니 눈, 코, 입도 그의 것을 쏙 빼닮았다.

작은 윤우 같다.

그녀가 중얼거렸다. 작은 혜인이 눈 속에 손바닥을 묻더니 송편을 빚듯 손바닥을 문지르기 시작했다. 작은 윤우도 그 옆에 쪼그리고 앉아 누나가 하는 모양을 따라 했다. 작은 혜인이 시린 듯 손을 비비자 작은 윤우가 손안의 눈을 털어내곤 누나의 손을 꼭 잡았다. 둘은 손을 꼭 잡은 채 번갈아가며 입김을 호호 불었다. 동화의 한 장면을 보는 것 같아 혜인은 방긋 웃으며 고개를 돌렸다. 여전히 옆을 지키고 있는 그의 얼굴이 사뭇 다르다. 눈가의 선은 길어지고, 콧방울에서 내려오는 주름은 깊어졌다. 달라붙은 눈송이 때문인지 머리카락도 뜨문뜨문 희끗해 보였다.

"혜인 씨. 혜인아."

보드라운 음성이 그녀를 불렀다.

"이렇게 우리, 계속, 계속 만나자."

나이가 들어도, 웃는 모습은 여전하구나. 그녀는 따뜻한 그 곁에 누워 다시금 작은 혜인과 윤우가 자라는 모습을 감상하였다. 몇 번의 계절이 흘러갔는지 알 수 없었다. 그사이 아이들은 훌쩍 자라 교복을 입은 채 골목을 뛰어다녔다. 윤우가 혜인의 목뒤에 눈을 집어넣으면 혜인이 움찔 놀라 교복을 털어내고는 '너, 아빠한테 이른다!' 하며 달아나는 그를 쫓아 뛰었다. 다시 나타난 혜인은 금세 대학생이 되어 있었다. 사복을 입고 어깨까지 길게 내려오는 생머리를 날리며 걸어오는 모습이, 책장에 꽂힌 사진첩 속 모습과 판박이로 닮았다.

'일찍일찍 좀 다녀.'

골목 어디선가 윤우가 나타나 잔소리를 늘어놓는다.

'아빠한테 허락받았거든.'

혜인이 혀를 길게 빼고 말하면, 윤우가 이맛살을 찌푸린다.

'아빤 아빠고, 나는 나지.'

'이게 누나한테 훈계야.'

'엄마가 그러라고 했다, 뭐.'

윤우도 혀를 날름 빼고 응수한다.

'그렇죠?'

두 아이가 동시에 정면을 쳐다보았다.

'엄마는 누구 편이야?'

'아빠는 누구 편이야?'

난데없이 던지는 질문에 혜인은 당황해서 우물쭈물거리는데,

'아빤, 엄마 편.'

그가 미소 지으며 대답했다.

'아빠가 그렇지, 뭐.'

'그래서 우리들이 있는 거야.'

'나도 알아, 뭐. 그럼 엄마는?'

"엄마도 아빠 편."

혜인 역시 소리 내어 대답했다.

마흔이 넘은 사내와 얼굴 모르는 아내의 사랑 이야기가 별다를 게 없는 거였어. 이처럼 가만히, 자연스럽게 늙어가면 되는 거였으니.

윤우는 그저 웃고 있었다. 그의 눈가에 눈물이 고여 있는 듯싶어, 그녀는 허리를 숙이고 깊숙이 그를 보았다.

"옛날옛날에도, 먼 훗날에도, 당신은 참 예쁘다."

"당신이 항상 곱게 보아주니까."

"미안해요. 내 소원만 풀고 가서."

그의 눈이 느리게 깜빡였다.

"당신 소원도 들어줘야 하는데……."

깜빡이던 눈이 스르륵 감겼다. 정지해 있던 눈이 다시 내리기 시작했다. 진눈깨비에서 시작한 눈은 순식간에 커져 그의 몸 위에 두꺼운 솜옷을 만들어주었다. 미동 없는 그의 얼굴에 혜인은 점점 겁이 났다.

"윤우 씨, 윤우 씨……."

몸을 흔들어보는데도 그는 꼼짝도 하지 않는다. 눈은 펄펄 내리고, 그의 주변에 담벼락같이 높은 눈이 쌓인다. 혜인은 휘둥그레 커지는 담벼락을 정신없이 헤쳤다. 그가 누운 자리는 감쪽같이 비어 있었다. 그녀는 천천히 일어섰다. 걸음을 옮길 때마다 눈으로 뒤덮인 골목길이 회색 아스팔트로 바뀌어갔다. 아이들은 사라지고 인적 없는 도심의 풍경에 혜인만 덩그러니 서 있었다. 여긴 어디지?

시선이 바쁘게 주변을 훑었다. 차는 멈춰 있고 그 앞에 누군가 쓰러져 있다. 자세히 살필 것 없이 그녀는 윤우임을 알아차렸다. 아…… 정신을 잃고 쓰러진 사이 꿈을 꾼 거였던가. 혜인은 조심조심 그에게 다가갔다. 잠들어 있는 듯한 그를 깨우려던 차에 그가 번쩍 눈을 떴다.

"죽은 줄 알았잖아요, 난."

옷을 툭툭 털고 일어서는 윤우를 보며 그녀가 원망의 소리를 해댔다. 그가 빙긋이 웃으며 손을 뻗었다. 그녀의 몸이 가뿐하게 세워졌다.

"정말 괜찮은 거예요? 다치지 않았어요?"

"난, 괜찮아요."

그가 몸을 돌려 보이며 해맑게 웃었다.

거리는 방금 전의 벌어진 사고를 기억하지 못하는 듯 평화로웠다. 주변의 소음은 점차 사라지고, 사람들의 움직임 또한 희미하게 느껴졌다. 여기 우리 둘뿐인가, 그런 생각이 들 정도로.

혜인은 그의 움직임에 이끌려 정류장 벤치에 앉았다. 그가 맞은편 벤치를 가리키며 말했다.

"저기, 내가 앉아 있었어요. 잔뜩 긴장해서."

"기억해요."

"당신에게 고백하려 했는데, 잘 안 됐어요."

지난날의 사고를 떠올리는 듯, 그의 눈이 촉촉했다.

"결국 만났잖아요."

"미안해요. 그날도, 당신 혼자 마음 아프게 했던 시간들도."

혜인이 고개를 저었다. 어느샌가 그녀의 무릎에 책이 놓여 있었다. 그녀가 표지를 넘겼다. 속표지에 적힌 메모를 더듬으며 그녀가 나긋이 말했다.

"약속, 지켰잖아요. 날 기억하고, 이렇게 날 구해줬잖아요."

"과거의 오늘처럼 당신을 잃을까 봐 얼마나 겁이 났는지 몰라요. 너무 늦게 기억해서, 당신 힘들게 했네요."

그의 손이 혜인의 뺨에 닿았다.

"내가 어떻게 왔는지는 기억하지 못했지만, 혜인 씨는 기억했던 거라고 생각해요. 그래서 당신을 알아보고, 또 만나고, 다가가고, 먼저 사랑했나 봐요."

혜인이 웃었다. 미소를 머금고 있던 입술이 웃음을 터트렸다.

"혜인 씨, 왜 웃어요?"

"그냥요. 기분 좋아서요. 그 남자, 참 고약한 사람이잖아요. 내 목숨을 두고 당신에게 게임을 걸었으니. 그런데 당신이 보기 좋게 이겼어요."

윤우가 빙긋이 웃었다.

"왜 그런 위험한 게임을 한 거예요?"

"나한텐 게임이 아니었어요. 찬스였는걸."

혜인이 일어섰다. 시간이 멈춘 것처럼, 날은 여전히 밝았다. 그녀가 신 나는 목소리로 말했다.

"오늘을 기념해야죠. 어쩌면 첫 시작일지도 모를 오늘인데."

그 둘은 횡단보도 앞에 나란히 섰다. 파란불이 켜졌다. 아이처럼 손을 앞뒤로 흔들며 길을 건넜다. 윤우가 돌연 멈춰 섰다. 혜인이 갸웃하며 그를 올려다보았다. 그의 등 뒤로 붉은 해가 지고 있었다. 노을이 진하게 하늘을 물들였다.

"당신을 만났던 어제도, 오늘도 참 행복했어요."

따뜻한 입술이 그녀의 입술에 잔잔히 닿았다 멀어졌다.

"사랑해요."

그의 발걸음과 함께, 멈추었던 바람이 다시 불기 시작했다. 왼쪽 어깨를 흔들며 지나갔던 바람이었는데, 이제는 오른쪽에서 신호를 보내왔다. 윤우가 잡은 손을 풀고 가볍게 혜인의 등을 밀었다.

"이제부턴 혼자 가요."

"윤우 씨."

파란불이 깜빡이고 있었다. 그녀는 꼼짝 않고 서 있는데 그와의 거리는 점점 멀어지고 있었다. 그가 손을 흔들었다.

"윤우 씨는요? 당신은요!"

빨간불이 켜지고, 혜인은 어느새 인도 위에 올라서 있었다. 윤우가 저만치서 웃으며 서 있었다. 여전히 손을 흔드는 채로. 주변의 소음은 커지고, 차가 지나가고, 사람들이 움직였다. 그가 반대편으로 몸을 틀었다.

"안 돼요, 윤우 씨! 가지 마요!"

소리가 나지 않는다. 아무리 외쳐도 소리는 나지 않고, 눈물만 흘렀다. 혜인은 가슴을 치며 손을 높게 흔들었다. 그가 간다. 그가 사라져 간다.

"혜인아? 혜인아!"

익숙한 목소리가 그녀를 깨웠다. 번쩍 눈이 떠졌다. 머리가 어지러워 고개를 들 수가 없었다.

"이 식은땀 좀 봐. 너 괜찮아?"

민아인 걸 확인한 혜인이 윤우에게로 시선을 돌렸다. 그는 변함없는 모습으로 누워 있었다. 꿈이었구나, 싶으면서도 아찔한 기분은 여전해 그녀는 그에게서 눈길을 돌릴 수 없었다.

"뭘 좀 먹긴 한 거야? 얼굴이 말이 아니야."

민아가 손수건으로 혜인의 이마를 닦았다.

"이게 도대체 무슨 일인지……."

민아가 나지막이 중얼거렸다. 눈물이 뺨을 타고 주르르 흘렀다. 몸이 점차 떨려왔다. 혜인은 그대로 민아의 몸에 얼굴을 묻었다.

"안 되겠어, 나가자. 바람이라도 쐬면 좀 나아질 거야."

억지로 일으키려는 민아의 팔을 뿌리치며, 혜인은 하얗게 질린 얼굴로 버티고 앉았다. 그녀가 미동 없이 윤우를 응시했다. 죽은 듯 누워 있는 그의 얼굴이 혜인의 것보다 더 하얬다.

"혜인아."

민아가 한 번 더 그녀를 회유했다. 혜인은 멍하게 고개를 내저었다.

"……나 불안해."

"뭐가?"

민아가 무릎을 꺾어 앉아 그녀를 다정히 올려다보았다.

"꿈이 아닌 것 같아. 그 사람…… 나한테 인사를 하러 온 것 같아."

"무슨 말이야?"

"작별 인사를 해준 것 같아."

혜인이 팔을 뻗어 그의 손을 잡았다. 꿈에서 느꼈던 온기가 그대로 남아 있었다. 사랑해, 라는 입술의 따뜻함도 그가 닿은 곳에 선연히 남아 있었다.

"그럴 리가 없잖아. 윤우 씨가 어떤 사람인데, 널 혼자 두고 갈 리가 없잖아."

혜인은 왼손 주먹에 꼬깃꼬깃하게 접혀 있던 종이를 폈다. 몇 장의 다이어리 사이에 한 번 더 접혀 끼어 있던 그것은 『내가 당신을 기억해』의 속표지였다. 이미 한차례 흘린 눈물 때문에 글자들은 회색 음영을 퍼트리며 얼룩져 있었다. 연락 달라는 내용 아래 삐뚤빼뚤하게 나열된 글자를 그녀는 천천히 더듬었다.

〈당신을 꼭, 기억하겠습니다.〉

잠시 멈췄던 눈물이 다시 흘렀다. 글자가 더 번질까 혜인은 종이를 급하게 접었다.

"여기 있으면 계속 울기만 하잖아. 잠깐만이라도 나갔다 오자. 금방 돌아오면 되잖아. 어서."

휘청거리는 혜인의 몸을 민아가 붙들었다. 그래, 잠깐이면 되겠지. 불안한 마음을 곱씹으며 그녀는 한 발을 뺐었다.

가로등 불빛이 나뭇가지에 가려 벤치 밑은 어둑했다. 울음이 잦아든 혜인이 시리게 부는 바람에 얼굴을 씻고 있었고, 민아는 그런 혜인의 손을 말없이 잡고 정면을 응시한 채 앉아 있었다. 이따금 가느다란 한숨이, 탄식이, 바람을 타고 정처 없이 허공을 맴돌았다. 누구에게서 나온 것인지 알 수 없지만, 누구에게서 나왔든 이상하지 않은. 민아가 이윽고 무거운 입술을 열었다.

"믿기지가 않는다. 어떻게 이런 일이 다 있니."

"……."

"상태는 어떤 거야? 심각한 거야?"

"출혈이 심해서…… 장담할 수가 없대."

혜인은 대답과 동시에 고개를 떨구었다. 안타까운 시선이 그녀의 옆얼굴에 닿았다 떨어졌다.

"기다리는 것밖에 방법이 없는 거니……."

기다리기만 하면 되는 일이라면 좋겠다고 혜인은 생각했다. 민아가 그런 그녀를 곁눈질로 살피더니 망설이듯이 말을 이었다.

"그런데…… 참 이상하다. 이런 일 생기려고 네가 불안해 보였나 싶은 게. 택시 타고 오는데 말이야, 네가 알고 있었나, 어이없게 그런 생각이 들더라고. 웃기지?"

민아가 헛웃음을 짓는데도 혜인은 무표정이었다. 그래, 그랬었어, 민아야. 마음으로 대답하는 말. 아래로 쏠린 속눈썹 사이로 눈동자가 불안하게 흔들렸다.

"괜찮아. 아무 일도 없을 거야. 좋은 시절이 얼마나 길었다고, 야속하게 그러겠니."

육 개월의 시간은 서럽게 짧았다. 그 서러운 시간도 주저하는 마음에 휘둘려 철없이 낭비하기만 했었다. 그래서 그 좋은 시절이 꿈으로 이어졌을까. 그의 소원인지, 나의 소망인지도 헷갈리는 그런 꿈. 평범하게 살다 보면 당연스레 조우할 것 같은 현실 같은 꿈.

내 소원 역시 마찬가지라고, 당신과 계속계속 만나는 것. 어린 당신이나 나이 든 당신이나 다 만나보는 거라고. 해진 이불 덮고 누워, 눈처럼 하얀 당신 머리카락을 세며 잠이 드는 것이라고. 슬프게 눈을 감는 그에게 차마 일러주지 못한 것이 뒤늦게 안타까웠다.

바보, 그게 아니지. 긴 잠에서 깬 그에게 몽롱한 꿈 한 자락 들려주듯, 옛이야기처럼 풀어내면 되겠구나. 영영 못 들을 게 아닌데, 마치 영영 듣지 못할 것처럼.

"있지, 민아야. 그 사람 알고 난 후부터 가슴이 꽉, 하고 싶은 말들로 가득 차 있었거든. 그 사람 사귀고 나서도 행복한 만큼 불안했어. 그런데 그러지 말 걸 그랬어. 사랑 하나만 알뜰살뜰 담기도 모자란 시간이었는데. 못 보고 지나친 게 왜 그리 많은지. 어리석다, 내 지난 시간이."

"이제부터 그렇게 하면 되지. 무슨 문제야."

민아가 혜인의 어깨를 토닥토닥 두드렸다. 여기가 끝은 아니겠지, 그녀는 고개를 가로저었다. 끝났다고 생각하면 안 돼. 약해지지 말자. 혜인은 끝없이 다짐했다. 그녀의 다짐을 읽는지 민아의 손이 조용히 혜인의 손을 잡아주었다.

가로등 빛이 파르르 떨리더니 이내 숨을 거두었다. 이상하다. 검은 하늘 위로 눈발이 휘날리는 것 같다. 먼지가 들어갔나, 혜인이 눈을 비볐다. 눈발은 그녀의 마음처럼 어지럽게 떠돌았다. 몸이 자꾸만 눕는 것 같다. 차가운 빙판 위의 냉기가 느껴지는 것 같다. 혜인이 일어난 자리를 확인했다. 평범한 나무 벤치였다.

"왜 그래?"

민아가 따라 일어나 그녀의 팔을 붙잡았다.

"모르겠어."

혜인이 넋이 나간 사람처럼 고개를 저었다.

"나 무서워."

"들어갈까?"

그녀는 대답도 하기 전에 발을 움직였다. 민아가 그녀의 두 팔을 끌어안고 가는 몸을 붙들어주었다. 병실에 이를수록 발걸음이 점점 빨라졌다. 왜 이렇게 마음이 쫓기는지 모르겠다. 호흡조차 불안해 민아가 자꾸 괜찮은지 물었다. 혜인은 의식 없이 고개를 끄덕였다.

병실 문을 열었다. 윤우는 마지막 본 모습 그대로 누워 있었다. 괜찮은가? 아무 일도 없는 거지? 그의 모습을 확인한 순간, 긴장이 풀려 문을 잡고 있는 손이 미끄러졌다.

그때.

규칙적인 기계음이 삐삐 소리를 내며 흐트러졌다. 바로미터가 출렁거렸다.

"윤우 씨!"

혜인이 그의 몸을 꼭 붙잡았다. 단순한 느낌일까. 온기가 점점 사라지는 것만 같다. 민아가 비상벨을 누르고 병실 앞을 지나가는 간호사를 불렀다. 얼마 되지 않아 의료진이 들이닥쳤다. 전기 충격기가 몇 차례나 튀어 올랐다. 의사의 손이 강하게 그의 가슴을 압박했다. 가로줄이 끝없이 이어졌다. 혜인은 한쪽에 밀쳐진 채 몸을 부들부들 떨었다. 가슴을 누르던 의사의 손이 천천히 떨어졌다. 의사가 그녀를 돌아보았다. 혜인이 믿을 수 없다는 듯 고개를 마구 흔들었다.

"아니야……. 그럴 리 없어."

어느 누구의 도움을 요청하듯 멍하게 주변을 둘러보던 혜인의 눈이 순간 열린 문밖에 고정되었다. 병실 안을 염탐하며 서 있던 사람은 분명 검은 양복의 남자였다. 그녀가 돌아보자 남자는 순식간에 사라졌다. 그녀는 주저할 것 없이 쫓아 나갔다.

"혜인아! 혜인아!"

민아의 목소리도 그녀를 불러 세우질 못했다. 혜인은 그가 사라진 복도 끝으로 내달렸다. 코너를 돌아 비상구 계단으로 통하는 문을 열었다. 남자는 막 계단을 내려가고 있었다.

"거기 서! 당장!"

그가 순순히 걸음을 멈추었다. 다리가 후들거려 더는 뛸 수가 없었다. 그녀는 안전 바를 잡으며 한 발 한 발 천천히 내디뎠다.

"당신, 그 사람에게 무슨 짓을 한 거야? 그 사람 운명을 가지고 무슨 장난을 친 거야!"

"그 사람이 선택한 겁니다. 나는 기회를 줬을 뿐이고, 조건을 걸었을 뿐이고, 그 운명에 관여한 바는 전혀 없습니다. 오늘은, 그 사람과 당신이 만들어낸 합작품일 뿐이죠."

남자가 차갑게 쏘아붙였다.

"그래도 이건 너무 잔인하잖아."

"난 분명히 설명했습니다. 기회는 한 번뿐이고, 그 책임은 오롯이 그 사람에게 있다고, 당신에게도 말했죠. 기억이 독이 될 수도 있다고."

혜인이 말문을 잃은 채 눈물만 뚝뚝 흘렸다.

"어쨌든 당신은 살았습니다. 그게 당신과 그 사람의 공통된 바람이었으니, 처음의 바람은 이룬 셈이겠죠."

"꼭 죽어야 죽는 건 아니잖아. 살아도 죽은 것과 같은데, 어떻게 다행이라고 할 수 있어……."

"나를 원망하면 안 됩니다. 당신들의 한순간 한순간들이 오늘을 만들었으니까."

남자의 얼굴에는 일말의 동정심도 없었다. 혜인은 막막했다. 안전바를 잡은 손이 점점 미끄러졌다.

"빨리 돌아가는 게 좋을 겁니다. 그래야 마지막 모습은 지킬 수 있을 테니."

그가 다시 계단을 내려가기 시작했다. 아니, 아니야……. 그녀는 주저앉을 듯 무릎을 굽히다가 튕기듯 앞으로 달려 나갔다.

"아니, 안 그럴 거야. 기다려! 아직 끝나지 않았어!"

그가 걸음을 멈추었다.

"나에게도 기회를 줘요. 그래야 공평하지. 나에게도 그 단 한 번의 기회를 달라고! 기회를 준 건 내가 아니라 그 사람이잖아. 그러니까, 줄 거면 똑같이 줘요."

"대단한 사랑이군요."

그가 흥미롭다는 듯 그녀를 쳐다보았다.

"어떤 걸 의미하는지 알면서도 또 되돌리겠다는 겁니까?"

"상관없으니까. 그 사람도 그랬던 거니까. 지킬 수 있다면 몇 번이라도 돌아갈 수 있어."

혜인이 절박하게 외쳤다.

"단 한 번의 기회라는 건, 다시 돌이킬 수 없다는 겁니다."

"알아요, 이번이 마지막이라는 거."

남자가 고민스런 표정을 짓더니 이내 대답했다.

"어쨌든 한 번의 시간 여행을 했기 때문에 똑같은 조건을 내걸순 없습니다. 나는 당신에게 기억을 줄 것이고, 아주 먼 곳으로 돌려보낼 겁니다. 그래도 후회 없습니까?"

"그래요."

"외로운 시간 여행이 될 겁니다. 많은 기억을 짊어지고 시간을 수없이 되짚으며 살아야 할 겁니다."

혜인이 고개를 가로저으며 말했다.

"아뇨, 어제와는 다른 오늘일 거예요."

남자가 혜인을 잠시 응시하더니 옅은 미소를 띠며 말했다.

"……행운을 빕니다."

남자는 처음 만났던 그날처럼 계단 아래로 신기루처럼 사라졌다. 혜인은 미끄러지듯 계단 바닥에 주저앉았다.

'사랑해요.'

그 말이 귓가에 울렸다. 혜인이 그의 귓가에 속삭이듯 작게 중얼거렸다.

"나도 사랑해요."

그리고 고마워요. 당신을 만난 오늘이 나 역시 행복했어요.

14. 그리고, 시작

"야, 소식 들었어?"

진욱이 벼르고 있던 사람처럼 다짜고짜 윤우의 손목부터 잡았다. 무슨 심각한 일이라도 생겼나. 평소 까불까불하던 녀석이 목소리를 쫙 깔며 소곤거리는 모양새가 심상치 않았다.

"수영이 그만둔대. 회장이랑 한 시간 면담하다 갔다."

"수영이?"

"너도 전혀 모르고 있었어?"

윤우는 고개를 가만 흔들었다. 요즘 이런저런 핑계로 동아리방 출입이 뜸해지더니, 결국 이런 사달이 생기고 마는구나.

"그래서 회장, 저기압이야."

그도 그럴 것이 수영은 연극부 마돈나였기 때문이다. 얼굴도 예쁘고, 인기도 많고, 연기도 제법 훌륭해서 첫 출사표를 던져야 할

풋내기 동아리에는 더없이 귀중한 존재였다. 기가 막힌 타이밍이다. 내년 축제에서 선보일 공연 연습에 들어가려는 찰나, 핵심적인 캐릭터가 빠진다고 하니 맥이 풀리는 건 어쩔 수 없었다. 동아리 특성상 새 단원을 모집하는 것도 여의치 않고.

"선배, 점심은 드셨어요?"

윤우는 턱을 괸 채 연습장에 무언가 끄적이고 있는 성찬의 옆에 조심스레 앉았다. 성찬이 고개를 까닥 움직여 보이더니 다시 푹 수그렸다. 연습장에는 의미 없는 낙서만 가득했다.

"어쩌시려고요?"

"뭐, 방법이 있나……. 넌 누구 아는 사람 없어?"

"글쎄요……."

성찬이 피식 웃으며 말했다.

"서윤우로도 안 된단 말이야? 동아리방 앞에서 기다리는 여자애들 중에서 하나 집으면 안 되나?"

"농담이시죠?"

"정 안 되면 그렇게라도 해야지. 원래 작가가 배우 섭외도 하고 그런 거야."

눈치만 살피며 멀뚱히 서 있던 진욱이 기회다 싶어 끼어들었다.

"윤우가 반대하면 뭐, 진욱이가 여장해야지."

"네?"

"선배, 그건 저도 곤란해요. 진욱이 상대로 연기를 어떻게 해요?"

"이 자식, 눈, 코, 입 뜯어보면 꽤 예쁘장하게 생겼어. 혹시 아냐? 깔맞춤일지."

"회장님!"

진욱이 농담 반 진담 반으로 철퍼덕 바닥에 앉아 바지통을 붙잡고 애원하는 바람에 한바탕 웃음이 터졌다.

똑똑똑.

세 번의 노크 소리가 웃음소리를 일순 잠재웠다. 시선이 모두 한곳으로 모아진 가운데 문이 열렸다. 갓 스물이 된 듯 풋풋한 향내가 나는 어린 여자였다. 긴장감이 역력한 얼굴과는 달리 행동은 무척 차분했다. 여자는 조용히 문을 닫고 성큼 동아리실로 들어왔다. 남자들은 꿀 먹은 벙어리가 되서 눈만 끔뻑거렸다.

"동아리에 가입하고 싶어서 왔어요."

"아, 화, 환영합니다."

진욱이 부자연스럽게 박수를 치며 환영 인사를 했다. 성찬이 이런 횡재가 어딨냐는 표정으로 윤우와 눈을 맞추더니 고개를 돌려 질문을 던졌다.

"몇 학년이에요?"

"1학년이에요. 한국대고요."

"우리 학교 학생이 아니에요?"

"네."

여자는 예상한 반응이라는 듯 차분히 대답했다.

"어떻게 알고 왔어요?"

윤우가 의아한 표정으로 물었다.

"……아는 사람에게 들었어요. 연극을 좋아하는 사람이거든요."

여자가 윤우에게 시선을 고정한 채 묘한 웃음을 지었다.

"이름은?"

"박혜인이에요."

"……예쁜 이름이네요."

윤우는 다음 질문이 생각나지 않아 입을 다물었다. 성찬이 차례를 기다렸다는 듯 질문을 이어갔다.

"연극해본 적은 있어요?"

혜인이 잠시 주저하더니 이내 고개를 가로저었다.

"신입이라 안 뽑는 건 아니니까 겁먹을 건 없어요. 다만 준비하는 연극이 있는데 지금 여주 자리가 비거든요. 테스트 좀 해볼까?"

성찬이 손짓을 하자 진욱이 구석 테이블에서 대본을 집어 가지고 왔다.

"천천히 하시죠. 첫 자린데."

"좀 그런가? 역시 불편하겠죠?"

윤우가 가볍게 만류하자 성찬이 그와 혜인의 얼굴을 번갈아 쳐다보며 물었다.

"괜찮습니다."

혜인이 여유 있게 웃었다. 그 얼굴이 화사해 윤우는 저도 모르게 눈길이 멈췄다.

"그럼, 음…… 이 신으로 가자."

성찬이 대본 한 곳을 펼쳐 그녀에게 건넸다. 대본 상단에 아모르파티라고 작게 적힌 글씨를 혜인은 소리 죽여 읽었다. 이 여유는 어디서 나오는 건지. 타 학교, 생판 모르는 사람들 앞에서 본 적도 없을 대본을 들고, 해본 적도 없다는 연기를 해야 하는 그녀의 모습에 당혹스러움이라곤 티끌만치도 없었다.

"윤우는 에릭 대사 짧게만 쳐주고. 혜인 씬 보이죠? 딱 한 줄이에요. 감정이 갑자기 생기진 않겠지만 최대한 애절하게, 알았죠?"

"네."

윤우는 대본을 보며 흘긋 혜인을 건너다보았다. 구세주처럼 나타난 타이밍에 아무리 형편없는 연기를 펼친다 해도 실망할 것도 없었다. 성찬 역시 큰 기대 없이 시킨 게 분명했다. 윤우는 헛기침을 몇 번 내뱉으며 목을 가다듬었다. 이상한 긴장감이었다.

"……그렇게 몇 명이나 꼬드긴 거지? 너의 포로로 만들어 그들의 주머니를 훔쳤나? 너란 여자는 정말 형편없는 사기꾼이야. 너는……."

실제 연극에선 상대방을 노려보며 다가가야 하지만, 그녀가 당황할까 싶어 그는 그 자리에 꼿꼿이 선 채 대사만 읊었다. 대본을 뚫어져라 보고 있던 혜인이 팔을 내리고 고개를 들었다. 그리고 한 발 한 발 그에게 다가왔다.

"사랑해요. 당신을 사랑해요."

미동 없이 깊은 눈동자에 윤우는 숨이 멎었다. 구경꾼이 없었다면 그는 연극에서 그래야 하는 것처럼 그녀를 안아버렸을 것이었다. 촉촉한 눈가와는 다르게 입에는 옅은 미소를 머금고 있었다. 그리고 꼭 말하는 것 같았다. 나를 모르나요, 그렇게.

"와, 감정 좋다."

"서윤우 혼을 쏙 빼놓았네."

성찬이 얼빠진 표정으로 서 있는 윤우를 놀리며 크게 웃었다. 성찬과 진욱의 칭찬에 혜인이 수줍게 웃었다.

"제인 낙점! 절대 도망가면 안 돼요, 혜인 씨."

"에릭이 제인 책임져야지. 서윤우 똑바로 해라."

윤우는 얼떨떨한 상태로 고개를 끄덕였다. 그녀가 갑자기 손을 내밀었다.

"잘 부탁드립니다."

"나도 잘 부탁해요. 그런데……."

그가 혜인의 손을 맞잡았다. 고운 느낌을 주는 손이었다. 윤우는 손을 놓지 않은 채 참고 있던 물음을 던졌다.

"혹시 나를 알아요?"

동그랗게 뜬 눈이 가늘어졌다. 은은한 웃음이 윤우의 가슴을 물들였다. 말없이 웃기만 하는 그녀의 모습에, 그 역시 그저 웃어버릴 따름이었다. 어디서 본 적이 있던가, 기억을 가만 되짚어보면서.

화창한 오월의 주말은 어느 곳이든 인파가 몰리긴 하겠지만, 남이섬에는 상상 이상의 관광객들이 몰려 있었다.

"지독한 오월이다."

진욱이 곳곳에 퍼져 있는 연인들의 애정 행각이 눈꼴사나운지, 이맛살을 깊게 찌푸리며 투덜거렸다.

"국문과 이정희 있잖아. 하얀 레이스 원피스 입고 나폴나폴 한 마리 나비 같다며."

"그게, 정말 나비더라고요. 이 꽃 저 꽃 안 가는 꽃이 없어요."

"하하."

한 달여간 정희라는 이름을 입에 달고 살더니 며칠 사이 얼굴이 폭 꺼졌다. 얼마 전 술자리에서 남자들끼리 서로 자기가 남친이라며 실랑이가 벌어졌다는 소리를 엿듣긴 했다. 겉으론 까불거려도 한참 소심한 진욱은 그 사이에서 입도 뻥긋 못 하고 술만 마신 모양이었다.

"그런고로 연애 금지야. 언제까지? 내가 애인 생길 때까지."

"저렇게 성한 청춘들을 모태 솔로로 만들어야 직성이 풀리겠냐?"

"허, 지금 저 애인 없을 거라고 못 박으시는 겁니까!"

"그래, 그렇다."

성찬이 진욱의 목을 확 끌어안으며 으름장을 놓듯 말했다. 진욱이 목이 졸리는지 꽥꽥 소리를 냈다. 뒤따라가는 동아리원들 얼굴에 웃음꽃이 만연했다.

"무슨 짐이 그렇게 많아?"

혜인의 양손이 무거웠다. 윤우는 뒤처져 걷던 그녀의 쇼핑백 손잡이를 가로챘다. 쇼핑백이 꽤 묵직했다.

"선배가 더 잘 알잖아요."

그녀가 부루퉁한 얼굴로 대답했다. 도시락 메뉴 뽑기에서 두 표만 남았을 때 윤우가 먼저 왼쪽 표를 집어 들었다. 왼쪽으로 손을 뻗던 그녀가 하는 수 없이 오른쪽 표를 가졌다. 왼쪽은 접시와 종이컵, 오른쪽은 음료수와 맥주였다. 윤우가 바꿀까 하며 종이를 내밀었지만 그녀가 고집을 부리는 통에 그대로 굳어졌다.

"그러니까 바꾸랄 때 바꾸지."

"비겁한 제인이고 싶지 않네요, 뭐."

혜인이 입을 쏙 내밀며 응수했다. 그 모습에 그는 픽, 웃어버리고 말았다.

벤치 주변을 어슬렁거리던 준호가 긴 팔을 허우적거리며 수신호를 보내오자 동아리원들은 번개같이 뛰어갔다. 꼭 짜 맞춰진 극본처럼 일제히 쇼핑백을 올리고 내용물을 길게 펼쳤다. 이 많은 관광객들 틈에서 삼십 분 만에 자리를 잡았으니 행운은 행운이었다.

"이건 천국에서나 맛볼 수 있다는 김밥."

"이건 파리에서 건너온 샌드위치."

태현의 농담을 진욱이 받자 치킨을 열던 준호의 얼굴에 당혹스러움이 일었다.

"이건 양계장에서 직접 튀긴 닭……?"

"에라이."

비난이 쏟아지자 준호는 치킨을 뒤로 숨기며 아무도 안 준다고 협박하다 성찬의 말 한마디에 얌전히 내려놓았다. 평범한 메뉴들이었지만 다 차리고 보니 진수성찬이었다. 종이컵을 돌리고 성찬이 맥주를 돌렸다. 그는 짓궂게 혜인에게만 큰 잔을 쥐여주었다.

"우리 연극부의 히로인, 박혜인부터 원샷!"

마셔라, 마셔라, 라는 하나 된 목소리에 혜인이 과감하게 술잔을 들이켰다. 박수를 받으며 여유 있게 컵을 턴 혜인은 윤우의 손에 들린 종이컵을 빼앗고는 빈손에 자신의 잔을 쥐여주었다. 함성소리가 더 커졌다. 윤우가 못 당하겠다는 표정으로 그녀가 따라준 맥주를 고스란히 비웠다.

"역시 제릭 커플이 합이 좋아."

"그럼, 그럼. 호흡 맞춘 지 팔 개월이 됐는데, 눈빛만 봐도 딱이지."

진욱이 성찬의 말에 무슨 상상을 하는 건지 얼굴이 붉히며 닭살 돋는다는 듯 오버스런 액션을 취했다.

"혜인이 없었으면 이 자리도 없었을 거야. 그때 존폐 위기였는데. 우리 연극부를 살린 일등 공신 박혜인을 위하여, 건배!"

"건배!"

수줍게 웃는 혜인을 보며 모두 맥주잔을 들었다. 성찬의 말이 부풀려진 이야기가 아님은 모두 알고 있었다. 그녀가 들어오고 동아리 분위기는 180도 달라졌다. 해이했던 동아리원들이 성실하게 동아리방을 찾았고, 흐지부지하던 축제 공연도 일사천리로 진행되었다. 수영이 나가며 해체까지 고려하던 성찬과 윤우로선 그녀가 구세주나 다름없었다.

"모두 잘해주셔서 편하게 있었는걸요."

"윤우가 너무 잡지는 않았어? 이 녀석이 연극 욕심이 있어가지고."

"잡긴요, 제가 무슨."

"윤우 선배가 좀 그런 게 있죠."

당황해서 말을 얼버무리는 윤우에게 혜인이 보란 듯이 동의를 표했다.

"뭐야, 아름다운 제릭 커플이 알고 보면 톰과 제리 관계였어?"

"혜인을 아낄 수밖에 없는 이유가 저기 있는 거야. 서윤우 잡을 사람이 박혜인밖에 더 있어? 저 녀석이 참모인 척 굴어도 알고 보면 수렴청정이라고."

"그러니까 실력이 곧 권력이다. 안 그럼 내 꼴 나."

"선배!"

"하하."

왁자지껄한 점심 만찬이 끝나고 하나둘 흩어지며 자연스럽게 자유 시간 분위기가 조성되었다. 뒷정리는 우리가 하겠다고 고집 부리는 선배들 때문에 혜인은 먼저 무리에서 이탈했다.

네 번이나 온 곳이면서도 조금 낯선 풍경에 그녀는 묘한 감정에 사로잡혔다. 어쩌면 처음이지. 세 번째 봄엔 누구와? 재촉하는 물음에 우연히 만난 대학 선배에 이끌려 온 게 전부예요, 라고 대답하던 먼 훗날의 겨울. 그 선배와 다시 남이섬에 오는 일은 없겠지. 나에겐 최초의 봄이 생겼으니까. 혜인은 조용히 웃었다.

칠 년의 세월을 거슬러 올라온 마음은 신기하리만치 편안했다. 그 어린 날에는 무심히 넘겼던 하루하루들이 뙤약볕 아래 모래알처럼 제각각 반짝거렸다. 기억에 허덕이지 않고, 달라질까 염려하지 않고, 사라질까 불안해하지 않았다. 그를 발견한 이후, 스무 살의 청춘이 다시 시작되었을 뿐.

이쯤이었지. 그녀는 잔디가 싱그럽게 돋은 풀밭 위에 반듯이 누웠다. 태양은 얼마나 뜨겁고 얼마나 더 높은지 잘 가늠할 수 없다. 다만 그 아늑함은 생생히 기억했다. 바스락거리는 낙엽의 소리와 온몸을 이완시켜주던 적정한 온기와 그리고…….

"여기서 뭐 해?"

내려다보는 얼굴이 친숙했다.

"일광욕이요. 햇살이 따뜻해서요."

친숙한 얼굴이 풀썩 웃었다.

"다른 사람들은요?"

"자전거 타러. 같이 갈까?"

혜인은 누운 채로 고개를 저었다.

"옆에 누워도 돼?"

"그럼요."

선선히 허락하는 모습에 윤우는 고개를 갸웃거리더니, 이내 나란히 누웠다.

"그리고 보면 혜인이 너, 나 너무 편하게 생각하는 것 같아."

"그래서 불만이에요?"

"그래도 선밴데 말이야."

"학교 선배도 아닌 데요, 뭘."

"오빠라고 부르지도 않고."

"그건 뭐, 천천히."

그와 이처럼 편안하다니. 혜인은 웃음이 나는 대로 웃을 수 있는 지금이 좋았다. 꼭 무엇이 되지 않더라도, 만나지 못했던 과거의 그를 알아가는 것만으로도 가슴 떨리게 행복했다.

"혜인이 너 거짓말했어."

"뭘요?"

"연극 안 해봤다는 거. 처음 아니지?"

"처음 맞는데."

"그런데 꼭 수십 번 해본 사람처럼, 대사도 술술, 동작도 척척. 두 번째 연습할 때부터 대본 안 본 거 나 다 알거든."

"그건 그냥, 기억력이 좋아서요."

"꼭 내 속을 훤히 읽는 것 같아서, 좀 무섭기도 했다고."

"고마운 건 고맙다고 해요. 우리 상도 받았잖아요."

"역시 내 속을 다 아네."

그가 못 당하겠다는 듯 웃었다.

"다음 축제 때도 잘 부탁합니다."

윤우가 몸을 살짝 일으켜 인사하는 자세를 취했고, 그녀는 손바닥을 활짝 펴서 터지는 웃음을 가렸다.

"혜인이 덕분에 공연도 하고, 상도 받고, 남이섬도 오고."

"선배는 여기 처음 아니죠?"

"어, 어떻게 알았어?"

"1학년 때 미팅하러 온 거 다 들었어요."

"어? 그거 동아리 사람들도 잘 모르는 건데."

정말 놀랐는지 그의 눈이 동그랗게 커졌다.

"다 아는 수가 있다니깐요."

"와…… 박혜인이 점점 무서워지는데. 그러는 넌?"

"전, 처음인걸요."

혜인이 후후 웃으며 그대로 눈을 감았다. 그런 그녀를 물끄러미 보던 윤우도 곧 등을 곧게 펴고 앉아 눈을 감았다. 침묵이 흐르는 대신, 들리지 않던 바람 소리가 둘 사이를 메웠다.

"좋다, 여기."

"네."

"햇볕도 따뜻하고, 바람도 불고, 좋은 사람도 곁에 있고."

"네."

바람이 전해주는 듯 부드러운 음성이 아주 가깝게 스며들었다.

"알아? 혜인이 넌 선물 같아. 어디서 슝 하니 나타나서는, 계속 계속 꺼내 보게 만드는지."

혜인의 감은 눈이 천천히 열렸다. 익숙한 표정이 그 앞에 나타나 있었다. 먼 훗날, 항상 혜인을 향해 있던 그 그리운 표정이.

"좋아하는 사람으로 곁에 있어도 되니?"

"윤우 선배……."

"난 그러고 싶은데."

"선배, 난……."

대답이라고 할 수 없는 말이 끝나기도 전에 따뜻한 감촉이 입술에 살포시 내려앉았다. 묶어두었던 긴 그리움이 한순간에 헤쳐지더니, 꼬리를 길게 내리며 가슴에서 눈으로 선연히 움직였다.

"혜인아……."

주르륵 흐르는 눈물에 윤우가 멈칫했다. 당황할 걸 알면서도, 그리움은 참을 길 없이 계속 흘렀다. 그가 놀란 눈으로 혜인을 보았다. 눈물이 찬 얼굴에는 맑은 웃음이 떠오르고 있었다. 웃음과도 같은 눈빛이 그를 바라보았다.

"나도 좋아해요. 윤우…… 오빠."

긴 시간을 회귀해 돌아온 사랑이, 그리운 눈을 맞추며 이제 막 시작되고 있었다. 어느 커플과 다르지 않은, 그 풋풋한 시작을.

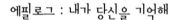

에필로그 : 내가 당신을 기억해

이곳, 노스토스 호텔에 온 지도 스무날이 지났다. 13시간의 비행 끝에 도착한 지중해 섬 산토리니. 노스토스는 마을 입구에서 멀지 않은 곳에 위치한 아주 작은 호텔이었다. 객실 수는 고작 다섯. 화이트와 블루 톤이 적절히 가미된 실내는 섬의 느낌을 닮아, 깨끗한 바다를 연상시켰다. 호텔이지만 간단한 취사 시설도 갖추고 있어서 가끔은 한국에서 챙겨 온 라면, 카레 등의 인스턴트 음식을 해 먹기도 했다.

혜인은 탁자 위에 놓인 달력을 집어 들었다. 오늘이 4월 5일인가. 가끔 달력을 들여다보지 않으면 날짜를 잊어먹기 십상이었다. 그러기 위해 휴대폰도 노트북도 전원을 꺼둔 채 사용하고 있지 않지만 시간을 계산하는 게 사람의 습성인지 가끔 챙겨 보지 않으면 불안하기도 했다.

"또 그런다."

윤우가 그 모습을 놓치지 않고 보았다.

"벌써 한 달이 다 돼가는걸."

질책을 피하기 위해 혜인은 딴소리를 했다.

"믿겨져. 시간이 이렇게나 흐르고 있다니."

그가 다가와 혜인의 손에 든 달력을 뺏어 보이지 않게 탁자에 덮었다.

"시간이 흐르긴, 시간이 없는 곳이라니깐."

"그래, 그렇지."

혜인이 가만히 웃었다.

재작년 크리스마스 때였을 것이다. 처음 잠자리에 들었던 날, 혜인은 그의 품에서 저도 모르게 속삭였다. 시간이 없는 섬에 온 것 같다고. 시간이 없는 섬? 윤우가 물끄러미 보며 물었다.

'응. 아주 옛날, 가고 싶었던 섬이 있었어.'

그는 수긍이 잘 가지 않는다는 표정을 지었지만, 그 말을 잊어버리지는 않았다. 그래서 신혼여행은 어디로 갈까 하는 그녀의 물음에 나에게 생각이 있으니 맡겨줄래, 하고 양해를 구하고는 여행 당일까지도 비밀을 유지했었다.

"올 때는 참 정신없었는데."

가족, 가까운 친척, 친한 친구 몇몇을 불러놓고 한 소박한 결혼식이었다. 둘의 취향이기도 했지만, 혜인이 3월 17일을 고집한 이유가 컸다. 왜 그날이어야 하는 거야? 라는 그의 물음에 그녀는 '당신을 만난 날이니까' 하고 의뭉스런 대답만 해주었다. 가끔 무슨 말을 하는 건지 모르겠다니깐, 하면서도 그는 더 묻지 않았다. 언제나처럼 감성적인 이유겠거니, 그는 그렇게 생각할 것이었다.

"언제 나갈까?"

"괜찮겠어?"

윤우가 그녀의 발목을 내려다보며 물었다. 어제 점심을 먹으러 내려가던 길, 계단을 헛딛는 바람에 왼쪽 발목을 접질렸었다. 그의 등에 업혀 들어온 혜인은, 하루 온종일 침대에 누워 있어야 했다. 그가 가져다주는 음식을 먹고, 천장에 대고 손가락 그림을 그리고, 그와 나란히 누워 2세 계획 같은 미래 지향적인 수다를 떨며 시간을 보냈다.

"지극한 병간호 덕분에 싹 다 나았다고."

그녀가 발목에 붙여진 파스를 보란 듯이 뜯어냈다.

"대신 무리하지 말 것. 아프면 바로 얘기할 것."

계단에서 뛰지 말라는 그의 말을 안 들은 탓에 어제부터 잔소리가 늘었다. 혜인이 대답 대신 혀를 쏙 내밀었다. 그가 꿀밤 한 대를 때릴 듯 자세를 취하자 그녀는 멀찌감치 도망가선 오른발을 들고 한 바퀴 빙그르르 돌았다.

"못 당해, 박혜인."

그가 두 팔을 번쩍 들었다. 그러고는 한걸음에 달려와 그녀를 번쩍 안아 들었다.

"칠 년 전이나 지금이나 꼼짝 못 하게 하는 건 여전해."

그의 턱이 혜인의 볼을 비볐다. 그녀가 후후 웃으며 그의 턱에

쪽 뽀뽀를 했다.

"오, 스트롱 베리!"

〈넵튠〉에 들어서자마자 카운터에 턱을 괴고 앉아 책을 보고 있
던 니콜라스가 양팔을 활짝 벌리며 반가움을 한껏 표현했다. 로컬
마켓에서 백 미터 남짓 떨어져 있는 〈넵튠〉은 둘의 단골 카페이
다. 산토리니에서 도착한 첫날, 마을 탐사 전에 목을 축이려고 들
렀던 곳이 일주일에 사나흘은 들리는 곳이 되었다. 순전히 위트
있고 쾌활한 니콜라스 때문이었다. 첫날, 딸기 주스를 주문하는
혜인에게 그는 개구진 표정으로 윤우를 가리키며 물었다.

"스트로우 베리? 아, 스트롱 베리?"

영문을 몰라 어리둥절하는 그녀와 달리 윤우는 그의 농담을 대
번에 이해하고 큰 소리로 웃었다. 혜인이 윤우에게 무슨 뜻이냐고
옷깃을 잡아당겼지만 그는 어깨를 으쓱해 보일 뿐 설명해주지 않
았다. 니콜라스가 대답을 구하는 얼굴로 빤히 쳐다보는 바람에 그
녀는 그저 순진하게 '예스, 예스'라고 반복적으로 대답했고, 두 남
자는 뭐가 그리 재밌는지 서로의 얼굴을 쳐다보며 깔깔거렸다. 윤
우가 팔짱을 낀 채로 고개를 빳빳이 세우자 니콜라스가 엄지손가
락을 척 하니 세웠다. 뭐가 그리 우스워? 테이블로 돌아가 주문한
음료가 나와서야 그가 혜인의 귓가에 입을 바짝 대고 속삭였다.

"밤에 강한 남자라고."

그때부터 둘은 니콜라스에게 스트롱 베리로 통했다. 처음엔 화
끈거리던 것도 듣다 보니 친근해져서 딴 사람들에게도 그런 별칭

을 붙여주었을까 괜한 신경까지 쓰였다.

"유 로스트 카메라."

니콜라스의 손목에서 카메라가 달랑거렸다. 전날 혜인이 부상을 당하고 잠시 휴식을 취하려고 〈넵튠〉에 들렀다가 옆에 둔 카메라를 깜빡했던 것이다. 물건을 잃어버리는 일이 없는 윤우도 아프다고 낑낑거리는 그녀를 챙기느라 주변을 살피지 못했었다. 밤이 늦어서야 카메라가 없다는 걸 깨닫고 그 혼자 카페를 찾았지만 문은 이미 닫혀 있었다.

"땡큐."

윤우가 카메라를 받으려 하자 니콜라스가 손목을 뒤로 돌리더니 보관료를 달라고 손바닥을 흔들었다. 보관료? 니콜라스에게 이런 면모가 있었다니. 괘씸한 생각이 들었지만 내색하진 않았다. 그래도 찾은 게 어딘가. 스무날의 기록을 고스란히 날릴 뻔도 했는데.

"하우 머치?"

"노노."

그가 그런 말이 아니라며 손가락을 까닥거렸다.

"당신 카메라에 담긴 시간을 훔쳐보고 싶군요. 비쌉니까?"

"그런 거라면."

윤우가 흔쾌히 응했다. 미네랄워터와 그릭 커피를 시키고는 테이블에 앉았다. 카메라의 전원을 켜자 자칫 잃어버릴 뻔한 시간들이 빼곡히 재생되었다. 둘은 고개를 맞대고 니콜라스에게 보여줄 사진을 찾았다.

그가 주문한 음료를 들고 와서는 염려스런 표정으로 사진이 삭제되진 않았는지 먼저 물었다. 혜인이 고개를 끄덕이자 그의 표정이 대번 환해졌다. 사진을 보겠냐고 카메라를 가리키자 그가 잠시만 하며 카운터에 접시를 놓고 되돌아와 빈 의자에 앉았다.

첫 번째 사진은 윤우의 졸업식 사진이었다. 학사모를 쓴 윤우를 가운데 두고 왼쪽엔 진욱이 어깨동무를 하고 있고, 오른쪽엔 혜인이 그와 팔짱을 낀 채 환하게 웃고 있는 사진. 진욱이 옆엔 민아가 브이 자를 해 보이고 있고, 윤우의 뒤론 준호와 태현이 어색한 포즈로 서 있었다.

"이건 내 졸업식 때 사진이에요. 우린 같은 학곤 아니었지만 꽤 유명한 커플이었어요."

윤우가 눈을 찡긋해 보이며 말했다.

"커플?"

니콜라스가 사진 속의 민아와 진욱을 번갈아 가리키며 물었다.

"노노."

윤우와 혜인이 동시에 손사래를 쳤다.

"남자의 일방적인 짝사랑이었죠. 1년쯤 쫓아다녔나?"

"1년은 더 됐지. 진욱 선배 소개팅, 미팅 닥치는 대로 해대서 가볍게 봤는데 민아한텐 꽤 진득했어."

"사람은 겉으로 봐선 모르는 거라니깐."

니콜라스가 고개를 갸웃하자 그녀가 웃으며 말을 이었다.

"여자한테는 근사한 애인이 있어요. 키도 크고, 잘생겼고, 매너도 좋고, 돈도 잘 벌고."

"아무리 봐도 성민 선배한텐 점수가 후하다니깐."

"게다가 다이아 반지 사주는 남자고."

혜인은 얼마 전 민아가 프러포즈 선물로 받았다는 다이아 반지를 들먹였다.

"언젠 다이아 필요 없다며?"

"다이아가 보통 다이어야 말이지."

"내 색시가 심순애인 줄은 몰랐네."

윤우가 무릎을 치며 후회의 낯빛을 해 보였다.

"그런데 그 반지 잃어버렸대."

"뭐?"

"친구들 모이는 자리에 끼고 나갔다가 술 진창 먹고 필름 끊겨선 어디다 벗어놨는지 도무지 기억이 안 난다잖아."

"맙소사."

"그런데 여기서 포인트. 성민 선배가 그냥 웃고 넘어갔다는 거. 그거 찾는다고 술집, 화장실, 거리를 다 뒤지고 다녔더니, 민아 손목 딱 잡고 백화점으로 데리고 가서 똑같은 반질 사주더라는 거야."

그가 못마땅한 표정을 짓자 혜인이 짓궂게 얼굴을 들이밀며 약을 올렸다.

"설마…… 지금 질투하는 거야? 언제는 남자가 봐도 인정할 만하다며."

"누가 안 그렇대?"

"니콜라스, 이 사람 밤에만 강한 거 아니에요. 질투도 강하다니깐요."

"혜인이, 너."

윤우가 혜인의 볼을 꼬집으며 입막음을 하려 했지만 소용없었다. 니콜라스는 진지한 표정으로 그녀에게 낮게 속삭였다.

"나랑 같이 여기서 살면서 스트로우 베리 파는 건 어때요? 나도 스트롱 베리 할 수 있는데."

니콜라스의 농담에 둘은 자지러지게 웃으며 쓰러졌다. 혜인은 눈물까지 닦으며 '생각해볼게요.' 하고 대답했다. 니콜라스가 만족한 듯한 웃음을 지었다.

"이건 우리가 사귄 지 천 일째 되는 날이에요."

하얀 블라우스에 갈색 조끼를 걸친 혜인이 말 위에 타서는 몸을 앞으로 수그린 채 웃고 있었고, 관리인이라도 되는 양 복장을 완벽히 갖춰 입은 윤우가 말 머리 쪽에 서 있었다. 니콜라스가 잘 어울린다며 엄지손가락을 들어 보였다. 그녀가 웃으며 부가 설명을 했다.

"사귀는 사이라니까 같이는 절대 안 찍어준다잖아요. 사람 일 아무도 모른다고."

"그래서 내가 꾀 좀 부렸지."

천 일이 되던 즈음은 윤우가 회사 일로 정신없이 바쁠 때였다. 평일은 고사하고 주말에도 지방 출장을 돌아다니는 통에 겨우 얼굴도장 한 번 찍고 가는 게 고작이었다. 밤마다 소리를 잃은 휴대폰을 들여다보며, 오늘도 회사에서 날을 새우는지, 밥은 제대로 먹는지, 그래도 이건 너무하잖아, 하며 애간장을 태우곤 했었다. 그래서 하필 천 일이 되는 날 혜진이 여행 얘기를 꺼냈을 때, 잠깐 망설이긴 했지만 이내 승락하고 만 것이다. 여행 간다고 귀띔이라도 해줘야 하나? 고민도 했지만 바쁜 사람에게 괜한 자랑을 하는 것 같아 그마저도 말았었다. 그런데 그게 그녀를 위한 깜짝쇼였을 줄이야.

"바다 보러 가자, 혜인아. 펜션까지 이 언니가 예약했다고."

적극적으로 구는 모양새가 수상하긴 했어도, 설마 혜진이 포섭당했을 거라고 생각할 수 있었는지.

여행 가는 날 아침, 머리를 질끈 묶고 캐주얼 진에 오리털 파카를 대충 입은 혜진은 평소답지 않았다. 여행의 완성은 패션! 이라고 주야장천 주장했던 걸 다 아는데. 그럼에도 손에 들린 여행 가방 때문에 의심을 접고 밖으로 나왔었다. 거기, 윤우의 차가 대기하고 있었다.

"나 지금 속은 거지?"

"속이긴. 고급적인 말로 합동작전이라고 하자. 당일 아침에 불쑥 여행 가자고 하면 당황할 것 같아서. 짐도 싸야 하니까."

"오빠가 가자고 하면 안 갈까 봐서?"

"요새 내가 섭섭하게 한 게 많잖아. 조금 겁이 나긴 했지. 그래서 도망가지 못하게 바로 보쌈하려고 한 거지, 뭐."

"정말……."

"좀 봐주세요. 너무 길게 못 봤는데."

천진한 웃음에 곱게 눈을 흘기던 혜인이 꼬리를 내렸었다.

"그래서, 내가 사고 쳤어."

윤우의 가슴팍에서 꺼내진 건 제주도 티켓이었다. 혜진은 동해

바다라고 했는데 제주도라니.

"그러니까 지금 제주도를 간다고?"

"누나가 요즘 그러던데? 혜인이가 갈치조림 먹고 싶다고 한다고."

"갈치 먹으러 제주돌 가?"

"파스타 먹으러 이탈리아는 못 가도 갈치 먹으러 제주도는 데려갈 수 있는 남자거든."

갈치조림부터 해서 흑돼지 구이까지, 3박 4일 동안을 배가 터지도록 먹고 또 먹었다. 물론 바다도 보고, 말도 타고, 초콜릿 공장과 허브 농장도 가고, 올레길도 걸으면서 천 일의 시간을 추억하고, 또 천 일의 시간을 약속했다.

"말 타는 거 재밌어요?"

니콜라스가 물었다.

"네, 그때 달리기 시합을 했는데 내가 어이없게 졌어요. 내가 탄말이 뛰다 말고 멈춰서 볼일을 보더라고요. 그러곤 골인 지점까지우아하게 걸어서 들어가는 거예요. 내 속은 다 타는데."

"복장으로도 이미 이길 수 없었잖아요."

니콜라스가 사진 속 윤우의 복장을 되짚으며 말했다. 그녀가 '아, 그런 거였지.' 하며 까르르 웃었다.

윤우가 세 번째로 멈춘 사진은 오 개월 전에 있던 연극제의 무대 인사 장면이었다. 에릭으로 분한 윤우가 맨 앞줄에 앉아 있는 혜인의 앞에서 무릎을 꿇은 채 꽃 한 송이를 내밀고 있었다. 철저히 비밀 연애를 하던 둘의 사이가 공개된 날이었고, 그가 혜인에게 청혼을 한 날이기도 했다. 혜인은 일찌감치 영어 동아리에 들어갔었고, 학술 동아리는 별로라고 거부했던 민아는 추가 모집 때가 돼서야 부랴부랴 연극 동아리에 들어갔다. 그리고 그해 연말, 〈아모르파티〉가 재현되었다.

"너는 네 애인이랑 친구가 절절히 사랑하는 연기를 한다는데 신경도 안 쓰여?"

"그게 뭐, 난 재밌는데."

혜인의 속을 알 리 없는 민아가 박보살이라며 혀를 내둘렀었다. 아주 오래전에, 딱 이맘때, 제인이었던 적이 있었었어. 정말 제인이 돼서 그를 구하고 싶은 마음으로 간절하던 때.

제인의 옷을 벗고 무대 위의 제인을 보는 마음이 새삼 벅차게 떨렸었다. 그래서 에릭과 제인이 손을 맞잡고 무대 인사를 하러 나왔을 때 그녀는 어느 누구보다 힘찬 박수를 보냈다. 마이크를 든 에릭이 예상치 못한 고백을 하기 전까지만 해도.

"사실 저의 제인은 따로 있습니다. 오래전부터 말이죠."

관객석에서는 오우, 하는 감탄사가 터져 나왔다.

"그 제인에게 오래전부터 하고 싶었던 말을 오늘 하려고 합니다."

그가 무대에서 뛰어내려와 한걸음에 혜인의 앞에 섰다. 무릎을 꿇었고, 가슴에서 장미꽃 한 송이를 꺼내 들었다.

"처음 고백했던 그날처럼, 앞으로도 영원히 네 곁에 있고 싶어. 허락해줄래?"

혜인이 대답의 의미로 장미꽃을 만지자 윤우는 끌어당겨 가볍게 입맞춤을 했다. 환호 소리도, 프러포즈의 말도, 짧은 입맞춤도 모두 아찔하기만 했던 그날 저녁.

"오우, 그레이트! 뷰티풀!"

니콜라스가 박수를 치며 짧은 단어로 찬사의 말을 쏟아놓았다.

"그렇게 해서 삼 개월 뒤에 우린 결혼했어요."

액정 속에는 순백의 벨라인 드레스를 차려입은 혜인과 턱시도 차림의 윤우가 다정히 팔짱을 끼고 있었다.

"정말 잘 어울리는 커플이에요."

니콜라스가 카메라와 둘을 번갈아 보며 진심 어리게 말했다.

"아까 말은 취소해요. 사진을 보니 여기서 스트로우 베리 팔기엔 너무 아까운걸요."

"하하."

"질투도 강하고 다이아 반지도 안 사주는데 괜찮을까요?"

"괜찮아요. 이렇게 많은 추억을 준 남자라면. 어느 것보다 값진 보석을 당신은 갖고 있어요."

니콜라스에게도 이런 진지한 표정이 있었던가. 혜인은 그의 말이 참 멋지다, 속으로 생각하면서 동의한다는 듯 고개를 끄덕였다. 윤우가 그와 가볍게 하이파이브를 하며 주먹을 꼭 잡았다.

"우리, 사진 찍어요."

혜인의 청에 니콜라스는 순순히 응했다. 윤우가 테이블 앞에 삼각대를 세웠다.

"그럼, 하나, 둘, 셋."

두 남자에게 어깨를 끌어안긴 채로 그녀는 카메라를 향해 환하게 웃음 지었다.

아직 이른 시간이었지만 담벼락을 따라 사람들의 행렬이 즐비했다. 혜인과 윤우는 계단 한 칸에 자리를 잡고 앉았다.

"어제 저녁 식사를 빠트렸더니 속이 허해."

"그러게."

두근두근하게 다가왔던 일몰은 이제 저녁 식사처럼 당연한 일상 중 하나였다. 마을은 같은 색채에 비슷한 상점들이 모여 있어 헤매기 십상이지만, 노을을 보러 가는 건 이방인에게도 쉬운 일이었다. 저녁이 다가오는 즈음, 앞서 걷는 사람들의 꼬리가 되어 묵묵히 걸으면 되는 일이었다. 일정한 방향으로 걷는 사람들의 행렬을 보면 이 길이 어디로 통하는지 굳이 묻지 않아도 알게 된다. 층층이 쌓인 계단을 따라 사람들이 모여들고 발걸음을 멈추고 제각기 자리를 잡는 곳에서 일몰은 시작된다.

"그런데 그 사진들은 어떻게 다 있는 거야?"

"여행 오기 전에 일부러 담았지. 함께 보면 좋겠다 싶어서."

잠자코 정면을 바라보던 윤우가 후후 웃었다. 혜인이 왜, 하며 몸을 돌렸다.

"칠 년이 까마득해서. 우리 참 오래 만났다."

당신이 알지 못하는 365일의 그리움이 더 있었지, 그녀는 속으로 읊조렸다.

"첫사랑과 맺어지면 어떤 느낌이냐고 묻더라? 다들 궁금한대. 그렇게 오래 이별 없이 결혼까지 할 수 있다는 게."

이미 그곳에 두 번의 이별이 있었기 때문이야, 그녀는 또 읊조렸다.

"처음 만났던 순간은 생생히 기억나. 짐작도 못 했던 그런 순간 있잖아. 지금도 그렇고. 이렇게 계속 함께할 수 있을 줄 몰랐는데. 기적 같아."

그가 맞잡은 손을 들어 보이며 감탄하듯 말했다.

"기적…… 그래, 기적이지. 그런데 난 알 수 있었어."

"외유내강 박혜인. 흔들리지 않는 갈대 같다니깐."

그가 몸을 돌려 혜인의 머리를 쓰다듬었다. 흔들려서는 사랑을 지키지 못하니까, 그녀는 깜빡이지 않는 눈으로 대답했다.

"여기서 평생 살면 좋겠다."

"뭐 하고 살려고?"

"물고기도 잡고, 나뭇잎 뜯어다 옷도 해 입고, 장작도 패서 불도 지피고, 해가 뜨고 지고, 꽃이 피고 지는 것도 보려고."

"후후, 그건 원시의 삶이잖아."

그때는 참 간절했는데, 지금 들어보니 참 우스운 말이었다. 그 사람과 나, 시간이 없는 곳으로 숨어서 아주 단순한 삶을 살 수 있으면 좋겠다고 생각했던 시절. 그 고독하고 가슴 저미던 시절도 이제는 추억 속에 머무르고 있었다. 혼자만 간직하고 있는 추억.

"그래도 여기 시간이 없는 섬 같았어. 아무것도 하지 않아도 좋을 자유가 있는 섬."

호텔에서 주는 소박한 아침을 먹고, 해변의 조약돌처럼 올망졸 망한 집들이 모인 골목을 탐사하고, 카페에서 음료를 마시고, 바닷바람을 즐기다가, 저녁을 먹고 집으로 돌아오는 하루. 어제도 오늘도 붙여넣기 한 듯 똑같은 하루가 계속됐지만 전혀 무료하지 않은 일상이었다. 이렇게 가만히도 시간이 가는구나, 싶게. 똑같은 길을 걷고 똑같은 풍경을 보고, 똑같은 사람과 함께하지만, 전혀 똑같지 않은 하루. 혜인은 오래전부터 경험하고 있는 것이기도 했다.

하늘 높이 떠 있던 태양이 고도를 낮춰 아래로, 아래로 마무리 비행을 하고 있었다. 바다에는 범선 하나가 미동도 없이 떠 있었다.

"혜인아, 이거."

윤우가 가방에서 책 한 권을 꺼내 혜인에게 건넸다.

"이건……."

『내가 당신을 기억해』. 오랜 시간을 돌아 비로소 손에 넣게 되는 책. 벅차오르는 감정에 손끝이 저렸다.

"새색시 기다린다고 하진 선배가 보내주셨어. 결혼 선물이래."

"참 보고 싶었던 건데……. 이거 진짜 많이 기다린 책이다?"

"얼마나 기다렸길래?"

"구 년쯤?"

"뭐?"

자기를 놀린다고 생각하는지 그가 혜인의 이마에 가볍게 알밤을 놓았다.

"그 정도로 좋아하는 작가였어?"

그녀는 웃으며 고개를 끄덕였다.

"고마운 작가이기도 하고."

"왜?"

"그런 게 있어."

"또 의뭉스런 말."

이번엔 혜인의 볼이 꼬집혔다. 그녀는 그저 해죽 웃었다.

"무슨 내용인데?"

"남자가 한 여자와 두 번의 이별을 겪어. 어느 젊은 남녀가 그렇듯 서툴러서, 또 솔직하지 못해서 이별을 하게 되지. 이별이 지나고 혼자 남은 시간 속에서 남자는 끝없이 후회를 해. 몇 년의 시간이 흐르고 그리움이 짙어지던 어느 날, 그 여자와 재회를 하게 된 거야. 그래서 남자는 다시 만날 것을 청하는데 여자는 거부해. 여자는 병을 앓고 있는 중이었어."

"죽을 병인가?"

"죽을 수도 있는 병."

"그래서?"

"남자의 고집에 결국 그 둘은 다시 만나게 돼. 사랑의 시간이 이어지면서 소설은 끝나."

윤우가 음미하듯 가만히 고개를 끄덕였다.

"이거, 오빠가 읽어줘."

"내가?"

"응, 매일 조금씩. 여기 떠나기 전까지."

"그래, 그럴게."

그가 흠흠, 목을 가다듬고는 책장을 펼쳤다.

금빛으로 갈라진 바다는 해를 삼키며 점점 주홍빛으로 달아올랐다. 눈꺼풀 아래로 마치 파도가 치듯 낙조가 스며들고, 그가 펼쳐 든 책장에도 오렌지색 그림자가 너울거렸다. 그의 어깨에 고개를 기댄 채 혜인은 천천히 눈을 감았다. 과거로부터, 아니 먼 미래로부터 시작된 그리운 음성이, 귓가에 젖어들어 온다.

"……목적지가 없는 기차를 타고 당신과 나, 계절이 변해가는 풍경을 봅니다. 어느 날은 폭우로 창밖을 분별할 수 없고, 어느 날은 잠도 오지 않는 새벽에 칠흑 같은 어둠만 길게. 어느 날은 긴 여행에 지쳐 잠만 들 것이고 어느 날은 무작정 내리고 싶을 때도 있겠지요.

하지만 세상의 아름다움은 무수히 많은 풍경들 속에 있고, 관계의 아름다움은 무수히 많은 표정들 안에 있으니, 기차 안의 어느 날도 행복의 수많은 날들 중 하루가 되지 않을런지.

당신과 나의 사랑은 계절처럼 끝이 없는 네버 엔딩이라고. 지난날 두 번의 이별. 나는 이별이라 쓰고, 사랑이라 말합니다. 그러니 당신, 세 번째 이별을 염려하지 마세요. 나에게는 당신께 가는 수천 개의 길과 수만 번의 시간이 있습니다.

그 어느 길에서, 어느 시간에서든 내가 미래에서 만날 당신을, 기억합니다."

—마침—

작가의 말

시작은 사소했다. 혜인이 과거로 돌아가는 날의 해프닝처럼, 이 소설은 뜬금없이 떠오른 문장 하나에서 출발했다.

내가 당신을 기억해.

그것이 운명처럼 소설의 제목이 되고, 주제가 되고, 엔딩의 모토가 되었다.

의도한 건 아니지만 이제까지 쓴 작품들엔 '죽음, 판타지, 특별한 존재'란 공통 요소가 있다. 이 작품을 기획하면서 되풀이되는 요소로 말미암아 전작의 복제로 생각되어지지 않을지 염려스럽기도 했고, 보다 본질적으론 나 자신이 '죽음'이란 코드에 사로잡혀 있는 것은 아닌가 새삼 고민에 빠지기도 했었다. 우연히 반복된 세 가지 요소가 내 작품의 공식으로 오해받지 않기를 바라는 마음뿐이다.

봄에 시작된 소설은 두 계절을 목표로 했지만 거의 일 년을 함께했다. 가벼운 이야기란 착각은 작품이 진행될수록 증폭되는 비극성과 혼재되어 소설이 가야 할 방향에 대해 끊임없는 의구심을 품게 했고, 건강상의 문제가 겹치면서 한동안 작품을 떠나 있어야 했다. 그래도 이 해를 넘기면 안 된다는 거듭된 다짐 끝에 소설은 탄생되었다.

따뜻하고 밝은 소설을 쓰겠다는 마음으로 시작한 소설이었기에 연재가 계속될수록 '운명의 날'에 사로잡혀 불안해하는 독자들의 반응에 내심 미안함을 느끼기도 했다. 그에 대한 보상으로 편안한 해피엔딩을 선물할까 하는 유혹도 있었지만, 작가로서 혜인을 끝까지 책임지고 싶은 마음이 지금의 결말로 인도해주었다. 운명에 맞서 최선의 선택을 했던 제인처럼, 혜인 역시 사랑을 받는 자로 머무르지 않고 사랑을 지키는 능동적인 주인공이 되길 바랐다. 또한 '운명'이란 이름에 함몰되지 않고, 삶의 주인으로 선택하고, 바꾸고, 이끌어가길 바랐다. 그래서 이 작품은 나에게서 쓰여진 소설이 아닌, 혜인 스스로 만들어낸 이야기를 내가 대신 전달하는 거라고 말하고 싶다.

소설을 완결하며 한 해를 마무리했고, 소설을 세상에 내보이며 새해를 맞이하게 되었다. 좋은 책이 나올 수 있도록 애써준 와이엠북스 출판사에 감사 인사를 전하며, 이 소박한 작품과 함께 걸어준, 사랑을 아는 모든 이들에게 따뜻한 애정을 표하고 싶다.

더 넓고 깊은 바다를 찾아 여행을 떠나볼 생각이다. 사랑을 아는 이들과 다시 만나는 나날을 꿈꾸고, 또 꿈꾼다.

-2015년 1월 정서아 드림.